아동문학과 비평정신

아동문학과 비평정신

초판 1쇄 발행/2001년 1월 5일
초판 8쇄 발행/2016년 4월 12일

지은이/원종찬
펴낸이/강일우
편집/신수진 김태희 문경미
펴낸곳/(주)창비
등록/1986년 8월 5일 제85호
주소/10881 경기도 파주시 회동길 184
전화/031-955-3333
팩스/영업 031-955-3399 편집 031-955-3400
홈페이지/www.changbikids.com
전자우편/enfant@changbi.com

아동문학과 비평정신

원 종 찬 평 론 집

창비

세기의 길목에서

마흔을 훌쩍 넘긴 나이에 처음 내는 책이니만큼 결코 빠르다고는 할 수 없으나, 이조차 내게는 분수에 넘치는 일이다. 참으로 많은 이들한테 빚을 지고 사는 것 같다. 책이래야 온전한 저술도 아니고, 그동안 여기저기 발표한 글들을 모은 것일 뿐이다. 다시 읽어보기가 부끄러울 정도로 유치한 구석이 많은데도 내 안에서 한 시기를 얼른 매듭짓고 싶은 마음이 앞섰다. 오래전에 쓴 몇몇 글들은 도저히 그냥 내보일 수가 없어서 논지를 살리고 문장을 조금 고치기도 했다. 그래도 시원하지가 않다. 하기사 중간 매듭이라도 제대로 지었다면 곧바로 앞을 향해 떠날 수 있겠지만, 그럴 만한 형편도 못 되어서 결국 엉거주춤한 모습이다. 훗날을 기약하자고 다시 옷깃을 여미게 되니 오히려 다행인지도 모른다.

1부는 우리 아동문학을 보는 시각에 대한 문제의식을 담은 글들이다. 이른바 '다시 읽기'에 해당한다고 보면 되겠다. 내 나름으로는 한국 아동문학을 둘러싼 여러 문제들, 예컨대 동심주의·교훈주의·속류사회학주의의 뿌리를 밝혀보고자 하였다. 2부는 최근의 동향과 신간 서평에 해당하는 글들이다. 시기가 시기인지라, 여기에서는 '갱신'에 힘을 실은 것들이 많다. 3부는 '발굴작가·작품론'이다. 일제시대에 누구보다 두드러지게 활동했지만, 이런저런 사정 때문에 우리 기억으로부터 멀어진 이들이 대부분이다. 부록으로 '아동문학 비평 목록'을 보탰다. 아동문학을 공부하려는 이들은 흔히 자료의 빈곤으로 어려움을 겪는다. 6·25동란 이전의 것들로 한정하여 꽤 오랫동안 조사해온 것인데, 여러 사람의 도움에 힘입어 생각보다 상세한 목록이 만들어졌다.

책 꼴이 다 되고 나서 보니까 아이들이 즐겨 찾는 해외명작을 포함하여 개별작품을 충실하게 읽어낸 글 곧 현장비평이 부족함을 느낀다. 이 부분은 이 책에서 건너뛴 1950년대부터 1990년대에 이르는 주요작가·작품론과 함께 보완하도록 하겠다. 이미 발표해놓고도 자리를 따로 마련하고자 여기 싣지 않은 글들도 있다. 이왕 변명을 했으니까 말인데, 내 글이 몹시 딱딱하고 어렵다는 충고에 귀기울여 요새는 탐탁치 못한 글재주나마 좀더 친절해지려고 애쓰고 있다. 그렇긴 해도 어찌할 수 없는 한계를 절감하게 되고, 그럴 때마다 이를 통쾌하게 깨뜨리고 나갈 더 젊고 참신한 후학들을 고대하게 된다. 이 책이 그 징검다리라도 될 수 있다면 정말 좋겠다.

이 자리를 빌려 지난 이십년 가까이 배우고 묻는 길을 내게 가르쳐주신 최원식(崔元植) 선생님께 감사드린다. '우리 말과 삶을 가꾸는 한국글쓰기연구회'의 여러 선생님들도 떠오르고, 언제나 질책보다 격려를 아끼지 않으셨던 이오덕(李五德), 권정생(權正生), 윤구병(尹九炳) 선생님께는 송구스러워서 뭐라 말문이 열리지 않는다. 공부를 핑계로 시간을 충분히 나누지 못한 집안식구들, 친구들, 후배들에게 미안하다. 또 고맙다는 말을 전한다. 끝으로 옹달진 구석을 마다하지 않고 정성껏 어린이문화운동을 일구어가는 동료들과, 한국어린이문학협의회, 어린이도서연구회, 겨레아동문학연구회 회원들에게 보잘것 없지만 나의 이 작은 정성을 바친다.

2000년 12월

원 종 찬

차 례

제 1 부

한국 아동문학의 어제와 오늘

반성과 과제를 중심으로

1 들어가는 말

2000년 1월, 일본의 코오베(神戶)시에서 한국과 일본의 아동문학 인들이 작은 만남의 자리를 가졌다. 때가 때이니만큼 두 나라 아동문 학의 근황을 이야기하면서 자연스럽게 지난 세기에 대한 회고와 반 성이 이루어졌다. 그 가운데 '파시즘과 전화(戰火)의 시대', '분열과 대립의 시대'라는 말들이 오고갔다. 한국은 근대식민주의의 희생양 으로 또 냉전 이데올로기의 희생양으로 남다른 상처를 받았음에도, 20세기의 마지막 분단국가이자 전쟁의 화약고라는 불명예를 안고 세기를 넘기고 있다. 아이들의 삶은 어땠을까?

학대받고, 짓밟히고, 차고, 어두운 속에서 우리처럼 또 자라는 불쌍한 어린 영들을 위하여, 그윽히 동정하고 아끼는 사랑의 첫 선물로 나는 이 책을 짰습니다. (방정환 「머리말」, 『사랑의 선물』, 개벽사 1922)

전쟁이 일어나면 제일 먼저 피해를 받는 것이 어린이고, 보이는 대로 배우는 것이 어린이다. 외세의 침탈에 의해 배고프게 살아온 아이들, 전쟁으로 가족을 잃고 집을 잃고 불구가 된 어린이들, 이런 어린이들에게 과연 어떤 꿈이 있는 걸까? 이런 어린이들이 부를 노래는 어떤 것이어야 하고 어떤 내용의 이야기책이어야 할까? (권정생 「아동문학이 외면했던 고난 속의 동심」, 한국어린이문학협의회 편 『우리어린이문학』, 지식산업사 1993)

식민지와 분단이라는 역사의 상처는 아이들이라고 해서 결코 비껴가지 않았다. 한국 아동문학은 이 상처와 더불어 탄생·성장한 것이다. 그동안 적지 않은 문제들을 해결해왔지만, 여전히 많은 숙제가 우리 앞에 놓여 있다. 오늘날은 과거에 없던 새로운 도전에 직면하여 또하나의 고비를 맞이하는 중이기도 하다. 이 글은 거칠고 성글게나마 이런 전반의 문제를 짚어보면서 한국 아동문학이 나아갈 길을 가늠해보려는 시도이다.

2 한국 아동문학의 기본성격: 현실주의

방정환에서 비롯된 20세기의 한국 아동문학은 한마디로 현실주의 정신을 바탕으로 전개되었다고 할 수 있다. 일본의 식민통치 아래서 한국은 불구의 근대를 살아야 했고, 바로 그 때문에 한국 아동문학은 출발부터가 다른 나라와 달랐다. 한국 아동문학은 미완의 근대혁명 곧 동학을 잇는 천도교의 개혁사상에 뿌리가 닿아 있으며, 민족·사회운동의 일환이었던 소년운동과 함께 줄기를 뻗었다. 경향과 색채를 불문하고 일제시대의 아동문학은 전국 각지의 소년운동과 굳게 맺어졌다. 한국 아동문학의 출발점이 어른의 도피관념으로서의 퇴행심리와 거의 무관했던 근거가 바로 여기에 있다.

한국 아동문학의 주요 성과물들은 시대현실의 문제 곧 사회성으로부터 따로 떼어내어 생각해볼 여지가 거의 없다. 기억에 남는 작품들도 판타지보다는 사실동화나 단순한 의인동화, 우화류가 대부분이다. 이는 한국의 역사현실이 어린이의 특권이라 할 수 있는 무한한 가능성의 세계를 끊임없이 박탈·제약해왔다는 사실의 반영이기도 하다. 말 그대로 '꿈 같은 이야기'는 허황된 관념으로 새어나가기 일쑤여서 허깨비 인생을 부추길 따름이었고, 몇겹의 억압으로 만들어진 현실의 굴레는 아이들의 꿈과 상상력을 종이처럼 얇아지도록 강요하였다.

그렇지만 이런 엄정한 현실과의 정직한 교섭 속에서 한국 아동문학의 독특한 성격, 그 명예로운 전통이 만들어졌으니, 방정환·마해송·이주홍·이원수·현덕·권태응·이오덕·권정생 같은 주요 작가들의 경우가 뚜렷한 본보기라고 할 수 있다. 이들은 민족현실과 서민아동의 삶에 바짝 붙어서 한국 아동문학의 자리를 마련하였고, 거기에 겨레의 꿈과 소망을 새겨넣었다. 이런 관계로 한국 아동문학은 이를테면 '삐노끼오적 경향'보다는 '꾸오레적 경향'이 우세한 편이며,[1] 한국 아동문학의 대표작들은 바로 이 줄기에서 나왔다. 주요 캐릭터를 아이들 눈높이에 맞추는 해방의 기능보다는 작가의 눈높이에 맞추는 교화의 기능이 더욱 중요시되었던 것이다. 또한 한국의 아이들부터가 뜬구름 같은 이야기에는 쉽게 동화(同化)할 수 없는 체질이었다.

---

1) 자유분방한 캐릭터와 풍부한 공상의 세계를 '삐노끼오적 경향'이라고 한다면, 사회생활에 필요한 덕성을 길러주고 용기와 희망을 전하려는 사실 교훈담의 세계를 '꾸오레적 경향'이라고 할 수 있을 것이다.

대다수 아이들은 자유와 일탈을 만끽하려는 평범한 성격의 주인공보다는 현실의 온갖 어려움을 이겨나가는 영웅적인 주인공한테서 자기를 발견하려고 들었다. 한국 아동문학을 둘러싼 이런 '자기희생적 성격'은 때로 지나친 감상주의와 영웅주의, 또는 교훈주의로 빠지게 하는 함정이 되었다. 그렇긴 해도 군국주의의 기운을 타고 대중의 호응을 얻은, 일본 아동문학에서의 이른바 '입신출세주의'와는 뚜렷이 구별되는 성격이었다.

3 한국 아동문학을 지배하는 통념: 동심주의와 교훈주의

분단시대에 들어와 일제시대의 주류 아동문학은 남북한 양쪽으로부터 이단시되거나 그 진상이 왜곡되었다. 분단 이데올로기를 바탕으로 성립한 남북한 정권이 상대편에 대한 부정을 통해 자신의 정통성을 세웠던 것처럼, 남북한 제도권 아동문학도 이 흐름에 편승하여 일제시대의 아동문학을 제각각 변질적으로 수용했기 때문이다. 오늘날 보통 사람들이 당연하게 여기는 아동문학에 대한 통념은 바로 여기서 시작된다.

아동문학에 대한 일반인의 상식은 이러하다. 어린이는 현실의 때가 묻지 않은 순수하고 미성숙한 존재이므로 이들에게 주는 문학은 작고 어여쁘며, 품안의 꿈과 환상을 한껏 즐길 수 있는 것, 그리고 교훈적이라야 한다는 것이다. 여기에도 분명 일면의 진실은 담겨 있다. 그러나 이러한 생각은 국정교과서와 신춘문예, 그리고 지난 시기의 몇몇 상업주의 출판물이 만들어낸 협소한 관념에 지나지 않는다. 이를 가리키는 말이 바로 '동심주의'와 '교훈주의'다.

동심주의는 어린이를 순수하고 무구한 천사라고 보는 태도이다.

훼손되지 않은 어린이의 심성 곧 '동심'이란 걸 상정할 수 없는 것은 아니지만, 동심주의는 어린이를 현실로부터 차단한 진공의 상태에서 파악하려는 경향을 지닌다. 어린이를 현실의 때가 덜 묻은 '작은 인간'(in degree)으로 보는 것이 아니라, 아예 '별종'(in kind)으로 보는 것이다. 동심주의의 뿌리는 일본의 『빨간새』(『아까이토리(赤い鳥)』)[2]운동에서 보는 것처럼, 현실의 피로와 중압을 벗어나려는 작가의 낭만적 충동에 있다. 이럴 경우 동심주의는 명백히 어른의 도피 심리 가운데 하나이다. 여기에 타성이 붙어 삶의 얼룩을 지워버린 몇 가지 상투적 어구에 매달리게 되면, 동심주의는 결국 자기만족과 자기도취에 빠진 작가의 관념적 표현이 된다.

교훈주의는 어린이를 미성숙한 존재로 보고 도덕적·교육적 견지에서 이야기를 제공하려는 태도이다. 어린이가 지적·신체적으로 미성숙한 존재인 것은 사실이다. 그러나 교훈주의는 사회제도 안에서 이미 만들어진 것을 의심없이 승인하려는 태도와 이어지기 때문에, 문학에서의 형상을 추상관념의 '도해(圖解)' 정도로 여기는 경우가 적지 않다. 결국 교훈주의 작품은, 아무리 흥미있는 줄거리라 할지라도 정서적 울림이 뒤따르는 안으로부터의 깨달음이 아니라 교훈이라고 믿어지는 지식 한줌을 바깥에서 주입하는 형태로 흐르게 되는 것이다. 동심주의와 마찬가지로 교훈주의는 구체적인 현실을 문제삼지 않는 관념적인 태도로 말미암아 대개는 지배문화를 보수(保守)·재생산하는 구실을 한다.

한국 아동문학을 지배하게 된 이들 통념은, 카라따니 코오진(柄谷行人) 식의 표현을 빌리자면, 전도(顚倒)의 성격을 은폐시키는 그릇

---

2) 타이쇼오(大正)~쇼오와(昭和) 초기의 아동잡지로 당대 유명 작가들의 기고가 많았고, 어린이들의 글쓰기운동에 큰 공헌을 했다. 자세한 내용은 이 책 「한일 아동문학의 기원과 성격 비교」 참고 바람.

된 관념으로 작용하고 있다. 여기서 잠시 남한학계에서 널리 통용되는 『한국현대아동문학사』(이재철, 1978)의 문제점을 살펴볼 필요가 있다. 이 책에서는 일제시대를 '아동문화운동시대'로, 그 이후를 '아동문학운동시대'로 구분한다. 왜일까? 저자는 일제시대의 대표적인 현실주의 작가 가운데 현덕처럼 월북한 작가에 대해서는 침묵할 수 있었지만, 방정환·마해송·이주홍·이원수 같은 작가들까지 그렇게 할 수는 없었다. 그래서 이들 작가의 현실주의 문학정신을 '문화'("본격 아동문학운동에 선행되는 과도기", 591면)라는 포괄적 용어로 덮어씌움으로써, 일제시대의 주된 흐름과 분단시대에 전도로 나타난 협소한 지배 조류와의 불연속성을 무마하였던 것이다. 이재철의 아동문학사는 순수문학과 모더니즘의 등장을 현대문학의 획기적인 기점으로 삼은 조연현의 『한국현대문학사』(1957)처럼, 이른바 '순수파'에 의한 '사회파' 배제의 담론이라고 할 수 있다.

4 교훈주의의 변종: 속류사회학주의

분단시대의 '제도권과 비제도권' 또는 '주류와 저류'가 지니는 서로 다른 성격 때문에, 일반문학과 마찬가지로 아동문학에서도 '순수파와 사회파'라는 구분이 생겨났다. 사회파를 대표하는 이론가는 이원수와 이오덕이다. 이들은 동심주의와 교훈주의의 흐름을 비판하면서 일제시대의 주류를 잇는 한국 아동문학의 올바른 전통을 세우고자 힘을 기울였다. 이들의 노력으로 비록 화려한 조명이 없는 척박한 토양에서도, 민족문학의 하나로서 '역사를 살아가는 동심' 또는 '일하는 아이들'의 세계를 그려낸 작품들이 끊임없이 이어져왔다.

그런데 1980년대를 거치면서 일제시대의 카프(KAPF)아동문학에 견줄 만한 급진적인 흐름이 새로 등장하였다. 이 흐름은 교육민주화 운동의 일환이었던 교육문예창작회의 주도로 힘을 얻었으며, 그 이후 국정교과서를 비롯한 제도권 아동문학의 그릇된 통념을 뒤바꾸는 데 적지 않은 기여를 하였다. 1980년대 민족민주운동의 대의와 뜻을 함께 했던 이들은 대부분 이 흐름에 합류했다고 볼 수 있다. 정치의 시대였던만큼, 이데올로기의 금기를 깨뜨리는 빛나는 성취도 뒤따랐다. 그러나 운동의 이념을 날카롭게 내세우다보니, 갈수록 이분법적 도식에 갇히게 되고, 카프아동문학 또는 북한학계의 오류와 한계를 비슷하게 되풀이하는 속류사회학주의의 문제점이 일부에서 드러나게 되었다.

속류사회학주의는 사회현실에 대한 인식과 자각을 우선시하는 이념 편향의 태도로 이어지면서, 교훈주의를 그 내용에서만 진보로 바꾼 관념적인 창작방법을 낳았다. 다시 말해 사회학의 언어를 문학의 언어로 바꾸는 창작방법, 또는 문학의 언어를 사회학의 언어로 바꾸는 비평태도로 말미암아, '전형(典型)'의 이름으로 현실의 전모를 파악한다고는 했지만, 여러겹으로 둘러싸여 생동하는 인간의 삶에 대해 곧잘 피상적이고 일면적인 파악에 그치고 마는 한계를 드러냈다. 결국 교훈주의의 변종인 속류사회학주의는 사회학으로 대신할 수 없는 문학 고유의 몫을 좁히는 요인으로 작용하였다. 또한 사회문제의 폭로와 고발, 민중현실의 직접적인 반영 따위에 눈을 돌리다보니 일종의 소재주의로 기울면서 진부한 생활동화와 우화류를 남발하였고, 이것은 판타지를 비롯한 아동문학 고유의 양식 탐구를 가로막는 요인이 되기도 하였다.

속류사회학주의가 한편으로 영향을 미치게 됨에 따라 순수파와 사회파로 나누어진 문단 대립의 골은 갈수록 깊게 패였다. 논쟁은 주로 윤리성이나 사회비평 차원에서 전개되었다. 이처럼 독자적인 이론이 취약했던 아동문학은 일반문학 쪽보다 더욱 감정적이고 적대적이어서 양파(兩派) 교류의 가능성도 어느새 사라지고 말았다. 이는 일제시대의 건강한 흐름을 이어받은 조선문학가동맹의 좌우합작 노선이 표면에서 사라지고 매우 공격적인 구도로 남북문단이 재편된 해방기의 불행한 상황을 닮은 것이다.

5 변화의 갈림길: 한국 아동문학의 빛과 그림자

한국 아동문학은 1990년대를 경과하면서 가장 빠른 변화를 겪게 되었다. 얼마 전의 한일아동문학교류회에서 알게 된 사실 중 하나는, 한국 아동문학이 지금 막 활황국면을 맞이하고 있는 반면, 일본 아동문학은 대책없는 침체국면에 빠져 있다는 것이다. 우선 아이들이 오락에 정신을 빼앗겨 책을 읽으려 들지 않는다고 한다. 전자오락은 만화보다도 훨씬 큰 위협으로 작용하여 어린이책 출판 부수에 막대한 영향을 미친다고 한다. 또한 아동문학에 몸담고 있는 어른들의 나이가 갈수록 높아져, 특히 비평과 연구 분야에서는 젊은 세대를 찾아보기 힘들다고 한다.

우리네 사정은 이와 좀 다르다. 한국 아동문학은 겨울잠에서 깨어난 듯 막 기지개를 켜는 중이다. 1920년대의 황금시대를 처음 출발점으로 삼는다면 지금은 확실히 제2의 도약기라고 할 수 있다. 신진작가층이 빠르게 전진하고, 국내 유수의 출판사들이 잇달아 아동물에 힘을 쏟고 있으며, 젊은 편집진의 참신한 기획과 아이디어로 책들이 한층 세련된 꼴을 갖추었다. 비평과 연구 분야에도 젊은 세대가 적극적으로 참여한다. 크고 작은 아동문학 강좌가 여럿 눈에 뜨이고, 좋은 책을 골라주려는 학부모들의 운동 역시 바쁘다. 순전히 봉사와 희생으로 만들어지는 어른 대상의 전문잡지들조차 뜻밖으로 선전(善戰)하고 있다.

그러나 춤을 추기에는 아직 이르다. 이 모든 꿈틀거림의 배후엔 여전히 한국 아동문학의 낙후성이 자리하고 있다. 오늘날 우리가 보는 아동문학은 철두철미 근대의 산물이다. 식민지와 분단시대를 거쳐온 20세기 한국 아동문학은, 시민사회의 미성숙 곧 불구의 근대라는 제약으로 말미암아 자신을 남김없이 발전시킬 수 없었다. 1990년대 한복판에 들어와서야 그나마 시민사회라 함직한 '열린 공간'이 마련되었고, 한국 아동문학은 이곳을 빠르게 점유해가는 과정에 있다. 약간의 멈칫거림도 없지 않았다. 자신의 어린시절과는 전혀 다른 차원의 체험공간에 놓인 요즘 아이들을 두고 작가들이 감을 잡지 못할 것은 뻔한 이치다. 터무니없이 낡아빠진 학교 교육이 지금 어떻게 돼가고 있는가. 이른바 교실붕괴는 딴 세상 이야기가 아니었다. 기성관념을 들이대며 아이들의 상상력을 납작하게 눌러온 교훈주의 동화부터 무너져내린 것도 당연한 일이었다. 그래서일까? 요즘 아이들 정서를 누구보다 잘 이해하는 '젊은 엄마──주부 작가군'이 새로운 기수로 떠올랐다.

진짜 문제는 이제부터일 것이다. 신세대문화는 자본의 날개를 달고 이미 세계 동시상영 시대로 들어섰다. 전자오락이든 인터넷이든 휴대전화든 우리 아이들도 일본 아이들과 동일한 조건에 놓여 있다. 일본 아동문학을 위협하는 요소들은 서구적 근대에 현저히 못 미치는 한국 아동문학에도 긴 그림자를 늘어뜨리고 있다. 그러나 우리가 일본을 보고 미리 비관에 빠지지 않아도 좋은 것은, 근대의 기회를 거의 탕진해버린 저들과 달리 우리에겐 다른 선택의 기회가 있기 때문이다. 만약 근대를 따라잡는 재미에 취해 저들을 닮아가기에만 급급한다면, 우리야말로 정말 한순간에 무너져내릴지도 모른다.

6 도전과 과제: 동심주의·교훈주의·속류사회학주의를 넘어서

'파시즘과 전화의 시대', '분열과 대립의 시대'는 아직 끝나지 않았다. 또한 우리 사회의 구석구석에는 여전히 봉건적인 질곡으로 인한 고통이 적지 않다. 식민지와 분단의 조건 아래서 억압의 세월을 살아온 우리에겐 달성해야 할 '해방의 근대'가 하나의 과제로 남아 있는 셈이다. 나라 밖의 선진적인 사례들은 한국 아동문학에 남아 있는 문제가 어떤 것들인지를 비추는 좋은 거울이다. 따라서 세계명작들을 엄선해 본격적으로 검토하는 일이 지금 새로 이루어져야 한다. 그동안은 작품 선정과 번역의 문제점이 많았을뿐더러 속류사회학주의에 따른 이데올로기의 검증에 치중했기 때문에, 고전의 고전다움에 대한 탐구는 상대적으로 소홀했다고 볼 수 있다.

그러나 근대의 양면성을 철저하게 인식하지 못한 채 서구적 근대에 대한 환상을 키운다면, 그건 저들의 문제를 피해갈 수 있는 우리한테 남은 가능성을 스스로 포기하는 어리석음이 될 것이다. 봉건적 가치체계를 대신한 근대적 가치체계 역시 새로운 억압을 끊임없이 만들어내고 있다. 지금 우리에겐 넘어서야 할 '억압의 근대'가 또하나의 과제로 다가와 있는 셈이다. 이 점에서 우리 자신의 경험과 유산을 '그 경험의 한계를 넘어선 시각'으로 정리하는 일이 무엇보다 선행되어야 한다.

지난 20세기의 경험과 유산에 대해 우리가 얼마나 스스로의 한계에 갇혀 불구의 신세를 면치 못했는지는, 일제시대의 작품들을 비교적 남김없이 검토하는 일이 세기의 길목에 와서야 비로소 가능했다는 사실로도 증명된다.[3] 돌이켜보건대 한국 아동문학을 특징짓는 사

3) 일제시대에 활동했던 작가들의 작품을 발굴해서 펴낸 『겨레아동문학선집』(전10

회성과 교육성은 불행한 역사를 바로잡으려는 공동선(共同善)에 대한 강렬한 희구인만큼, 지나친 강박에서 비롯된 편향의 문제점만 극복한다면 다른 무엇과도 바꿀 수 없는 건강함의 징표임에 틀림없다. 그러므로 사회성과 교육성을 문학예술의 차원에서 고민하는 현실주의 문학정신은 한국 아동문학의 명예로운 전통이요 가장 소중한 자산이라고 할 수 있다.

오늘의 현실을 들여다볼수록 몇겹으로 중첩된 문제들이 서로 맞물려 돌아가고 있음을 알게 된다. 아이들의 삶도 의식도 너무나 빠른 급류를 타고 흐른다. 이런 상황에서 경계해야 할 것 중 하나가 바로 감상주의다. 아동문학의 힘은 물론 단순소박함에서 나온다. 그러나 힘들고 복잡한 문제를 피해가려는 안이한 작가정신은 현실에서는 무기력한 감상주의를 낳는다. 감상주의는 자기만족·자기도취의 심리라는 점에서 흔히는 동심주의나 교훈주의와 통한다. 한편, 민족과 사회 현실의 문제를 파고들려는 작품에서도 지식인 특유의 부채의식과 보상심리의 작용으로 감상주의가 적지 않게 드러나는 걸 볼 수 있다. 가해와 피해 또는 선과 악의 도식을 따라 어느 한편은 증오의 대상이 되고 어느 한편은 미화되는 예가 흔한데, '전형'의 이름으로 현실을 '감금'시킬 일은 아니다. 현실주의를 지향할지라도 단순 도식에 이끌리게 되면, 속류사회학주의와 감상주의는 어느덧 한몸이 되고 만다.

최근 들어서 판타지에 대한 관심이 뜨겁다. 한국 아동문학이 갑자기 부풀어오르게 된 근거를 시민사회 영역의 확대 곧 사회성격의 변화에서 찾는다면, 일반문학과 함께 지난 일세기 동안 나름대로 적응을 해온 현실 모사(模寫)의 흐름보다는, 사회성격 자체로부터 제약되었던 판타지의 흐름에 눈길을 돌리는 게 무척 자연스러운 현상이

권, 보리)은 1999년 4월에 출간되었다.

고, 이쪽에 앞으로 성장 가능성이 많은 것도 사실이다. 근대에 대한 적응력을 더이상 유보없이 발전시키려는 이 흐름에는 당연히 상업 자본도 한몫 한다. 그런데 이 흐름에는 또하나의 사정이 있다. 밖으로는 해방을 내세웠어도 안으로 또다른 억압성을 키워온 근대의 가치가 힘을 잃어가면서 근대의 잣대로는 잴 수 없는 이른바 탈근대의 조짐이 드러나고 있는 것이다. 신세대문화로 대표되는 이 조짐은, 비록 그것이 초국적 자본의 생리를 닮았다고는 하지만, 아직 긍정과 부정 어느 하나로 단정짓기에는 이르다.

근대역사를 떠받쳐온 이념에 대한 회의와 가치관의 붕괴현상을 오늘날 우리는 온몸으로 겪고 있다. 길이 없어져버린 시대, 판타지는 사막의 신기루가 될 수도 있고 오아시스가 될 수도 있다. 우선 판타지는 존재하는 모든 것들이 동등하게 혼을 나누는 열림의 형식을 지향하기 때문에 생태위기의 대안으로서도 눈길을 끈다. 거침없는 상상력의 발동은 인간 중심의 가치체계와 일상으로 굳어진 상식의 관념들에 균열을 내면서 '저 너머의 푸른 세계'로 우리를 손짓한다. 판타지를 현실로부터의 자유로운 비상이라고 본다면, 그것은 '간절히 원하지만 현실에서는 결핍된 어떤 절실함'에 바탕을 둘수록 높이 솟구쳐오를 것이다. 현실을 감당하지 못하는 도피심리 곧 동심주의에서 비롯된 허황된 이야기라든지, 교훈주의와 속류사회학주의에 말라붙은 통속적인 이미지의 조잡한 짜맞추기, 또는 속이 뻔한 우화 따위로는 길이 없어져버린 시대의 사막을 건널 수 없다. 판타지가 자유분방한 상상력의 소산이라 하더라도, 그 핵심은 역시 상상력을 뒷받침하는 철학에 달려 있다. 변형·부활되는 낡은 경향에 유의하면서 진정성에 바탕을 둔 문명사적 통찰이 요구된다.

7 새로운 흐름을 기대하며

마지막으로 21세기 한국 아동문학의 흐름을 올바르게 주도할 '운동'의 문제를 빼놓을 수 없다. 오늘의 아동문학에 날개가 돋기 시작한 것은 시민사회의 성장과 궤를 같이 하는 것이라고 이미 지적하였거니와, 이 시민사회라는 공공의 영역은 자본과 시민의 힘겨루기가 벌어지는 곳이기도 하다. 더욱이 아동문학은 어른이 어린이에게 주는 문학이라는 점에서 어른의 역할이 다른 어느 분야보다도 중요하다. 이 문제는 작가·평론가·출판담당자·시민단체 등으로 나누어 살펴볼 수 있다.

먼저 작가한테로 눈을 돌리면, 현실의 문제가 착종(錯綜)된 만큼이나 현재 기성문단은 힘을 잃고 있다. 문인단체에 소속하지 않거나 소속했어도 그 구심력과 관계없이 활동하는 주요 문인들이 점점 많아지고 있고, 이들은 한층 발이 빨라진 출판사와 직접 통로를 가지고 창작에 열중한다. 문인들이 단체활동을 기피하는 추세는 현시대의 특성인 개인주의 성향과도 관련이 있겠지만, 그보다는 기성문단의 고루한 편견과 타성으로부터 자유롭고자 하는 의지가 더 크다고 여겨진다. 이는 20세기의 특수산물인 중앙집권형 문인단체를 쇄신하는 일과 관련해 새로운 희망일 수 있다. 그러나 작가도 한 사람의 시민임이 분명한데 뿔뿔이 흩어져서만 존재한다면 과연 엄청난 규모의 상업주의를 피해갈 수 있을까? 사회에 자기를 드러내고 사는 수밖에 없는 작가들이 자신의 '작가혼'을 지키는 길은 스스로를 골방에 가두는 것이 아니라 사회적 지평에서 연대의무를 지는 것이다. '전지구적으로 사고하고 지역적으로 실천하라'(think globally, act locally)는 말처럼 자기가 사는 지역에서부터 둥지를 틀고 아울러 광범한 연계망을 지닌, 새시대에 걸맞은 작고 단단한 동인(同人)활동이 1920년대 황금기만큼이나 발랄하게 꽃피어나기를 소망한다.

평론가들은 기성문단의 편견과 타성에 대해 가장 큰 책임을 져야 하는 존재이다. 문단의 분할과 편가르기의 배경에는 정실관계라는 케케묵은 문제가 만만치 않지만, 이건 어디까지나 문학 외적인 문제이다. 따라서 이런 거품을 헤쳐나갈 진정한 대안은 '이론의 빈곤/폐쇄성'부터 자기점검해나가는 것이다. 배타적인 집단정체성에만 매달려서는 새로운 지평이 열릴 수 없다. 게다가 기성이론의 잣대로는 답을 구하기 힘든 문제들이 속속 얼굴을 내밀고 있으니, 누가 보더라도 지금은 비평담론의 개방과 주고받기가 절실하다.

출판담당자나 시민단체의 운동에 관해서는 따로 자리가 마련되어야 하겠기에 말을 줄이겠다. 양식있는 출판담당자와 시민들의 자율적인 모임이 기성문단의 좁은 테두리를 넘어서 서로 교차하는 가운데 아동문학의 공공성에 관한 사명을 함께 드높였으면 하는 바람이다. 작가·평론가·출판담당자·시민단체 들은 '따로 또 같이' 한국 아동문학의 내일을 책임져야 할 존재들이다. 이중에서 시민단체의 몫이 매우 독특한데, 작가·평론가·출판담당자 사이의 그릇된 담합을 깨뜨리는 힘도, 옳은 지향을 북돋는 힘도, 어린이책에 관한 한 바로 시민단체에 달려 있기 때문이다.

〈한국어린이도서연구회 20주년 기념 쎄미나 발표문, 2000년 4월〉

한국 아동문학의 반성과 과제를 둘러싼 논의

진정 나무가 나무로 있게 하는 길

지난 4월, 어린이도서연구회 창립 20주년 기념 쎄미나에서 발표한 졸문 「한국아동문학의 어제와 오늘」이란 글에 대하여 이재복, 김서정, 김이구, 나까무라 오사무(仲村修) 등 네 명의 지정 토론자가 차례대로 의견을 내주었다. 그리고 몇 달 뒤, 한국아동문학인협회의 여름연수에서 최지훈 씨는 내 발표문의 일부 내용을 비판하는 가운데 나와는 정반대의 관점을 드러내었다. 이들이 내 발표문에서 미처 생각하지 못한 점을 지적하고 보완해준 점, 그리고 최지훈 씨가 나름대로 관심을 가져준 점에 대해 고맙게 생각하면서, 그들이 지적한 주요 사항들에 대해 답해보려고 한다.[1]

---

1) 발표문과 지정 토론자들의 글은 어린이도서연구회 자료집 『21세기 어린이독서문화의 전망』(2000년 5월)에 모두 실려 있다. 인용문은 이 자료집을 따른다. 어린이도서연구회 인터넷 홈페이지(www.childbook.org)에서도 이 자료집 전문을 볼 수 있

1

이재복 씨는 한국 아동문학에 나타난 입지전적 성격과 일본 아동문학의 그것은 구별되어야 한다는 나의 견해에 일부 공감을 표시하면서도, "입지소설이 갖고 있는 본래 씨앗의 문제는 그대로 남아 있"으므로 "입지소설이 갖는 한계가 어떻게 한국의 아동문학동네에 부정적인 영향을 미쳤는지 밝혀볼 필요가 있"(128면)다고 지적하였다. 해방후 분단시대의 한국 아동문학은 체제이념을 홍보하는 수단으로 이용된 적도 많았는데, 여기서 입지소설이 그 뿌리로 작용했을 것이라는 의견이다.

> 입지소설이나, 반공문학이나, 새마을문학이나, 생활동화나 그 뿌리를 살펴보면 작가가 선생의 자리에서 아이를 낮추어보고 어떤 제도나 도덕 관념에 가두어두려는 목적의식을 바탕으로 씌어진 이야기입니다. 이런 종류의 문학은 공통된 한가지 특성을 갖고 있습니다. 힘을 추구합니다. 잘사는 힘, 철저하게 무장된 이념, 피나게 노력해서 남들보다 앞서 나가는 능력을 추구합니다. 참된 문학은 힘을 추구하지 않고, 오히려 자신이 갖고 있는 힘을 나누어주고, 자신은 지금 있는 곳에서 좀더 아래에 서는 쪽을 택합니다. 이런 문학이 바로 작가가 학생의 자리에서 쓴 문학입니다. (같은 곳)

이 대목에서 이재복 씨는 좀더 근본적인 문제를 짚고 있다. 나는 한국 아동문학의 주인공들이 지닌 '자기희생적 성격'이 때로 지나친

다. 최지훈 씨의 글은 한국문예교육연구원에서 펴내는 계간지 『아동문학시대』(2000년 가을호)에 「지난 세기, 한국 아동문학이 잃은 것과 얻은 것」이라는 제목으로 전문이 실려 있다. 인용문은 이 글을 따른다.

감상주의와 영웅주의, 또는 교훈주의로 빠지는 '함정'이 되었음을 지적하는 가운데서도, 억압받는 자리에 있었던 식민지 조선은 억압하는 자리에 있었던 일본과는 경우가 달랐기 때문에 군국주의 기운을 탔던 일본 아동문학에서의 '입신출세주의'와는 일단 구별해야 한다고 본 것이다. 이에 대해 이재복 씨는 '힘의 추구'라는 관점에서는 억압이 되든 저항이 되든 동일한 성격일 수 있음을 주목하고 그 뒤집혀진 모습이 이른바 반공문학·새마을문학·생활동화로 나타났을 거라고 말한다. 내가 한국 아동문학의 영웅주의적 성격이나 고난극복의 입지전적 성격에서 일정하게 시대적 정당성의 측면을 바라보고자 했다면, 그는 그것이 나아갈 수 있는 부정적인 측면을 짚어서 경계로 삼고자 한 것이다. 토론문은 내 발표문이 놓친 걸 잘 지적해주었다고 생각한다. 결국 한국 아동문학의 영웅주의나 입지전적 성격에는 양면성이 있다는 말이 된다.

작품 하나하나에 따른 편차도 클 것이나, 이처럼 어느 한 경향이 지니는 긍정과 부정 두 측면 가운데서 어느 한가지를 다른 현상과 관련지어 특별히 강조할 때가 발생하는데, 이럴 경우에는 더욱 섬세한 분별력이 뒷받침되어야 하리라고 믿는다. 나는 일제시대 카프아동문학을 비롯하여 사회적 메씨지를 강하게 드러내고자 했던 문학운동에 대한 반성의 일환으로, 이념적 좌우파를 막론한 20세기 근대주의의 한계와 그 극복의 문제를 제기해왔다. 그런데 앞의 인용문에서처럼 나름대로 근대극복의 관점에서 20세기 근대주의의 문제점을 짚어냈다고 할 수 있는 이재복 씨가 드문드문 나와 부딪치는 것처럼 보이는 까닭은 왜일까? 그가 여전히 『우리 동화 바로 읽기』(1995)의 자리에서 우파 이데올로기를 문제삼는 데 주력하고 있기 때문은 아닐까? 예컨대 역사적 관점을 분명하게 내세운 그의 과거 글에서는 일본 아동문학과 한국 아동문학의 우파 이데올로기에 나타나는 영웅주의나 단결·협동심 따위는 군국주의이자 힘의 추구라고 지적한 반면, 카프아동문학을 비롯한 한국 아동문학의 좌파 이데올로기에 나타나는 그것들은 대체로 정당화되었다. 주로 창작방법론상의 도식성을 지적했을 뿐이니, 내용이나 이념 면에서 근대극복의 관점은 다소 불분명했다고 볼 수 있다. 그런데 이번에는 근대극복의 관점에 서서 좌우파 공통의 근대주의를 문제삼는 듯한데, 여기서는 거꾸로 역사적 관점이 다소 불분명해진 것처럼 보인다. 물론 반공문학, 새마을문학 등 여전히 우파 이데올로기를 집중 겨냥하고 있긴 하다. 나 역시 이런 비판에는 동의할 수 있지만, 이재복 씨 글의 바탕에는 근대주의 비판보다는 '이와야 사자나미(巖谷小波) 식의 군국주의 일본 아동문학' '방정환 문학' 그리고 '보수적인 한국 아동문학'을 하나로 묶으려는 의지가 더 크게 작용하고 있다. 방정환 문학에 대한 전반의 평가를 두고 나와 갈리고 있는 것이다. 과거의 '우리 동화 바로 읽기'와 현재의 '근대주의 비판·극복' 사이의 거리가 좁혀지지 않는 한, 그의 글은 혼동과 일관성의 문제, 또는 내 글과의 차이점을 드러낼 수밖에 없다. 방정환 문학에 대한 평가를 둘러싼 오늘의 문제는 '한국 근대아동문학의 특수성과 일반성'을 어떻게 통일적으로 파악할 것이냐에 달려 있을 것이다.

그의 글에서 한가지 더 생각해볼 거리가 있다. 최근 들어 그는 '생활동화'라는 용어에 대해 그것이 일본 군국주의 시대정신의 산물인 양 거의 부정의 뜻으로 쓰고 있다. 하지만 내가 알기로 생활동화는 '생활작문'이라는 용어가 그렇듯이 본디 삶의 문학과 글쓰기를 지향하는 운동과 관련되어 나온 것이다. 일본에서든 한국에서든, 아이들의 실제 현실을 외면하는 환상과 관념을 경계하고자 하는 의식 곧 리얼리즘 정신과 더불어 생활동화라는 말이 쓰이곤 했던 것이다. 그래서 생활동화는 사실동화와 거의 동의어로 쓰였는데, 갈수록 시대

현실의 폭넓은 바탕과 연관을 잃어버리고 아이들의 삶을 가정이나 학교의 좁은 테두리로 한정짓는 문제점이 나타나게 되었으며, 따라서 '생활'이라는 말은 때로 걸림돌로 인식되기에 이른다. 여기에는 아이들의 삶을 일정한 틀에 가두어 균질화하는 근대제도의 정착 또는 체제통합적 보수 이데올로기의 침입이 큰 몫을 했을 터이다. 소설의 수법을 빌린 생활동화는 동화 고유의 양식 또는 판타지에 대한 응분의 관심과 탐구를 가로막은 문제점도 없지 않다. 하지만 이는 리얼리즘 동화운동 곧 삶의 동화운동 전반의 사정일 뿐, 거기에서 생활동화만 따로 떼어내기에는 그 역사성이 너무 뚜렷하다. 그러므로 '생활동화'라는 말을 앞으로 굳이 버린다고 할 때에도 그 용어의 역사적 전통에 유의하지 않을 수 없는 것인데, 최근 판타지에 대한 탐구에 힘을 기울이는 이재복 씨가 '이 작품은 판타지로 나아가지 못하고 생활동화로 전락하고 말았다'는 식의 표현처럼 곳곳에서 '생활동화'란 용어 자체를 부정의 뜻으로 쓰는 것은 아무래도 자의적이지 않은가 한다. 앞의 인용문에서도 이런 문제점이 드러나 있다.

　김서정 씨는 시대현실의 맥락을 중요시한 내 발표문이 문학 고유의 논리를 벗어날 위험이 있다고 지적하였다. 충분히 수긍이 가는 지적이다. 변명처럼 들릴지는 몰라도 짧은 발표 시간과 지면에다 한국 아동문학의 어제와 오늘, 그리고 내일까지 가늠해야 하는 사정이었기 때문에, 내 발표문은 애초부터 제약을 지닐 수밖에 없었다. 이런 문제점을 보완하기 위해서 나는 구체작품에 바탕을 둔 다른 글들을 각주로나마 분명하게 제시했던 것이다(「한국아동문학이 창조한 주인공」 「한일아동문학의 기원에 관한 비교연구를 위하여」 등등). 그런데도 김서정 씨가 내 글이 초점으로 삼고 있는 "역사, 사회, 이데올로기와의 관계"(132면)를 굳이 문제삼는 까닭은 관점의 차이 때문이 아닌가 한다. 나는 작품성을 따지는 일에서 문학 외적인 문제에 지나치게 집착하려는 이른바 사회학주의를 경계하지만, 작품의 생산과 유통과 수용, 특정 문학경향의 출현과 후퇴, 혹은 다른 나라 아동문학과 구별되는 민족적 특성 등을 살피는 데에서는 "역사, 사회, 이데올로기와의 관계"를 중요하게 고려해야 한다고 믿는다. 그러나 그는 이런 나의 태도가 "문학사를 사회사의 한 하위 장르로 제한시키는 결과를 가져올 수 있다"(133면)면서 우려를 피력하였다. 마땅히 제기됨직한 문제이긴 한데, 하나 걸리는 게 있다. "시대배경을 단지 배경으로만"(같은 곳) 보아야 한다고 요구하는 대목에서 드러나듯이, 그의 관점은 거꾸로 문학과 사회의 교섭관계를 등한시할 위험이 있다. 창작에서 시대현실을 넘어서는 것은 시대현실을 고민한 결과로 이루어지는 것이지, 어떤 초시간성에 매달린다고 해서 되는 것은 아닐 테다. 흔히 고전이라고 일컬어지는 뛰어난 작품, 곧 그의 말대로 "사회의 통념을 깨뜨리고 시대를 앞서가는, 혹은 시대를 초월하는 정신과 양식"(같은 곳)을 보여주는 작품들 역시 자기 시대의 삶과 진지하게 대결한 결과물인 것이다.

문학과 현실의 상관관계를 '초월성'으로 해소하려는 듯한 이런 태도는 '문학은 운동인가'라는 항목에서 더 불거져나온다. 이 항목에서 말하려는 것이, 문학의 논리는 작품을 바탕으로 전개되어야 한다는 요구라면 별 이의가 없다. 하지만, 동시대 문학의 과제나 방향 같은 것을 따지는 일에 대한 무용론을 주장한다면 모를까, 다음과 같이 문학비평 또는 문학운동의 내용을 거의 형식주의적인 틀 안에서 파악해야만 문학으로 보려는 주장에는 선뜻 공감하기 어려웠다.

다시 한번 강조하지만, 좋은 문학은 좋은 운동과 좋은 시민단체 이전에 좋은 작가와 작품으로 이루어진다. 예를 들면 영국에는 셰익스피어, 독일에는 괴테 같은 위대한 작가들이 있으면서 그들을 중심으로 한 문학적 유산과 풍토가 문학사와 비평을 비롯한 문학 전체를 풍요롭게 만든다. 아동문학의 경우 루이스 캐럴, 미하엘 엔데, 아스트리드 린드그렌 등이 거목으로 우뚝 서서 꽃과 잎과 열매와 그늘과 바람과 새들과 작은 동물들을 아우르는 한 세상을 만들어낸다. 지금 우리가 먼저 할 일은, 작은 나뭇가지 수백 개로 울타리를 만드는 게 아니라 그런 나무들 한 그루 한 그루를 키우는 일, 스스로 그런 나무로 자라도록 힘쓰는 일이 아닐까. 문학의 힘은 작가와 작품에서 나온다. 문학을 역사인식, 시민운동, 아동교육의 장으로 여기는 시각이 주도적인 한 문학다운 아동문학이 꽃을 피울 토양은 마련되지 않을 것이다. (136면)

이 부분은 뒤에 최지훈 씨가 펼친 논리와도 맥락을 같이한다. 위의 인용문은 그것만 따로 떼어놓고 보면 큰 문제가 없을지라도, 그것이 무엇을 겨냥하고 있는가를 측량할 때에는 사정이 달라진다. 외국문학을 전공한 이로서 뛰어난 외국작가를 예로 들어 문제의 소재를 알기 쉽게 설명한 것까지는 좋았다. 하지만 한국에서 아동문학에 대해 가지고 있는 일반 통념의 문제라든지 정부가 발행하는 초등학교 교과서에 실린 작품들의 문제를 김서정 씨도 외면할 수 없음에야 문제 상황을 위와 같이 파악하려 드는 것은 소박한 단순논리가 아니라면 또하나의 '순수' 이데올로기에 지나지 않을 것이다. 위의 인용문에서 "지금 우리가 먼저 할 일은 (…) 스스로 그런 나무로 자라도록 힘쓰는 일"이라고 했는데, 이게 운동이 아니고 무엇일까. 김서정 씨 역시 "문학다운 아동문학이 꽃을 피울 토양"에 대한 관심으로 자신의 토론문을 끝맺었다. 발표문의 관심도 그런 '토양', 다시 말해 한국 아동문학의 풍토 쇄신에 있었다. 그런데 김서정 씨는 내가 "문학을 역사인식, 시민운동, 아동교육의 장으로 여기는 시각"에 빠져 있다고 보는 것은 아닌지? 나는 작가와 비평가와 시민운동, 나아가 학부모와 교사의 몫을 혼동하지 않으려 한다. 다만, 아동문학은 일반문학에서

보다 독서환경이 창작에 미치는 영향이 매우 크고, 발표 자리의 성격도 성격이니만큼, 관계자 어른들이 제각각 자기 몫을 하지 않으면 안 된다는 사실을 강조하고자 했던 것이다.

김서정 씨의 토론문은, 일정하게는 나의 발표문이 빠져들 수 있는 편향에 대한 일종의 균형잡기라고 여길 수 있다. "아동문학은 어른이 어린이에게 주는 문학"이라는 내 말이 작가와 독자 사이의 쌍방향 통행을 무시하는 것처럼 보여 "또다른 교훈주의로 빠질 가능성이 숨어 있다"(같은 곳)고 지적한 것도 그런 경계라고 보인다. 공연한 걱정이라고 말하고 싶지만, 내 표현에 오해의 여지가 있음은 인정하겠다. 앞뒤 문맥에서 확연히 드러나듯이, 나는 아동문학의 창작 주체가 어른이요, 일차적인 독자 대상이 어린이라는 점을 그렇게 표현한 것이고, 모름지기 아동문학은 어른이 어린이를 '의식'하고 이루어져야 함을 강조하려 했던 것이다.

김서정 씨의 토론문에서 가장 이해하기 힘들었던 것은 '근대' 문제를 둘러싼 대목이다. 그는 내 글에서 '근대'라는 용어가 "가치구분"이냐 "시대구분"이냐를 묻고 있다(134면). 당연히 이전 시대와 구별되는, '특정한 가치가 지배하는 특정한 시대'를 근대라 하지 않겠나. 한국의 20세기는 한마디로 '근대화의 논리'가 지배한 시대, 그리고 유례없는 이념적 갈등의 시대였다. 지난 세기의 논리들을 폭넓고 깊이 있게 검토하는 일은 세기의 전환점이자 탈근대의 입구라고까지 얘기되는 오늘의 상황에서 필수불가결하다. 그런데 포스트모더니즘 문학론을 일정하게 반영하고 있는 아동문학 비평서 『용의 아이들』의 번역자인 그가 현시기 근대 논의를 두고, "성인문학에서의 근대 논쟁은 이미 70년대 초반에 한차례 지나간 적이 있다"면서 '근대문학의 시대구분론'쯤으로 파악하고 있는 데에는 솔직히 말해 놀라지 않을 수 없었다. 뒤에 최지훈 씨는 김서정 씨의 이 지적을 다시 인용하면서 "정곡"을 찔렀다고 응답하고 있으니, 답답한 노릇이다. 내 글의 난삽함을 반성하는 계기로 삼기는 하겠지만, 오늘의 아동문학을 진지하게 고민하려는 전문비평가들조차 혹시 일반학계의 논의에 담을 쌓고 있는, 아동문학의 독자성이라기보다 우물 안의 자족감에 빠져 있는 게 아니냐는 생각이 들었다. 이 대목에서는 내게도 반성할 점이 적지 않다. 최근 들어 일반문학 쪽에서 귀가 따가울 정도로 초점이 되고 있는 근대 논의를 아동문학 쪽에 되풀이 적용하면서 그것을 좀더 자세하게 설명할 필요를 느끼지 않은 게 독자에게 불친절하거나 오만한 태도로 비쳐질 수 있겠고, 나아가 아동문학 고유의 논리와 거기에 적합한 내용으로 충분히 소화해서 이 문제를 풀어가야 할 텐데 내겐 아직 그럴 능력도 여유도 없는 것이다. 한국의 근대는 '식민지 근대'와 '분단체제', '난숙(爛熟)한 자본주의'가 뒤엉킨 복잡한 실타래의 양상이기 때문에, 소박한 단순논리로는 만족할 만한 해답을 얻기 힘든 게 사실이다. '세기와 시대와 문명의 전환점'이라는 오늘의 상황에 비추어 근대 논의는 어느 분야에서든 퍽 중요하다고 여겨지는만큼, 아동문학 고유의 자리를 떠나지 않는 범위에서 이 문제의 올바른 해결을 위해 함께 노력해줄 것을 희망한다.

　김이구 씨는 내가 발제문에서 오늘의 상황을 '제2의 도약기'라고 말한 것에 일부 공감하면서도 "이것이 어느정도의 실질적인 도약으로 열매를 거둘지, 그리고 이전 시기에서도 관찰할 수 있는 전환 및 발전들과 얼마만한 차별성을 가진 의미있는 도약일지는 좀더 시간을 두고 관찰 평가해야만 분명하게 확인될 것"(138면)이라고 지적하면서, 아동문학을 둘러싸고 직접 활동하고 있는 이들이 유의해서 실천해야 할 일들을 제시하였다. 근대아동문학의 유산을 제대로 섭수(攝受)하고 올바른 문학사의 맥락에서 작품 정리를 이루어낼 것, 동시대 창작활동에 대한 냉철한 비평적 점검을 이루어낼 것 등은 매우 적절하고도 고마운 충고이고, 특히 '순수파'라는 개념으로 포착되지 않는 제도권 아동문학 혹은 주류 아동문학이 보여준 일종의 '사회파'적 면모, "단적으로 말하면 '어용문학' 혹은 '반공문학'에 대한 검토"(141면)를 주문한 것은 발제문이 놓친 날카로운 지적이었다. 그는 어용문학 혹은 반공문학이 지닌 이념 홍보라는 표층적 현상에서 더 나아가 이들 체제통합적·사회통합적 문학의 흐름에는 "작가의 내면적 요구와 결합한 측면", 곧 "근대화와 자본주의적 발전에 대한 자발적 동의와, 인간의 가능성에 대한 전망의 협소함이 내면에 깔려 있던 게 아니"(같은 곳)냐며 좀더 심층적인 문제를 짚어내었다. 또한 이와 차원이 다를지라도 80년대 이후 급진적 이념을 가지고 추진된 문학운동에 대해서도 심층적인 접근을 요구하였다. 개인의 문제를 몰각하고 집단 또는 사회로 편향된 "공동창작론 및 민중(노동계급) 주체의 글쓰기" 운동이 빠져든 오류가 "80년대 교육문예운동의 사상적 기초"에 개입되어 있다고 보는 것이다(142면). 그의 문제의식은 과거 '속류사회학주의'에 대한 단순한 지적과 비판보다는, 오늘에 이르기까지 지속되는 창작 과제에 대한 섬세한 비평적 접근과 심층적인 규명이라고 할 수 있다. 끝으로 최근 부각되고 있는 판타지 논의에 대해서는 권정생의 『밥데기 죽데기』나 황선미의 『샘마을 몽당깨비』에서 볼 수 있는 '전통적 유형'과, 채인선이나 김옥의 일부 작품에서 볼 수 있는 '서구적 유형'을 변별하고, 전통적 요소를 발견·활용하는 노력과 함께 새로운 영역을 확장·개척하는 의미를 적극적으로 따져보고 평가할 것을 주문하였다. 그의 이러한 문제제기는 일전에 「아동문학을 보는 시각——'일하는 아이들' 이후의 길」(1998)에서 드러낸 다소 근본적인 문제의식과 더불어 우리 아동문학이 진지하게 고민해야 할 내용들이라고 생각한다.

진지한 고민거리를 던져준 건 일본의 한국 아동문학 연구자 나까무라 오사무 씨도 마찬가지다. 그는 한국에도 아동문학 전문번역가 또는 일본 아동문학 전문연구자가 있었으면 하는 희망과 함께, 한국 아동문학의 독자 대상은 초등학생까지가 상식으로 되어 있는 점, 유년아동문학이 아직 허약하다는 점 등의 문제점을 지적하였고, 놀이·연극·춤·음악·미술·스포츠·영화 등 폭넓은 아동문화와의 연계활동과, 이재철 교수의 연구를 넘어서는 새로운 한국아동문학사 서술의 필요성을 역설하였다. 현재 이런 문제점들에 대해서는 미약하나마 분야별로 꾸준한 해결의 노력이 이루어지고 있다. 김경연·최윤정·김서정 씨와 같은 비평과 번역에서의 전문역량, '햇살과 나무꾼' '한일아동문학연구모임' '겨레아동문학연구회' 들의 활동이 그러하고, 폭넓은 아동문화전문지를 표방하는 계간지 『아침햇살』(1995년 봄 창간)이 나온 지도 오래되었다. 새로운 동요운동에 열중하는 백창우·고승하 씨의 활동, 그림책과 삽화에 관심을 기울이는 '꿀밤나무'와 같은 동인활동도 최근 활발해지고 있다. 자기 분야의 전문성을 튼튼히 확보함과 동시에 개척자의 몫을 감당해야 하는 이들 젊고 새로운 역량들이 앞으로 성숙도를 더해가게 되면, 자연스레 한 자리에 모여 서로 주고받기를 해가면서 공통 과제의 해결에도 힘을 기울이게 될 것이다.

나까무라 씨는 발표문의 문제의식에서 조금 물러난 일반론을 얘기한 셈인데, 이 자리를 빌려 한국과 일본 아동문학간의 주고받기를 더욱 생산적으로 만들기 위해 한가지 더 생각해보려고 한다. 두 나라의 역사적 사정이 서로 다른 데에서 비롯하는 것이기도 하겠지만, 한국에는 일본과 다른 강한 문사(文士)적 전통이 있다. 나라를 걱정하지 않고는 지식인이라 할 수 없었으니, 문인들 또한 이 소임을 기꺼이 감당해왔다. 그렇지만 이런 문사적 전통이 반드시 바람직한 결과만을 가져온 것은 아니다. 이데올로기적 금기와 압제의 시대를 살면서 문학은 자기 몫 이상의 것을 요구받았던바, 한국문학 비평에 두드러진 정론성(政論性)이 때로는 문학 고유의 몫을 등한시하는 풍토를 만들어내기도 했던 것이다. 구체성과 실증에 약한 연구 풍토 역시 이와 관련된다고 할 수 있다. 여기에 비할 때 일본은 한국과 다른 전통 속에서 정반대의 장단점을 각각 드러내고 있지 않은가 생각된다. 내가 알기로 전후 일본 아동문학은 이와야 사자나미, 오가와 미메이(小川未明) 유의 두 갈래 큰 흐름을 반성·극복하는 가운데 오늘에 이르고 있는데,[2] 각 지역이나 분야에서 이루어지는 진보적이고도 선량한 흐름과는 무관하게 국가 전체의 지향은 여전히 군국주의의 망령에서 벗어나지 못하고 있는 걸 보게 된다. 정치와 문학의 몫을 분별하지 못하는 것도 문제겠지만, 그렇다고 정치는 정치가에게, 문학은 문학가에게 맡기면 모든 게 잘될 거라는 생각도 문제일 것이다. 일본 아동문학은 구체성과 실증에 강한 지식 풍토가 대승적 관점을 결여했을 때, 또는 닫힌 회로에 갇혔을 때의 문제점을 뚜렷이 보여주고 있다. 나는 갈수록 힘을 얻어가는 일본 군국주의의 부활을 그대로 일본 아동문학의 흐름에 대입시키려는 태도에는 반대하지만, 더욱이 자기 눈의 대들보를 보지 못하고 남의 눈의 티를 보는 오류가 우리에게 없지 않다고 생각하지만, 일본의 아동문학이 한국의 건강한 아동문학에서 시사받을 점도 적지 않다고 믿는다. 어쨌든 한국과 일본의 아동문학인들은 각각의 장단점을 올바른 맥락에서 파악하는 가운데, 단점을 지양하고 장점을 발전시켜 나가는 일에서 서로 거울이 되기를 기대하며, 바로 이런 점에서도 한국과 일본 아동문학인들의

---

2) 나는 올해 초, 일본의 한 책방에서 미야자와 켄지(宮澤賢治)에 관한 연구서가 한국의 책방에서 찾아볼 수 있는 아동문학에 관한 연구서 전체보다 더 많은 것을 보고 깜짝 놀란 적이 있다. 일본에서의 미야자와 켄지에 대한 폭넓은 관심은 이와야 사자나미 식의 군국주의 경향과 오가와 미메이 식의 동심주의 경향을 반성하고 극복하려는 바람직한 흐름을 대변한다고 볼 수 있다.

협력은 매우 소망스러울 것이라는 점을 강조하고 싶다.

2

최지훈 씨는 한국아동문학인협회 2000년 여름연수 발표문을 협회에서 발행하는 연간집 『한국아동문학』과 계간지 『아동문학시대』에 게재함으로써 자신의 논리를 공식화(公式化)했다. 발표문은 여름연수 전에 그의 개인회람지 「아름다운 아침」을 통해 먼저 공개되었는데, 나는 이것을 본 뒤 몇군데 잘못 인용된 부분만 따로 알려주었다. 이를테면 '속류사회학주의'를 '속류사회주의'라고 인용한다든지, '저류'를 '지류'라고 한다든지 하는 것들인데, 이런 주고받기를 통해서 최소한 나는 그의 처음 발표문이 포함하고 있는 다소 감정적인 표현들만이라도 완화되기를 기대하였다. 반박논리는 선명해야 하되, 구태의연한 표현들을 과격하게 구사하는 것은 상대를 깊게 찌르기보다 비평가로서의 자신의 명예만 손상할 뿐이라는 생각에서였다. 하지만 고쳐 썼다는 글도 크게 다르지 않았다. 「지난 세기, 한국 아동문학이 잃은 것과 얻은 것」이라는 제목의 글이니만큼 지엽적인 문제보다는 결론에 귀를 기울임이 옳을 듯한데, 워낙 불명확하고 자의적인 용어를 통해서 전체 논리가 전개되고 있기 때문에 여기서 글의 결론을 제시하는 것은 아무것도 얘기하지 않은 꼴이 될 수도 있다. 따라서 나의 발표문과 대립하는 그의 글의 주된 초점을 하나씩 살펴보기로 하겠다.

첫째, 그의 발표문은 이른바 순수파의 논리를 배타적으로 변호하는 것에 바탕을 두고 있다. 글의 시작 부분을 비롯한 곳곳에서 김서정 씨와 비슷한 내용의 '나무' 비유가 되풀이되고 있는데, 두 글의 차이점도 없지 않겠지만 이 비유를 통한 비판의 대상만큼은 동일하다고 판단된다. 곧 정원사의 손을 빌린 울타리나 가로수와 같은 집체(集體)의 멋보다는 산 위의 낙락장송처럼 "사람의 손으로 다듬지 않아도 그 멋과 아름다움을 제 맘껏 뽐"(18면)내는 자연의 멋, 개성의 멋이 진정한 아름다움이라는 기본전제이다. "문학의 존재가 바로 이 나무의 존재 의의와 같다"(19면)는 자체 문맥만으로 보자면 역시 문제가 없다. 그러나 그것이 직접 겨냥하는 바는 이오덕 선생으로 대표되는 이른바 사회파의 논리다.

그런데 비평의 역할이 바로 정원을 가꾸는 정원사와 같은 구실을 맡고 있어서 문학의 흐름을 바로 잡겠다는 의지를 보이는 것을 임무로 여기고 있고, 실제로 영향력있는 비평가에 의하여 문단 전체와 문학 흐름 자체가 좌지우지되기도 한다. (19~20면)

그러므로 나는 오늘 이 발제 강연을 하면서 전지가위를 들고 마구 가지를 치고, 전기자동장치가 된 전지톱으로 나무울타리를 다듬는 정원사가 되기보다⋯ (20면)

이 시기에는 동시인으로서 결코 성공했다고 할 수 없는 한 동시인의 비평활동이 막강한 영향력을 발휘하게 되는 시기이다. 거기에는 '이원수'씨를 한국 아동문학을 대표할 가장 출중한 작가로 자리매김하기 위하여 마치, 초상화를 앞세우고 목청 높이 구호하면서 일사불란하게 행진하면서 독재 수장을 신격화하는 전제국가처럼, 신격화하여 이를 업고 극도로 편향된 하나의 흐름을 조성해나간 것이다. (23면)

어차피 그가 말한 대로 이오덕이 거의 홀로 사회주의적 사실주의 또는 그들 말대로 현실주의라는 이름으로 문학적 효용성을 강조함으로써 수많은 추종자들로 하여금 잘 다듬은 나무울타리를 이루어낸 것은 확실하다. (42~43면)

자연의 멋, 개성의 멋을 기리는 '나무'의 비유는 참 아름답다. 그러나 평론문에서 비유는 논리를 보강함에 그 임무를 마치는 것이지, 그것이 결코 논리를 대신할 수 없고 그렇게 되지도 않는다. 가령, 어떤 못된 위정자가 자기 필요에 의해 나무란 나무는 몽땅 말려 죽이려 한다면? 혹은 자기 구미에 맞는 나무만 빼고 몽땅 그렇게 해버리려 한다면? 혹은 일정 구역만 제외하고 몽땅 그렇게 해버리려 한다면? 말마따나 정원사든 소풍나온 구경꾼이든, 진정 나무를 사랑하는 사람이라면 이 뜻하지 않은 공적(公敵)과 맞서 싸우는 수밖에 없는 것이다. 서둘러 바리케이드를 치든 울타리를 치든…… 문학을 꼭 이런 식으로 비유하고 싶은 생각은 없지만, '나무를 자연 그대로 내버려두자'는 식의 캠페인이 어떤 문학유파의 논리를 대신하려 들 때의 문제점을 나는 거꾸로 드러내 보인 것이다. 비유는 내포가 무한대로 펼쳐지기 때문에 그것이 논리로 강변될 때는 코에 걸면 코걸이, 귀에 걸면 귀걸이가 된다. 무슨 무슨 외국의 유명한 작가 이름을 나열하면서, 그네들이 울타리를 만든 나무가 아니라 싱그러운 자연 그대로의 개성적인 나무라고 부러워하는 건 있을 수 있다. 그러나 그 부러움을 우리 아동문학에 대한 성찰이 아니라 자기 부정으로 이어가는 듯한 태도는—특히 외국문학 전공자들 가운데에 많은데—문제가 있다. 물론 전부가 그랬던 건 아니지만, 뿌리깊은 오랜 병통 중의 병통이었다. 근대 여명기에 둘 다 일본 유학을 경험했을지라도, 최남선과 방정환의 차이가 이런 데에 있는 것이다.

　근대 역사의 아픔을 비단 우리나라만 겪었다고는 할 수 없으리라. 그래도 엊그저께까지의 우리 현실을 서구와 한번 대조해서 상기해보자. 루이스 캐럴, 미하엘 엔데, 아스트리드 린드그렌이 잔혹한 식민통치 아래서 짓밟히고 고통받는 아이들이 대부분이었던 나라에 살았더라면, 끼니를 밥먹듯 걸러야 하고, 월사금 때문에 거리로 내몰리는 아이들이 대부분이었던 나라에 살았더라면, 인권은커녕 최소한의 생존권 보장을 앞장서 주장하거나 노동조합에 가입하는 건 빨갱이 짓이고, 빨갱이들은 머리에 뿔이 달렸다고 가르치는 나라에 살았더라면, 수백 수천 양민을 학살하고 잡아가두고 개 패듯 끌고 가서 물고문, 전기고문 시키고 '탁 하고 치니 억 하고 죽었다'고 공식적으로 우겨대는 나라에 살았더라면, 학급문집을 만들거나 교과서에 나오지 않는 고전을 가르쳤다고 해서 학교에서 가차없이 쫓겨나는 나라에 살았더라면, 그런 현실에서도 그 빛깔 그 무늬 그대로 그들의 작품이 씌어졌을까?

'노마'나 '몽실 언니'가 세계 최고라고 주장하지는 않지만, 그렇더라도 그 주인공들을 '앨리스'나 '모모'와 결코 바꿀 수 없는 까닭이 여기에 있다. 이게 자연이고, 개성이고, 필연이고, 어찌지 못하는 문학의 운명이다. 한국 아동문학을 짓누른 '멍에'는 다른 어느 나라보다도 비극적이었지만, 거기에도 빛나는 '명예'가 있었다. 기왕에 '나무'로 비유를 했으면 '기후와 풍토'에까지 생각이 미쳤어야 옳다. 결국 최지훈 씨의 비유는 삶을 떠난 논리, 삶을 떠난 문학을 옹호하려 미끄러져 들어간 일종의 자기도취라 하지 않을 수 없다.

둘째, 일제시대와 분단시대를 각각 '아동문화운동시대'와 '아동문학운동시대'로 구분한 이재철 교수의 논리에 대한 변호이다. 나는 이런 시대구분론이 문학사의 실상에 맞지 않으며, 결국은 순수파에 의한 사회파 배제의 논리라고 지적한 바 있다. 최지훈 씨는 내 지적을 두고, "덮어놓고 일단 부정해놓고 보자는 식"이며 "카프문학파를 지칭하는 것으로 여겨지는 '사회파'가 한국 아동문학의 주류였음을 주장하기 위한 억지 부정"(28면)이라고 하면서, 이재철 교수의 논리를 되풀이 강조하였다.

이 시기는 아동문학의 여명기로서 육당에 의한 일인(一人)문학시대를 거쳐, 〈어린이〉지(1923)를 창간한 소파 방정환을 중심으로 하는 색동회의 소년운동을 겸한 문학운동과 사회주의 리얼리즘에 의한 카프계열의 맹렬한 이념전파운동이었다. 이 이념운동도 결국 사회운동의 차원으로서 문학이 동원되었으므로 그러한 점에서 색동회와 함께 아동문학을 이해하는 근본에서 차이가 없었다고 할 것이다. (25면)

육당이 활동했던 신문학운동 초기의 계몽주의 시대를 아동문학의 여명기로 보아 '일인문학시대'라 한 것도 어색하거니와, 방정환을 중심으로 하는 색동회의 '소년운동'과 카프계열의 '이념전파운동'을 대립시킨 것도 이해하기 힘들다. 소년운동은 색동회계열만의 전유물이 아니었고, 이념성 또한 카프계열만의 전유물이 아니었기 때문이다. 그리고 두 계열 모두 "사회운동의 차원으로서 문학이 동원"된 점을 문제삼았는데, 문학작품이 아닌 다른 형식이었다면 모를까, 그 시기 '문학운동'의 목표와 성격을 따질 일이지 이걸 굳이 문학운동과 구별되는 '문화운동'으로 규정지은 까닭이 무엇일까? 이는 일제시대 아동문학의 현실주의적 성격을 '문학 이전'으로 평가하려는 이른바 순수파 문학개념의 협소함, 그 이데올로기적 성격을 보여주는 것이라 생각된다. 초점을 작품에 둔다면 이 문제가 더 잘 풀릴지도 모르겠다. 일제시대의 주요 작품들을 수록한 『겨레아동문학선집』의 동시와 동화들이 한국전쟁 이후의 대표작들을 수록해놓은 각종 아동문학선집의 동시와 동화들보다 문학성이 더 떨어질까? 오히려 그 반대가 아닐까? 이들 대표작 선집에 실린 해방 이후의 작품들이 겨레아동문학선집에 실린 해방 이전의 작품들보다 내게는 더 떨어지는 것으로 보이는데, 그 까닭은 선집을 엮은 이들 탓이지 실제로는 거의 차이가 없을 줄로 안다. 한편 최지훈 씨는 나의 논리가 "카프문학파를 지칭하는 것으로 보이는 '사회파'가 한국 아동문학의 주류였음을 주장하기 위한 억지 부정"이라고 했지만, 그의 글에도 인용되어 있듯이 나는 일제시대 아동문학의 주요 흐름을 '방정환-마해송-이주홍-이원수-현덕'으로 정리하였다. 여기에서 순수하게 카프문학파라 할 수 있는 작가는 오로지 이주홍뿐이다. 그런데 나는 일찍이 일제시대의 주요 작가와 작품을 평가하면서 카프아동문학의 일반적인 한계는 물론이고 그 시기 이주홍의 최고 작품들에서도 일정한 한계를 지적하였던 것이다(졸고 「한국아동문학이 창조한 주인공」 참조).

셋째, 친일문학과 반공문학을 차별하는 태도에서는 순수파라는 말이 무색할 정도로 보수 이데올로기를 강하게 내세우고 있다.

그런데 민족 반역적 문인들의 문학은 대부분 일본어로 기록한 것으로 이른바 부일문학(附日文學)이라고 할 수 있는데 이는 실상 국적 불명의 문학이거나 국적 상실의 문학으로 간주되고 있다. 그러므로 이는 쓰레기 취급하여 이 자리에서도 거론의 여지가 없다 할 것이다. 그런데 더욱 슬픈 일은 우리말로 쓴, 적지 않은 반민족적 작문들이다. 이것이 바로 우리 문학사를 부끄럽게 더럽힌 흔적이다. 이를 읽거나 대하는 것은 능욕당한 자의 슬픔과 원통함과 분노로 치를 떨게 한다. (25~26면)

남북 양쪽이 공히 한쪽은 다른 한쪽을 박살내어야 하는 적대사상으로 되었으므로 남쪽에서 반공은 절대 진리이며 삶의 무기로서 온 국민의 공감을 얻었다. 따라서 사회주의적 색채는 어떠한 경우도 용납되지 않았다. 당연하게도 북쪽에서도 반대의 이념으로써 그렇게 이루어지고 있었을 터이다.

그러니까 우리 아동문학사는 반쪽의 역사가 된다. 다른 한쪽은 알려고도 하지 않았지만 결단코 알 수조차 없었다. 이때는 다른 한쪽에 대하여 미움의 세월이며 잊어버려야 할 한쪽이었다. 그것을 아무도 나무랄 수 없었고 그것은 지금도 나무랄 일이 아니라고 믿는다. (30면)

앞의 두 인용문에서 보듯 친일문학에 대한 적대감은 매우 예민한 데 비해서 반공문학에 대해서는 그렇지 않고 거꾸로 변호하려 들고 있다. 바로 여기에 최지훈 씨 논리의 체제순응적 성격이 드러나는 것이다. 국가적 동원체제인 파시즘에 열광하는 논리와 반공에 열광하는 논리는 실상 동일한 구조이다. 반미를 내세운 북한의 주체문학에 대해서도 비슷한 지적을 할 수 있다. 최지훈 씨와 같은 체제순응의 논리가 일제시대에는 자신이 그렇게 부정하고 싶어하는 '부일문학', 그리고 분단시대에는 북한에서의 '주체문학'을 낳았다고 해도 틀리지 않는다. 사정이 이러하기에 나는 분단시대 문학을 바라보는 데에서 편의상 '제도권'과 '비제도권'을 구분하려 했던 것이다. 최지훈 씨는 내가 월북작가 현덕에 대한 이재철 교수의 평가를 비판한 걸 두고 '전쟁을 겪지 않고 책으로 역사를 이해한 세대'(같은 곳)의 철부지 의식인 양 바라보고 있지만, 이재철 교수의 현덕 평가 부분에 대한 나의 지적은 다른 게 아니었다. 『한국현대아동문학사』(1978)에서는 거의 무시되고 있고, 『한국아동문학작가론』(1983)에서는 '천편일률적인 계급주의 도식'의 세계라고 한마디로 단정해버린 사실에 대해서였다. 현덕의 동화가 제대로 소개되면서 이제 그런 단정은 해묵은 논리가 되어버렸다. 사실, 월북작가에 대한 일방의 매도는 월남작가에 대해 미제의 앞잡이라고 매도하는 북한의 제도권 문학과 닮았다. 분단시대 남북한 정권의 논리와 거기 편승한 남북한 제도권 아동문학의 논리는 그것이 분단체제의 논리인 한, 이렇듯 거꾸로 서서 상호 지원해온 것이다. 그리고 반공문학으로 말할 것 같으면 일반문학 쪽보다는 아동문학 쪽에서 더욱 극심하였는데, 이것은 과거 제도권 아동문학이 그 빈약한 문학성을 벌충하기 위해 체제순응에 얼마나 자발적으로 앞장서왔는가를 단적으로 증명하는 예라고 생각한다.

넷째, 순수파와 사회파 문학을 함께 반성하고 각각 나름의 성과를 찾으려 하는 의도가 없지 않지만, 분석적·설명적이기보다 상대에 대한 적대적·배타적인 감정을 한껏 드러내는 모순을 보인다. 최지훈 씨는 5,60년대를 '동심의 문학' 시대라고 명명하고서 "얻은 것은 문학성이요, 잃은 것은 독자로서의 어린이"(23면)라고 지적하였다. 이때의 문학성이 실제로 어떤 것을 두고 말함인지 자세히 알 수는 없지만, 그도 이 시대 '동심의 문학'을 비판적으로 바라보면서 "80년대까지만 해도 열병처럼 인식되던 동시문학의 모더니즘이라고 할 동심의 시는 80년대 후반부터 반성의 빛이 역력해지고, 대부분의 동시인들이 종전의 문학적 태도를 지양하여 어린이에게로 일제히 돌아오고 있음은 매우 고무적이고 바람직한 현상"(35면)이라고 쓰고 있다. 이런 맥락에서라면 마땅히 그 일에 남다른 힘을 기울여온, 70년대 이후 이오덕 선생의 비평을 높이 평가해야 옳을 것이다. 그런데 여기서는 오로지 '순수파 진영 내의 반성'만을 의미있는 활동으로 여긴다. 곧이어 70년대 중반부터의 문학에 대한 논의를 펼치는데, 「이념이 문학을 지배한다는 것」이라는 소제목을 걸고 다시 '나무'의 비유를 되풀이하면서 맹공을 퍼붓고 있는 것이다. "이념 실현을 위한 수단으로서 아동문학"(37면)에 대한 비판은 곧바로 비약해서 8,90년대의 '사회파'에게로 직행한다. 이 대목에서 다시 내 글을 문제삼았는데, 그는 내가 윤기현론에서 "현실고발의 작가정신이 빠지기 쉬운 어떤 도식성의 한계"를 지적한 걸 두고는 '반성'이 아니라 "자학적 자조"(36면)라는 식의 어휘를 구사한다. 그러면서도 속류사회학주의에 대한 나의 비판을 사회파의 '자기반성'으로 이해하는 것이 아니라 "배제"나 "이단시"(같은 곳)하는 것으로만 보고 있다. 한편, 일제시대 아동문학의 주된 흐름을 전복한 결과로 나타난 분단시대 아동문학에 대해 내가 제도권과 비제도권으로 구분하고 이를 각각 새로운 주류와 저류로 파악한 것에 대해서는 그 반대로 이해했을 뿐 아니라, '저류'를 '지류'로 잘못 인용해가면서 정당이나 정치단체도 아닌데 '주류'니 '비주류'니 하는 말을 쓰는 건 가당치 않다고 지적하였다(38면). 사회의 주된 흐름이나 지배적인 경향과, 표면상으론 크게 드러나지 않아도 속으로 의미있다고 여겨지는 흐름이나 경향을 각각 '주류'와 '저류'로 표현한 것이 평론문에서 그렇게 문제되는 것일까? 정당이나 정치단체를 곧바로 떠올리는 것부터가 기실 사회파의 논리를 정치성과 연관해서 바라보는 오랜 타성에서 비롯되었을 것이다. 이오덕 선생의 비평을 "사회주의적 사실주의"로 파악한다든지, 이오덕 선생이 '카프 이론'을 "그대로 이어받아 동심주의는 천하에 몹쓸 아동문학이라고 매도하면서 그 선두에 방정환이 있다고 주장해왔"(39면)다고 한다든지 하는 대목을 보아도 알 수 있지만, 그의 논리는 용어의 해석에서나 실증 면에서 객관성으로부터 멀리 떨어져 있다(「시정신과 유희정신」의 방정환 항목을 다시 찾아보기 바란다). 곳곳에서 글의 맥락을 어지럽히는 이런 모순은 차이와 대립을 자가발전시키는 낡은 편가르기식 사고, 상대에 대한 적대감정의 결과인 것이다.

이밖에도 방정환에 대한 나의 평가가 사회파의 정통성을 주장하기 위한 "견강부회"요, 이재철 교수의 시대구분론에 대한 나의 비판은 이를 호도하기 위해 "고의적인 곡해"(41면)를 가한 것이라는 대목이 발표문 뒷부분에 또다시 중언부언되었는데 이에 대해 나 역시 중언부언해야 할 까닭은 없겠다. 한편, 내 글을 직접 겨냥한 것은 아닐지라도 최근의 판타지 문학에 대한 응분의 관심을 두고서는 "울타리를 조성하려는 정원사의 행동"(20면)과 같다고 하면서 "모든 문학적 가치와 조건은 제쳐두고 판타지 수법을 사용하였으므로 좋고 훌륭하다고 추켜세우며 화제로 삼고, 우수도서로 추천하고 그 작가를 드러내는 캠페인"(21면)인 양 보고 있다. "모든 문학적 가치와 조건은 제쳐두고"라는 표현에도 상식을 떠난 극단의 논리는 어김없이 나타나 있다. 한국 아동문학의 한 흐름을 대변하는 논리의 표현이 이러한 것은 어쩌면, 아니 냉정히 말해서, 상호 반성과 대화를 통해서만 해결할 수 있는 문제일지도 모른다.

이상으로 내 발표문을 둘러싼 몇가지 논의사항들을 검토해보았다. 솔직히 내 글의 논리부터 앙상하다는 느낌을 지울 수 없으니, 관심있는 더 젊은 세대가 참여하여 더욱 풍부한 대화로 발전해가기를 기대해본다. 누구나 감지할 수 있듯이, 사회 변화의 추세와 연동되어 한국 아동문학에도 이미 새로운 흐름과 조짐이 꿈틀대고 있다. 전부 낙관할 성질은 아니지만 하나의 기회인 것도 분명한만큼, 대립과 갈등을 넘어서는 열린 통로가 그 어느 때보다 절실해진다. 좁은 울타리에 갇혀 영토분할을 즐기려 한다든지, 혹은 과거의 관성에 기대어 패권주의를 꿈꾼다든지 하는 일은 공멸을 재촉할 따름이다. 건강한 비평정신을 회복하는 일 또한 우리 시대의 과제이다.

〈아침햇살 2000년 가을호〉

한일 아동문학의 기원과 성격 비교

방정환과 한국 근대아동문학의 본질

1 문제 제기: 한국문학·세계문학·비교문학

방정환(方定煥, 1899~1931) 탄생 백주년 기념 해에 즈음하여 과거 일세기를 돌아보려는 움직임이 매우 활발하다. 방정환은 한국 근대 아동문학사의 첫머리에 놓인다. 20세기 한국 아동문학은 방정환에 대한 주석달기라고 해도 거의 틀리지 않을 터인데, 이는 방정환에서 비롯한 한국 근대아동문학의 논리가 지금까지 동일한 패러다임으로 이어져오고 있음을 말해준다. 방정환은 한국 근대아동문학의 기본성격을 규명하는 주요 열쇠이자, 패러다임의 전환기라 일컬어지는 현시기 문제범주의 하나이다.

방정환에 대한 새로운 관심을 드러낸 최근의 연구 성과 가운데 일본 아동문학과의 비교를 시도한 이재복(李在馥)의 글이 눈에 띈다.

이 글은 우선 다음과 같은 문제의식에서 시작한다.

> 분단 이후 언제부터인가 방정환 문학에 대한 비판은 하나의 금기사항
> 처럼 되어왔다. 방정환 문학을 비판하는 것은 마치 민족에 대한 터무니
> 없는 비판이나 되는 것처럼 그렇게 방정환 문학에 대한 우상만 키워온
> 것이다. 그러나 이런 태도는 우리 아동문학이 발전하지 못하고 오히려
> 뒷걸음을 치게 한 큰 원인 가운데 하나가 되었다. (이재복 「새로 만나는 방
> 정환 문학 ─ 암곡소파 문학과 견주어보기」, 『어린이문학』 1999년 5월호 31면)

위의 진술은 방정환 문학에 대한 속류의 인식이 분단이데올로기
를 배후로 하는 '잘못된 우상화'임을 지적하고 있다. 이를테면 방정환
은 동심주의 문학의 뿌리인데, '민족의 위인 방정환'을 앞세워 동심주
의자들이 계속 번창해올 수 있었다는 문제의식이다. 이재복은 일찍
이 이에 대한 속류 인식을 바로잡고자 『우리 동화 바로 읽기』(1995)
라는 책을 펴내기도 했다. 그러나 이재복의 방정환 비판은 또다른 속
류화의 위험을 안고 있다. 특히 일본 아동문학과의 비교를 중심으로
하는 최근의 글은 기본전제부터 의문을 불러일으킨다. 뚜렷한 실증
에 의거하지 않고 일본의 이와야 사자나미(巖谷小波) 문학을 방정환
문학의 직접 계기인 양 여기면서 거의 모든 문제를 풀어가기 때문이
다.

이재복의 진정한 의도는 "방정환 문학의 빛과 그림자를 좀더 확실
하게"(같은 곳) 보자는 것이라 할 수 있고 이는 물론 정당하다. 이 일
을 위해 방정환 문학과 일본 아동문학을 비교하는 일도 일본 유학을
다녀온 방정환의 경력으로 보아 적절하다고 여겨진다. 그런데 이재
복의 비교문학 방법론은 우리 근대문학을 '일본을 중개로 한 서구문
학의 이식사'로 파악하는 백철(白鐵) 식의 논법 곧 '속류비교문학론'
과 멀리 떨어져 있지 않다. 여기서는 이른바 '원본'과 '복사본'의 대조

가 주종을 이룬다. 한때 우리 국문학계를 주름잡았던 이런 비교문학론은 '발신자-중개자-수신자'의 도식에, 근대 이전은 '중국-한국-일본'으로, 근대 이후는 '서구-일본-한국'을 끼워맞추는 식이 거의 전부였다. 저 악명 높은 '이식문학론'은 바로 그런 결과물의 하나이다.

이에 대한 반성으로 이른바 민족사관에 바탕을 둔 '내재적 발전론'이 뒤이어 나타났다. 내재적 발전론은 영향론을 중심으로 한국문학을 파악해온 기존 관행을 끊어버리고 한국문학을 우리 문학 내부에서 해명하는 한국문학의 창조성에 주목했다. 그러나 외인(外因)을 무시하고 내인(內因)만으로 한국문학을 파악하는 방법 역시 또하나의 편향으로 기울기 쉽다. 결국 필요한 것은 안과 밖을 동시에 보는 쌍방향의 눈이다.

따라서 지금 우리에게 절실한 연구방법론은 세계문학(또는 일반문학)의 바탕에서 한국문학을 점검하는 일이다. 서구에서든 일본에서든 한국에서든 어떤 점이 공통으로 발생하고 있고, 어떤 점이 서로 다른지, 또 그것은 왜 그런지 따져봐야 할 것이다. 이런 비교를 통해서 우리는 한국(뿐 아니라 일본) 근대아동문학의 보편성과 독자성을 함께 해명할 수 있다. 그러니까 영향관계를 살피되 그 풍토적응, 곧 우리 식의 뿌리내림에 특히 유의해야 하는 것이다.

이 글은 방정환 문학의 '빛과 그림자'에 앞서 '본질'을 먼저 묻고자 한다. 본질 또는 기본성격을 밝힌 연후에야 그 성과와 한계를 통일적으로 파악할 수 있다. 우상숭배든 우상파괴든 방정환에 대한 지금까지의 태도는 방정환 문학을 가운데 놓고 그 외곽의 서로 다른 자리에서 마주보고 있는 꼴이었다. 얼른 보기에 두 개의 관점에 따라 두 개의 방정환 상(象)이 만들어졌을 것이라 생각하기 쉽지만, 실은 똑같은 하나의 방정환 상을 만들어놓고 서로 정반대의 평가를 내리고 있는 것에 지나지 않는다. 그 상이란 다름아니라 '동심주의'다. 한쪽은 이를 긍정하고 다른 한쪽은 이를 부정할 따름인데, 이런 방정환상은 본질에서 비껴난 허상에 가깝다. 거기에는 '근대' 문제에 대한 성찰이 없고 역사주의 안목도 결여되어 있기 때문이다.

2 아동의 발견: 동심주의의 두 차원

메이지시대(明治時代, 1868~1911) 이와야 사자나미의 '오또기바나시'(お伽噺)[1]가 일본 근대아동문학의 한 출발점이 되고, 그것으로부터 제국주의 성향이 추출된다는 지적은 잘 알려진 사실이다. 그런데 일본에서는 왜 이와야 사자나미 문학을 일본 근대아동문학의 기원으로 삼지 않았을까? 이 문제는 이와야 사자나미에게서 아직 '아동의 발견'이 이루어지지 않았다는 카라따니 코오진(柄谷行人)의 지적과도 관련된다.[2] 일본의 연구자들은 타이쇼오시대(大正期, 1912~25)를 장식한 잡지 『빨간새(赤い鳥)』의 창간을 일본 근대아동문학의 기원으로 보고 있다. 이 시기에 비로소 '아동의 발견'이 이루어졌기

---

1) 옛이야기의 재화나 그 형태를 빌린 창작을 가리키는 단어로 이와야 사자나미가 소년소설과 구별해 정착시킨 용어이다.
2) 카라따니 코오진 『일본 근대문학의 기원(日本近代文學の起源)』(講談社 1980; 박유하 옮김, 민음사 1997). 카라따니 코오진에 의하면 지금 우리가 생각하는 '아동'은 오늘날 아주 자명한 것처럼 보이지만 사실은 어떤 역사적 계기에 '전도(顚倒)'로써 '발견'된 것에 지나지 않는다. 그런데 그는 '내면·풍경·아동'의 발견에서 메이지시대 자유민권운동의 패배를 보고 있다. "메이지 20년대의 근대문학은 자유민권투쟁을 계속하는 대신 그것을 경멸하고 투쟁을 내면적 과격성으로 전환시킴으로써 사실상 당시의 정치체제를 긍정한 것이었다."(9면) 그러니까 '내면·풍경·아동'의 발견은 일본사회의 근대적 성격 또는 일본 근대문학의 성격을 비추는 거울로 언급되는 셈이다. 이렇게 '근대성' 또는 일본 근대문학의 성격을 다소 비판적으로 보는 카라따니 코오진의 관점에 따르면 '아동의 발견'이란 게 '발전'이나 '진보'의 측면으로만 설명되는 것이 아님을 알 수 있다.

때문이다. '아동의 발견'은 일본에서 어떤 내용을 지니고 있기에 기점 상으론 이와야 사자나미에게서 출발했다고 봐도 좋을 일본 근대아 동문학이 기원상으론 『빨간새』와 맺어지고 있는가?

　『빨간새』 동인(同人)은 일본 근대문학의 유명한 작가·시인들이었 다. 이들은 "어린이를 위해 순수하고 아름다운 읽을거리를 쓰는 진실 한 예술가의 존재"[3]를 소망한다면서 이와야 사자나미 시대의 통속물 과 관제창가를 거부하고 예술로서 진정한 가치가 있는 동화와 동요 운동을 제창했다. 이들에게 이와야 사자나미 시대의 '오또기바나시' 같은 통속물들은 아직 예술이 아닌 것으로 간주되었다. 이는 오늘날 우리가 자명하게 여기는 근대적 의미의 '문학'이 이와야 사자나미에 게서 아직 발견되지 않은 탓이다. 말하자면 『빨간새』에 와서야 '예술 성'을 강조하는 근대문학의 '제도' 안에 들어설 수 있었던 것이다. 하 나 주목할 것은 『빨간새』에서 예술성이 "순수하고 아름다운" 것으로 지칭되고 있는 사실인데, 여기서 우리는 과거와 다른 새로운 '문학' 개념이 확립되고 있음을 본다. 이는 계몽주의에 대한 부정으로 낭만 주의를 시사해주는 사실이기도 하다. 『빨간새』 동인이 전부 낭만주 의 작가들이었고, 이와야 사자나미 시대를 주도한 "오또기바나시 작 가나 교육 관계자는 한 사람도 포함되어 있지 않았다"[4]는 지적을 이 대목에서 상기해봄직하다. 한편 "순수하고 아름다운"이라는 표현에 는 '예술성'과 '어린이'를 거의 동의어로 쓰려는 속셈이 숨어 있다. 이 렇게 해서 '아동'이 낭만주의의 한복판에서 과거의 계승이 아니라 단 절로 '발견'되는 과정이 드러난다. '순수하고 아름다운' 어린이란 현실 의 어린이와는 별개로, 낭만주의자들이 만들어낸 한낱 관념이다. 우

<hr>

3) 카와하라 카즈에河原和枝 『子ども觀の近代──'赤の鳥'と'童心'の理想』(中央公論 社 1998) 67면.
4) 같은 책 68면.

리는 이를 일컬어 '동심주의'라고 부른다. 그러나 카라따니 코오진의 표현대로 아동은 이렇게 해서 발견된 것이다.[5]

'아동의 발견' 이전과 이후의 차이 곧 '전도'의 성격을 좀더 분명히 하기 위해서, 일본에서 이루어진 최근의 연구 성과를 참조하여 이와야 사자나미와 『빨간새』를 간략하게나마 대비해보겠다.

메이지유신(明治維新, 1868)까지 어린이는 어른과 다를 바 없는 봉건사회의 일원으로서 무사·상인·농민의 아들이었다. 메이지 5년(1872)의 학제공표는 이렇게 서로 다른 세계에 있던 아이들을 학교라고 하는 균질된 공간으로 일거에 편입시켰고, 그 결과 '어린이'라는 연령의 카테고리가 생겨났다. 이들 어린이는 '건설기 근대국가를 담당할 국민의 육성'을 목적으로 하는 의무교육의 대상으로 제도를 통해 배출되었다. 또한 근대제도의 정착과정에서 아동저널리즘과 함께 '소년문학'이라는 용어가 쓰였다(박문관에서 발행한 '소년문학총서' 따위). 이와야 사자나미는 '소년문학'시대의 대표 작가였다. 그러나 이 시기의 '소년문학'을 오늘날의 '아동문학'과 동일하게 볼 수는 없다. 당시 '문학'이라는 말은 아직 오늘날과 같은 의미로 쓰이지 않았고, '소년'관도 현재의 '아동'관과 성격이 달랐다. 청일전쟁 중에 창간되었고 이 시대를 대표한다고 볼 수 있는 잡지 『소년세계』(1895)에는 '오늘의 소년은 내일의 일본제국을 담당하는, 위대한 국민이 되어야 하는 존재이다'라는 이와야 사자나미의 발간 취지문이 실려 있다. 국

---

5) 카라따니 코오진의 논리가 '근대' 문제와 관련해서 매우 날카로운 통찰력을 보여준다 할지라도, 그것을 우리한테 그대로 대입해서는 곤란하다. 최원식(崔元植) 교수는 한국 근대문학의 경우, 일본과는 정반대의 처지라고 할 수 있는 '식민지 근대'를 통과해야 했기 때문에, 일본 근대문학에서와 같은 '전도'가 늘 실패로 귀결되고 있음을 밝힌 바 있다(「야누스의 두 얼굴, 일본과 한국의 근대」, 일본에서 발행된 『現代思想』 기고문, 1998년 7월 '카라따니 코오진 특집' 임시증간호). 최원식 교수의 이러한 지적은 한국 아동문학을 보는 자리에서도 매우 유익한 참고가 될 것이다.

가자원이라는 관점에서 어린이가 다뤄지고 있는 것이다. 이와야 사자나미는 '오또기바나시'라는 이름을 내걸고 이런 시대정신에 부응하는 이야깃거리를 만들어냈는데, 봉건적 충효관념과 이어지는 '국가주의' 또는 '입신출세주의'가 주조를 이루었다. 그런데 흥미를 위주로 하는 이와야 사자나미의 오또기바나시도 당시 교육계에서 불거져나온 '소설망국론'의 공격을 받을 정도로, 그의 '소년문학'은 정서적 쾌락을 중요하게 여기는 새로운 문화를 배경으로 하는 것이었다. 요컨대 그의 활동은 일본에서 근대아동문학으로 나아가는 길을 닦은 것이었다고 할 수 있다.

타이쇼오시대에 와서 어린이와 아동문학에 대한 관념은 결정적으로 변화했다. '무구' '순진' '순수'라고 하는, 과거에 없었던 새로운 어린이의 이미지가 만들어졌고, 이들 어린이를 예찬하는 가운데 어린이 마음을 잃지 않으려는 '동심' 지향의 문학풍조가 생겨났다. 이를 주도한 것은 당대의 일류 작가·시인이기도 했던 스즈끼 미에끼찌(鈴木三重吉)·오가와 미메이(小川未明)·키따하라 하꾸슈우(北原白秋) 등 『빨간새』 동인이었다. 이처럼 아동문학은 오또기바나시의 흐름에서라기보다 그 흐름의 단절에서, 어린이를 특별한 존재로 보는 새로운 아동관과 함께 탄생했다. 물론 루쏘(J. J. Rousseau)나 워즈워스(W. Wordsworth)에게서 보는 것과 같은, 서양에서 들어온 낭만주의적 아동관이 아동문학의 탄생에 중요한 역할을 하였다. 어린이를 어른의 교도대상으로 삼았던 이와야 사자나미 시대와는 정반대로, 『빨간새』 시대에는 어린이를 어른의 '이상'으로 삼았다. 이런 관점에서라면 어린이는 어른으로 끌어올려질 미성숙한 존재가 아니라, 거꾸로 어른이 어린이의 순수한 상태로 돌아가야 한다. 이른바 동심의 시대였고, 동심이란 말은 이 시대의 '키워드'(keyword)가 되었다. 동심의 문학론 역시 당시 문단의 일반적인 경향으로 문예정신과 창작

태도를 규정하는 문예사조의 하나였다. 이렇듯 메이지시대 말기부터 타이쇼오시대 초에 걸쳐 돌연 대두한 새로운 아동문학운동은 단순히 아동문학에만 국한하는 것이 아니라 일본문단 전체를 풍미한 현상이었다. 이는 '동심'이란 것이 당시 작가들에게 어린이의 문제라기보다 먼저 어른들 자신의 '해방'(구원)과 관계된 문제였기 때문이다. 어린이를 현실에서 분리시켜 이상화하는 이런 '동심주의'는 오늘날 도피의 관념이요 퇴행의 일종이라고 비판받고 있다. 무엇보다도 '어른의 허위' 대 '어린이의 천진'이라는 과도한 단순화는 세속사에 시달리는 어른들의 '인간해방 의지에 대한 좌절'의 표현이라고 할 수 있다.[6]

계몽주의의 꼬리를 떼지 못한 이와야 사자나미의 문학은 근대의 추이를 낙관했던 메이지시대 '근대주의'의 한 표현이었다. 이 시기는 일본의 지식계급이 가장 안정되고 살기 좋은 시대였다. 봉건신분제의 질곡을 깨뜨린 근대는 학력 차이에 따라 사회적 지위를 가져다주었고 실력을 발휘할 기회도 보증했기 때문에, '건전하고 낙천적인 국가주의'와 그것을 뒷받침하는 '출세주의'가 그들의 마음을 휩쓸었다. '국가의 흥륭과 개인의 입신출세'는 완전한 '예정조화'를 가지고 긍정되었고 급격히 팽창하는 내셔널리즘 속에서 국민 전체의 관심사가

6) 카라따니 코오진이 '아동'을 가리켜 '문학자들의 꿈으로부터, 말하자면 퇴행적 공상으로써' 나타났다고 한 것은 바로 이런 사실을 두고 하는 말이다. 이로써 우리는 『빨간새』＝아동의 발견＝동심의 시대＝동심주의＝전도＝기원'의 관계를 이해할 수 있다. 그러나 타이쇼오시대의 '동심'문학을 오늘날의 일반기준에만 의거해서 비판하는 것은 매우 부당한 일이다. 『빨간새』 작품들이 주로 '착하고, 약하고, 순수한' 어린이의 이미지를 지녔다고 할지라도, 이 시대 '동심'의 문학론에는 "적극적이고 능동적인 에네르기"가 흐르고 있었다(사또오 미찌마사佐藤通雅 「白秋における童心──北原白秋童謠論序說」, 村松定孝・上笙一郎 編 『日本兒童文學硏究』三弥井書店 1974). 바로 이 때문에 이 시기의 '동심주의'는 문학사가나 사회학자들에게 일종의 '대사건'으로까지 여겨지는 것이다.

되었다. 어린이 독자들의 경우에는 그것이 더욱 직접적인 것이 되어 성공과 영달의 가치를 의심하지 않는 입지소설의 이야기가 제도화되어갔다. 하지만 근대를 추동한 자본의 논리를 따라 팽창하는 일본의 내셔널리즘은 침략적 제국주의로 나아갈 수밖에 없었다. 무사계급의 이데올로기였던 충효관념은 교육칙어와 명치헌법체제 아래서 천황을 정점으로 하는 '가족국가관'으로 받아들여졌으며, 근대적인 의장을 걸치고 국민 전체의 덕목으로 되어갔다. 그런데 메이지정부를 거쳐 일정한 근대화가 달성된 시대에 이르러서는 사정이 크게 바뀌었다. 급속한 산업화의 결과로 생각지도 못했던 사회모순이 적나라하게 드러났고, 지식인들은 자기들의 이상이나 영달을 국가의 흥륭과 일치시키는 것이 점점 어려워지는 것을 깨달았다. 타이쇼오시대의 '동심주의'는 이처럼 사회적 중압감이 커지는 것에 대한 지식인들의 반발심리의 하나로 나타난 것이다. 말하자면 유쾌하지 못한 모습으로 발전을 계속하는 사회에 대한 예술가의 불만의 상징으로서 '어린이'가 채택되었던 것이다(현대문명과 대조되는 자연의 대명사로서 '동심'으로의 회귀). 이와야 사자나미 시대의 '입신출세주의'가 근대에 대한 낙관적 표현임에 반해서, 『빨간새』 시대의 '동심주의'는 그 좌절의 표현이라 할 수 있다. 그러나 후자에는 소극적 저항의 의미가 포함되어 있고, 무엇보다 그것이 '대항가치'로서 기능했다는 사실을 지나쳐선 안된다. 『빨간새』가 이와야 사자나미에 대한 전도의 결과였다면, 이런 가치체계의 전도 또한 주목해야 하는 것이다.

앞에서 『빨간새』 동인이 강조한 예술성이 동심과 하나로 겹쳐지고 있음을 지적했는데, 예술지상주의도 천박한 그것과 진정성을 가진 것의 구분이 필요한 것처럼 동심주의 역시 마찬가지다. 예술지상주의든 동심주의든 공통으로 '순수'라는 말을 자기네 전매특허인 양 쓰게 된 그 기원에는 부르주아 속물주의에 대한 완강한 방어의 자세,

곧 비타협성을 생명으로 여기는 단단한 신념체계가 깔려 있다. 실제로 오가와 미메이나 키따하라 하꾸슈우 같은 『빨간새』의 주요 작가들은 단순히 퇴행이나 공상으로 평가할 수 없는 그들 나름의 견고한 문학세계를 쌓아올렸다. 『빨간새』 창간 주역인 스즈끼 미에끼찌는 원래는 예술지상주의자로 출발했지만, 자유교육운동의 하나로 오늘날 생활작문운동의 뿌리가 되는 어린이 글쓰기운동을 벌여나갔다. 또한 오가와 미메이의 경우처럼 타이쇼오시대 동심주의의 일부가 사회주의나 무정부주의 운동과 연결되었다고 해서 조금도 이상한 일은 아니었다.

이런 사실들로 보아 '역사적 낭만주의' 시대의 동심주의와 오늘날의 동심주의를 똑같이 놓고 평가할 수 없음이 분명해진다. 필자가 전에 방정환과 '아동의 발견'을 말하는 대목에서, '동심주의'보다 '낭만주의'라는 용어가 더 어울린다고 말한 것도 우선은 이런 혼동을 피하려는 의도였다. 그런데 방정환에게서의 '아동'(동심)은 『빨간새』에서의 '아동'(동심)과 또다른 면이 있다는 사실이 더욱 중요하다.

한국의 경우, 굳이 도식을 피하려 해도 최남선(崔南善)에서 방정환으로 옮겨가는 과정이 이와야 사자나미에서 『빨간새』로 옮겨가는 과정과 단계적으로 대응한다. 한국의 근대화가 일본보다 시기적으로 늦고 따라서 일본으로부터 영향을 받았다는 것은 부인할 수 없는 사실이겠는데, 하여튼 낭만주의적 '전도'가 발생하기 이전단계로서 최남선의 『소년』(1908)은 이와야 사자나미의 『소년세계』와 대비된다 (최남선의 '신문관' 역시 일본의 '박문관'과 대비된다). '오늘의 소년이 내일의 국가 운명을 좌우한다'는 식의 '소년을 향한 외침'은 일본에서나 한국에서나 신진 지식인들이 떠받치던 '근대주의'의 한 표현일 것이다. '반봉건 근대화'라는 시대의 과제와 일정하게 맞물려 있기 때문에, 계몽기 신문화운동의 주도자인 최남선의 근대주의를 전혀 현실성 없는 환상일 뿐이라고 평가할 수는 없다. 그러나 이와야 사자나미의 근대주의에서 제국주의와의 긴장을 찾을 수 없는 것처럼, 최남선의 근대주의 또한 마찬가지 문제점을 드러내고 있다. 적어도 조선이 하루빨리 근대화에 성공함으로써 세계 '열국체제'에 당당히 끼여들 수 있으리라는 맹목적 믿음에 대해서만은 당시 상황을 염두에 둘 때 완전히 환상이었다고 평가할 수 있을 것이다. 경술국치 이후 상황이 점점 악화됨에 따라 최남선은 결국 다른 선택으로 나아갔다. 『소년』『붉은 저고리』(1913.1)『아이들 보이』(1913.9)로 이어지는 일련의 활동에서 우리는 '아동의 발견'이라기보다 '계몽의 후퇴'를 확인하게 된다. 3·1운동 이후 최남선은 더이상 신문화운동의 주역이 될 수 없었고, '조선심' '조선얼' '단군' '시조부흥' 따위의 복고적 정신주의로 가라앉고 만다.

한국에서 오늘날 우리가 이해하고 있는 바의 '아동문학'이 온전히 발생한 것은, 여러 사람들이 지적하듯이 방정환에 의해 『어린이』(1923~34)가 발행된 바로 그 무렵부터라고 할 수 있다. 3·1운동 이후, 계몽주의를 대신하여 낭만주의운동이 고조되는데 이 속에서 오늘날과 같은 의미의 '문학'이 확립되었고, 과거에는 그 존재에 의미가 부여되지 않았던 '아동'이 새로 발견되었다. 『어린이』에 이어 아동잡지들이 속출했으며, 주요 일간지에서도 동화와 동요를 발표하는 것과 동시에 거의 날마다 전국 각지의 소년회 소식을 전했다. 이 단계에서 방정환의 『어린이』는 일본의 『빨간새』와 대응한다. 그러나 한국에서는 '이와야 사자나미에서 『빨간새』로의 이행 과정'에서 찾아볼 수 있는 그러한 '전도'는 나타나지 않았다. 혹은 나타났어도 일본만큼 뚜렷하지 않았다. 왜일까? 이에 대한 답을 구하는 일이 곧 방정환 문학의 본질에 대한 파악이며, 한국 근대아동문학의 기본성격에 대한 규명일 것이다.

3 방정환 문학의 본질: 근대와의 긴장

방정환은 3·1운동 직후부터 소설을 발표하였고 『백조(白潮)』 후기 동인으로 참여하는 등 초창기 문학운동의 구성원이었다. 이런 사실은 그가 '아동의 발견'과 동시에 아동문학을 본격 출범시킬 수 있는 매우 유리한 자리에 있었음을 말해준다. 이는 또한 '아동의 발견'에서 그에게 적지 않은 자극을 주었던 소춘(小春) 김기전(金起田)과의 차이점이기도 하다.

방정환이 문학과 아동의 발견에 바탕해 근대아동문학의 개념을 파악했다는 증거로 「새로 개척되는 '동화'에 관하여」(『개벽』 1923. 1)를 주목해볼 만하다. 이땅에서 아동문학에 관한 거의 최초의 논의를 담고 있는 이 평론은 새로운 아동문학을 꽃피우기 위해 우선적으로 해야 할 일들, 예컨대 외국동화의 번역과 전래동화의 발굴 소개 등을 역설한 글이다. 여기에서 방정환은 새로운 아동문학은 예술로서 창작된 것이라는 점을 분명히 밝히는 한편, 오가와 미메이의 말을 인용해 순결한 동심의 세계를 작가의 이상으로 삼아야 한다고 지적하였다. 물론 방정환은 이땅에 새로운 아동문학의 씨앗을 뿌리면서 일본으로부터 많은 참조를 구했을 것이다. 방정환에게서도 『빨간새』 동인처럼 낭만주의적으로 동심을 강조하는 모습은 여러군데 나타난다. 수필 「어린이 찬미」(『신여성』 1924. 5)는 그 대표적인 증거라고 하겠다. 그러나 방정환에게는 이와야 사자나미는 물론이요 『빨간새』 동인과도 구별되는 매우 중대한 차이점이 있었다. 단순화의 위험을 무릅쓰고 알기 쉽게 도식화해보면, 이와야 사자나미가 '국가를 위한 어린이'를, 그리고 『빨간새』 동인이 '어른을 위한 어린이'를 주목했다면, 방정환은 '어린이를 위한 어린이'를 먼저 주목한 것이다.

방정환의 아동관은 동학과 천도교의 개혁사상에서 나왔다. 동학은 창시자 최제우와 2세 교주 최시형을 잇는 3세 교주 손병희에 와서 천도교로 개칭(1905)된다. '인시천(人是天)' '사인여천(事人如天)' '인내천(人乃天)'으로 요약되는 동학과 천도교의 평등사상은 2세 교주 최시형에서부터 '어린이도 한울님'이라는 아동애호사상의 구체적인 표현을 얻고 있다. 동학에서 천도교로의 전환은 반봉건 반외세의 기치를 내건 농민봉기노선이 결국 실패로 끝나자 이를 만회하기 위한 근대적인 조처들을 수반하면서 이루어진다. 천도교는 아래로부터의 신생활운동과 위로부터의 교육·출판운동을 전개하는 가운데 식민지시대 최대의 항일투쟁인 3·1운동을 주도하고, 이후 1920년대 민족·사회운동의 한복판에 자리한다. 이 과정에서 신구파의 갈등이 없지 않았지만, 사회운동에 적극적인 천도교청년회가 신파의 전위대로 되면서 각 부문운동의 핵심을 담당한다. 손병희의 셋째사위인 방정환은 김기전·이돈화·박달성 등과 함께 천도교청년회의 주요 구성원이었다.

방정환은 일본 유학(1920~23) 당시 천도교청년회의 토오꾜오 지회장이자 개벽사의 토오꾜오 특파원으로 활약했다. 이때, 식민지 백성의 한 사람이고 개혁운동에 동참한 방정환이 누구보다도 먼저 사회주의사상에 경도된 것은 자연스러운 일이다. 천도교가 표방한 평등사상과 지상천국의 이념은 사회주의와 그리 먼 거리에 있는 것이 아니었다. 초기 공산주의자들도 천도교를 중요한 연합 대상으로 여기고 있었다. 방정환은 국내 문필가로는 거의 최초로 사회주의사상에 입각한 작품을 발표했다.[7] 신경향파 문학의 온상이 되는 개벽사

7) 이 시기 방정환의 의식을 살펴보기 좋은 작품은, 비밀결사운동에 참여한 청년들을 등장시킨 「유범(流帆)」(『개벽』 창간호 1920.6), 종살이를 하면서도 좋은 세상을 만난 줄 알고 감지덕지하는 길들여진 개를 비판하는 내용의 「낭견(狼犬)으로부터 가견(家犬)에게 ─ 삽사리전」(『개벽』 1920.7), 입심좋은 '불령 파리'가 당대 세태를 강하게 풍자하는 내용의 「풍자기」(『개벽』 1920.12~1921.4) 같은 작품들

의 주요 편집인이었고 김기진과 함께 『백조』 후기 동인으로 참여한 사실까지 참조하면 계급문학의 발흥단계에서 방정환이 차지하는 몫을 짐작할 수 있을 것이다. 이런 점은 민중지향의 문학관을 뚜렷이 드러낸 「작가로서의 포부」(동아일보 1922.1.6)라는 글과도 합치된다.

그리하여 일시의 개조나 한때만의 창조가 아니고, 늘 시시각각으로 창조되는 새로운 생(生)——그걸로 하여 우리는 자꾸 참된 세상으로 나가게 되는 것을 믿습니다. (…) 그리고, 나 자신이 민중의 일인인 이상 거짓 없는 진실한 나의 요구는 그것이 많은 민중의 그것과 그다지 다르지 아니할 것이며, 그것은 의심할 것도 없는 당연한 것입니다. (…) 비참히 학대받는 민중의 속에서 소수 사람에게나마 피어 일어나는 절실한 필요의 요구의 발로, 그것에 의하여 창조되는 새 생은, 이윽고 오랜 지상의 속박에서 해방될 날개를 민중에게 주고, 민중은 그 날개를 펴서 참된 생활을 향하여 날게 되는 것이니, 거기에 비로소 인간 생활의 신국면이 열리는 것입니다. 이리하여 항상 쉬지 않고 새로 창조되는 신생은 민중과 함께 걸어갈 것입니다.

천도교 사회운동과 개혁사상은 방정환의 모든 활동을 뒷받침하는 기본 바탕이라 할 수 있으며, 그의 문학관과 아동관을 살피고자 할 때 가장 염두에 두어야 할 사항이다. 한국 근대아동문학의 새로운 기폭제가 되었던 『어린이』도 이와 연속선상에 있음은 물론이다. 방정환은 천도교청년회 안에서 발전되어 나온 천도교소년회의 창립

이다. 이중에서 「풍자기」는 일경의 감시를 받으면서 쓴 작품으로, 사회주의의식을 적극 드러내고 있기 때문에 계급문학의 발전과정에서 차지하는 무게가 결코 가볍지 아니할 것으로 여겨진다. 방정환은 일본의 유명한 사회주의자 사까이 토시히꼬(堺利彦)가 유물사관에 입각해서 쓴 글을 「깨어 가는 길」(『개벽』 1921.4)이라는 제목으로 번역해서 소개하기도 했다. 이런 활동은 김기진이 국내에 계급문학의 씨를 뿌린 시기보다 많이 앞서는 것이다.

(1921. 5)에 관여하고, 이후로는 전국 각지에서 봇물처럼 터져나오는 소년단체들의 연합회를 이끌며 소년운동의 지도자로 떠오른다. 이 과정에서 아동문제 연구단체인 '색동회'(1923. 5)가 조직되고, 이를 통해서 아동문예잡지 『어린이』를 편집하는 한편, '어린이날' 행사를 비롯한 동화구연·동시낭송·동극공연·토론회·연설회·강연회·전시회 등 각종 어린이문화운동을 벌여나간다. 한국 아동문학은 바로 이곳에서 신기원을 이루었던 것이다.

> 3월 1일에 첫 소리를 지르는 『어린이』의 탄생은 분명히 조선소년운동의 기록 위에 의의있는 새 금(劃)일 것입니다.[8]

이 글은 어린이운동이 막 불붙기 시작할 무렵 토오꾜오에 있던 방정환이 서울의 조정호(曺定昊)에게 보낸 편지글의 한 구절이다. 이 편지글에는 어린이 문제를 바라보는 방정환의 태도 곧 그의 아동관이나 교육관이 뚜렷이 드러나 있다. 또한 『어린이』의 편집방향도 언급되고 있어 아동문학에 대한 그의 목적의식을 아울러 살펴볼 수 있다. 먼저 어린이 지도 문제를 두고 방정환은 당시 가정이나 학교와는 완전히 다른 방식을 역설하고 나섰다. 가정의 부모는 "무지한 위압"을 일삼고, 학교의 교사는 "그릇된 인형 제조"에만 전념한다는 것이 그의 생각이었다.

> 지금의 그네의 부모 그 대개는 무지한 사랑을 가졌을 뿐이며, 친권만 휘두르는 권위일 뿐입니다. 화초 기르듯 물건 취급하듯 자기 의사에 꼭

---

8) 방정환 「소년의 지도에 관하여——잡지 '어린이' 창간에 제하여」, 『천도교회월보』 1923. 3(소파방정환선생기념사업회 편 『소파 방정환문집』, 하한출판사 1997, 281면에서 재인용). 『어린이』는 3월 1일자로 발행하려 했으나 검열관계로 3월 20일에서야 첫호가 발행되었다.

맞는 인물을 만들려는 욕심밖에 있지 아니합니다. 지금의 학교 그는 기성된 사회와의 일정한 약속하에서 그의 필요한 인물을 조출하는밖에 더 이상도 계획도 없습니다. 그때 그 사회 어느 구석에 필요한 어떤 인물(소위 입신출세자겠지요)의 주문을 받고 그대로 자꾸 판에 찍어 내놓은 교육이 아니고 무엇이겠습니까. 그러나 어린이는 결코 부모의 물건이 되려고 생겨나오는 것도 아니고, 어느 기성사회의 주문품이 되려고 나오는 것도 아닙니다. 그네는 훌륭한 한 사람으로 태어나오는 것이고 저는 저대로 독특한 사람이 되어 갈 것입니다.[9]

방정환은 어린이의 독립된 인격을 존중해야 한다고 말한다. 그런데 이런 주장은 단순히 아동애호사상에만 머물러 있는 것이 아니라 당대 사회현실을 넘어서려는 매우 강력한 비판의식을 담고 있다. 곧 기성사회의 가치를 표준으로 삼는 보수적 태도는 "지금의 (…) 불합리 불공평한" 사회제도를 그대로 대물림하는 일과 다르지 않으므로 반드시 어린이들끼리의 주체적인 사색과 활동을 보장해야 한다고 믿었던 것이다. 그의 생각이 이러했기 때문에 『어린이』의 편집방향을 두고는 "특별한 경우에 어느 특수한 것이라면 모르"되 "수신강화 같은 교훈담이나 수양담은 일체 넣지 말아야 할 것"[10]이라고 말했던 것이다.

그럼 방정환은 정말로 『어린이』에 교훈담이나 수양담을 싣지 않았는가? 그렇지 않다. 우선 그의 문학관이 '민중예술론'에 입각해 있음은 앞에서도 지적한 바인데, 교훈담이나 수양담을 넣지 말아야 한다는 의견은 기성제도와의 타협을 경계하려는 뜻이었지, 그의 문학관에서 볼 때 교육성은 결코 배제될 성질이 아니었다. 방정환은 예술로서의 아동문학을 인식하고 있었기에 무척 조심스러운 표현을 쓰고

---

9) 같은 책 282면.
10) 같은 곳.

있긴 해도, 교육성에 대해서는 늘 염두에 두고 있었다. 더욱이 『어린이』는 어린이 해방의 기치를 내걸고 민족·사회운동의 바탕에서 전개된 아동문학이니만큼 사회성과 결코 분리될 수 없었고 당연한 결과로 일제당국과의 마찰도 피할 수 없었다.[11] 수많은 제약과 탄압 속에서 발행된 『어린이』는 그대로 한국 근대아동문학의 가시밭길을 상징한다. 따라서 『어린이』에 실린 교훈담이나 수양담 유의 글들은 새로운 사회질서를 위한 그의 의도와도 어느정도 관련이 있지만, 일정하게는 근대에 현저히 미달인 식민지 조선의 상황을 반영하는 것이기도 해서 그의 손이 먼저 그의 머리를 배반하도록 되어 있었다고 말하지 않을 수 없다. 이 점은 한국에서는 일본에서와 같은 '전도'의 여지가 거의 없었다는 사실을 말해주는 것이기도 하다. 요컨대 방정환은 이와야 사자나미나 최남선 시대의 계몽주의적 이상을 한편으로 하고 『빨간새』의 낭만주의적 이상을 한편으로 하면서 나름대로 근대와의 긴장을 유지하려 했다고 평가할 수 있다. 그러니까 그에게서 나타나는 계몽주의적 속성은 무슨 불명예의 꼬리표가 아니라 특수한 현실인식에 기반한 한국 아동문학의 명예일 수가 있는 것이다.

이제 방정환의 의식과 관련해서 그의 작품활동이 실제로 어떠했는지를 살펴볼 차례이다. 우선 그가 아동문학을 하기로 결심한 직후의 작품들을 가지고 작가의식의 지향점을 가늠해볼 수 있다. 외국동화를 번역한 것들과 우리 옛이야기를 재화(再話)한 것들도 빼놓을

---

11) 『어린이』가 일제당국의 검열 때문에 책을 모두 압수당하거나 전문 또는 부분 삭제된 글들을 싣게 된 경우는 이루 헤아릴 수가 없다. 잡지 창간부터 검열관계로 일정이 늦어졌고, 창간호의 경과보고조차 부분삭제를 당하였다. 계급주의 아동문학이 팽배했던 시기에는 압박의 정도가 훨씬 심했는데, 방정환은 송영의 작품 「쫓겨가신 선생님」(1928. 1)을 실은 것 때문에 유치장 신세까지 져야 했다. 하지만 『어린이』는 계속해서 계급주의 아동문학을 일정하게 수용하였고, 그와 대립적인 논설은 일체 싣지 않았다. 이런 사실은 계급문학과 국민문학으로 첨예하게 갈리어 대립했던 일반문학 쪽과는 사뭇 다른 모습이다.

수는 없다. 방정환의 첫번째 번역작품은 「불 켜는 이」(작가미상, 『개벽』 창간호 1920.8)이고, 두번째 번역작품은 오스카 와일드의 「왕자와 제비」(『천도교회월보』 1921.2)이다. 이 두 작품 모두 작가의 민중지향 의식을 뚜렷이 드러내는 것들이다. 『어린이』 창간호(1923.3.20)에 제일 먼저 나오는 작품은 무엇일까? 동학농민전쟁 때 나온 전래동요 「파랑새」였으니 이것도 예사로운 일은 아니다. 창간호의 산문작품은 안데르센 동화를 번안한 「성냥팔이 소녀」와 우리 옛이야기를 동극(童劇)으로 각색한 「노래 주머니」(2호까지 연재)가 차지하고 있다. 2호(1923.4.1)에 이르면 순수 창작을 시험해본 「순희의 설움」이 니오고, 3호(1923.4.23)에는 「영길이의 슬픔」이 나온다. 이로써 아동문학의 하위 장르들이 그의 손을 거쳐 하나씩 자리잡히고 있음을 확인할 수 있는데, 이 과정에서 고통받는 아이들에게 다가서려는 그의 의식이 아울러 드러나고 있다.

잘 알려지지 않은 방정환의 초기 창작동화 가운데 비교적 완성도가 높은 작품은 「4월 그믐날 밤」(『어린이』 1924.5)이다. 이 작품은 4월 그믐날 밤 풀밭에서 들려오는 분주한 소리들이 5월 초하루 새 세상을 여는 소리임을 형상화한 것이다. 이는 지금과 달리 5월 1일을 어린이날로 삼았던 당시 사정을 떠올릴 때 그 뜻이 더욱 분명해진다. 이 작품이 발표된 시점은 어린이날 행사를 두번째로 맞이하는 해이다. 이 해의 어린이날 행사가 전국 동시다발로 사나흘간 매우 성대하게 치러졌다는 기록에 비추어,[12] 행사를 주도면밀하게 준비한 작가의 포부와 자세가 이 작품에 고스란히 반영된 것으로 생각할 수 있다. 방정환은 이 작품에서 이야기를 들려주는 일인칭 서술자로 등장한다. 그리하여 풀밭에서 벌어지는 온갖 일들은 환상의 세계 곧 판타지로 처리되었다. 진달래·개나리·복사꽃·할미꽃·개구리·참새·제비·

12) 정인섭 『색동회 어린이 운동사』 학원사 1975, 84~87면.

종달새·꾀꼬리 같은 토종 동식물들이 힘을 모아 음악회를 준비한다. 이들의 이야기를 나지막이 전하는 '나'는 어린이와 마음을 나누는 작가 방정환의 모습이고, 천지만물이 약동하는 봄의 이미지는 겨레의 앞날을 밝혀갈 어린이의 이미지다. 이로 보아서 「4월 그믐날 밤」은 어린이날과 더불어 새 세상이 열리기를 소망하는 작가의 마음이 가득 스며든 작품이라 할 수 있다.

방정환이 전래동화 형식을 빌려 창작한 작품 가운데 옛이야기의 짜임과 묘미를 잘 살려낸 것으로는 「양초 귀신」(『어린이』 1925.8)이 있다. 이 작품은 근대의 충격을 소화하는 과정에서 나온 이야기를 해학과 풍자의 맛을 곁들여 재미있게 형상화한 것이다. 그런데 이재복은 '양초'가 "근대라는 제도의 상징적 산물"(『어린이문학』 1999년 6월호 37면)이기 때문에 '근대극복'의 문제를 생각하지 않을 수 없다면서 이 작품을 다음과 같이 비판하였다.

> (…) 우스개 이야기가 문학으로 거듭나기 위해서는 근대화에 뒤진 목숨들에 대한 작가의 애정이 눈물나게 묻어나와야 하지 않을까? 해학과 풍자의 경지로 올라가는 감동이 있어야 하는데, 「양초 귀신」은 그냥 우스운 이야기 수준으로만 떨어져버리고 말았다. 너무 조급하게 봉건으로부터 해방과 근대극복이라는 어려운 숙제에 대안을 제시하려다보니까 결국 이런 이야기가 되지 않았나 싶다. (같은 곳)

'양초'의 상징성에 대한 이재복의 통찰은 수긍이 가지만 작품 의도와 관련해서는 아무래도 확대해석이라고 여겨진다. 양초말고 거울을 소재로 하는 비슷한 이야기가 전하는 데서도 알 수 있듯이, 이런 이야기들은 새로운 문물에 대한 이해가 없어서 겪는 곤란을 해학과 풍자의 웃음으로 깨우치고자 생겨난 것이다. 전래동화를 살피면, 백성을 주인공으로 내세운 이야기에도 '슬기로운 면'을 다룬 것과 '어리석은 면'을 다룬 것이 나란히 공존한다. 그리고 이것들은 백성에 대한 '애정'이라는 동일한 뿌리에서 갈라져나온 두 얼굴이라 할 수 있다. 어리석은 면은 어떻게든 깨우쳐야 하는 것이기 때문이다. 「양초 귀신」은 바로 근대와의 충돌과정에서 시대에 뒤떨어진 '어리석음'에 초점을 둔 이야기이다. 그러하기에 풍자보다 해학의 정서가 더 지배적인 것은 당연하다. 어찌 보면 '양초'를 '귀신'이라고 이름붙인 제목부터가 '근대 비판'의 상징으로 해석될 수 있다. 양초는 잘 알고 쓰면 약이요, 모르면 귀신이 되는 것일 테다.

방정환의 창작동화 가운데 아이들의 사랑을 가장 많이 받은 작품은 「만년샤쓰」(『어린이』 1927.3)이다. 이 작품은 우리 아동문학사의 흐름에서 차지하는 위치가 각별하다고 생각되어 필자가 이미 다른 자리에서 다룬 바 있다. 말썽꾸러기의 성격을 아울러 갖춘 긍정의 주인공 '창남이'의 캐릭터에 주목했던 것이다. 그러나 이재복은 창남이의 캐릭터가 이와야 사자나미 식의 "입지전적 인물이 갖고 있는 허상"(같은 글 39면)이라면서 다음과 같이 비판하였다.

방정환은 일본 유학 시절 암곡소파 문학에서는 낙천적인 인물의 전형을 배우고, 또한 동심주의문학을 통해 감상적인 인물의 전형을 같이 배웠다. 그 결과 방정환은 「만년샤쓰」에 등장하는 창남이를 통해 이 두 가지 인물형, 즉 낙천적이며 입지전적인 암곡소파형 인물과 눈물과 감상의 동심주의 인물형을 함께 보여준 것이다. 이 「만년샤쓰」야말로 그 당시 일본의 아동문학에 반영된 다양한 인물의 모습이 함께 드러난 작품이라 할 수 있다. (같은 글 41면)

몇가지 한계에도 불구하고 「만년샤쓰」는 방정환의 기질이 유감없이 발휘된, 당시로선 매우 돋보이는 소년소설이다. 이 작품의 도입부에선 꽤 많은 장면을 할애하여 오로지 주인공의 성격을 부각시키고 있는데, 이것은 동시대의 다른 작품에서는 찾아보기 힘든 미덕이다. 살아있는 인물의 성격은 줄거리나 주제에서 설사 그 시대의 한계가 나타날지라도 그것을 뛰어넘는 오랜 생명력을 지닌다. 그래서 성격 창조는 다른 무엇보다도 중요한 것이다. 이 작품의 주요 사건은 맨몸으로 체육시간을 맞은 창남이가 선생님한테 그 사정을 말하는 대목부터라고 할 수 있다. 마을에 불이 나서 옷이 없는 이웃에게 속옷을 내주었기 때문에 맨몸이 되었다는 얘기다. 독자는 선생님과 우스갯소리를 주고받으며 위기를 잘 넘기는 이 '유쾌한 말썽쟁이'에게도 예상을 뒤엎는 '뜻밖의' 헌신성이 있다는 걸 알게 되고는 마음속으로부터 파문을 일으킬 것이다. 그러나 속 깊은 긍정의 주인공으로 실감나게 형상화된 창남이의 성격은, 뜻밖의 선행을 뜻밖의 일이 아니라 자연스러운 결과로 수긍하게끔 이끄는 정서의 바탕이 된다. 성격 창조가 지니는 힘은 바로 이런 데에 있는 것이다.

이재복의 의도는 창남이와 같은 '유쾌한' 인물형이 확대되어 동심주의문학이 널리 퍼지는 걸 경계하려는 데 있는 듯하다. 여기서 '작은 어른', '입지전적 인물'이라는 말이 함께 쓰이고 있는데, 창남이가 곤핍 속에서도 남을 도와 선생님으로부터 칭찬받은 걸 두고 굳이 작은 어른이라든지 입지전적 인물이라고 비판해야 하는지 의문스럽다. 입지전적 인물이라 할 때도 그것이 적용되는 범위와 수준은 상황에 따라 다를 것이며, 더욱이 우리와 일본의 사정은 똑같을 수가 없다. 예컨대 「나의 어릴 때 이야기」(『어린이』 1928.3~5)는 방정환이 열살의 어린 나이로 '소년입지회'를 만들어 활동하기까지의 기록인데, 이것을 두고 작은 어른이라거나 출세와 영달의 인물이라고 비판한다면 좀체로 수긍하기 어려울 것이다. 또한 이재복은 「만년샤쓰」의 '눈물주의'를 "암곡소파 이후에 등장한 동심주의가 반영된 세계관"(같은 곳)이라고 비판하였는데, 1920년대 문학의 눈물주의를 일종의 감상적 낭만주의로 비판할 수는 있지만, 이때에도 시대의 성격을 함께 고려해야 할 것이고, 특히 『빨간새』식 전도와 우리의 차이점을 상기해야 마땅하리라 본다.

'소년 사진소설'이라는 표제어가 붙은 「금시계」(『어린이』 1929.1~2)에 대해서도 이재복은 '제도와의 화해'를 지적하였다. 언뜻 보기에 「금시계」는 그런 평가를 받을 만한 줄거리다. 집을 떠나 목장에서 일하면서 야학교에 다니는 고학생 효남이는 주인집 금시계를 훔쳤다는 억울한 누명을 썼다가 그로부터 벗어나면서 오히려 목장 주인의 도움을 받게 된다. 내용이 이러하니 마지막 해피엔딩을 위해서 이야기를 짜맞췄다는 혐의를 받을 만하다. 그러나 '금시계'가 "근대를 대표하는 부의 상징"(같은 글 42면)이라는 이재복의 지적은 역시 확대해석이다. 왜냐하면 이 작품의 줄거리에서 금시계는 다른 무엇으로 바꾸어도 상관없는 그냥 재화일 뿐이기 때문이다. 옛이야기에 자주 나오는 돈이어도 좋고 먹을 것이어도 좋고 욕심나는 물건이어도 전하고자 하는 메씨지는 바뀌지 않는다. 작가가 금시계를 택한 것은 전당포 영수증과 관련하여 누명벗는 과정을 짜임새있게 만들기 위해서라고 할 수 있다.

이 작품에서도 도둑 누명과 관련한 사건을 탄탄하게 엮어가는 솜씨라든가, "가난이 죄"가 되는 부당한 현실에 작가의 관심이 놓여 있는 점을 놓칠 수 없다. 방정환이 '입지전적 인물'을 내세워 '제도와의 화해'를 드러냈다는 이재복의 비판은 지나친 단순논리에 서 있는 것이 아닌가 한다. '역경을 딛고 일어서는 입지전적인 삶'은, 근대의 명암을 잘 헤아려 평가해야 하는 식민지 조선의 특수성과도 맞물린 현상이다. '국가의 흥륭과 개인의 입신출세'가 예정조화를 이루던 시기에 이와야 사자나미 문학이 지닌 입신출세주의와 우리의 입지전적인 삶은 당연히 성격이 다르다. 입신출세주의가 국가권력에 순응하는 이데올로기임은 분명하지만, 식민지 백성에게는 순응하고자 해도 순응할 국가권력이 부재하는 상황이었다. 그렇기 때문에 소수 노예 근성의 출세주의자라면 몰라도 대다수 아이들에게 역경을 딛고 일 어서는 삶의 이야기는 개인주의보다 사회적 책무감을 더 느끼게 해 주는 헌신의 메씨지로 받아들여질 소지가 더욱 큰 것이다. 그러나 이 재복의 판단은 아주 다르다.

효남이란 인물은 일제강점기의 어두운 삶 속으로 깊이 들어가 그 삶 안에서 발견해낸 인물이라기보다는 머리 속에 근대구조와 잘 어울릴 만 한 이상적인 인물을 설정하고, 그 인물에 맞게 주변 삶을 맞춘 다분히 교 훈성이 반영된 인물이라고 해야 할 것이다. (같은 글 43면)

효남이가 눈물겨운 상황에서도 어떻게든 공부를 하려고 애쓰는 모습은 '입지전적'이라 할 수 있다. 그렇다고 효남이를 "근대 구조와 잘 어울릴 만한" 인물로 규정하는 것은 뜻밖이다. 우리와 같은 불행 한 나라에서 꿋꿋한 의지를 갖고 열심히 공부한다는 것은 어떤 뜻을 가질까? 효남이와 같은 고학생의 성공담에는, '제도와의 화해'라든지 단순히 '근대주의'로 몰고 갈 수 없는 곤핍한 시대의 꿈과 희망이 서 려 있다. 더욱이 방정환은 누구보다도 제도교육의 문제점을 명확하 게 꿰뚫어보고 줄기차게 비판한 드문 선각자였다.[13] 이 작품에서 효

13) 방정환은 교육의 목적을 먼저 당대 사회와의 관계에서 파악했다. 「수만명 선진 역군의 총동원」(『개벽』 1924.7)이란 글에서 그는 혁명전 러시아 청년들의 사례를 들어 방학을 맞이한 학생들에게 "밑으로 가자, 거기서 일어나자!"라며 '브나로드' 운동을 제기하였다. 한편, 방정환이 교육문제를 직접 거론한 글도 꽤 많은데, 이것 들은 오늘의 시점에서도 선진적인 주장을 담고 있어서 눈길을 끈다. 예컨대 「남녀 학생들에게」(『학생』 1929.4)는 실사회 생활과 동떨어진 학교교육을 비판한 글이 다. 글의 마지막에는 실사회 지식을 구하는 방법을 쓰고 싶어도 검열 문제가 걸려 서 쓰지 못함을 암시하였다. 「학생들에게」(『학생』 1930.7)는 대다수 학생들이 소 수 상급학교 진학자의 들러리로 전락하는 입시교육의 문제점에 대해 구체적인 통

남이는 자기만큼이나 어렵고 급박한 사정 때문에 금시계를 훔친 수 득이를 생각해서 고민 끝에 억울한 누명을 뒤집어쓴 채 한가닥 희망이었던 야학조차 포기하려 하지만, 이를 보고 마음이 몹시 아파진 수득이가 역시 고민 끝에 주인에게 자백을 하면서 마지막 구원이 이루어진다. 주인의 도움도 야학 급우들이 먼저 나서서 효남이를 도우려 했기에 가능해진 것으로 그려져 있다. 그렇다면 이 작품은 작가의 '브나로드' 지향과 맥락을 같이 하는 '어린 민중에 대한 격려'의 뜻으로 읽는 것이 옳다. 물론 결말의 구원을 외부 조력자에 의존해서 해결한 것까지 무작정 옹호할 수는 없다. 그러나 이 작품의 주된 내용은 어디까지나 부당한 계급현실 때문에 가난한 아이들이 뜻을 펼치는 과정에서 겪어야 하는 고단한 노동과 비인간적인 대우였다. 이 비슷한 사례는 현덕의 소년소설에서도 얼마든지 발견할 수 있으니, 한국 근대아동문학은 즐거운 해방감을 만끽하게 하는 '삐노끼오'식 유열담(愉悅談)보다는 고난극복의 용기와 희망을 주는 '꾸오레'식 격려담에서 그 전형을 얻었음을 알 수 있다.

　방정환은 현실을 자각케 할 방편으로 탐정소설을 개척한 공로도 크다. 그렇지만 이재복은 『칠칠단의 비밀』(『어린이』 1926.4~12)을 거론하면서, 방정환이 이와야 사자나미의 '모험소설'을 많이 읽었을 것이라는 막연한 전제 아래 비판을 하고 있다(이재복, 앞의 글 45~46면). 이재복의 비판은 역시 이와야 사자나미와의 수평비교라는 함정에 걸려 핵심을 놓쳤다고 본다. 곧 '모험소설'과 '탐정소설'을 구분하지 않았던 것이다. 이와야 사자나미 식의 모험소설이 우리한테 거의 없

계자료를 들어서 맹렬히 비판한 글이다. 여기서도 검열 문제로 "붓끝의 나갈 길"이 막히고 있음을 드러냈다. 「여학교 교육개혁을 제창함」(『별건곤』 1931.6)은 아예 앞의 두 글에서 보는 것과 같은 제도교육을 부정하고 오늘날의 이른바 '홈스쿨'을 제안한 글이다. 방정환은 실사회 지식을 위한 통합교육을 집에서 실천하는 방법으로 신문과 잡지를 교과서로 삼고 실제 견학을 게을리하지 말라고 당부하였다.

는 까닭은 무엇일까? 잘 알려져 있듯이 모험소설은 식민지 개척기 제국주의 팽창의 역사와 일정하게 궤를 같이 하는 것이었다. 그에 비해 탐정소설은 우리로서도 충분히 개척할 만한 형식이다. 방정환은 한낱 통속물로 떨어지기 쉬운 탐정소설의 형식을 두고서도 다른 누구보다 옳은 의식으로 작품을 써나갔다.

탐정소설은 퍽 재미있고 좋은 것입니다. 그러나 어른들과 달라서 어린 사람들에게는 자칫하면 해롭기 쉬운 위험이 있는 것입니다. 그것은 마치 나쁜 활동사진을 보고 나쁜 버릇이 생겨져서 위험하다는 것과 똑같이 자칫하면 탐정소설이 잘못되어 그것을 읽은 어린 사람의 머리가 거칠고 나빠지기 쉬운 까닭입니다. 그런데 우리 『어린이』에 탐정소설을 내어서 대단히 호평을 받기 시작한 후부터 다른 잡지에도 여러가지의 탐정소설이 생기게 된 것은 퍽 기쁜 일이나, 가만히 보면 억지로 탐정소설을 만드느라고 나쁜 활동사진보다도 더 나쁜 탐정소설을 내이는 고로, 그런 것을 읽혀서는 큰일이 나겠다고 염려하게 되는 때가 많습니다.[14]

방정환의 탐정소설은 장편 『동생을 찾으러』(『어린이』 1925.1~10) 『칠칠단의 비밀』(『어린이』 1926.4~12) 『소년 삼태성』(『어린이』 1929.1) 『소년 사천왕』(『어린이』 1929.12~1930.12) 등 모두 네 편인데, 이중에서 뒤의 두 편은 사정 때문에 중단되었다. 『동생을 찾으러』와 『칠칠단의 비밀』은 탐정소설이 대개 그러하듯이 아슬아슬한 재미를 만끽할 수 있는 줄거리다. 독자는 계략과 반전이 거듭되는 선과 악의 대결 속에서 손에 땀을 쥐는 팽팽한 긴장감을 맛본다. 그런데 작가는 그저 흥미성에만 치중한 것이 아니라 어린이 인신매매 사건과 관련하여 사회의식과 민족의식을 드높이고 있다. 『동생을 찾으러』에는 사건 해결과정에서 소년회의 활약상이 나타나고, 『칠칠단의 비밀』에

14) 방정환 「신탐정소설―소년사천왕」(『어린이』 1929.9) 34면.

는 중국내 한인협회와의 연계가 나타난다. 물론 탐정소설의 한계상 이들 작품은 우연성의 문제점을 많이 가지고 있다. 그러나 방정환의 탐정소설은 그 파급효과를 경계한 일제당국의 탄압으로 계속해서 발전해갈 수가 없었다.

'탐정소설의 아슬아슬하고 재미있는 그것을 이용하여 어린 사람들에게 주는 유익을 더 힘있게 주어야 한다.' 이런 생각으로 주의하여 쓴 것이라야 된다고 나는 언제든지 생각하고 있습니다. 요전번에 쓰기 시작한 『소년 삼태성』은 그러한 생각으로 전에 썼던 것보다 더 재미있고 더 유익한 것을 쓰려고 한 것인데 불행히 그 2회의 것이 전부 삭제를 당하여 책에 내지 못하게 된 고로 이내 더 계속하지 못하게 되었습니다. 고쳐서 써가지고는 그 본래 목적하던 것을 묘하게 써나갈 수 없는 까닭입니다.[15]

이처럼 합법과 비합법의 경계를 넘나드는 것 자체가 벌써 그의 문학의 본질을 이루는 '근대와의 긴장'이라고 할 수 있다. 한계가 없지는 않았지만, 기본성격만큼은 아주 뚜렷했다는 사실이다. 방정환 문학은 이와야 사자나미나 일본 동심주의 문학의 복제가 아니라, 민족과 시대의 요청에 대한 응답이었다. 한국 근대아동문학의 주류는 바로 이곳에서 명예로운 전통의 시원(始原)을 이루었던 것이다.

4 두 개의 기원, 두 개의 동심: 한일 아동문학의 작품성격 비교

일본의 근대화 과정에서 독일 유학을 경험한 이와야 사자나미는 메이지유신 이후 국가번영의 시대 조류에 부합하는 이야깃거리를

---

15) 같은 글 35면. 『소년 삼태성』을 중단하고 새로 시작한 『소년 사천왕』도 병으로 건너뛰고 하다가 결국은 사망으로 인해 끝을 맺지 못했다.

아이들에게 들려주면서 일본 근대아동문학의 길을 닦았다. 그러나 청일전쟁을 치르면서 일본의 선택이 제국주의로 치닫게 되자, 그런 시대 조류에서 이탈해나온 일군의 지식인들은 이른바 문학에서의 내적인 전도를 수행했고 그 결과의 하나로 일본 근대아동문학의 새로운 획을 긋는 『빨간새』가 탄생하였다.

> 『빨간새』는 세속적이고 천박한 읽을거리를 배제하고, 어린이의 순수성을 보전 개발하기 위하여 현대 제일류 예술가의 진지한 노력을 모으고, 젊은 어린이문학 창작가들의 출현을 맞이하려는 커다란 구획운동의 선구이다.[16]

하지만 『빨간새』의 어린이는 지식인들의 이상 또는 관념의 산물로 발견된 것이기 때문에 '순수성'이란 표지를 달고 세속의 현실로부터 멀리 떨어져나갔다. 『빨간새』가 표방한 예술성은 그것이 아무리 뛰어나고 또한 비타협정신의 산물이라 하더라도 결국은 도피와 좌절에 대한 보상으로서 일종의 자기위안이라는 속성에서 자유로울 수 없었던 것이다.

일정하게는 일본을 경유하여 추진된 한국의 근대화 과정에서 이와야 사자나미 식의 근대주의를 이상으로 여겼던 최남선은 신세대 소년의 어깨 위에 그 이상의 날개를 달아주고 함께 비상하려고 했으나 민족이 일본의 식민지로 전락하는 현실과 부딪쳐 부러진 날개를 접어들이는 수밖에 없었다. 하지만 동학과 천도교라는 안으로부터의 근대화 동력을 또다른 날개로 삼아온 방정환은 3·1운동과 일본 유학을 거치면서 새로운 수준의 소년운동을 벌여나갔고, 이 바탕에서 한국 아동문학도 비약적인 발전을 보게 되었다.

---

16) 「'빨간새'의 표방어」(河原和枝, 앞의 책) 68면에서 재인용.

짓밟히고 학대받고 쓸쓸스럽게 자라는 어린 혼을 구원하자. 이렇게 외치면서 우리들이 약한 힘으로 일으킨 것이 소년운동이요 각지에 선전하고 충동하여 소년회를 일으키고 또 소년문제연구회를 조직하고 한편으로『어린이』잡지를 시작한 것이 그 운동을 위하는 몇가지 일입니다.[17]

한국 근대아동문학은 이처럼 소년운동의 토대 위에서 전개된 것이기 때문에 일본과는 사뭇 사정이 달랐다. 소년운동의 지도자들은 어린이 해방운동의 조력자로서 어린이들이 스스로 감당해야 할 사회적 책무를 자각시키는 일에 대해서도 매우 중요하게 생각했다. 한국 아동문학에서 더욱 강화된 형태로 나타난 교육성과 사회성의 근원은 바로 여기에 있었던 것이다.

식민지 조선의 어린이들 또한 자기에게 부과된 민족적·사회적 책무를 기꺼이 떠맡았다. 3·1운동 때 보통학교 학생들의 시위 및 맹휴 참여는 어느 한 곳이 아니라 전국에 걸쳐 나타난 현상이었다. 우리나라 최초의 소년회로 기록되고 있는 진주소년회(1920)는 만세운동을 일으킨 주모자들이 검거되는 과정에서 그 소식이 알려진 것인데, 천도교소년회의 창립은 여기에서 자극받은 바 적지 않았다. 이후로 전국 각지에서 일어난 소년단체의 숫자는 이루 헤아릴 수조차 없다. '색동회'의 창립 그리고 『어린이』의 창간과 때를 맞추어서는 『어린이』 독자들을 중심으로 하는 아동문학 동인이나 아동문제 연구단체들이 줄을 이었다. 각종 어린이 행사는 경찰의 감시 아래 치러졌으며, 소년회에 가담하거나 『어린이』 잡지를 보는 일은 학교에서조차 주목의 대상이 되고 탄압을 받았다.[18]

---

17) 방정환 「어린이 동무들께」(『어린이』 1924. 12) 39면. 이 글도 검열로 인하여 28행이 삭제되었다.
18) 방정환 「조선의 소년운동」(동아일보 1925. 1. 1). 소년회 활동과정에서 간부진이

『빨간새』는 엘리뜨적 지식인 운동의 성격을 띠고 있었기에, 구독자 가운데 학교 교사들이 적지 않았다. 통신란에도 교사한테서 온 편지가 많았다고 한다.[19] 일본의 아동문학에는 소년운동의 바탕이 없었기 때문에, 아이들은 주로 교사와 부모를 매개로 해서 잡지를 받아보는 처지였다. 하지만 『어린이』는 전국 각지의 소년회와 연계되어 있었기 때문에 아이들에게 한층 직접적인 통로가 열려 있었다. 『어린이』의 독자란은 전부 어린이들의 투고였고 그들 대부분은 소년회에 소속된 아이들이었다. 이들 중에서 수많은 동화작가와 동요시인 들이 배출되었다.

이런 기원상의 차이는 당연히 다른 많은 차이를 이끌게 된다. 일본의 한 연구자는 『빨간새』가 휴간에 이르는 과정과 원인을 분석하면서, 이와야 사자나미를 잇는 통속오락잡지로 타이쇼오 3년(1914)에 창간된 『소년구락부』의 발전과 『빨간새』의 쇠퇴가 서로 맞물린 현상임을 주목하였다.[20] 『빨간새』는 이와야 사자나미 식의 전근대적인 통속물을 대체하려는 잠재요구 또는 시대요구와 비례하여 축복과 관심 속에서 출발했지만 수삼년 뒤에 벌써 쇠퇴의 길을 걷는다. 그 첫째 이유는 잡지 창간의 주역 스즈끼 미에끼찌가 지닌 엘리뜨주의적인 아동문학관이다. 예컨대 그는 『톰 쏘여의 모험』이나 『하이디』를 저속하고 통속적인 것으로 간주하였다. 그는 순문학 대 대중문학, 예술 대 속악(俗惡)을 대치시켰고, 엘리뜨 『빨간새』에 대하여 다수의 둔감한 교사와 부모를 대치시켰다. 둘째 이유는 『빨간새』가 민중 속

검거되거나 집회가 금지조처를 당하는 기사는 당시 일간지에서 수없이 찾아볼 수 있다. 이원수의 자전적인 소년소설 『5월의 노래』(1950)는 바로 이러한 일제시대의 소년회 활동과 그 탄압상을 담고 있다.

19) 앞의 책 73~75면.
20) 후루따 타루히古田足日 「前期赤い鳥’の敎訓」(鳥越信 編 『兒童文學』, 角川書店 1982).

에 뿌리내리지 못한 점이다. 효과적인 문학운동이 되려면 '창작'과 '침투'를 함께 고려해야 하는데 『빨간새』는 침투운동을 생각하지 않았다. 따라서 『빨간새』는 문단의 명사들이 동원된 권위있는 잡지이긴 했어도 독자의 요구를 반영하는 재미있는 잡지는 아니었다. 이렇게 민중 속에 뿌리를 두지 않고 어린이의 요구와도 일치하지 않는, 토대를 잃은 『빨간새』의 운명은 자명한 것이었다. 이와 견줄 때 한국의 『어린이』에는 『빨간새』를 특징짓는 그런 "문화주택적 허약함"[21]은 없었다. 『어린이』 독자란에는 경향 각지에서 보내오는 열띤 환호의 목소리나 연재물에 대한 기대감의 표출이 언제나 넘쳐났다.

또다른 일본의 연구자는 이와야 사자나미 시대의 작품과 『빨간새』의 작품을 비교하면서 '산문 상실의 비극'을 지적하였다.[22] 이와야 사자나미 시대의 '용기있는 진취의 기백을 지닌 인물'은 근대적인 국가 건설의 의기와도 관계되는 것으로 그 뒤에 등장한 동심주의 아동문학에 비해 한결 '선명한 아동상'이었고 그만큼 '어린이의 생활에 밀착'된 작품들이 많았다는 것이다. 물론 이와야 사자나미 시대에는 메이지시대의 반(半)봉건적 시대정신을 반영하는 '교훈설화 문학'이나 '충신효자의 미담'이 주류였다. 그러나 그것이 '근대적인 정감'을 생명으로 하는 동심문학의 시대로 이행하는 과정에서 산문 상실의 대가를 치른 점은 문제가 아닐 수 없었다. 메이지시대의 산문 형식은 『소년구락부』의 통속아동문학으로 이어져 그것이 결국 『빨간새』의 숨통을 조인 꼴이 되었기 때문이다.[23] 어쨌든 『빨간새』의 작품들은 서

---

21) 같은 글 17면.

22) 오또꼬오츠 요시꼬乙骨淑子 「童心文學のもたらしたもの─散文喪失の悲劇」
(加太こうじ・上笙一郎 編『兒童文學への招待』, 南北社 1975).

23) 『빨간새』는 최전성기의 판매부수가 3만부 정도였고, 『소년구락부』는 그 열 배인 30만부였다(河原和枝, 앞의 책 94면). 『소년의 이상주의』를 쓴 사또오 다까오(左藤忠男)는 어렸을 때 『소년구락부』에 혼을 빼앗겼으며 오가와 미메이와 쯔보

정성은 풍부했을지 몰라도 산문으로서의 박진감은 결여되었다고 평가되고 있다. 사회정의에 눈을 돌렸던 오가와 미메이 동화의 경우에도 사회악을 '시적 정의'로 해결하는 방식이었다.[24] 이 시기에 유행한 동요운동 또한 생활과 동떨어진 것이기는 마찬가지였으니, 이런 '현실 상실' 또는 '현실 괴리'의 동심주의문학은 '대중지배질서로 향하는 감성'에 휩싸이기도 쉬운 것이어서 머지않아 지배층의 '농본주의'와 '천황주의'로 흡입되는 결과를 빚고 말았다.

이로 미루어볼 때, 『빨간새』와 『어린이』는 창간에서의 차이 못지않게 폐간에 이르기까지의 차이도 중요하다. 『빨간새』가 『소년구락부』로 대표되는 통속오락물의 범람에 압도되어 독자를 잃고 스스로 문을 닫았다면, 『어린이』는 일제시대의 아동잡지 가운데 가장 많은

타 조오지(坪田讓治)의 작품은 따분하기만 했다고 회고한다. 『소년구락부』는 소년을 보호하는 존재로서가 아니라 사회적으로 독립한 사람으로 다루고 소년들에게 확고한 관념을 제시했다. 따라서 소년들의 자아형성에 적극적인 역할을 했고 열광적으로 받아들이게끔 하였다. 그러나 '언제까지라도 지금 가진 동심을 소중히 생각하라'고밖에 말해주지 않는 『빨간새』의 동화는 소년시절의 사또오 다까오에게는 아무런 감동을 주지 않았고 오히려 독자를 바보취급하는 느낌조차 들었다고 한다.(같은 책 107~108면)

24) 오가와 미메이의 '시적 정의'는 '공상적 정의'라고도 일컬어진다. 이 점에선 동심주의 아동문학과 대결한 계급주의 아동문학이 통속아동문학과 마찬가지로 산문형식을 이은 것이라 할 수 있다. 계급주의 아동문학은 통속아동문학의 주요 특징인 선명한 선악 대결의 구도를 계급 대결의 구도로 치환한 꼴이다. 일본의 프롤레타리아 아동문학은, 프롤레타리아 아동에 대한 교화의 필요성으로부터, 아동문학 작가가 아니라 프롤레타리아 문학에 종사하는 작가에 의해 시작되었다는 점, 거기서는 아동문학의 독자적 발전보다도 정치의 요청이 선행해 있었다는 점, 따라서 아동문학 자체의 내적 주체적인 성숙을 기다리지 않고 작품이 씌어졌다는 점 등이 비판받고 있다(橫谷輝「プロレタリア兒童文學運動とはなにか」, 鳥越信 編, 앞의 책). 한국의 경우, 출발 자체는 아동문학 안에서의 흐름이 먼저였고 그 뒤에 밖에서의 흐름이 결합하는 형태였다. 『신소년』이나 『별나라』의 변모과정을 살피면 이를 뚜렷하게 확인할 수 있다. 『어린이』도 계급주의 아동문학의 흐름을 일정 한도에서는 별다른 이의 없이 수용하였는데, 이는 『빨간새』와의 커다란 차이점일 것이다.

발행 부수를 자랑하면서도 만주사변(1931) 이후 파시즘의 압박이 정도를 더해감에 따라 『신소년』(1923~34), 『별나라』(1926~35) 등 다른 주요 아동잡지들과 함께 1934년 막을 내렸다. 그 뒤로는 소년운동도 제대로 존속할 수 없었다. 우리는 여기서 『빨간새』가 지닌 '순수라는 이름으로 현실을 등진 동심'과 『어린이』가 지닌 '역사를 살아가는 동심'의 차이를 생각하게 된다.

이제 타이쇼오시대 동심문학의 성격을 대표하는 오가와 미메이와 키따하라 하꾸슈우의 작품세계를 우리의 경우와 비교해보자.[25] 오가와 미메이의 동화는 '원시의 세계'이고 그 '생명의 연대감'에 바탕을 둔 것으로, 대상을 지시·한정하며 존재의 속성을 추구하는 근대의 언어와는 대조적인 주술의 형태라는 점, 그것도 광장으로의 출구를 잃은 '밀실의 주문(呪文)'이라는 점에서 한계를 지니며, 이와 같이 마땅히 있어야 할 장소를 잃은 사적인 주문은 '자기완결적인 상징의 세계'로서 일본동화의 성격을 특징지었다고 비판한 일본의 연구가 있다.[26] 이 글에 의하면, '조화의 세계' 또는 '원하는 세계'가 다름아닌 주문에 의해 출현했고, 동화작가는 그 세계의 주인이 되었으며, 그런 한도에서만 그는 구원되었다. 『소년구락부』에 통속적인 소년소설을

25) 이 항목은 필자가 구해본 자료가 극히 제한적인데다가 『빨간새』에 실린 몇몇 대표작은 직접 읽어보지도 못하고 쓰는 것이기 때문에 가설 중의 가설임을 밝혀둔다. 하지만 『빨간새』에 실린 동화들의 내용과 주요 특징은 일본쪽 연구자들의 논문을 통해서 어느정도 알 수 있었고, 시작품의 경우에는 연구자들에 의해서 자주 인용되거나 널리 알려진 것을 대상으로 한만큼 초보적인 비교는 가능하리라고 생각한다. 어차피 충실한 비교는 과제일 수밖에 없으니, 지면 사정을 감안해 부득이 『빨간새』에 실린 주요 동시와 『어린이』에 실린 주요 동시를 직접 견주어보는 형식을 취하겠다. 공교롭게도 인용된 『빨간새』의 동시가 동식물을 소재로 한 것들이어서 한국의 동시도 그것과 대응시켰다. 우리 쪽 작품은 『겨레아동문학선집』에 실린 것들을 대상으로 하였다.

26) 古田足日「さよなら未明—日本近代童話の本質」(『現代兒童文學論』, くろしお 出版 1977, 第5刷).

주로 발표한 사또오 꼬오로꾸(佐藤紅綠)가 '이상실현을 위해 싸우는 소년상'을 쓰는 바로 그때, 오가와 미메이는 '자기완료로서 폐쇄된 세계'를 썼다. 사또오 꼬오로꾸의 소년소설은 말하자면 '수단'이었지만 오가와 미메이의 동화는 '목적' 그 자체였던 것이다. 대상에 대한 추구는 산문이 필요로 하는 것인데, 주문으로 대상에 동화되어가면 모든 대상은 존재하지 않는다. 오가와 미메이의 동화는 '원시심성을 해방'했지만, 그래서 일부 독자의 마음속에는 마법에 의탁하는 형태로 원시심성이 환기되었을 테지만, 그 원시심성은 부정형(不定型)의 것 ──형(型)이 아니라, 아지랑이처럼 몽롱한 '일종의 기분'이었다. 예컨대 「빨간 초와 인어」(「赤いろうそくと人魚」, 1921)에서 주요 어구로 등장하는 '북쪽의 바다(北方の海)'는 '어둡고 쓸쓸한 고독'의 분위기를 환기하는 데 바쳐진다. 하마다 히로스께(浜田廣介)의 동화 「찌르레기의 꿈」(「むく鳥の夢」, 1919)에서 주요 어구로 등장하는 '오래된 나무(古い木)'도 마찬가지다. 이들 작품에서 지리적·시간적 한정은 무의미하다. 그것은 다만 상징이고 분위기이다. 이런 전통 때문에 『보물섬』이나 『십오소년 표류기』에서 보는 것과 같은 '인간의 근본 에네르기에 대한 관심'이 일본 아동문학에는 크게 결여되어 있다.

『어린이』에 실린 동화는 이와 아주 다른 성격이다. 앞서 살펴본 방정환 문학을 비롯한 대부분의 작품들은 산문정신에 바탕한 '계몽의 기획'과 '근대 정감의 세계'가 한 작품 안에서 서로 대립하지 않고 공존하고 있다. 그런데 이는 기본적으로 민족과 시대의 요청이었기 때문에 굳이 '이와야 사자나미의 악령'과 관련지어 생각할 이유가 없는 것이다. 오가와 미메이 동화의 '몽롱한' 환상성과 가장 비슷한 작품세계를 지닌 것으로 우리는 얼른 마해송의 「바위나리와 아기별」(『샛별』 1923; 『어린이』 1926.1)을 떠올려볼 수 있다. 꽤 이채를 띤 작품으로 평가받는 이 환상적인 분위기의 동화는 오가와 미메이와의 구체적인 영향관계를 추적해볼 필요도 있을 것 같다. 그런데 마해송의 작품은 거꾸로 '어느 따뜻한 남쪽 나라'를 배경으로 하고, 봉건적인 폭력과 맞서는 주제의식을 내비친 점에서 어느 면으로는 오가와 미메이의 전복(顚覆)적인 수용이라고 해도 좋을 것이다. 마해송에게 이런 환상적인 색채는 더이상 지속되지 않았고, 「토끼와 원숭이」(『어린이』 1931.8)에서 보는 것처럼 일제의 식민지 지배에 대한 사실적 풍자의 경향 곧 현실주의 정신이 한층 강화되었다.

한편, '키따하라 하꾸슈우의 동심'을 분석한 글에서도 그가 어린이에게서 보는 것은 '원초'의 모습으로서의 '순수성'이었고, 그의 시는 '사물의 본질'에 가장 가까운 '원초의 세계' 곧 '동심'을 추구하는 것이었다고 지적된다.[27] '원초의 세계=사물의 본질=순수성=동심'이라는 키따하라 하꾸슈우의 등식은 단순히 퇴행이라고 일축할 수 없는 '정신의 수직 지향'으로, 어린이와 어른을 가르는 이중구조가 아니라 동일방향에 두고 통일하려는 '사무사(思無邪)'의 세계, 그 이상(理想)의 경지를 추구하는 구도자의 자세였다고 한다. 키따하라 하꾸슈우가 『빨간새』에 발표한 작품들을 직접 살펴보자.

赤い鳥, 小鳥　　　빨간새, 작은새
なぜなぜ赤い.　　왜 왜 빨간가.
赤い實をたべた.　빨간 열매를 먹었지.

白い鳥, 小鳥　　　하얀새, 작은새
なぜなぜ白い.　　왜 왜 하얀가.
白い實をたべた.　하얀 열매를 먹었지.

青い鳥, 小鳥　　　파란새, 작은새

---

27) 佐藤通雅「白秋における童心」.

なぜなぜ青い.　　　왜 왜 파란가.

青い實をたべた.　　파란 열매를 먹었지.

(「赤い鳥小鳥」, 大正 7年 10月)

母ちやん, 母ちやん　　엄마, 엄마

どこへ行た.　　　　　어디 갔어.

紅い金魚と遊びませう.　빨간 금붕어랑 놀아야지.

母ちやん, 歸らぬ.　　엄마, 왜 안 와.

さびしいな.　　　　　쓸쓸해.

金魚を一匹絞め殺す.　금붕어를 한 마리 눌러 죽인다.

まだまだ, 歸らぬ,　　아직도, 안 와,

くやしいな.　　　　　분하다.

金魚を二匹絞め殺す.　금붕어를 두 마리 눌러 죽인다.

なぜなぜ, 歸らぬ,　　왜 왜, 안 와,

ひもじいな.　　　　　배고파.

金魚を三匹絞め殺す.　금붕어를 세 마리 눌러 죽인다.

涙がこぼれる,　　　　눈물이 흘러내린다,

日は暮れる.　　　　　해가 진다.

紅い金魚も死ぬ死ぬ.　빨간 금붕어도 죽고 또 죽는다.

母ちやん, 怖いよ,　　엄마, 무서워,

どこへ行た.　　　　　어디 갔어.

ピカピカ, 金魚の眼が光る.　반짝반짝, 금붕어의 눈이 빛난다.

(「金魚」, 大正 8年 6月)

「빨간새 작은새」(1918)는 노래로 작곡되어 널리 알려진 작품인데, 단순성에서 사물의 본질을 찾는 내용이다. 「금붕어」(1919)는 어린이의 순수성이 선악의 개념조차 초월하고 있음을 드러낸다. 윤리성에서 자유로운 이런 작품은 우리에게 당혹감마저 불러일으킨다. 자세한 작품 설명은 줄이고 이와 짝이 되는, 동물을 소재로 한 우리 동요들을 대조해보겠다.

귀뚜라미 귀뚜르르 가느단 소리.
달님도 추워서 파랗습니다.

울 밑에 과꽃이 네 밤만 자면,
눈 오는 겨울이 찾아온다고.

귀뚜라미 귀뚜르르 가느단 소리,
달밤에 오동잎이 떨어집니다.
                              (방정환「귀뚜라미 소리」, 『어린이』 1924. 10)

새삼나무 싹이 튼 담 위에
산에서 온 새가 울음 운다.

산엣새는 파랑치마 입고.
산엣새는 빨강모자 쓰고.

눈에 아른아른 보고 지고.
발 벗고 간 누이 보고 지고.

따순 봄날 이른 아침부터

산에서 온 새가 울음 운다.

「귀뚜라미 소리」는 방정환의 창작동시로는 첫 작품이다.[28] 계절의 바뀜을 알리는 자연현상을 붙들어내고 있는데, 추위를 동반하는 겨울이 자연의 생명에게는 하나의 시련으로 인식되고 있기 때문에 어딘지 모르게 서글픈 정조를 띠고 있다. 하지만 동양인의 추이(推移)의 감각을 바탕으로 한 것이기도 해서 값싼 감상주의에서는 벗어났다. 거의 같은 시기에 씌어진 「늙은 잠자리」(『어린이』 1924. 12)에서도 추위나 겨울은 혹독한 시련의 상징으로 나타난다. 이들 시련 속에 놓인 생명한테 '동정'과 '연민'의 감정을 표시하는 내용은 우리 동시의 주된 성격이었다. 한편 정지용(鄭芝鎔)은 동시를 즐겨 쓴 시인이라는 점에서 더한층 키따하라 하꾸슈우와 짝을 이룬다. 정지용은 1927년 조선동요연구협회에 가담해 활동했으며, 그의 동시는 많은 동시인들에게 영향을 미쳤다. 무엇보다 동요를 동시로 전환시키는 데에 큰 기여를 한 시인이다. 「산에서 온 새」의 화자는 산새한테서 가엾게 떠나간 누이의 모습을 보고 있다. 이 작품말고도 추위에 굴뚝새가 얼어죽을까봐 걱정하는 내용의 「굴뚝새」(『신소년』 1926. 12)도 있다. 한국 동시는 3·1운동 직후의 시대 분위기에서 감상주의라는 문제점을 안고 있긴 했으나, 발상 자체가 어린이의 현재적·생활적 심정에서 비롯되고 있다는 점이 『빨간새』 동시와 다르다. 『빨간새』에도 동정과 연민의 정을 노래한 「카나리아(かなりあ)」(1918)라는 유명한 작

---

28) 지금까지는 「형제별」(『어린이』 1923. 9)이 최초의 것으로 알려져 있었으나 윤극영이 회고한 글을 보면 방정환 스스로 「형제별」을 번안이었다고 밝히고 있다(정인섭, 앞의 책 43면). 『어린이』에도 작가 이름은 밝혀져 있지 않고 작품만 정순철이 작곡한 악보와 함께 실려 있다. 방정환이 죽고 나서 전집을 출판할 때 편집자가 사정을 잘 모르고 끼워넣은 걸 뒤에도 그대로 창작인 양 여겨왔던 것이다.

품이 있긴 하다.

唄を忘れた金絲雀は後の山に棄てましよか. 노래를 잊어버린 카나리아는 뒷산에 버릴까요.
いえ, いえ, それはなりませぬ. 아니야, 아니야, 그럴 순 없어.

唄を忘れた金絲雀は背戸の小藪に埋めましよか. 노래를 잊어버린 카나리아는 뒷산 덤불에 묻어버릴까요.
いえ, いえ, それもなりませぬ. 아니야, 아니야, 그럴 순 없어.

唄を忘れた金絲雀は柳の鞭でぶちましよか. 노래를 잊어버린 카나리아는 버드나무 회초리로 때릴까요.
いえ, いえ, それはかはいさう. 아니야, 아니야, 그건 너무 불쌍해.

唄を忘れた金絲雀は 노래를 잊어버린 카나리아는
　　象牙の船に, 銀の櫓, 상아 배에, 은빛 노,
　　月夜の海に浮べれば 달밤의 바다에 띄우면
　　忘れた唄をおもひだす. 잊어버린 노래를 생각해낼 거야.

이 작품은 시인 자신의 처지를 상징적으로 노래했다고 알려져 있는데, 우리 동시와 비슷한 정조라 할지라도 사뭇 다른 발상이고 시어에서도 차이가 남을 알 수 있다. 이번에는 식물을 소재로 한 작품을 살펴보자.

1
杏の葉つぱは杏の香がする. 살구잎은 살구향이 난다.
蜜柑の葉つぱは蜜柑の香がする. 밀감잎은 밀감향이 난다.
　それでも葉つぱは葉つぱつぱ. 그래도 잎사귀는 잎사귀.

煙草の葉つぱも葉つぱつぱ. 담배잎도 잎사귀.
山椒の葉つぱも葉つぱつぱ. 산초잎도 잎사귀.
　　それでも葉つぱは葉つぱつぱ. 그래도 잎사귀는 잎사귀.

2
いばらの葉つぱにやお針がついてる. 장미잎에는 가시가 붙어 있다.
花の無い葉つぱは花のよに咲いてる. 꽃없는 잎사귀가 꽃처럼 피어 있다.
　　それでも葉つぱは葉つぱつぱ. 그래도 잎사귀는 잎사귀.

緑の葉つぱも葉つぱつぱ. 녹색잎도 잎사귀.
眞紅な葉つぱも葉つぱつぱ. 빨간잎도 잎사귀.
　　それでも葉つぱは葉つぱつぱ. 그래도 잎사귀는 잎사귀.

(「葉つぱ」, 大正 9年 9月)

「빨간새 작은새」와 마찬가지로 「잎사귀」(1920)란 작품도 지극히 단순한 사실에서 사물의 본질을 찾으려는 의도가 뚜렷하다. 『어린이』에 발표된 식물 소재의 작품으로는 신고송(申鼓頌)의 「진달래」가 있고, 범위를 좀더 넓히면 『어린이』에서 주로 활동했던 이원수(李元壽)의 「찔레꽃」이 얼른 떠오른다.

산비탈 양달에도
봄이 왔다고
진달래 보라꽃이
피어납니다.
나무꾼 점심밥도
양지 쪽에서

진달래 향내 밑에
열리입니다.

(신고송 「진달래」, 『어린이』 1927.4)

찔레꽃이 하얗게
피었다오.
언니 일 가는 광산 길에
피었다오.
찔레꽃 이파리는
맛도 있지.
배고픈 날 따 먹는
꽃이라오.

광산에서 돌 깨는
언니 보려고
해가 저문 산길에
나왔다가
찔레꽃 한 잎 두 잎
따 먹었다오.
저녁 굶고 찔레꽃을
따 먹었다오.

(이원수 「찔레꽃」, 『신소년』 1930.11)

신고송과 이원수는 『어린이』가 배출한 대표적인 시인들이다. 이들
은 언양(彦陽)과 마산(馬山)의 소년회에서 각각 활동했는데, 방정환
에게 큰 감화를 받으면서 작품활동을 시작했다. 신고송은 뒤에 계급
주의 아동문학을 주도했으며, 이원수는 그와 조금 다른 자리에서 현
실주의 아동문학을 전개했다.[29] 방정환의 정통적인 계승자를 들라고

한다면 아마도 이원수를 첫번째로 꼽아야 하지 않을까 싶다.[30] 위에 인용한 시들을 보면 굳이 작품에 대한 설명이 필요 없을 정도로 한국과 일본을 대표하는 작품들의 성격 차이를 뚜렷이 알 수 있다.[31]

5 남은 과제

한국 아동문학을 일본 아동문학 작품과 직접 비교하는 대목에서 일본 것은 주로 이차자료에 의존했기 때문에, 원자료에 의한 실증적인 작업은 좀더 보강되어야 할 것이다. 비교를 하자면 거의 강조할 만한 특성을 찾는 일에 매달리게 되어서, 그와 경쟁적인 자료들은 종

---

29) 졸고 「이원수의 현실주의 아동문학」(『인하어문연구』 창간호 1994) 참조.

30) 창작뿐 아니라 이론을 통해서도 동심주의 아동문학과 맞서온 이원수와 이오덕은 방정환 문학과 훗날의 동심주의 문학을 명확히 차별하였다(이원수 「소파와 아동문학」, 『이원수전집』 29, 웅진 1984, 166~73면; 이오덕 『시정신과 유희정신』, 창작과비평사 1977, 191~92면).

31) 『어린이』가 발행된 시기의 작품 곧 『겨레아동문학선집』 제9권에 실린 동식물을 소재로 한 작품들 가운데서 키따하라 하꾸슈우와 같은 경향의 작품은 하나도 찾아볼 수 없는 반면에 그 차이를 더욱 뒷받침하는 작품들, 예컨대 김기진의 「홀어미 까치」(『어린이』 1924.3), 서덕출의 「봄 편지」(『어린이』 1925.4), 한정동의 「당옥이」(『어린이』 1925.5), 최순애의 「오빠 생각」(『어린이』 1925.11), 이동규의 「말과 소」(『신소년』 1931.9), 김기전의 「팔려가는 송아지」(『조선』 1932.5), 엄흥섭의 「제비」(『신소년』 1930.5) 따위는 얼마든지 찾아볼 수 있다. 다만, 윤복진과 윤석중은 유년기 아이들의 놀이세계를 바탕으로 해학과 낙천성을 드러내고 있어 좀 색다른 느낌이 드는데, 이들은 주류를 벗어난 특이함으로 오히려 주목받는 형편이었고, 이들에게도 식민지 현실의 그림자를 드러내는 작품이 적지 않았다는 사실을 덧붙일 수 있다. 한가지 흥미로운 건 윤복진과 윤석중이 뒤에 양극화한 분단시대의 지배조류를 쫓아 각각 스스로의 가능성마저 좁히고 만다는 사실이다. 예컨대 북한의 윤복진은 「동리의원」(동아일보 1930.1.1)에 교훈적인 내용의 4연을 새로 추가했으며, 남한의 윤석중은 「공장언니의 추석」(조선일보 1928.9.29)을 「휘파람」이라는 제목으로 고쳤다.

종 무시되거나 숨을 죽이는 경우가 생긴다. 이 글이 그런 문제들을 충분히 극복했다고는 자신할 수 없다. 일본 아동문학의 특성을 그 나름으로 이해하는 일에도 더욱 관심을 가져야 할 것이라고 여겨진다. 제국주의나 군국주의와 관련된 양상에 대해서는 세계문학의 보편성 문제에 비추어 비판해야 마땅할 것이다. 그러나 『빨간새』의 동심문학을 대표하는 오가와 미메이와 키따하라 하꾸슈우의 작품은 나름대로 한 경지에 이른 것이라는 평가를 받고 있으니, 그 성격이 우리와 다르다고 해서 함부로 폄하한다든지, 우리한테 소망스러운 것을 그대로 그들 작품에 대한 평가기준으로 삼는 일은 삼가야 할 것이다. 전후 일본의 현대아동문학은 이와야 사자나미의 제국주의 색채나 『빨간새』의 동심주의 색채를 크게 반성하는 흐름 위에서 전개되고 있다.[32] 한국과 일본의 아동문학은 좀더 큰 차원에서 보자면 같은 동아시아 문화권에 속해 있고 동양정신을 공유하고 있다는 점에서 비슷한 점도 적지 않다. 따라서 '한국⇔동아시아⇔세계', 이런 식으로 층위를 달리하면서 독자성과 보편성이 중층적으로 얽혀 있음에도 유의해야 할 것이다.

이 글에서 1920년대에 황금시대를 맞이한 한국 동요의 감상주의 문제는 제대로 짚어내지 못했다. 일률적인 7·5조 형식은 노래로서의 동요보급운동과도 관련이 있을 텐데, 그것이 일본 곡조의 영향인 것은 잘 알려져 있다. 계급주의 아동문학의 문제는 부분적으로 전에 살펴본 바 있으므로 이 글의 주요 대상은 아니다.[33] 이 글의 목적은 한국 아동문학에서 두드러지게 드러나는 현실성(교육성과 사회성)의

---

32) 후루따 타루히는 통속 아동문학을 제외하고 '『빨간새』' 이외의 시민적 아동문학이 성립할 수 있는 또다른 가능성의 길'로 찌바 쇼오조오(千葉省三)와 미야자와 켄지의 작품을 주목하였다(「前期 '赤い鳥'の敎訓」과「さよなら未明」). 찌바 쇼오조오는 생활동화·리얼리즘동화의 개척자이고, 미야자와 켄지는「주문이 많은 요리점」(1924)과「은하철도의 밤」(1925)으로 우리에게도 잘 알려진 작가이다.

근원을 찾아보려는 것이었다. 한국 근대아동문학은 판타지보다는 사실동화와 단순한 의인동화 또는 우화류가 압도적으로 많은 편이다. 이는 고스란히 우리 아동문학의 약점일 수도 있다. 그렇지만 순수한 동심을 기리는 시각에서 웃고 울고 즐기는 감성의 해방을 꾀하는 동시에, 오늘의 어린이는 민족의 내일이라는 시각에서 나라의 동량(棟梁)이 되어달라고 소망하는 두 가지 모순된 요구는 한국의 역사현실이 안고 있는 이중의 과제를 반영하는 것이다. 방정환 문학은 이들 과제와의 대결 곧 '근대와의 긴장'을 본질로 하고 있으며, 그것이 한국 근대아동문학의 주류임도 확인된다.[34]

돌이켜보건대 한국 아동문학이 마주해온 이중의 과제는 조금씩 얼굴을 바꾸며 오늘에까지 의연히 이르고 있다. 동서독을 가로막은 장벽이 아무 예고없이 무너진 것처럼, 남북한을 가로막은 철조망 역시 언제 어떤 모습으로 걷히게 될지 아무도 예측할 수 없다. 우리 민족을 둘러싸고 있는 전쟁·폭력·기아·억압이 비단 근대의 문제만은 아니겠지만, 그것들의 중핵(中核)은 여전히 근대의 문제로 우리를 속박하고 있는 형편이다. 따라서 한국 아동문학이 지녀온 독특한 교육성과 사회성은 어쩌면 건강함의 징표인지도 모른다. 그것들은 우리 사회의 향(向)근대·탈(脫)근대 양면의 전략에서 여전히 해방의 무기로 작용할 것이다. 그 명예를 불명예로 떨어뜨린 주범은 다름아닌 '속류사회학주의'와 '천박한 동심주의'가 아니었을까? 과거에 없었

---

33) 계급주의 아동문학론의 방정환 비판은 또다른 낭만주의적 계기에 따른 과잉수사로서 하나의 선언이었을 뿐 실제로는 의연히 그 성과와 한계를 나누어 가지고 있는 것이었다. 졸고 「한국 아동문학이 창조한 주인공」 참조.

34) 필자는 '방정환'에서 '현덕'을 거쳐 '권정생'에 이르는 동화작가의 주된 흐름을 「한국 아동문학이 창조한 주인공」에서 밝힌 바 있다. 여기에 시인을 함께 넣는다면, '방정환–마해송–이주홍–이원수–현덕–권태응–이오덕–권정생'이라는 20세기 한국 아동문학의 한 계보를 만들 수 있다고 생각한다.

던 새로운 문제들이 속속 떠오르고 있거니와 풍부한 공상성과 분방한 상상력을 더욱 목말라하는 요즘의 상황에서 우리 자신을 제대로 가늠하지 못한다면 '근대와의 긴장'이 자칫 '꼭두각시의 곡예'로 바뀌지 않으리란 법이 없다. 이 점에서 우리가 진정 따져봐야 할 '전도로서의 기원'은, 주류를 저류로 누르고 꼭대기까지 올라선 속류사회학주의와 천박한 동심주의 바로 그것에 대해서다.

민족의 분단은 올바른 문학성과 사회성의 바탕에서 어느정도 통일을 이룰 수 있었던 아동문학에서의 '교육'과 '동심'을 양극화시켰다. 해방 직후의 좌우합작문인단체인 조선문학가동맹의 중심노선이 분단이데올로기의 장벽에 막혀 끝내 좌초되고 가장 공격적인 구도로 남북한의 제도권 문단이 재편성되는 과정을 다시 한번 주목해보자.[35] 진짜 전도는 여기에서 비롯되었다. 분단시대 남북한 아동문학은 상호대립과 배제 속에서 관제성 극단주의가 각각 주류의 자리로 뛰어오른 것이다. 국가 강제력에 따른 공식주의·교육주의의 지배, 자본의 포섭력이 증대함에 따른 상업주의·동심주의의 지배 모두 제도화된 빈 껍질의 '교육'이고 '동심'이었다. 그런데도 그것들은 국민교육의 하나로 국정교과서를 통해 가장 강력한 영향력을 행사해왔다. 일부 제도언론과 상업적 출판사가 여기에 가세했다. 북한에서는 방정환을 반동으로 규정하였고, 남한에서는 방정환을 희화적으로 우상화하여 모든 진정한 긴장을 해소해버렸다. 그래서 우리 머릿속의 방정환은 결코 원래대로 '재야운동가'의 모습일 수가 없었던 것이다. 조금씩 개선되고는 있지만 교과서 수록 작품들은 신춘문예 작품들과 함께 천박한 교훈주의와 동심주의를 재생산하는 매우 유력한 통로가 되고 있다.

---

35) 해방 직후의 문단 재편과정과 월북문인의 상황에 대해서는 졸고 「이원수 판타지동화와 민족현실」을 참고 바람.

마지막으로 문학 연구는 어떠한가? 북한의 아동문학사는 카프아동문학과 이른바 항일혁명문학을 주류로 삼고 있지만, 이는 실상과 많이 다르다. 남한에서 독보적인 업적으로 인정받고 있는 이재철의 『한국현대아동문학사』는 일제시대를 '아동문화운동시대'로, 그리고 분단시대를 '아동문학운동시대'로 규정짓는다. 어느 때보다 건강했던 일제시대의 아동문학을 무슨 '본격문학 이전의 미분화(未分化)단계'인 양 여기고 있으니, 이 또한 주류를 전복코자 하는 분단이데올로기의 하나로 기능하고 있을 뿐이다. 21세기를 바라보며 20세기 한국 아동문학의 역사를 다시 쓰는 일이 우리의 과제로 남아 있다.

〈한국학연구 11집, 인하대학교 2000〉

한국 아동문학이 창조한 주인공

근대아동문학사 연구의 반성

1 머리말

어린이들의 독서체험 가운데 동화의 주인공은 그들이 인간과 세계를 이해하는 중요한 바탕이 된다. 상상의 힘을 빌려 인간의 여러 가능성을 탐색하면서 어린이들은 타인의 관심과 감정을 공유하고, 자신과 세계에 대한 이해의 폭을 넓히며, 주어진 것을 스스로 제어하고 극복할 수 있는 것으로 받아들인다. 요컨대 아동문학에서 어린이 성장의 초점은 작중인물에 놓여 있는 것이다.

사람들한테 '아동문학'에서 금세 연상되는 걸 말해보라면, 아마도 신데렐라, 백설공주, 삐노끼오, 피터 팬, 톰 쏘여, 인어공주 따위가 되지 않을까 한다. 어떤 이는 안데르센이나 방정환을 떠올릴 수도 있겠다. 이것은 무엇을 말해주나? 안데르센에 비견되는 방정환을 떠올릴 수는 있어도 '인어공주'에 비견되는 방정환의 주인공을 떠올리기는 힘들다는 사실이다. 사람들은 또 루이스 캐럴(Lewis Carroll)이나 아스트리드 린드그렌(Astrid Lindgren) 같은 작가 이름은 잘 몰라도 '앨리스'나 '말괄량이 삐삐'같이 그들이 만들어낸 주인공 이름은 잘 알고 있다. 반대로 우리 경우엔 설사 작가 이름을 알더라도 주인공 이름을 기억하는 경우는 아주 드물다.

이렇게 된 데에는 작가 쪽의 사정도 있겠지만 비평가와 연구자 들의 인식에 중대한 원인이 있다. 아동문학의 특성과 연관되는 문제임을 어느정도 감안하더라도 아동문학에 관한 그간의 비평·논문들을 살펴보면 작품을 문학의 자리에서 보지 않고 교육의 자리에서 보는 관점이 의외로 뿌리깊다는 사실을 발견하게 된다. 주제와 사건을 중심으로 작품을 읽는 습관이 꽤 굳어진데다가 어쩌다 인물에 초점을 두었을 때에도 속류사회학주의에 입각한 평면적이고 도식적인 작품 이해가 적지 않다.

지금까지 나온 아동문학사 가운데 영향력을 발휘하는 대표 저작으로 이재철의『한국현대아동문학사』와 이재복의『우리 동화 바로 읽기』를 꼽을 수 있다. 이재철은 각 시기별 문예사조의 변천, 아동잡지와 동인지 개관, 작가와 작품의 특징 같은 한국 아동문학의 사적 흐름을 폭넓은 자료에 기초해서 체계적으로 정리했고, 이재복은 엄격한 학문적 체계를 갖추지는 않아도 나름의 문제의식을 내세워 한국 아동문학사의 새로운 시야를 열어 보이려 했다. 그런데 이 두 저서 공히 우리 아동문학의 살아있는 전통으로서의 대표명작, 곧 창작동화의 고전을 부각시키는 데는 실패했다. 뚜렷이 기억할 만한 작중인물이 없고 모든 어린이들에게 친숙한 대표명작이 부재하는 아동문학사는 문학유산을 과거라는 시간의 창고에 가두어버리는 결과를 초래한다.

그 연장선상에서 오늘날 수도 없이 쏟아져나오는 우리 창작동화의 주인공들은 다른 작품의 인물과 서로 맞바꿀 수 없는 고유의 개성(character)이라기보다 얼마든지 바꿔칠 수 있는 일종의 호칭(name)에 지나지 않는 경우가 대부분이다. 따라서 현재와 대화할 수 있는 문학유산으로서 새로운 아동문학사를 구성하기 위해 무엇보다 인물 창조에 초점을 두고 우리 창작동화의 흐름을 다시 검토할 필요가 있다. 이 과정에서 한국 아동문학 고유의 캐릭터라는 뜻밖의 자산이나, 우리 아동문학사의 의미있는 굴곡을 포함한 연속성과 비연속성의 문제를 문학적으로 해명할 수 있는 고리를 발견하게 되리라 믿는다. 이 글은 이런 문제의식에 바탕을 둔 대강의 밑그림으로, 특히 '민족문학과 리얼리즘'의 관점에서 작품 해석을 시도하려 했던 이재복의 최근 저서를 비판·보완하는 성격을 아울러 지닌다.

2 방정환과 1920년대 낭만주의 아동문학의 주인공

우리 아동문학의 첫자리는 방정환이다. 1920년대 동화의 특징도 방정환과 따로 떼어 설명할 수 없다. 올해가 방정환 탄생 100주년인데, 이른바 민족문학 계열의 아동문학단체에서는 이에 대해 상대적으로 소홀한 편이다. 여기엔 나름으로 까닭이 있다. 방정환 자신의 생각을 대변한다고 보이는, 그래서 실제로 그의 묘비명으로 적혀 있는 '동심여선(童心如仙)'이라는 말에 대해 그동안 민족문학 계열의 아동문학인들은 날카롭게 맞서왔다. 알다시피 '동심여선'이라는 말을 문학에 그대로 적용하면 한개 관념으로서 '동심천사주의(童心天使主義)'가 된다. 지금까지도 초등학교 교과서 수록 동화를 포함한 제도권 아동문학의 큰 흐름 가운데 하나가 동심천사주의라 할 수 있으니,

삶의 아동문학을 지향하는 이들은 이 그릇된 관념과 싸우는 데 온힘을 기울여야 했던 것이다.

그러나 방정환을 다시 냉정하게 돌아볼 때, 그에 대한 평가가 달보다는 그것을 가리키는 손가락을 본 어리석음이 많지 않았는가 싶다. 개척자의 위치에 있던 방정환은 하나의 좁은 병 속에 가두어지지 않는다. 방정환 이후 적지 않은 창작인·연구자들이 방정환의 여러 요소 가운데 어느 하나에만 매달려왔다. 그러나 1920년대 문학이 낭만주의라고 해서 그 병적이고 퇴폐적인 속성만으로 문학사를 쓸 수 없듯이, 방정환으로 대표되는 1920년대 아동문학을 '눈물주의·영웅주의·동심주의'로 정리하려 드는 것은 삼류 작품으로 문학사를 쓰려는 것과 같다. 이 시기 낭만주의 문학이 이른바 '근대적 개성과 자아의 발견'이라는 문학사의 과제와 맞물려 있는 것처럼, 아동문학이 처음 만들어지기 위해선 '아동 또는 동심의 발견'이라는 시대의 과제를 해결해야 했다.

따라서 1930년을 전후하여 솟아오른 카프계열 아동문학이 자신들의 리얼리즘을 내세우기 위해 과거를 '동심주의'라 부정한 것은, 1920년대 아동문학에 그런 성격이 없지 않지만 일종의 과잉수사라 아니할 수 없다. 문학사에는 연속성과 비연속성이 있는 법인데, 사회주의사상에 입각한 새로운 시대 조류가 솟구치다보니 앞시대에 대해 비연속성이 더 강조되었던 것이다. 냉정하게 말하면 카프계열의 아동문학 작품들도 1920년대 낭만주의의 연장이다. 게다가 과거의 선악 대결구도를 계급의 대결구도로 자리바꿈한 공식주의가 이들 작품을 지배한다. 물론 그렇다고 해서 카프아동문학이 강조하려 했던 '동심의 현실성'을 부인하는 것은 아니다. 과거에 대한 청산주의 자세 때문에, 실제 창작에서는 동심 자체가 실종되었다는 게 문제이다. 반대로 1920년대 낭만주의 아동문학에 현실성이 없는 것도 결코 아니다.[1]

우리 아동문학사를 바라볼 때 시대를 구분짓는 비연속성은 정작 방정환에서 뚜렷하다. 이는 방정환이 지금까지 이어진다고 해도 좋을 '근대' 아동문학의 기원을 차지하고 있기 때문이다. 근대의 첫 단추가 얼마나 엉성했으며 또 그릇된 환상이었나 하는 점을 오늘날 비판하기는 쉽다. 그러나 근대에 관한 방정환 시대의 환상은 이후에도 계속 이어져왔고, 적어도 '역사적 근대'라는 경계를 넘어서기 전까지는 이어져나갈 것이다. 봉건시대의 여러 압박으로부터의 해방을 뜻하는 '근대'란 역사의 필연이고 진보이다. 그러나 '근대화'는 곧 서구화 그리고 식민지화라는 엄연한 역사현실로 나타났으니, 우리에게 '근대'란 일종의 원죄와도 같다. 어쨌든 이러저러한 복잡함 때문에, 우리 신문학운동의 흐름에 나타난 근대의 수용은 시대의 과제와 이어지면서도 모방과 이식(移植)의 성격을 많이 띠고 있다. 이 점에서 우리 아동문학의 진정한 출발이 근대 민족·민중운동의 하나인 동학(천도교)사상에 뿌리를 대고 있는 것은 참으로 뜻깊은 사실이다.

방정환은 천도교 3대 교주인 손병희(孫秉熙)의 셋째사위다. 천도교는 3·1운동을 주도한 가장 큰 세력이었으며, 개벽사(開闢社)를 운영하면서 1920년대 사회·문화운동의 한복판에 자리잡는다. 방정환은 개벽사에서 나온 수많은 잡지의 편집과 집필에 매우 열성으로 참

---

1) 분단시대 민족문학의 자리에서 우리 아동문학의 주요 이론을 정립한 이원수와 이오덕은 방정환과 그 뒤의 카프아동문학에 대한 공과를 비교적 올바르게 정리하였다. 그러나 삶의 동화운동을 표방한 그 다음 세대에 와서는 방정환에 대한 카프 쪽 비판을 큰 틀에서 승인하는 태도를 보인다(권순긍 「현실주의 동화론과 '삶의 동화운동」,『역사와 문학적 진실』, 살림터 1997 참조). 권순긍은 '천진난만하던 아동의 세계에 돌아가 마음의 순결을 빌리지 아니하면 아니된다'는 방정환의 동화론을 인용하며 "민족의 탄압이 극심하던 식민지 시대인데 이런 논리대로라면 모두가 순결한 동심으로 돌아가 역사의 횡포에 순응하자는 것"이라고 비판한다. 권순긍의 이 글은 뒤에 살펴볼 해방후 북한에서 발표된 송영의 방정환 비판과 일맥상통하는 바 있다. 이재복 역시 권순긍과 송영의 논지를 따르고 있다.

여한다. 흔히 방정환을 두고 '어린이'라는 말의 창시자라고들 하는데, 이 말은 그 전부터 있었다.[2] 창시자란 말에 가려진 더 중요한 사실은 방정환에 와서 '어린이'란 존재가 비로소 '발견'되었다는 점이다. 오늘날처럼 우리가 하나의 독립된 실체로서 개념을 인정하는 '아동'은 근대의 발견이라고 한다.[3] 방정환은 어른에 속박된 '작은 어른'이 아닌, 자기 정체를 뚜렷이 가진 '어린이'를 역사의 무대로 끌어올렸으며, 그 일을 위해 어린이운동을 벌였다. 아동문학은 당시 어린이운동의 주요 내용으로서 이땅에 처음 자리잡게 된 것이다.

　방정환은 3·1운동에 참여한 직후 천도교의 후원으로 토오꾜오 유학길에 올랐고, 거기서 사회주의사상의 세례를 받는다. 천도교 청년회 토오꾜오 지회장이자 개벽사의 토오꾜오 특파원으로 활동하면서 방정환은 『개벽』에 사회주의 의식을 드러내는 풍자소설 형식의 글을 연재한다.[4] 이때가 1920~21년이니 비록 편린에 지나지 않는다 할지라도 사회주의사상에 입각한 작품의 계보로 볼 때 우리나라에선 거의 처음에 가깝다. 방정환은 이 글에서 자신의 창작내용 때문에 일경의 감시를 받는다고도 하고, 또 뒤에는 잡혀서 고생했다고 밝히고 있는데, 실제로 방정환을 비롯한 천도교 청년회원들이 태평양회의와 관련한 거사 계획 때문에 체포되었다는 기사도 있다.[5] 그는 『어린이』를 창간한 직후 『백조』 후기 동인으로 참여한다. 『백조』파의 주요 문인들이 신경향파 문학운동을 주도하다가 염군사(焰群社)와 함께 프로문학단체 카프로 합류해간 사실은 잘 알려진 일이다. 또한 방정환이 소속한 개벽사에서 발행한 잡지 『개벽』은 1920년대 신경향파 문

2) 이기문 「어원탐구―어린이」, 『새국어생활』, 국립국어연구원 1997.
3) 카라따니 코오진 『일본근대문학의 기원』, 민음사 1997.
4) 방정환 「풍자기」, 『개벽』 6~10호 (1920. 12~1921. 4). 이 글은 '은파리'라는 필명으로 발표되었다.
5) 동아일보 1921. 11. 11.

학운동의 주요 기반이었다. 이런 사실들을 종합할 때 방정환의 사상과 활동을 사회주의와 대립하는 좁은 범위의 민족주의에만 가두는 것이 얼마나 부당한지를 알 수 있다.

방정환이 책임편집한 『어린이』를 살펴보면 검열에 시달리면서도 계급주의 문학운동의 흐름이 아무런 저항 없이 수용되고 있음을 알수 있다. 이는 일반문학 쪽에서 프로문학파에 반발하여 따로 국민문학파를 형성한 사실과 크게 대조된다. 방정환은 아동문학의 새로운 기원을 세우는 자리에 있었기 때문에 계몽주의에도 뿌리를 대고 있고, 새로운 자아와 개성의 눈뜸이라는 초기 신문학운동의 낭만주의에도 뿌리를 대고 있으며, 누구보다 일찍이 민족과 계급의 문제를 고민한 현실주의에도 뿌리를 대고 있다. 아동문학은 크게 보아 신문학운동의 테두리 안에 있었으므로 1920년대의 그것을 굳이 규정하자면 낭만주의라고 이름할 수 있다. 이 시기의 동심에 대한 강조를 이런 배경과 떼어놓고 막연히 동심주의라고만 부르는 계급주의 아동문학의 규정에 대해서는 다시 생각해봐야 할 것이다.[6]

방정환은 어린이운동의 실천으로 아동문학을 개척했고, 다른 무엇보다도 아이들에게 직접 들려주는 이야기꾼으로서 명성이 매우 높았다. 방정환의 이야기꾼 활동은 그 자체가 전통문화의 핵심을 잇는

6) 송완순 「조선아동문학시론」(『신세대』 1946. 3)과 「아동문학의 천사주의」(『아동문화』 1948. 11) 참조. 1920년대 아동문학에서 동요든 동화든 그 감상적 색채를 낭만주의로 포괄할 수는 있지만, 하나의 뚜렷한 경향으로서 동심주의라 설명하기는 어렵다. 다만 방정환의 논설에서 드러나는 아동관의 일부를 가리켜 동심천사주의적 경향이라고 할 수는 있겠다. 이때에도 가령 「어린이 찬미」(1924)와 같은 글은 새로운 시대의 '선언'으로서의 성격을 주목해야 한다. 본디 아동문학에서 '동심성'이란 아무리 강조해도 지나친 것은 아니다. '동심성'과 '현실성'은 서로 대립하는 개념이 아님에도 계급주의 아동문학은 이 문제를 혼동하는 인식상의 오류를 적지 않게 드러냈다. 용어의 엄밀한 의미에서 '동심주의'는 카프 이후 시기인 1930년대에 하나의 경향으로 드러난다. 그런데 송완순은 1920년대의 '동심주의'와 구별해서 1930년대의 그것을 '신동심주의'라고 하였다.

것이기도 하다. 하여튼 옛이야기를 조금씩 바꾸어 소개하는 일과 창
작이 동시에 이루어지던 시기의 특수성 때문인지, 1920년대 창작동
화의 주인공들은 대부분 평면의 인물들이다. 그렇지만 1920년대 창
작동화를 통틀어 기억에 남는 개성의 인물을 하나 꼽으라면, 흥미롭
게도 방정환이 만들어낸 주인공을 들 수 있다. 「만년샤쓰」(『어린이』
1927.3)에 나오는 '창남이'가 바로 그 인물이다. 「만년샤쓰」는 지금도
아이들이 아주 좋아하는 작품 가운데 하나다. 창남이의 별명인 '만년
샤쓰'란, 자기 셔츠를 남에게 벗어주고 난 맨몸을 가리킨다. 작품 줄
거리로만 보면 동정의 마음을 다소 과장스레 그린 교훈담 같아도, 이
야기를 재미있게 끌고 가는 작가의 힘도 힘이려니와, 아마도 작가 자
신을 닮았을 주인공의 활달한 성격 때문에 문학에서 맛보는 즐거움
을 한층 더해주고 있다. 작품 후반부에 1920년대 동화의 한계인 교
훈성과 낭만성이 짙게 나타난다는 흠이 없지 않지만 썩 돋보이는 작
품에 속한다. 창작동화로서 이 작품의 근대성은 동시대로 설정된 작
품 배경에 있는 것이 아니라, 바로 평면성을 극복한 개성적 인물 창
조에 있다. 창남이는 학교의 모범생이 아니라 유쾌한 말썽꾸러기다.
이 작품의 매력은 이렇게 밉지 않은 생기로 가득한 주인공의 매력에
서 비롯한다. 말하자면 말썽꾸러기 창남이는 우리 어린이들의 '최초
의 정신적 동시대인'으로서 그들의 신경 속에 살아있는 '최초의 근대
아동'이었던 것이다.[7]

　매력있는 긍정의 주인공이란 단순한 작가적 솜씨가 아니라 그의
전인격이 투사된 결과이다. 선생님을 골려먹고 그 때문에 꾸지람을
듣는 말썽꾸러기, 긴박한 상황에서도 농담을 즐기는 재치있는 아이,
그러나 창남이는 결코 실없는 아이가 아니었으니, 이런 당당하고 생

---

7) 이 구절은 하우저가 스땅달과 발자끄의 소설을 말할 때 쓴 표현을 빌린 것이다.
　A. 하우저『문학과 예술의 사회사』현대편(창작과비평사 1974), 4면.

기 넘치는 인물 형상이야말로 고단하고 핍박받는 식민지 어린이에게 주는 작가의 고귀한 선물이 아닐 수 없다. 이 작품을 초기 신문학 운동의 낭만주의라는 맥락에서 바라보지 않고 오로지 영웅주의와 눈물주의라고 비판하는 건 지나치게 사건에만 초점을 둔 탓이다. 현실성이 좀 떨어지는 듯한 이 작품의 사건은 당시까지 이어진 옛이야기의 속성과 겹쳐지는 데서 비롯한 약간의 과장이 아닐까 싶다. 사건보다 인물의 요소를 잘 살피면, 영웅주의나 눈물주의에 앞서, 방정환이 당시 어린이들에게 바라는 인물의 전형을 현실성있는 인물 '창남이'로써 드러내려 했다고 판단할 수 있다. 물론 방정환의 낭만주의에는 영웅주의와 눈물주의가 스며 있다. 그러나 이런 식으로 말한다면, 뒤에 살펴볼 '카프 낭만주의'에는 '영웅주의와 분노주의'가 스며 있다. 따라서 방정환을 카프아동문학과 대조시키는 가운데 영웅주의와 눈물주의에 빠진 '비현실의 작가'라고 평가하는 관점은 달리 생각해볼 여지가 더 크다.

예컨대 이재복은 「만년샤쓰」와 「참된 동정」(『어린이』 1927.4)을 예로 들어 방정환 동화의 비현실성을 거듭 강조한다. 일면 타당한 지적이다. 그러나 「만년샤쓰」는 방금 살펴본 바와 같이 우리 창작동화의 흐름에서 긍정적인 면이 더 크다고 할 수 있으며, 「참된 동정」은 교훈담의 성격이 짙은 옛이야기와 외국동화의 번안물을 주로 실은 '어린이독본'란에 소개된 작품이다. 「참된 동정」이 과연 방정환 동화의 중심이라 할 수 있느냐 하는 마땅히 제기될 법한 문제는 접어두더라도, 이 작품은 당시 민중주의자들에게 폭넓은 사랑을 받던 뚜르게네프(I. Turgenev)의 영향을 받았다는 사실이 상기되어야 한다. 그러니까 이 작품은 당시까지 우리나라에 여러차례 번역 소개된 적이 있는 뚜르게네프의 산문시 「거지」를 고쳐쓴 것이다. 뚜르게네프의 「거지」에 설사 1920년대 낭만주의가 덧칠되었기로, '밥 대신 꽃을 선택한 낭만주의자'라는 표현으로 방정환을 평가할 수는 없다.[8] 당시 낭만주의 아동문학의 목표 가운데 하나가 어린이 '인격 해방'과 더불어 '감성 해방'이었다는 점도 염두에 두어야 한다.

3 마해송과 근대 판타지의 주인공

마해송(馬海松)의 「바위나리와 아기별」(1926)은 이른바 '최초의 창작동화'라 해서 잘 알려져 있다. 개성에서 발행된 『샛별』(1923)에 먼저 발표되었다고 하나, 원문을 구할 수가 없어서 『어린이』에 발표된 것이 지금 확인할 수 있는 가장 오래된 텍스트이다. 그런데 1923년 작품이라 해도 이 작품을 얘기할 때마다 따라붙는 '최초의 창작동화'라는 표현은 정확하다고 볼 수 없다. 이 작품을 전후한 시기에는 이미 수준이 들쭉날쭉한 창작동화들이 여럿 존재했기 때문에 어느 하나 뚜렷한 기준을 잡아내기란 쉽지 않다.[9] 「바위나리와 아기별」도 모티프로 보자면 옛이야기의 성격에서 완전히 빠져나온 것은 아니다. 다만 이국적인 색채를 띠고 선명하게 그려진 판타지의 모습이 어린이들에게 참신하게 다가서는 면은 '눈으로 읽는' 창작동화의 성격으로 보아 높이 평가해줄 요소이다. 여기엔 잘 다듬어진 시적인 문장과 깔끔한 묘사가 한몫 하고 있다. 그런데 비슷한 시기에 발표한 「어

---

8) 이재복이 방정환에게 붙인 '낭만주의'란 용어는 오로지 '카프식 리얼리즘'과 대조하기 위한 표현으로, 리얼리즘의 내적 계기로도 작용하는 낭만주의의 한 속성은 거의 무시된다. 이재복은 또한 '카프식 리얼리즘'의 관념성과 도식주의도 비판하는 쪽이지만, 1920년대 방정환과 마해송을 비판할 때는 바로 '카프식 리얼리즘'의 눈에 의존하고 있다.
9) 「바위나리와 아기별」보다 10년 가량 앞선 이광수의 「내 소와 개」(『새별』 1915.1)를 창작동화로 소개하는 최근의 연구 결과가 있다. 박숙경 「이광수와 근대 창작동화의 기원」, 『아침햇살』 1998년 여름호 참조.

머님의 선물」(『어린이』 1925. 12)이 완전히 신파조인 것은 웬일인가? 이재복은 이런 연약한 감상주의 성향을 강조하면서 「바위나리와 아기별」에 대해서도 똑같은 눈물주의의 한계를 지적하지만, 이는 인물과 주제 면에서 두 작품의 차이점을 무시한 견해다.

「바위나리와 아기별」은 근대 판타지다. 판타지는 초자연의 세계를 그린 것으로 그 뿌리는 현실에 닿아 있고, 인간과 세계에 대한 은유와 상징으로 성립한다. 「바위나리와 아기별」에서 '바위나리'는 지상의 존재로서 평민적 성격을 띠고 있으며 '아기별'은 천상의 존재로서 귀족적 성격을 띠고 있다. 그런데 이 둘 사이의 애달픈 사랑 이야기에는, 조혼 폐습에 따른 작가의 불행한 이력이 뒷받침하듯,[10] 봉건적인 시대의 폭력을 비판하는 요소가 깃들여 있다. 천상의 존재 아기별은 지상의 존재 바위나리와 사랑에 빠지지만, 별나라 임금의 지시를 거부한 탓에 지상으로 추방된다. 이 작품이 비슷한 시기의 다른 동화와 달리 근대성에서 주목받아야 할 획기적 일면은 바로 여기에 있다. 곧 줄거리 구성에서 재래의 통념이 완전히 전복된다. 옛이야기의 일반적인 틀은 아기별(왕자)에 의한 바위나리(평민 여성)의 신분상승적 구원이 될 터인데, 이 작품은 반대로 천상의 질서를 어기고 추방된 아기별이 지상에서 완성한 슬픈 사랑으로 귀결되는 것이다. 이런 사실은 이 판타지가 당대 사회와 일정한 조응관계에 있음을 확인시켜준다. 「바위나리와 아기별」은 '최초'라는 실증 면의 어설픈 딱지를 떼고서라도 근대적인 인물 설정에 따른 문제작임이 분명하다.

마해송은 뒤에 의인동화 「토끼와 원숭이」를 써서 제국주의 세계질서와 일제의 조선침략에 대해 통렬하게 풍자한다.[11] 이재복은, 「바위

---

10) 마해송 자전 『아름다운 새벽』, 성바오로출판사 1974.
11) 이 작품은 일제의 탄압으로 2회분까지만 연재되고 나머지는 해방 뒤에 완성되었다.

나리와 아기별」이 방정환식 동심천사주의 동화관에 의존한 나약한 작품인 데 반해 「토끼와 원숭이」는 카프 동화의 영향으로 현실성을 더욱 살려낸 뛰어난 작품이라고 하면서, 마해송은 이 작품으로 창작 동화의 전형을 제시했다고 높게 평가한다. 그러나 「토끼와 원숭이」는 주요 캐릭터가 옛이야기처럼 판에 박힌 선악의 도식으로 처리되어서 판타지로서는 「바위나리와 아기별」 이상으로 성공했다고 보기 어렵다. 역사적 가치로서의 몫이 더 부각되는 작품이다.

4 이주홍과 카프 전성기 계급주의 아동문학의 주인공

한국의 아동문학은 1930년대를 전후해서 카프의 영향 아래 강력한 계급주의 아동문학운동 시기로 들어선다. 오늘날 카프계열 아동문학 작품들을 지나치게 도식적이고 관념에 가깝다고 비판하기는 쉬운 일이다. 그러나 카프계열 아동문학이 사회현실의 문제를 좀더 분명하게 들고 나온 데에는 나름대로 중요한 뜻이 담겨 있다. 우리의 비판은 차라리 이전 시기의 답습으로 낭만주의와 영웅주의의 한계를 지적하는 편이 옳지 않을까 한다. 이름하여 혁명적 낭만주의 또는 사회주의 리얼리즘이라고 하지만, 이것들이 스스로 주장하는 바대로 전시기와 날카로운 단층을 이루고 있다고 보기는 힘들다. 단층이 하나 있긴 하다. 아동문학으로서 이 시기의 진짜 문제는 계급주의에 바탕을 둔 도식성에 있다기보다 동심의 상실에 있다고 보아야 할 것인데, 이 둘은 결국 동전의 양면으로 짝을 이룬다. 당시엔 다음과 같은 '동화시'가 환영을 받았다.

난복이가 쥔애를 겨우 재워놓고서/책임 맡은 소년부의 보고를 쓰려니까/원수인 애가 또 깨어 울겠지/"제기!"/가슴 속엔 분통이 생겨났다./"쯔, 쯔, 쯔" 하고/혀끝을 툭 차며/"이러다간 오늘밤 토론회에/또 못 가는가보군!"/하며 할수없이 또 업고/밖으로 나아갔지./"어리둥둥 이놈의 새끼/눈깔, 꼭 감고 죽어나 주렴." 하며 발굽을 높였다 낮췄다 하니깐/멋모르는 쥔애는 벙글벙글 웃겠죠/"무에 좋다고 요놈의 새끼야!" 하며 딱딱한 두 손꾸락으로 똑 꼬집어/줬지./아 그러니까 쥔애는/아앙- 하고 똥나팔을 불기 시작하겠나/"울겠으면 하나 더 맞어라!"/이번에는 볼기짝을 톡 쳤지./했더니 앙 앙— 하고/더크게 울부짖겠죠. (이동우 「애보는 법」 부분, 『신소년』 1933. 3)

이동우(李東友, 본명은 이원우)는 계급주의 아동문학의 주요 인물이다. 카프 쪽에서 당시 이 작품을 어떻게 평가했는지 짐작할 수 있는 자료가 있다.

　　이 간단한 말 가운데는 남복이(원작의 '난복이'가 북한자료에서는 '남복이'로 표기돼 있음—인용자)의 마음 속에 계급적인 적에 대한 증오가 어떻게 자라고 있는가를 볼 수 있다. (…) 남복이의 형상은 점차로 자기 주위에서 일어나는 현상들을 분석하게 되고 조직의 지도를 받아 각성하여가는 아동들의 전형이다. 작가는 자본주의적인 예속의 철쇄와 소년의 지혜, 그의 가슴에 새로 움트는 계급의식을 대립시키고 비록 남복이는 어리고 작으나 희망성이 있으며 앞으로 사회개혁의 투사로서 나아갈 수 있으리라는 사상을 부조하였다.[12]

---

12) 송영 「해방전의 조선 아동문학」, 『조선문학』 1956. 8(이선영·김병민·김재용 편 『현대문학 비평자료집—이북편』 8권, 태학사 1994). 일제시대 카프문학운동의 핵심에 있었고, 『별나라』를 편집했던 송영이 월북 이후에 쓴 이 글은 1950년대 북한의 사정을 일정하게 반영한 것이다. 그는 카프의 정통성을 부각하려고 1931년에 작고한 방정환을 두고서, "현실을 왜곡하여 일제의 통치제도를 예찬 (…) 조선 인민들의 민족해방투쟁을 반대 (…) 일제와 민족반역자들의 종복"이라는 극단의 표현을 써가며 비판하고 있다. 그런데 흥미로운 사실은 방정환이 『어린이』에 송영의

이런 논리대로라면 일본인 집 아기를 돌보는 서민아동의 애환을 서정적으로 그린 이원수의 동시 「보오야 넨네요」('아가야 자장'의 일본 말, 『소년』1938)는 친일매국의 작품이 되고 만다. 동심도 어린이들의 현실일진대, 인간에 대한 성실한 탐구를 결여한 사회폭로성 작품을 두고 진정한 리얼리즘이라 말하기는 어려울 것이다.

카프 시기의 주인공은 이재복도 지적하는 적파(赤波)의 「꿀단지」(『별나라』1932.1)에 나오는 주인공이 대표격이다. 이 작품의 주인공 '수동이'는 계급주의 아동문학에 나오는 어린이의 전형이라 할 만하다. 소작인의 아들인 수동이는 아버지 심부름으로 지주한테 꿀단지를 바치러 갔다가 소작료 문제를 가지고 지주 영감과 이치를 따진 뒤 보기좋게 승리해 꿀단지를 다시 갖고 돌아온다. 그러나 지주한테 잘 보여야 한다고 믿는 아버지한테 심하게 꾸지람을 듣는다. 이재복은, "수동이는 확실히 동심천사주의 작가들의 작품에 나타난 수동적인 어린이들과는 다르"며, "수동이 아버지가 오직 오늘만을 생각하는 갇힌 존재라면 수동이는 비록 오늘 당장은 두렵더라도 더 풍요한 내일을 생각하는 열린 존재"라고 지적한다. 그러나 우리가 놓치지 말아야 할 것이 정작 작품의 실감은 수동이가 아닌 아버지 쪽에 놓여 있다는 사실이다. 이건 줄거리 문제가 아니다. 수동이가 어색한 까닭은 바로 작가 관념의 소산이기 때문이다. 이른바 현실과 전망의 긴장관계를 쉽게 처리해버린 데 따른 꼭두각시 주인공의 등장인 것이다. 인물 성격의 근대성을 기준으로 이는 명백한 후퇴라 해도 좋다. 아니,

작품 「쫓겨가신 선생님」(1928.1)을 싣고 아동문학 최초의 필화사건을 겪으며 유치장 신세를 졌다는 것이다. 그렇지만 방정환은 이에 굴하지 않고 뒤에도 송영의 작품 「가난과 싸움」(1928.9)을 실으려다 전문삭제되었으며, 「옷자락은 깃발같이」(1929.5)를 계속 실어 내보였다. 이재복은 송영의 의견에 완전히 동의하지 않으면서도 송영이 쓴 앞의 글을 인용해가며 방정환을 비판하였다.

이 시기에 와서도 낭만주의의 극복은 여전히 우리 창작동화의 과제로 남아 있었던 것이다. 가난한 아이들에 대한 '동정'의 감정은 부자에 대한 '분노'의 감정으로, '눈물'을 흘리는 행위는 '이빨을 갈고 주먹'을 쥐는 행위로 바뀌었을 뿐, 감정과 행동이 실제보다 과장되는 점에서는 마찬가지다.

카프계열의 아동문학에도 이류만 있는 것이 아니다. 카프문학운동 시기를 대표하는 일급 작가는 『신소년』의 편집을 맡았던 이주홍(李周洪)이다. 그의 작품은 우선 생활의 실감에 육박해 있다. 「청어 뼉다귀」(『신소년』 1930.4)를 보면 최서해(崔曙海)의 소설을 보는 듯, 빼앗기고 굶주리는 생생한 농민현실을 만난다. 밭에 들어간 돼지 소동으로 지주의 횡포를 드러낸 「돼지 콧구멍」(『신소년』 1930.8)은 이 작가의 장점인 토속적 해학미가 싱싱해서 지금 아이들한테도 널리 사랑받고 있다. 하여간 이주홍이 카프계열 아동문학의 제일 높은 봉우리라는 평가는 무엇보다도 그가 만들어낸 어린 주인공들이 생활 속에 깊게 뿌리박고 있는 사실에서 비롯한다. 그의 주인공들은 작가의 딱딱한 관념으로부터 풀려나와 자기 힘으로 움직이고 있다는 느낌을 충분히 전한다.

그렇다고 하더라도 이주홍 역시 이 시기 계급주의 아동문학의 공식주의에서 완전히 자유로울 수 없었다. 「청어 뼉다귀」 「돼지 콧구멍」 「잉어와 윤첨지」(『신소년』 1930.6) 등에 나오는 어린 주인공들은 마지막 대목에서 반드시 계급의 분노를 드러내는데 그 분노가 생활 속에 뿌리박고 있는 것이라 해도, 왠지 그렇게 끝나지 않으면 안된다고 하는 공식주의적 강박의 느낌까지 지울 수는 없다. 가령, 「청어 뼉다귀」는 주인공 순덕이가 "주먹이 쥐어지고 이가 갈리고 살이 벌벌 떨림을 느꼈다"는 것으로, 「돼지 콧구멍」은 주인공 종규가 참칼을 가지고 지주네 돼지 콧구멍에 쏘아 맞힐 "활촉을 뾰족하게 다듬었다"

는 것으로, 「잉어와 윤첨지」는 주인공 점석이가 "모르는 사이에 주먹이 뽀도독 하고 빠르럭 떨렸다"는 것으로 끝을 맺는다. 이런 공식주의는 앞서 말한 적파의 경우처럼 주인공의 진정한 매력을 깎아내리고 있다. 뒤에 곧 설명이 이어지겠지만, 이들은 아동문학의 특성에 더욱 적중했다고 판단되는 현덕의 주인공과 선명하게 대비된다. 이주홍 작품에서 드러난 이 결말의 도식은, 방정환 시대의 작품들이 비록 뛰어난 작품에서조차 시대의 한계가 드리워져 있는 것처럼, 카프 문학운동시대 공통의 한계라고 해도 좋을 듯싶다.

5 현덕과 1930년대 아동문학의 주인공

1930년을 전후한 카프 전성기의 계급주의 아동문학이 1920년대 낭만주의 아동문학과 그렇게 큰 거리를 두지 아니한 것과 마찬가지로, 1930년대 후반기의 아동문학도 계급주의 아동문학과 그렇게 큰 거리를 둔 것은 아니다. 카프 시대 이후로, 적어도 일급 작가일 경우 카프의 영향은 깊숙이 각인되어 있다.[13] 카프문학운동이 우리 문학사에서 차지하는 중요한 몫은 여기에 있다. 1930년대 후반 현덕도 카프계열 문학의 연속선상에 있다. 그러나 현덕은 '동심'과 '계급 현실'의 문제에서 동심주의나 계급주의로 빠지지 않고 일제시대 아동문학의 리얼리즘을 완성한 작가다.

여기서 빼놓을 수 없는 중요한 계기가 하나 있는데, 카프에서 현덕으로 넘어가는 길목에는 소설가 이태준(李泰俊)이 존재한다는 사실

---

13) 여기서 '일급 작가'로 제한한 까닭은, 극성했던 계급주의 아동문학에 대한 반발 때문에 이 시기에는 진짜 '동심주의' 아동문학이 하나의 경향으로 나타났다는 사실을 염두에 둔 것이다.

이다. 이태준은 카프문학운동 전성기에 그의 동화 대부분을 썼다. 아동문학으로만 치면 그의 작품이 아주 많은 것은 아니기에 특별히 주인공을 내세우기는 뭣하지만, 어쨌든 그의 영향은 무시할 수 없다.[14] 이태준은 방정환이 창간해서 넘긴 잡지 『학생』(1929~30)의 편집인이었다. 방정환은 카프문학운동이 고조됨에 따라 『어린이』에 동화라기보다 소년소설이 주로 투고되는 점, 그리고 『어린이』 독자가 나이를 먹어감에 따라 연령별 분포도가 꽤 넓어지는 점 들을 생각해서, 1929년 『어린이』의 자매지 격으로 『학생』을 창간한다. 『어린이』는 유소년층을, 『학생』은 그보다 나이가 많은 층을 염두에 둔 것이다. 그런데 이태준은 그의 작가적 성격과 관련이 있음인지 자기가 편집한 『학생』이 아니라 『어린이』에 계속 동화를 내보낸다. 이 작품들은 방정환의 『어린이』 편집방향과 잘 맞아떨어지는 것이었다. 당시로선 아주 귀했던 유년동화가 대부분인데, 깔끔하고 정확한 사실묘사와 동심의 표현이 탁월하다. 카프계열의 동화작가들이 진짜 '동화'가 없다는 탄식 속에서도 줄지어 소설에 가까운 폭로고발성 소년소설만을 쓰고 있던 시기에, 이태준은 말 그대로 유소년의 세계를 별로 힘들이지 않고 그의 동화에다 오롯이 드러내고 있었던 것이다. 1932년 동아일보 신춘문예에 동화 「고무신」으로 입선한 현덕은, 당시 카프계열의 현실인식을 바탕에 깔고서도 바로 이태준의 동심 표현을 그 안에 끌어들인 사실동화의 세계를 창조했다.

현덕은 1938년 조선일보 신춘문예에 단편소설 「남생이」가 당선됨으로써 확실하게 문학의 길로 들어섰지만 월북 이전 2년 남짓 활동한 것이 거의 전부다. 그렇지만 그는 이 짧은 시기에 소설·소년소설·동화를 아주 열심히 발표한다. 해방 직후 소설집 1권, 소년소설집 1

---

14) 동화에서 이태준의 역할은 동시에서 정지용의 역할과 비견된다. 졸고 「정지용과 이태준의 아동문학」 참조.

권, 동화집 2권을 묶어낼 정도였다. 그런데 현덕은 월북작가 해금 이후에도 충분히 연구되지 않았고 그래서 잘 알려진 작가는 아니다. 일찍부터 현덕을 소개하려 힘쓴 시인 신경림(申庚林)은 현덕 소설의 리얼리즘을 매우 높이 평가하면서, "그러나 카프계열로부터는 그 완벽한 예술성 때문에, 예술지상주의로부터는 그 결연한 역사의식 때문에 경원당했다"(『한국문학대사전』, 문원각 1973)고 지적한다. 실제로 강진호(姜珍浩)는 현덕의 소설을 두고 "사회현실에 대한 탈이념적 천착"이라고 비판했으며,[15] 이재철은 현덕의 아동문학을 두고 "프로문학적 요소"가 두드러져서 "그 작가적 역량을 의심할 만큼 졸렬한 주제의 처리, 흥미를 잃게 하는 천편일률적인 구성"을 보인다고 혹평했다.[16] 현덕에 관한 예술지상주의자들의 평가는 그렇다 쳐도, 월북작가에 대한 연구가 활발했던 80년대 후반에 다시 일제시대 카프식 오류를 되풀이하지 않았는지 냉정하게 반성해보지 않을 수 없다. 카프나 월북작가에 대한 연구가 최근 들어 적막해진 감이 없지 않은데 그 문학사적 자리매김을 재조정하는 문제는 지금 비로소 절실한 실정이다. 임헌영(任軒永)은 현덕의 소설을 "향토색 짙은 모더니즘적 기법"이라고 규정하고, "현덕의 소설은 인조보석을 연상하리만큼 치밀한 구성력을 바탕삼는다. 그의 문장은 숨겨진 토착어를 채광하여 가장 적절한 위치에다 정렬시키는 깔끔한 장인의식을 느끼게 만든다. 그러나 (…) 동심의 눈으로 세계를 본다는 자체가 순수성의 한계성 때문에 사회와 삶의 근본적인 갈등과 모순에 이르지 못함을 예시한다"고 지적한다.[17] 이는 모더니즘의 요소를 전부 배격한 '카프식 리

---

15) 강진호 「탈이념과 신세대소설의 분화과정」, 『민족문학사연구』 4호, 창작과비평사 1993.
16) 이재철 『한국아동문학작가론』, 개문사 1983.
17) 임헌영 「해설」, 『북으로 간 작가선집』 9, 을유문화사 1988.

얼리즘'의 관점이라고 말할 수 있다. 또한, 현덕이 소설에서도 동심을 끌어들인 까닭이 과연 어디 있는지를 충분히 생각하지 않은 평가이다.[18]

현덕의 동화는 어린 노마의 '일상'세계다. 현덕의 동화에서 우리는 평범한 도시 변두리 아이들과 그들의 일상을 가감없이 마주하게 된다. 1930년대 아동문학은 전망이란 이름으로 일상을 희생하고 현실을 도식화한 카프식 리얼리즘을 넘어선 곳에 있다. 현덕 동화의 독자성과 탁월함은 바로 일상 속에서 탐구된 동심이라는 점에 있다. 우리 아동문학은 현덕에 와서 거의 최초로 어른의 관념과 부당한 간섭으로부터 완전히 자립한 자기들만의 세계로 돌아오게 된다. 그런데 이때의 '자립한 세계'는 현실로부터 차단된 관념의 공간이 아니라, 현실 속에서도 어른과 다르게 자연이 정해준 그들 본연의 특성을 따라 스스로 움직이는 세계를 가리킨다. 때묻지 않은 천진성 그대로의 세계다. 그러니까 현덕 동화의 동심은 어른 관념의 동심이 아니라 성실한 인간탐구의 결과이고, 거기서 드러나는 자연스런 질서에 대한 탐구의 결과요, 따라서 작가의 꿈과 희망이 숨쉬는 동심이다. 이것을 달리 표현하면 자연의 법칙에서 올바른 삶의 질서를 찾아나가는 동심

18) 현덕 소설의 주인공 어린 '노마'의 눈은 임화가 1930년대 문학의 고민으로 지적한 "자연주의"와 "아이디얼리즘"의 함정을 피하기 위한 정교한 장치로 구실한다. 현덕은 노마의 눈에 기대어, 민중의 파멸이 그들 자신의 탓이기보다 사회문제 때문임을 정밀하게 그려낼 수 있었다. 현덕이 1930년대 리얼리즘의 새로운 하나의 양상을 대표한다고 평가되는 까닭이 바로 여기에 있다. 그런데 이재복은 현덕 소설을 높게 평가하면서 현덕이 "일제로부터의 해방은 어린이들다운 순수한 동심에서 온다고 믿은 것"이라고 여러번 강조한다. 일면 타당한 지적이겠지만 아무래도 순진한 발상에 근거한 평가인데, 이 발상엔 다름아닌 앞의 권순긍이 비판한 방정환식 동심천사주의가 스며 있다. 현덕은 이재복의 생각처럼 그렇게 순진한 낭만주의 작가가 아니었다. 본의가 아닐지라도 이재복의 『우리 동화 바로 읽기』는 방정환을 카프 작가의 눈으로 보고(비판), 카프 작가를 현덕의 눈으로 보고(비판), 현덕을 다시 방정환의 눈으로 보는(긍정), 일관되지 않은 관점에 입각해 있다.

의 리얼리즘이라고 할 수 있다. 예컨대, 아버지가 사준 장난감이나 과자로 으스대고 뽐내는 부잣집 아이 기동이의 세계이고, 처음에는 그것을 부러워했지만 보기좋게 기동이를 따돌리고 자기들끼리 재미 있는 놀이를 만들어내서 자연과 어울려 마음껏 뛰노는 가난한 집 아이들 노마·영이·똘똘이의 세계다. 그래서 기동이가 곧 항복을 하고 끼여드는 서민 승리, 동심 승리의 세계다. 기동이는 사회모순으로 뒤틀어진 동심을 대변한다. 이처럼 현덕의 동화에서 아이들은 자기들만의 세계를 지켜가지만, 그 세계는 사회현실과 동떨어져 있지 않다. 주인공 노마는 어머니한테 떼를 쓰기도 하고 말썽을 피우는 대책없는 장난꾸러기지만 속이 깊은 아이다. 늘 궁리를 하고 씩씩하게 놀이에 앞장서는 슬기와 용기의 대명사이다. 바로 작가 현덕이 아이들에게 바라는 전형의 인물인 것이다.[19]

그렇지만 현덕 동화에서도 아쉬운 대목이 없진 않다. 어머니 품에서 막 떨어져나오기 시작한 유년기 아이들의 세계라는 점에서 어느 정도 이해할 수는 있어도 어른이 너무 뒤로 물러나 있다. 아이들의 행동거지에 집안형편이 뚜렷이 반영되어 있긴 한데, 어른과 더불어 사건이 전개되는 법이란 거의 없다. 그만큼 축소된 삶의 모습으로서 자잘한 아이들만의 세계인 것이다. 또한 판타지가 아니고 사실동화인 탓이라고 보이는데, 개울이나 들판, 언덕, 야산, 거리 따위가 나오지 않는 것은 아니지만, 아이들이 거의 비좁은 산동네 골목에만 갇혀있다는 점이다. 여러 면에서 시야가 좁다는 불만이 나올 수 있다. 현덕은 이것을 보충하려고 소년소설을 함께 쓴다.

---

19) 현덕 동화에 대한 더 자세한 분석은 이오덕 「다시 살려야 할 뛰어난 유년동화의 고전」, 『삶·사회 그리고 문학』 1996년 여름~겨울호 참조. 그리고 현덕의 작품 연보와 문학사의 자리찾기는 졸고 「현덕의 아동문학」, 『민족문학사연구』 제6호, 1994. 12. 「현덕의 동화 연구」, 『아침햇살』 1995년 여름호; 「아동문학과 리얼리즘」, 『삶·사회 그리고 문학』 1995년 가을호 참조.

현덕의 소년소설은, 그의 소설처럼 카프의 발전이면서 동시에 그 변화를 잘 보여준다. 가난한 고학생과 근로청소년 들을 주인공으로 삼은 현덕의 소년소설은 작가 자신의 불우한 이력 때문인지 대부분 격려와 믿음을 북돋는 세계이고, 양심과 연민, 정의의 세계이기도 하다. 이를 실현하는 인물들은 그의 소설에 나오는 '암흑'속 인물들과는 정반대다. 작품에 따라서는 통속적 결말을 드러내는 한계도 아주 없진 않지만, 그럴 경우에도 치밀한 심리묘사로 벌충된다. 현덕은 적어도 아동문학의 교육적 특성을 바르게 이해했던 작가인 것이다.

　　현덕의 소년소설 가운데 가장 매력있는 주인공은 「나비를 잡는 아버지」에 나오는 '바우'다. 바우는 가정형편 때문에 중학교 진학을 못하고 집안일을 돕다가 자기보다 공부는 못했지만 중학교에 진학한 경환이와 다투게 된다. 이들은 각기 소작인 아들과 마름집 아들을 대표한다고 볼 수 있는데, 이 점은 카프식 리얼리즘과 다름없다. 그렇지만 이 작품은 이전 시기 계급주의 아동문학과는 사뭇 다르다. 결말에서 바우는 마름집에 농토 떼일 것만을 걱정하는 아버지한테 일방적으로 야단맞은 억울함에 가출을 결심했다가, 아버지가 경환이네 요구대로 자기 대신 뒤뚱거리며 나비를 잡는 걸 보고선 마음이 변한다. 비로소 엄중한 사회현실을 깨닫게 된 것이며, 가엾고 어이없는 아버지의 삶을 힘껏 껴안게 된 것이다. 그렇다고 계급적 대립관계가 흐려진 것은 결코 아니다. 그러나 계급의 분노를 발산하는 즉자적 행동보다는 먼저 아버지의 삶을 껴앉게 한 이 작품은 바우를 우직하고 뚝심있는 민중의 형상으로 만들어냄으로써, 아동문학의 특성에 적중하면서도 삶의 현실에 바짝 다가선 박진감과 긴장을 살려낼 수 있었다. 인물과 사건을 도식으로 처리하지 않았을뿐더러, 영웅주의로 빠져들지 않은 인물의 진실한 형상 때문에 아주 묵직한 감동을 전한다.

　　현덕과 비슷한 시기에 유행했던 동심주의 작품에서는 동심의 표현이 주로 세상물정 모르는 바보짓거리로 나타난다. 언제든 세상의 이치를 깨닫게 될 아이들인데, 그것을 모르는 데서 비롯된 바보짓을 재미있는 것인 양 드러내려는 작품은 동심주의가 된다. 동심주의는 퇴행이라는 현실도피주의의 한 양상으로 한낱 어른의 관념일 따름이다. 현실적인 삶과의 정직한 대결에서 오는 책무감과 피로를, 과거의 기억을 미화함으로써 보상받으려는 태도인 것이다. 그러나 진정한 동심은 인간 본연의 천진성이요, 그것은 그대로 올바른 '성장의 거점'이다. 그래서 아동문학은 동심의 표현이되 동심주의를 경계해야 한다고 하는 것이다. 동심의 표현은 자연의 법칙, 올바른 현실의 법칙과 모순되지 않는다. 현덕 동화의 아이들이 매력적이고 유쾌한 것은 철모르는 바보라서가 아니라 아이들 특유의 생기를 뿜고 있기 때문이다. 나아가 현덕은 동심의 표현에서 바람직한 삶의 질서를 드러내려고 했는데, 이는 그가 만들어낸 인물에 작가의 희망이 스며 있음을 뜻한다. 이 경우엔 동심의 재발견이라는 표현을 써도 좋을 것이다. 요컨대 방정환 시대 '동심의 발견'이 카프 시대 '동심의 현실성'이란 계기를 거쳐, 현덕 시대 '동심의 재발견'으로 이어지고 있음을 우리 아동문학의 종요로운 흐름으로 정리해둘 수 있다.

6 맺음말

이 글의 한계는 뚜렷하다. 일제시대 아동문학에서 성공한 판타지를 찾기 힘든 탓이기도 하지만, 아동문학의 핵심인 판타지의 주인공들을 충분히 따져보지 못했다. 그리고 작품 구성의 요건 가운데 인물에 초점을 두다보니 소년소설과 구별되는 동화는 산문정신보다 시정신에 바탕을 두고 씌어진다는 사실도 지나쳤다. 그러나 이 글의 큰 줄거리가 이것들을 살핀 결과와 부딪친다고는 생각하지 않는다. 이 섬세한 문제들을 한꺼번에 해결하기는 어렵기 때문에, 주로 생활동화나 소년소설에 나오는 몇몇 주인공의 특성을 들어 우리 아동문학의 주요 흐름을 다시 점검해보는 데 주안점을 두었다. 어느 시기에나 긍정과 부정의 계기는 다 있는 법이다. 이 글은 1920년대의 '역사적 낭만주의'를 청산 대상으로 삼은 '카프식 리얼리즘'을, 늦었지만 제대로 극복하자는 취지에서 씌어졌다. 1930년대 현덕 동화의 리얼리즘은 카프식 리얼리즘을 극복한 곳에 자리잡고 있지만, 카프식 리얼리즘을 다시 청산한 동심주의의 흐름과는 뚜렷이 구별되어야 한다.

끝으로 아동문학에서 캐릭터의 문제를 좀더 신중히 검토하는 풍토가 절실함을 강조하지 않을 수 없다. 지금 우리 어린이들한테 친숙한 고유 캐릭터를 하나 들라면 '아기공룡 둘리' 정도가 될 터인데, '둘리'는 유감스럽게도 동화의 산물이 아니다. 그렇다면 20세기 한국 아동문학을 대표하는 가장 뚜렷한 캐릭터는 무엇일까? 일제시대 현덕이 창조한 '노마'와, 이 글에서 미처 다루지는 못했지만 분단시대 권정생(權正生)이 창조한 '몽실 언니'가 그래도 오랜 생명력을 지닌 인물이 되지 않을까? 권정생의 작품들에서 판타지를 빼고는 『몽실 언니』(1984)를 대표작으로 치는 까닭도 가장 기억에 남는 주인공에서 비롯한다. 만일 카프식 리얼리즘 또는 속류사회학주의의 관점으로 읽는다면 『몽실 언니』는 소극적인 팔자주의요 운명주의라 비판받을 수 있고, 해방 직후부터 6·25동란을 거치는 현대사의 가장 민감한 대목을 훨씬 치열하게 담아낸 『초가집이 있던 마을』(1985)이나 『점득이네』(1990)가 더 높이 평가될 수도 있을 것이다. 그러나 몽실 언니가 자기 운명의 무게를 끌어안고 견디는 데서 보여준 한없이 순박한 동심은 한편으로는 슬프지만 또한편으로는 우리 민족이 스스로를 떠받쳐온 위대한 저력으로 통한다. 권정생은 현덕과 마찬가지로 현실을 보는 눈에서 관념과 타협이 없고 아주 냉정한 작가다. 그래서 독자의 마음속을 파고드는 진실한 인물 형상이 우뚝 세워질 수 있었던 것이다.

'노마'와 '몽실 언니' 같은 한국 아동문학의 주인공은 민중의 고통으로 점철된 20세기 한국의 역사를 가장 정직하게 반영한다. 이런 점에서 다가오는 2천년대에는 새로운 문명을 예비하는 철학에 뿌리를 둔 더 활기차고 자유분방한 판타지의 캐릭터가 많이 나오기를 소망한다.

〈창작과비평 1999년 봄호〉

이원수 판타지동화와 민족현실

『숲 속 나라』를 중심으로

1 이원수와 8·15해방

이원수(李元壽, 1911~81)는 8·15해방 이후 동화작가와 아동문학 평론가로서 뚜렷한 궤적을 그린다. 그런데 이런 사실로 말미암아 이원수 문학을 해방 이전에는 시 중심, 해방 이후에는 산문 중심으로 바라보는 통념이 생겨나선 곤란하다. 동시인으로 활동한 해방 이전은 물론이고 해방후에도 가장 탁월한 동시인의 한 사람으로서 그를 빠뜨릴 수는 없다. 더욱이 이원수 동시의 흐름으로 볼 때 이른바 해방기에 자못 중요한 성과들이 한꺼번에 쏟아져나온 점을 눈여겨봐야 한다. 이 시기에 씌어진 동시 「개나리꽃」(1945), 「버들피리」「너를 부른다」「부르는 소리」「오끼나와의 어린이들」「빗속에서 먹는 점심」(1946), 「송화 날리는 날」「이 골목 저 골목」「민들레」(1947), 「밤중에 「토마토」「성묘」「바람에게」(1948), 「들불」(1949) 같은 작품들을 살피면 이것들이 앞선 시기의 시적 성취를 넘어서는 리얼리즘의 대표 작품임을 금세 알 수 있다. 그리고 세상을 뜨기 바로 직전에 써서 발표한 동시 「나뭇잎과 풍선」「대낮의 소리」(1980), 「겨울 물오리」 「설날의 해」「때 묻은 눈이 눈물지을 때」「아버지」(1981) 같은 작품들도 이원수 동시의 명편에 속한다.

   사정이 이러하기에 해방후 이원수의 활동은 엄밀히 말해서 수평선상의 전환이라기보다는 일종의 부채꼴상의 확대라고 봄이 옳다. 마산에서 동시인으로 활약하던 그는 해방후 서울로 올라온다. 그리고는 동시에 더하여 동화와 소년소설, 동극, 아동문학평론을 쉬임없이 발표했고, 문학단체활동에도 적극 관여하였다. 이로 볼 때 해방은 이원수의 활동이 증폭·비약하게 된 주요 계기로 파악된다. 이원수 문학의 중핵이랄까, 가장 민감한 대목은 바로 해방기에 압축되어 있는 것이다. 그렇지만 이런 지적은 해방을 분기점으로 하는 이원수 문학의 비연속성을 가리키는 것으로 이해될 성질이 아니고 어디까지나 일관된 연속성을 전제로 하는 말임을 잊어선 안된다. 이 글은 이념갈등이라는 분단시대의 제약 때문에 연구자들의 아킬레스건처럼 괄호 속에 남겨진 이원수의 해방기 활동과 주요 작품의 성과를 자료적 실증과 문학사회학의 방법으로 해명해보고자 쓴 글이다.

2 이원수와 조선문학가동맹

   이원수가 서울로 올라오고부터 시작된 중앙의 문단활동에서 가장 중요한 밑그림을 차지하는 조직 기반은 조선문학가동맹이다. 조선문학가동맹[1](1945. 12. 대표 홍명희)은 조선문학건설본부(1945. 8. 대표 이태준)와 조선프롤레타리아문학동맹(1945.9. 대표 이기영)의 연합으로 만들어진 문단 최초·최대의 좌우합작단체였다. 따라서 조선문학가동맹을 일제시대 카프(1925~35)의 후신으로 파악할 순 없다. 조선문학건설본부는 1930년대 후반부터 조성되기 시작한 리얼리즘 계열 문인들과 모더니즘 계열 문인들의 자기반성과 상호침투의 결과로 이룩된 범문단세력의 결집체였다. 그러나 민주주의 민족문학이라는 노선을 확립한 조선문학건설본부[2]는, 계급성의 강화를 주장하며 카프의 정통성을 잇고자 한 조선프롤레타리아문학동맹과 충돌한다. 결국 이 두 단체는 조선문학가동맹으로 형식상 통합되지만, 조선문학건설본부에 주도권을 빼앗겼다고 판단한 조선프롤레타리아문학동맹의 주요성원들이 조선문학가동맹의 노선을 비판하거나 일찍 월북의 길을 택함으로써 내용상으론 양립한다.

한편, 미군정과의 대치가 예각화하는 정세변화를 따라 조선문학가동맹의 노선이 급진화하자 이와 대척적인 자리에 전조선문필가협회(1946.3. 대표 정인섭)가 만들어진다. 그리고 이보다 한층 급진적인 전위부대로 조선청년문학가협회(1946.4. 대표 김동리)가 새로 만들어져 이념분화에 따른 문단의 세력다툼은 더욱 복잡한 구도로 빠져든다. 그 중심노선의 상대적 차이를 감안하여 이것들을 편의상 구분해보면, 조선프롤레타리아문학동맹(극좌파)—조선문학가동맹(중도좌

---

1) 처음엔 '조선문학동맹'이었다가 1946년 1월에 개최된 조선문학자대회에서 '조선문학가동맹'으로 바뀐다.

2) 조선문학건설본부의 중심인물은 이태준·임화·김남천·이원조였는데, 이들은 '식민지문화잔재의 청산과 문화의 인민적 기초확립'이라는 과제를 내세우고 일제시대의 카프계열과 모더니즘 계열, 그리고 이른바 순수파 계열과 해외문학파 계열 등 해방 이전의 문단유파를 모두 망라하려 들었다. 실제로 중앙위원회의 조직 임원을 살피면 이런 의도가 뚜렷이 반영되었음을 알 수 있다. 이들의 이념적 지향은 뒤에 조선문학가동맹의 중심노선이 되는데, 이 노선은 남로당의 정치노선을 배경으로 하는 것이기도 하다.

파)—전조선문필가협회(중도우파)—조선청년문학가협회(극우파)로 정리할 수 있다. 이 구분에서 알 수 있듯이 조선문학가동맹과 전조선문필가협회는 어느정도 양립이 가능했고, 또 통합가능성도 완전히 배제된 것은 아니었다. 조선문학가동맹 대회에서는 여운형이 축사를 했고, 전조선문필가협회 대회에는 김구가 축사를 했다. 게다가 이 두 단체의 회원은 중복가입된 경우가 적지 않았다. 그러나 여운형과 김구가 똑같이 극단의 세력으로부터 죽임을 당한 것과 마찬가지로, 정부수립(1948.8)과 함께 냉전의 고착화로 치닫는 상황 아래 양극단에 포진하고 있던 조선프롤레타리아문학동맹과 조선청년문학가협회가 북한과 남한에서 각각 주도권을 잡음으로써 우리 문단은 가장 불행한 대결구도로 빠져들고 만다.

해방전 마산에서 활동했던 이원수는 작품경향으로 볼 때 카프와 동떨어진 자리에 있다고는 볼 수 없다.[3] 그러나 그는 카프에 직접 가담하지 않고 그로부터 일정하게 거리를 두고 있었다. 이 거리는 일본에서 수입한 이론을 베껴쓰기에 바빴던 서울과, 토착 민족·사회운동의 근거지였던 마산 사이의 거리라고 해도 무방하다.[4] 일제시대의 이원수 동시가 서민아동의 현실을 담아내면서도 카프의 계급주의 아동문학이 보여준 관념성을 거의 드러내지 않을 수 있었던 것은 여기에서 비롯한다. 해방후 상경한 이원수는 서울의 중앙문단에 몸담게 되는데, 당시는 새로운 민족국가 건설을 위해 모든 방면에서 총력을 기울여야 하는 일종의 비상시였다. 이원수는 1945년 12월에 창간한 진보성향의 아동잡지 『새동무』의 편집자문역을 맡는다. 『새동

---

3) 이원수는 프로문학의 전성기에 『별나라』와 『신소년』에서도 작품활동을 했으며, 함안금융조합 서기로 근무하던 1934년 2월에는 프로문학을 연구하는 독서회 사건으로 검거된 바 있다.
4) 졸고 「이원수와 마산의 소년운동」 참조.

무』의 편집주간 겸 발행인은 이원수와 동향 문우인 김원룡(金元龍)이었다. 그런데 이원수는 조선문학건설본부가 아닌, 조선프롤레타리아문학동맹을 거쳐 조선문학가동맹에 합류한다. 이는 일제시대에 『별나라』와 『신소년』의 편집 동인으로 아동문단에 깊숙이 관여해온 송영·박세영·신고송·이동규·홍구·이주홍·송완순·박아지·정청산 같은 이들이 조선프롤레타리아문학동맹의 주요성원(중앙집행위원)이었던 데서 비롯한다. 이들 인맥을 따라 적지 않은 아동문인들이 조선프롤레타리아문학동맹에 먼저 가담했다가 뒤에 조선문학건설본부와 합동한 조선문학가동맹의 성원이 되었다.

그렇더라도 앞서 살펴본 이념 구도상 이원수는 조선문학건설본부를 잇는 조선문학가동맹의 중심노선과 가장 가까운 자리에 있었다. 카프 노선에 일부 공감하면서도 그와 일정한 거리를 유지했던 이원수가 카프의 자기반성으로 성립한 조선문학가동맹에 자기 노선을 일치시킨 것은 당연한 귀결이라고 할 수 있다. 조선문학가동맹의 기관지인 『문학』 창간호(1946.7)에 수록된 '조선문학가동맹운동 사업개황보고'에 따르면, 조선문학가동맹의 위원장은 일제시대에 신간회(新幹會)를 통해 좌우합작운동을 주도했던 홍명희이고, 부위원장은 이태준·이기영·한설야 세 사람으로 되어 있다. 그런데 조선프롤레타리아문학동맹을 대표하는 이기영과 한설야는 이미 월북한 상태였다. 그래서 1947년 4월의 임원 명단에는 이들 두 사람 대신 이병기의 이름이 오른다. 출판부장이 홍구에서 현덕으로 바뀌고, 새로운 중앙집행위원으로 조운·양주동·염상섭·채만식·박노갑·박태원 등의 이름이 오르는 것도 조선프롤레타리아문학동맹원의 이탈에 따른 결과다. 아동문학부 위원장은 정지용이었고, 사무장은 윤복진이 맡았다. 아동문학부 위원으로는 현덕·이주홍·임원호·박세영·이태준·홍구·이동규·양미림·송완순·윤석중·박아지의 이름이 올라 있다. 여러 자료를 종합해볼 때 이밖에도 최병화·정열모·구직회·최청곡·현동염·현재덕·우효종·박인범·채규철·임서하·채호준·이종성·남대우·윤동향·김철수·김원룡·정인택·권태응 들이 당시 조선문학가동맹원으로 활약한 아동문인이라 추정된다. 이 가운데 권태응만은 당시 결핵 요양중이었기 때문에 가입 여부를 확신하기가 좀 어렵다. 윤석중은 조선프롤레타리아문학동맹과 조선문학가동맹에 모두 이름이 올라 있지만 실제로는 활동하지 않은 것으로 알려져 있다.[5] 이원수는 조선프롤레타리아문학동맹에서만 이름이 확인되지만 실제로는 조선문학가동맹의 주요성원으로 활동했다. 그는 조선문학가동맹에서도 주로 중도좌파의 문인들과 적극 교류하면서 활동을 펼친다. 이런 사실을 어떻게 증명할 수 있는가?

우선 조선문학가동맹의 중심노선에 불만을 품은 조선프롤레타리아문학동맹의 주요성원들은 일제시대 카프의 맹원이었고 대부분 일찍 월북했기 때문에, 『새동무』 시절에 약간 교류했을 가능성은 있으나 그리 큰 영향은 없었으리란 점이다. 영향이 컸다면 이원수 역시 정부수립 이전에 월북했을 것이다. 『새동무』의 편집주간이었던 김원룡도 월북하지 않고 남았다가 1953년 7월부터 이원수가 편집주간이 되어 발행한 『소년세계』의 일을 함께 했다.

『새동무』에 이어 이원수가 주로 작품활동을 벌인 아동잡지들은 당시 사정을 훤히 드러내준다. 『진달래』(1947. 1~1950. 6. 1950년 1월호부터 『아동구락부』로 제목을 바꿈), 『아동문화』(1948. 11), 『어린이나라』(1949. 1~1950. 5) 들이 그것이다. 『진달래』의 표지에는 동요와 동시를

---

5) 윤석중은 을유문화사에서 조선아동문화협회라는 간판을 내걸고 『주간 소학생』(1946~50. 1947년 5월호부터 월간 『소학생』으로 바뀜)을 내는 데 온힘을 기울였다. 그렇지만 당시 조선문학가동맹 계열의 아동문인들과 조선아동문화협회는 스스럼없이 교류하였다.

지도하는 이로 이병기·이원수·김철수의 이름이 올라 있다. 이들은 모두 조선문학가동맹의 성원으로서 정부수립 후에는 사상전향단체인 국민보도연맹(國民保導聯盟)에 강제로 가입할 수밖에 없었다. 이병기는 이태준·정지용과 함께 일제말 『문장』(1939~41)을 주재한 시인이요 학자다. 『문장』이 전통파적 색채를 띠고 좌우파 문인들을 한데 아우른 일제말의 대표적인 잡지임은 다 아는 사실이다. 김철수(金哲洙)는 『추풍령』(1947)이란 서정시집을 낸 시인으로 중간노선을 허용치 않는 냉전의 구도 아래서 '보도연맹'에 끼였다가 6·25동란 때 월북한 것으로 알려졌다. 한편 작문과 동화를 지도한 이로는 윤태영·최병화·박계주의 이름이 올라 있는데, 최병화(崔秉和) 역시 서정성 짙은 동화작가이나 조선문학가동맹에 가입했다가 보도연맹을 거쳐 6·25 때 이원수와 함께 월북·피신하던 중 서울 근방에서 폭사하였다. 박계주는 통속낭만주의 작가였지만 해방 직후에 진보성향의 잡지 『민성(民聲)』(1946)에 관여한 바 있다. 이원수는 『진달래』의 후신인 『아동구락부』에 1950년 2월부터 6월 폐간 때까지 장편 소년소설 『어린 별들』을 연재한다. 미완성인 채로 연재가 중단된 이 작품은 나머지 부분을 완성해 1953년 신구문화사에서 『5월의 노래』란 제목으로 출간되었다. 『아동구락부』에 연재된 분량은 완성된 작품의 절반 가량이다.

『아동문화』와 『어린이나라』는 둘 다 동지사 아동원(同志社 兒童園)에서 발행되었고, 편집주간은 6·25동란 때 월북한 이종성이다. 『아동문화』는 성인을 대상으로 하는 아동문화 관련 잡지다. 이원수의 동시 「토마토」와 평론 「동시의 경향」을 비롯하여 송완순의 평론 「아동문학의 천사주의」, 최병화의 「작고한 아동작가 군상」, 채호준의 「현역 아동작가 군상」, 임인수의 「아동문학 여담」, 그리고 김원룡·양미림·이원수·정인택·홍은순·김용환의 대담기록인 「아동문화를 말하는 좌담회」같은 것들이 실려 있다. 여기에 이름을 내건 사람들은 대부분 정부수립 후 보도연맹에 가입했다가 6·25동란 때 월북의 길을 택한다. 운동성이 강한 잡지 내용과 필진들의 성향으로 볼 때, 『아동문화』는 조선문학가동맹 아동문학위원회의 기관지인 『아동문학』(1946~48)을 잇는 것이다. 조선문학가동맹은 정부수립 후 합법성을 상실하고 주요성원이 월북하거나 지하로 잠적해서, 남은 성원은 보도연맹에 가입해 합법운동을 전개할 수밖에 없었다. 적어도 6·25동란 이전까지는 일종의 문화게릴라 활동이 어느정도 가능했다. 『아동문화』와 『어린이나라』의 발행은 바로 그런 활동의 일환으로 볼 수 있다. 그렇지만 성인을 상대로 하는 『아동문화』는 1호를 끝으로 마감된다. 아마도 이 잡지가 나온 정부수립 직후에는 보도연맹의 광풍이 거세게 몰아쳤을 것이라 판단되는데, 사회비판의 내용을 직접 담은 성인대상 잡지를 당시 여건상 계속 발간하기는 어려웠을 것이다.

이런 형편은 일반문학에서 더욱 심할 수밖에 없다. 정부수립 후 성인문학에서는 진보 성향의 잡지들이 거의 모습을 감춘다. 그러나 이와 달리 아동물에서는 문화게릴라 활동이 일정하게 전개되었다. 『아동문화』가 폐간된 즉시로 똑같은 출판사에서 똑같은 편집주간이 발행한 『어린이나라』에는 『아동문화』의 주요 필진들이 고스란히 참여한다. 조선미술건설본부(1945.8)[6]의 서기장이었고 조선미술동맹(1946.11)의 아동미술부 위원장이었던 정현웅을 비롯하여 임동은·현

---

6) 조선미술건설본부는 조선문학건설본부의 주도 아래 만들어졌으며, 조선연극건설본부, 조선음악건설본부 등과 함께 조선문화건설중앙협의회라는 범예술단체로 통합된다. 조선미술건설본부는 조선문학건설본부의 경우와 마찬가지로, 계급성을 더욱 선명히 드러낸 조선프롤레타리아미술동맹(1945.9)의 비판을 받는다. 서기장이었던 정현웅 역시 중도좌파로서 조선문학가동맹의 중심노선과 일치하는 인물이다. 참고로 조선프롤레타리아미술동맹의 위원장은 조선프롤레타리아문학동맹 계열에 섰던 이주홍이었다. 그러나 실질적인 이론은 박문원(朴文遠)이 주도했다.

재덕·김용환·김의환 같은 삽화가들도 여기에 포함된다.[7] 그뿐이 아니다. 조선문학가동맹에 참여했다가 월북하지 않고 지하로 잠적했거나 보도연맹에 가입한 성인문학 작가들 일부는 정부수립 후에도 계속 펴낸『어린이나라』와『아동구락부』에서 아주 활발하게 움직였다. 앞서 얘기한 이병기, 김철수 외에도 정지용·박태원·현덕·안회남·박노갑·김소엽·김영수·박영준·채만식·염상섭 같은 작가들이 바로 그런 경우라 할 수 있다.

『아동문화』의 후신이고 그 아동판이라 할 수 있는『어린이나라』는 문화게릴라 활동에 가장 적극성을 보이는 가운데서도 6·25동란이 터질 때까지 꾸준히 명맥을 이어나갔다. 이 잡지는 성인 대상의 평론문을 싣지 않은 대신에 그만한 비중을 가지고 전국 각지에서 보내온 어린이 작문을 호마다 실었다. 작품을 뽑고 평을 써준 이는 시 부문에 정지용과 윤복진, 산문 부문에 정인택인데, 이들은 조선문학가동맹의 성원이었다. 또한 1949년 5월호에는 '어린이나라의 노랫가사 현상모집'이라는 광고가 나온다. 여기 심사위원으로 등장하는 정지용·김기림·이병기·양주동·이원수 역시 전부 조선문학가동맹의 성원이었다. 이원수의 문제작품『숲 속 나라』는 바로『어린이나라』에 연재된 장편동화다. 이 잡지에는 현덕의 작품을 연재할 것이라는 예고도 여러번 나오는데 결국은 작가 사정으로 무산되었음을 알린다. 당시 현덕은 보도연맹에 가입할 것을 강요하는 기관원들을 피해 지하로 잠적해 있었다. 그렇지만『어린이나라』를 발행한 동지사 아동

---

7) 정현웅(鄭玄雄)은 일제시대에 조선일보 출판부에 근무하면서 수많은 좌우파 문인들과 교류한 화가이고, 임동은(林同恩)은『아이생활』편집에 관여했던 임홍은(林鴻恩)의 아우이며, 현재덕은 소설가이자 동화작가인 현덕의 아우이다. 김용환(金龍煥)은 김의환(金義煥)의 형이고 해방 직후 조선프롤레타리아미술동맹에 참여했다. 이들 모두 정부수립 후 보도연맹에 가입했으며, 정현웅·임동은·현재덕은 6·25동란 때 월북했다.

원은 피신중이던 현덕의 원고를 넘겨받아 장편 소년소설『광명을 찾아서』(1949)를 펴내고, 현재덕·홍은순·박인범(박두루미) 세 사람으로 구연동화반을 조직하여 전국 각지에서 순회공연을 활발하게 펼친다. 일례로 영등포의 고려방직회사를 찾아가 나이 어린 근로청소년들에게 동화구연을 하였다는 보고문이『어린이나라』(1949.5)에 자세하게 소개되어 있다.

이렇게 정부수립 전후의 사정을 잘 살펴보면『진달래』『아동문화』『어린이나라』에서 주도적으로 활동한 이들 대부분이 조선문학가동맹의 노선에 충실한 중도좌파의 성향임을 알 수 있다. 이들은 6·25동란이 터지고 서울이 인공치하로 들어서는 것과 동시에 대부분 남조선문학가동맹(위원장 안회남, 부위원장 현덕)의 성원으로 활동하다가 9·28 서울수복시 자의반 타의반으로 월북의 길을 선택하게 된다. 이원수 역시 예외는 아니었다. 그는 최병화와 함께 피신차 월북의 길에 들어섰다가 도중에 마음이 바뀌어 다시 돌아왔고, 김기진과 김영일의 도움으로 간신히 목숨을 건졌으나 이후로 죽을 때까지 해외여행을 할 수 없었다. 이들 중도좌파 작가들은 남한에서는 주로 용공분자로 몰렸으며, 북한에서는 남로당 숙청시에 거의 반동분자로 몰렸다. 다름아닌 민족분단의 최대 희생양이 되었던 것이다.

3 『숲 속 나라』와 해방기 민족현실

이원수는 해방 이후부터 6·25동란 이전까지 모두 5편의 동화와 소년소설을 발표한다. 「새로운 길」「눈 뜨는 시절」(1948), 『숲 속 나라』「바닷가의 아이들」(1949), 『5월의 노래』(1950) 들이 그것이다.[8] 이

8) 『숲 속 나라』는 1949년 2월호부터 12월호에 걸쳐 『어린이나라』에 연재되었다. 3

작품들은 한결같이 사회·역사적 현실에 대한 어린이의 자각과정을 그리고 있다. 그런데 이 가운데『숲 속 나라』만이 유일하게 판타지다. 현실의 논리를 넘어서는 모든 작품을 판타지로 친다면 의인동화와의 구별이 서지 않을 테고, 따라서 상상력의 작용으로 현실과 초현실의 경계를 넘나드는 판타지 고유의 기법을 존중한다면『숲 속 나라』만한 본격 판타지는 그 전례를 찾기가 쉽지 않다. 그만큼 우리나라 창작 판타지의 전통은 두텁지 못한 편이다. 이원수가 비슷한 시기에 발표한 다른 작품들과 마찬가지로 당대 현실에 대한 강렬한 메씨지를 의도하면서도『숲 속 나라』를 본격 판타지로 개척한 사실은 자못 흥미로운 일이 아닐 수 없다. 그 까닭은 뜻밖에도 단순하다. 이 작품에서 현실과 초현실의 경계는 고스란히 분단된 민족현실과 대응하는 구조이다. 이 작품이 씌어진 때는 이념 대립과 같은 민감한 문제를 다룰 수 없는 극도의 탄압 국면이었으니, 여기서 판타지는 새로운 돌파구였다고 볼 수 있다.

　다 알다시피 8·15해방은 우리 민족에게 분단을 가져왔다. 38선을 경계로 미군이 점령한 남한에서는 자본주의 경제체제가 자리를 잡아갔고, 소련군이 점령한 북한에서는 그와 정반대인 사회주의 경제체제가 자리를 잡아갔다. 양쪽 모두 민족의 내발적 요구를 무시한 외

───

월과 4월호 두 번은 빠져 있으므로 총 9회 연재된 장편동화이다. 이 작품은『어린이나라』에 연재된 것과『이원수아동문학전집』(웅진 1992)에 실린 것 사이에 조금 차이가 나는데,『어린이나라』에 연재된 것이 전집에 실린 것보다 노동자 계급성을 훨씬 뚜렷하게 드러내고 있다. 이 글은 전집에 실린 것을 바탕으로 하되, 현저히 차이가 나는 대목은 각주로 제시하였다. 「바닷가의 아이들」은『어린이나라』1949년 8월호에 '이동원'이라는 필명으로 발표된 소년소설이다. 이 작품은 전집에 빠져 있으므로 이원수 연보에 새로 보태져야 할 것이다. 장편 소년소설『5월의 노래』는 1950년 2월호부터 5,6월 합본호까지『아동구락부』에「어린 별들」이라는 제목으로 연재되다가 중단된 것인데, 전집에는 1949년『진달래』에 발표된 것으로 잘못 나와 있다. 전집에 실린『숲 속 나라』와『5월의 노래』는 모두 1953년 신구문화사에서 발행한 책을 텍스트로 삼은 것이라 짐작된다.

압상황에 가까웠으나, 식민지 잔재의 청산을 가장 큰 요구로 삼지 않으면 안되었던 당시 상황에서 뜻있는 지식인들은 북한의 사회주의 실험에 더 기대를 했던 게 사실이다. 그러나 1948년 8월 15일 남한에서 단독정부가 수립되고 그 해 12월 새로 국가보안법이 제정되면서 이른바 좌익활동은 전면금지되었다. 1949년 6월에는 좌익단체에 가담했던 사람들을 선도한다는 명분으로 국민보도연맹이 만들어진다. 이 때문에 조선문학가동맹에 가담했던 문인들은 월북하든지 국민보도연맹에 가입하든지 둘 중 하나를 선택해야만 했다. 이원수 역시 예외는 아니었다. 이 점에 유의해서 당시 이원수가 참여했던 대담기록의 일부를 살펴보자.

양미림: (…)해방후의 작품으로 이원수 씨의 「이사가는 길」 같은 것이 탐구적인 작품이라구 볼 수 있습니다. 말하자면 사회주의적인 것인데 어디 아이들이라서 물만 마시구 고운 노래만 부를 그런 때가 됩니까? 그저 어른 세계에 뚜껑만 덮어놓으면 그 아이들이 천사가 될 것 같은데까? 모르게만 할 것이 아니라 아이들도 현실에 살고 있는 것입니다. 그들 역시 생활을 하는 인간이니까. 계급관념이라고 아이들을 혁명가 만든다는 것은 아닐 것입니다. 인간이 살아가는 생활을 알아야 할 것이 아니겠어요?

김원룡: 어린이들에게도 현실세계가 있지요. 그러니까 기술적으로 얼마만치 생활을 노래하는가가 문제인데 지금 사회에서 타협할 수 없는 어려움이 가로놓이거든요. 말하자면 과학적이 아닌 것이라도 현실과 그리 방해되지 않는 정도이면 그런 것도 상관치 않겠지요.

양미림: 삼천만이래서 어디 똑같은 처지에 있는 것은 아닙니다. 그러니까 이렇게 살아야 한다, 또 이것이 옳은 길이다, 그것이 표시된 것이 그대로 그르다니 딱하지 않습니까…

김원룡: 동화에 있어서는 어떻습니까?

양미림: 방법론은 같지요. 분류하자면 하나는 구체적인 것일 게고, 하

나는 감각적인 것이겠지요.

　이원수: 방법이야 같지만 동화는 얼마든지 구체적일 수 있는 것이 좋습니다. 동화에서 비현실적인 것을 과학을 방해치 않는 정도로 쓸 수도 있습니다. 동화는 반드시 소설 같은 사실이 아니라두 그것이 꿈이라두 좋습니다. 그러니까 아름다운 꿈 같은 세계에서 배울 수 있는 그런 작품도 성립되거든요. 이것이 아마 동화만이 가지는 특권이 아니겠어요?
(「아동문화를 말하는 좌담회」, 『아동문화』 1948년 11월호 49~50면)

　이미 살펴본 것처럼 위의 대담이 실린 『아동문화』는 1948년 11월호 한 권을 끝으로 더이상 나오지 못했고, 그 주요필자들은 똑같은 출판사에서 1949년 1월에 창간한 『어린이나라』로 옮겨간다. 위의 대담기록은 당시 이원수의 의식과 지향을 알게 해줄 뿐만 아니라, 『어린이나라』에 1949년 2월부터 12월까지 연재한 『숲 속 나라』의 창작 동기에 대해서도 중요한 단서를 제공해준다. 요컨대, 현실에 대한 '배움'을 염두에 두고 "아름다운 꿈 같은 세계"를 그려보인 작품이 바로 『숲 속 나라』였던 것이다.

　『숲 속 나라』의 판타지 구조는 『이상한 나라의 앨리스』에서 영향을 받은 듯하다. 이 작품의 제1장에는 주인공 노마가 느티나무 구멍으로 난 문을 통해 현실에서 초현실로 들어가는 대목이 나오고, 그 뒤로는 초현실의 세계 곧 '숲 속 나라'에서 노마가 겪는 여러 신기한 체험으로 되어 있다. 그런데 신기한 체험이라 할 때도 단순히 시냇물과 사과가 말을 하는 것과 같은 초현실의 체험에 작가 의중이 놓여 있는 것은 아니다. 작품의 초점은 아주 분명하게도 숲 속 나라에서 깨닫게 되는 새로운 삶의 원리와 사회질서로 모아진다. 비록 판타지로 그려낸 가공의 세계이긴 하지만 초현실의 논리보다 현실의 논리가 더욱 강하게 작용하고 있는 것이다. 게다가 역사 속의 현실을 사는 어린이들에게 숲 속 나라는 이를테면 '숲 바깥 나라'를 전제로 하지 않을 수 없다. 이렇게 숲 안팎에서 이루어지는 어떤 '삶의 질서'가 현실 논리를 띠고 있을 경우, 그것은 '이념'의 차원에 속하는 문제이다. 우리가 숲 속 나라를 현실에는 없는 이상세계로 파악한다 해도 결국 이 작품은 두 쪽으로 갈리어 이념 대결을 벌이는 당대 민족현실의 거울로 작용하지 않을 수 없는 것이다.

그럼 이 작품에서 숲 안팎의 세계는 과연 어떤 모습으로 그려져 있을까? 주인공 노마는 동네 아저씨 집에서 심부름을 해주고 사는 아이다. 집 떠난 아버지를 찾아나선 노마가 숲 속 나라에 들어갈 때 두 가지 질문을 받는다. 하나는 동무들과 같이 지내는 걸 좋아하느냐는 것이고[9], 또다른 하나는 불쌍한 사람이나 약한 사람을 도와줄 수 있느냐는 것이다. 말하자면 숲 속 나라에 참여할 수 있는 자격을 묻는 셈이다. 숲 속 나라에는 슬픈 아이도 거지 아이도 없다. 이곳에서도 일을 해야 하지만 그 일은 이른바 노동의 소외와는 거리가 먼 아주 재미있는 일이다.[10]

괴로운 일도 배고픈 일도 없는 숲 속 나라는 그곳을 침해하려는 나쁜 사람들로부터 자신을 지켜야 한다. 나쁜 사람들은 해외에서 배를 타고 온 "간사한 장사꾼"들이다. 장사꾼들의 계책은 물건을 거저 주다시피 싸게 풀어 먹여서 자생력을 잃게 한 뒤에 물건을 비싸게 팔아먹겠다는 것이다. 그러나 이런 계책을 다 아는 숲 속 나라에서는

---

9) 발표 당시 원문에는 '일을 할 줄 아느냐'는 질문으로 되어 있다.(『어린이나라』 1949년 5월호 28면)

10) 발표 당시 원문에는 '숲 속 나라'가 "새로 이루는 나라"이기 때문에 모두들 몹시 바쁘다는 대목이 나와 있다. 또한 숲 속 나라는 "양반의 세상"이 아니라 "쌍놈의 나라"라는 말도 나온다. "날이 새면 밭 갈고, 쇠 두들기고, 짐 나르고, 집 짓고, 베 짜고, 음식 만들고…… 이게 다 양반들은 아니하는 일들이야. 여기는 모두 이런 일들만 하는 사람들뿐이지. 점잖은 양반들이 보면 우리가 마치 소나 말처럼 일에 얽매어 사는 불쌍한 것으로 뵈는 거야."(같은 책 31면)

남의 나라 사치품을 쓰지 않는다. 그리고 기름을 안 쓰려고 전기까지 발전시킨다. 노마가 아버지한테 전해듣는 이야기를 보면 숲 속 나라의 삶의 원리가 무엇보다 '평등'임을 알 수 있다.

> "이 어린이들의 나라에는 정말 눈부시게 사치한 옷차림을 하고 비싼 과자만 먹는 아이들은 없다. 그런 아이들이 있으면 한편에 반드시 누더기를 걸치고 밥을 빌러 다니는 아이들이 생기는 거야." (『전집』 2권, 32면)

노마는 아버지의 이야기를 들으면서 숲 속 나라에 오지 못한 동무들을 생각한다. 그들은 거리에서 신문과 사과를 팔아야 하며, 옷은 누추하고 배고픈 날이 많다. 학비와 학용품 때문에 눈물짓는 학교 생활을 한다.[11] 그러나 숲 속 나라의 학교에선 학비와 학용품이 모두 공짜이다.

한편, 값비싼 물건들을 팔아먹으려다가 사고 팔지를 못하게 해서 실패한 장사꾼 모리배들은 새로운 꾀를 낸다. 그 꾀란 것은 힘센 불량배들을 많이 사다가 숲 속 나라에 몰래 들여보내 물건들을 갖다 팔게 하고, 또 장사를 못하게 하는 사람들을 비밀히 잡아다 혼을 내주기도 하고 죽이기도 하려는 것이다. "돈을 받아먹고 모리배들이 시키는 대로 나쁜 짓을 하려는 이런 불량배"들은 해방정국의 좌우익 갈등상황을 고려할 때 명백히 '우익 폭력단'을 연상시킨다.

> 그들은 '어떠한 나라의 어떤 물건을 사고 팔고 하든 모두 자유다. 일을 하든 아니하든, 공부를 하든 놀음을 하든 모두 자유다. 이 자유를 속박하는 모든 것을 때려 부순다.'는 어마어마한 폭력단을 만들었습니다. (『전

---

11) 발표 당시 원문에는 '숲 바깥 나라' 학교에서 체조 선생님한테 매를 맞아 손가락을 삐어 병신이 되기까지 한 아이의 얘기도 나온다.(『어린이나라』 1949년 6월호 21면)

집』2권, 65면)

여기서 자본주의 사회체제가 내세우는 '자유' 이데올로기의 정체
가 폭로된다.[12] 숲 속 나라의 대립자는 모리배와 그들의 앞잡이인 불
량배들만이 아니다. 숲 속 나라에 들어온 노마의 동무들 가운데 두
아이만은 부모에 의해 기어코 이곳에서 빠져나가게 되는데, 그 두 아
이의 부모는 '높은 관리'와 '큰 장사치'이다. 작가는 달님의 꿈이라는
상황 설정을 통해 숲 속 나라에서 떠난 두 아이의 삶이 어떻게 굴절
되는지를 드러낸다. 여자아이는 눈부실 듯한 훌륭한 양옥집 안락의
자에 양장을 하고 앉아 하얀 에이프런을 한 계집애가 공손히 갖다
바치는 차를 받는 장면으로 그려지고, 큰 장사치의 아들은 회전의자
에 앉아 주판을 놓으며 아랫사람들에게 무언지 꾸짖고 있는 모습으
로 그려진다. 이들은 점점 금붕어로 변해 어항 속에 갇힌 존재가 되
는데, 이로써 자유의 참뜻에 대한 작가 나름의 해석을 파악할 수 있
다. 이 두 아이와의 이별장면에서 숲 속 나라 아이들이 부르는 「새
나라의 노래」도 의미심장하다.

　　굼벵이의 편안을 바라지 말고
　　이마에 땀 흘리며 즐거이 살자. (『전집』2권, 103면)

숲 바깥 나라에 대한 정보는 당대 사회 어두운 면의 반영으로 잠
깐잠깐씩 드러난다. 예컨대 구름이 되었을 때 이곳저곳 다녀온 시냇
물은, 좋아하는 사람이 따로 있음에도 불량배에 지나지 않는 부잣집
신랑에게 자기 딸을 시집보내려는 색시 어머니와, 먹고살 수가 없어

12) 발표 당시의 원문에는 '폭력단'이 '자유단'이라는 이름을 내세웠다는 대목이 나
　　와 있다.(『어린이나라』1949년 8월호 32면)

서 일부러 물에 빠져 죽은 어느 젊은 여자에 관한 이야기를 나눈다. 그리고 노마의 이상한 망원경을 통해서는 숲 속 나라에서 빠져나간 부잣집 아이가 반찬투정을 하는 모습과, 그네 집 높은 담 아래 한길 가에 다 해진 누더기를 걸치고 누워 있는 거지, 길거리에서 사과며 담배며 신문을 팔고 있는 아이들의 모습이 보인다.

이렇게 서로 대조되는 삶을 체험한 노마는 "한 사람이 행복하다 해도 두 사람이 불행하다면 소용없는 일"이라고 아이들 앞에서 외치며 새로운 결심에 젖어든다. 어느새 노마는 숲 속 나라의 튼튼한 건설 일꾼으로 성장하게 된 것이다. 이 작품의 결말은 숲 속 나라의 어린이들이 마을마다 소년회를 조직해 스스로의 힘으로 생활공동체를 가꾸어가는 것으로 되어 있다.

이상에서 간략하게 살펴본 것처럼 현실 차원에서 제시된 숲 바깥 나라와 초현실 차원에서 제시된 숲 속 나라의 상반된 모습은 새로운 민족국가 건설의 과제를 두고 첨예한 이념대립의 길로 치닫던 해방기 민족현실에 비추어 해석해도 큰 무리는 없다. 숲 속 나라는 동쪽에, 그리고 숲 바깥 나라는 서쪽에 자리하고 있는 것으로 그려져 있긴 하지만, 해방기 민족현실과 당시 이원수의 문단활동을 배경으로 이 작품을 살핀다면 작가 의중이 더한층 분명하게 드러난다. 이원수는 새로 건설되는 나라가 일부만 배불리 먹고 노는 "양반의 세상"이기보다 모두가 열심히 일하며 사는 "쌍놈의 나라"이기를 바랐고, 그래서 껍데기 자유보다는 자립과 노동과 평등의 가치를 우선시하였다. 이런 세계관은 당대 민족현실의 요구와 깊이 연결되는 것이자, 억눌리고 빼앗기며 살아온 서민의 처지에서 사회를 바라보려는 건강한 작가의식의 표출이다. 그것이 일단 식민지 잔재와의 연속성 속에 놓여 있는 남한 자본주의체제보다 그 반대를 지향하는 북한 사회주의체제 쪽으로 기운 것처럼 보이는 것은 당대 현실에 비추어 어쩔 수 없는 일이다.

여기서 하나 주의할 것은 상상력의 소산인 문학작품을 특정 이념에 비추어 재단하는 일이 위험스러운 것과 마찬가지로, 작품현실을 사회현실과 직결시켜 해석하는 일도 이른바 속류사회학주의에서 자유롭지 못하다는 점이다. 따라서 문제의 핵심은 작품의 층위가 얼마나 두터우냐 하는 점에 있다. 원래 훌륭한 예술작품은 사회학의 공식으로 쉽게 분해되지 않는 다양한 층위를 포함하기 마련이다.『숲 속 나라』역시 여러 층위에서 해석이 가능하다. 인간이 다른 동물과 식물, 심지어는 무생물과도 마음을 주고받는 자연친화의 덕목이 숲 속 나라의 가장 중요한 삶의 원리라 할 수도 있다. 시냇물과 새들이 노래를 부르고 다람쥐와 사과가 말을 하는 이런 물활론적 세계관은 근대 이성 앞에서 다만 정복의 대상으로 전락한 죽은 자연에 새로운 생기를 불어넣어준다. 현실에서는 불가능한 온갖 신기한 체험들이 모험담 형식으로 전개되고 있어 작가 의중은 작품을 읽는 재미에 잘 녹아 있다. 또한 숲 속 나라는 오로지 '어린이들의 나라'로 그려지고 있는데, 이는 때묻지 않은 순수한 동심에 바탕해 어른 현실의 문제점을 비판하고자 하는 작가 의도의 반영이라 짐작된다. 작가의 말을 직접 인용해보자.

해방의 기쁨은 또다른 고민을 우리들에게 안겨주어, 정치적 혼란과 국토의 양단, 사상적 양극으로 이리 밀고 저리 밀리는 신세였지만, 나에게는 그때까지의 시작(詩作) 외에 산문을 쓰기 시작한 전기로서의 의미가 더 컸다.

압제자는 갔으나 감시자가 더 많아진 조국의, 자리 잡혀지지 않은 질서 위에 이욕에 눈이 시뻘개진 사람들. 이들이야말로 노예 근성을 가진 벼락장군처럼 사방에서 큰소리들을 치고, 또 권세와 재물을 쌓아올리고 있었다.

(…)

　　장편동화『숲 속 나라』는 나의 산문작품으로 처음의 것이요, 그건 어린이들의 나라를 그린 것이었다. 자유와 사랑과 자주의 나라, 외세를 배격하고 참된 독립의 나라를 환상적인 이야기로써 만든 동화였다. 나는 이 작품에서 내 심중에 바라는 사랑과 자유의 나라를 만들어보려 했던 것이다. (「나의 문학 나의 청춘」,『월간문학』1974. 2;『전집』30권, 255~57면)

　　"내 심중에 바라는 사랑과 자유의 나라"라면 그것은 분명 작가의 이상사회다. 그러므로 숲 속 나라를 그대로 특정 이념으로 좁혀 해석하는 데에는 상당한 위험이 따른다. 그러나 숲 속 나라가 일정하게는 건설이라는 자기 과제를 가지고 있으며 더욱이 숲 바깥 나라와 대결 국면에 있는 것으로 그려진 사실은 숲 속 나라의 역사적 현실성을 강화시킨다. 좀더 따지고 들면 앞서 말한 자연친화의 덕목이란 것도 거의 판타지 자체의 속성에서 비롯하는 것으로 이 작품에서는 부차적인 구실밖에 하지 않는다. 작가의 상상력은 무장한 병력의 존재라든지 기계로 농사를 짓는다든지 하는 역사현실의 제약 아래서 움직인다. 확실히『숲 속 나라』의 판타지 체험은 시대현실의 층위와 쉽게 연결되도록 초점이 잡혀 있는 것이다. 이로써 작가의 창작의도는 일단 관철되었다고 평가할 수 있다. 그러나 아쉽게도 작가는『숲 속 나라』로 판타지를 개척하는 일과 판타지로『숲 속 나라』를 개척하는 두 개의 동시적 과제 중에서 전자를 충분하게 해결하지는 못했다. 이런 사실은『숲 속 나라』가 리얼리즘 동화로서는 돋보이지만 판타지로서는 일정한 한계를 드러낸다는 평가도 가능하게 한다.

　　그럼 리얼리즘 동화와 판타지는 높은 수준에서 사이좋게 양립할 수는 없는가? 사실은『숲 속 나라』의 리얼리즘에도 문제가 없지 않다. 바로 인물의 개성이 생생하게 살아있지 못하다는 점이다. 이 작품의 주인공 노마와 그의 단짝 영이는 현덕 동화의 등장인물과 똑같은 이름인데 현덕 동화에서와 달리 자기만의 독특한 개성을 거의 보이지 못한다. 이 작품의 모든 등장인물들은 선악 대결을 축으로 해서 주동인물과 반동인물 그리고 보조인물에 따른 일종의 개괄적인 성격을 드러내는 데 그치고 있다. 등장인물 사이에 뚜렷한 대립은 있을지언정 현실적인 삶의 반영인 갈등은 찾을 수 없다. 노마가 '숲 속 나라'와 '숲 바깥 나라'의 차이를 깨닫게 되는 주요 계기들도 대부분 전해듣는 이야기와 망원경으로 본 간접체험으로 되어 있다. 그래서 주인공과 함께하는 삶의 체험은 숲 안팎의 상반된 세계에 대한 비교의 견지에서만 단선적으로 진행된다. 말하자면 우의(寓意)적 속성이 판타지 속성을 압도하는 것이다.

이로 볼 땐 숲 속 나라를 무갈등 이상사회로 설정하여, 작가가 그로부터 조금도 객관성을 확보하지 못한 사실이 오히려 한계로 작용할 소지가 더 크다. 작가의 눈은 물론 서민아동의 눈이다. 그렇지만 당시는 이념과 체제의 문제가 현실정치의 논리로서 갈등을 빚는 상황이었다. 그렇다면 분단현실에 대한 문학적 알레고리는 서민아동의 눈만으로는 충분하지 않고 정치적인 '중도파'(라기보다는 '아웃사이더')의 관점에 설 때 더욱 풍부한 내용을 얻을 수 있을 것이다. 투철한 작가정신과는 다른 차원에서 이 작품의 층위가 그다지 두텁지 않다는 약점, 또는 작가 의도와 관계없이 중도좌파로서의 작가이념이 제대로 반영되지 못한 약점을 아울러 지적할 수 있다.

4 맺음말

이원수는 "『숲 속 나라』가 씌어진 해방 직후의 정치적 돌풍 속에서 『숲 속 나라』는 내게는 아슬아슬한 위험, 살얼음 같은 위태로운 지대"(「아동문학 프롬나드」, 『전집』 28권, 223면)였다고 회고한 바 있다. 이 작품의 사상적 토대가 "자주적 독립, 민족의 눈을 속이는 경제적 침략 등을 경계하는 정신"(같은 곳)에 있었기 때문이다. 이처럼 불의와 타협하지 않는 투철한 작가정신을 지녔기에, 이원수는 6·25동란 중 남다른 고통을 치르고 난 뒤에도 분단극복의 문학에서 줄곧 뚜렷한 자취를 남길 수 있었다. 이 글에서 살펴본 『숲 속 나라』는 바로 분단시대 이원수 문학의 특질을 집약하는 시원(始原)으로서 몫이 분명하게 드러난 작품으로 평가된다. 그렇지만 『숲 속 나라』는 다른 어느 작품보다도 작가의 사상과 관련해서 시비가 붙고 온갖 모함과 위협을 감수해야 하는 작품이기도 했다. 분단현실이라는 민족사의 파행과 굴절 속에서 냉전의식에 편승해온 일부 어용문인들의 그릇된 행태를 여기서 새삼 들먹거릴 필요는 없을 것이다.

이 글에서 이념논쟁에 불을 지필 수도 있는 위험을 무릅쓰고 『숲 속 나라』를 민족분단의 현실과 직접 연결지어 살펴본 가장 큰 이유는 현실에 대한 작가의 투철한 태도를 되새기고자 함이다. 그리고 한 걸음 더 나아가서는, 우리가 지금 이원수 시대의 자본주의냐 사회주의냐 하는 문제와는 다른 새로운 시대과제와 마주하고 있는만큼, 현실반영의 작가의식과 작품의 리얼리즘적 성취 또는 판타지로서의 성취 수준을 좀더 깊이있게 다각적으로 따져볼 필요가 있다고 여겼기 때문이다. 이 글의 문제의식은 이원수의 현실주의 작가정신을 오늘의 시점에 비추어 제대로 이어받자는 취지에 다름아니다.

오늘날 민족과 계급, 자유와 평등이라는 근대적 가치는 근대역사를 떠받쳐온 두 기둥이라 할 자본주의나 사회주의라는 기존 이념의 틀에 매여서는 더이상 실질적인 내용을 확보하기 힘든 것으로 드러나고 있다. 근대를 자기 속성만으로 다양하게 변주해대는 자본주의 이념도 문제지만, 근대를 선언만으로 건너뛰려는 '일국' 사회주의 이념도 문제인 것이다. 그러므로 기존 관성에 기대어 또다시 낡은 이념 논쟁을 재연하는 건 정말 부질없다. 이념이 필요없다는 말이 아니라, 낡은 이념을 대체할 새로운 이념, 우리 민족이 나아갈 길을 밝히는 독자적인 이념이 절실하다는 뜻이다. 어쩌면 우리 시대의 아동문학은 '현실'과 '이념'보다는 '인생'과 '철학'의 관점에서 현대문명을 쇄신할 본격 판타지의 개척이 더욱 소망스러울지도 모르겠다.

끝으로 문학작품에서 형식에 대한 탐구는, 그것이 단순히 빈 그릇에 매달리는 형식주의만이 전부가 아닐진대, 새로운 현실을 포획할 방법론으로서 응분의 몫이 주어져야 함을 강조하고 싶다. 작가 성실성의 지표가 형식 탐구와 따로 존재하는 것일 수는 없다. 많은 사람들이 지적하듯이 요즘 아이들은 '자본에 거의 완벽하게 포섭된 비좁은 일상체험'의 틀에 갇혀 지낸다. 그래서 아이들의 일상사를 그대로 수용하려 드는 현실반영의 문학은 참다운 삶에 대한 전망과 연결되기가 아주 힘들다. 최근 들어 판타지에 주목하는 진정한 이유 중의 하나는 바로 여기에 있을 터이다. 하지만 창작 판타지는 우리에게 매우 낯설고 때로 허망한 신기루에 지나지 않는 경우가 더 많았다. 이런 점에서 시대의 요구에 가장 정직하게 응답하려 했던 이원수의 판타지동화는 민족통일과 근대극복의 과제를 안고 사는 오늘의 작가들에게 유용한 시금석이자 디딤돌이 되어줄 것이라 믿는다.

〈어린이문학 1999년 4~6월호〉

한국 현대아동문학사의 쟁점

『한국현대아동문학사』 다시 보기

1 한국 현대아동문학사의 연구 현황

지금까지의 문학사 저술엔 아동문학이 포함되어 있지 않다. 아동문학만을 대상으로 해서 쓴 문학사는 이재철(李在徹)의 『한국현대아동문학사』(일지사 1978)가 단연 돋보이는데, 사실 이 저서말고는 뚜렷한 아동문학사 책이 하나도 없다고 해도 지나친 말은 아니다. 그만큼 이 분야에 대한 학문적 관심이 적었기에 이 책의 학문적 의의는 크다. 그의 저서는 독보적이면서 본격적이고 방대한 저술이다. 다른 저서가 나올지라도 그 지위는 변할 것 같지 않을 정도로, 이 책은 광범한 자료를 섭렵하여 체계적으로 쓴 최초의 아동문학사 저술로 평가할 수 있다.[1]

---

1) 본격적인 문학사 연구서는 아니지만, 한국 현대아동문학의 산 증인이라고도 할

그러나 『한국현대아동문학사』에는 문제점 또한 적지 않다. 이 저서의 지위로 보아, 그 문제점을 검토하는 일은 곧 한국 현대아동문학사의 연구 수준과 쟁점을 검토하는 일이 될 텐데, 큰 줄기만을 볼 때 다음 몇가지 문제점이 드러난다.

첫째, 한국 현대아동문학사의 시대구분 문제이다.

둘째, 현대아동문학의 기점과 관련해서 최남선의 『소년』에 대한 평가 문제이다.

셋째, 프로아동문학과 월북문인에 대한 평가 문제이다.

넷째, 주요 작가 작품론과 관련해서 평가기준의 문제이다.

2 한국 현대아동문학사의 문제점 검토

시대구분의 문제

저자는 방법론을 말하는 대목에서 '역사'와 '문학'을 동시에 놓치지 않으려는 기본 입장을 고수하되, "보다 고차적인 작품 분석을 통한 연속성, 인과성, 영향론과 의미망의 구축 등의 시도보다는 우선 일차적인 아동문학사적 사료의 정리와 체계화에 중점을 둘 것"(17~18면)이라고 하였다. 문학관과 역사관의 작용을 최소화하겠다는 태도이다. 그러나 어떠한 문학사 서술일지라도 저자의 관점으로부터 자유로울 수는 없을 것이다. 더욱이 이 책이 통사체계를 의도하고 있음에는 더 말할 나위가 없다. 작가와 작품의 선택에서부터 다루는 비중, 전후 영향관계, 시대구분 같은 문제들이 모두 저자의 관점을 드러내

───────────

수 있는 윤석중·이원수의 글을 기억해야 할 것이다.(윤석중「한국아동문학소사」, 『아동문학의 지도와 감상』, 한교련 1962; 이원수「아동문학입문」, 『이원수전집』 28권, 웅진 1984)

는 것이라고 할 수 있다.

저자는 시대구분이 "역사 이해의 중심수단"(19면)이라고 밝히면서, 한국 현대아동문학사의 시대구분을 다음과 같이 해놓았다.(20면)

1. 아동문화운동시대(1908~45)
   1)현대아동문학의 태동(1908~23)
   2)형성의 양상(1923~30)
   3)문학성의 발아(1930~45)
2. 아동문학운동시대(1945~현재)
   1)진통 속의 모색(1945~50)
   2)대중취향의 팽창(1950~60)
   3)본격문학의 전개(1960~현재)

일제로부터의 해방을 기점으로 하여 그 이전을 '문화운동시대', 그 이후를 '문학운동시대'로 크게 구분한 것이 눈에 띄는데, 이에 대해 저자는 다음과 같이 설명한다.

먼저 아동문화운동시대와 아동문학운동시대라는 두 시대의 설정은 전자의 시대가 아동문학을 통한 문화운동적 성격이 지배적이었고 문학적 활동의 가치 규범이 계몽적 문화운동성을 지니고 있었으며, 후자의 시대는 이를 극복한 여건에서 전개되는 아동문학의 예술적 차원을 고양시키기 위한 문학운동적 성격이 지배적이었다는 사실에 근거하기 때문이다. (20~21면)

다 알다시피 '문화'는 '문학'을 포함하는 개념이다. 그런데 저자는 이를 알고 있으면서도 '문화운동'과 '문학운동'을 동렬대칭개념인 양 쓰고 있다. 이는 8·15해방 이전의 아동문학은 그 이후의 아동문학에 비해 미분화단계에 해당한다는 인식의 결과일 것이다. 하지만 일제시대의 "계몽적 문화운동성"은 그것이 과연 '문학'으로서 행해진 것인가 아닌가를 검토해서 문학운동이냐 아니냐를 판단할 문제이다. 그렇지 않고 문학운동에서의 목표와 지향을 가지고 문화와 문학을 구분한다면 이는 결국 문학관의 문제가 된다. 일제시대의 아동문학을 문화운동시대라 해서 그 이후의 문학운동시대와 대조시킨 저자의 시대구분론에는 이른바 '순수문학관'이 작용하고 있다.

저자는 일제시대의 아동문학에 대해서만은 각별히 민족해방운동을 함께 고려하고 싶었는지도 모른다. 이때 저자는 '문학 권외(圈外)'에서 그 의미를 구하고 있다. 이 때문에 사회성을 배제하고 문학을 좁게 측량하려는 저자의 문학관이 그대로 드러난다. 한편 분단상황은 식민지 상황만큼 고려 대상이 되지 않았는데, 여기에서 일관되지 못한 저자의 역사관이 드러난다.

문제를 문학의 질로 놓고 보더라도 사정은 마찬가지다. 1930년대의 작품들이 1950년대나 1960년대 작품들보다 문학성이 떨어진다고 판단할 근거는 희박하다. 저자도 밝히고 있듯이 오히려 1950년대에는 통속아동문학이 맹위를 떨쳤다. 당시 현상으로 보자면 이들 통속물이 아동문학의 주류인 양 행세하였던 것이다. 그런데 저자는 1930년대를 "문학성의 발아" 시기로, 1950년대를 "대중취향의 팽창" 시기로 이름짓고는 이것들을 각각 문화운동시대와 문학운동시대로 포함시켜놓았다. 각 시기의 문학 수준을 검토해볼 때, 이는 모순이 아닐 수 없다. 1930년대에서 "맹아"란 말도 의문스럽거니와 1960년대 이후를 "본격문학의 전개"라 이름붙인 것도 객관성이 떨어진다.

최남선의 『소년』에 대한 평가 문제
저자는 최남선의 『소년』(1908~11)을 좀 미비한 점이 있을지라도 현대아동문학의 출발점으로 삼으려는 태도가 뚜렷하다. 신문학운동의 시발점을 최남선에서 구하는 것은 어느정도 이해가 된다. 하지만 이를 현대아동문학의 시발점으로 삼는 데에는 문제가 있다. 저자도 최남선의『소년』을 '태동'이란 말로 표현하고, 방정환의『어린이』(1923 ~34)를 '본격적'이라는 말로 표현하여 이러한 문제점을 해결하려고 든다. 결국 이 문제는 정도의 차이처럼 보이는데, 최남선에게서 다름 아닌 현대아동문학의 '원류'를 찾는 것은 아무래도 무리가 아닐까 싶다. 이는 한국문학사에서 최남선의 선구성을 인정하는 것과는 다른 문제이다.

여러 사람들이 지적했듯이, 최남선이 말하는 '소년'은 오늘날의 의미에서 '어린이'를 가리키는 것이 아니었다. 그러니까 잡지『소년』은 아동문학을 정의할 때 고려사항이 되는 어린이를 의식한 데서 나온 제목이 아니라는 사실이다. 여기서의 '소년'은 '노년'과 대비되는 개념어로, 새로운 문물을 받아들이고 새로운 시대를 열어나갈 신문화운동의 담당층으로 상정된 것이다. 즉 당시의 근대운동을 추동한 '신' 이념이 반영된 것으로, 오늘날의 개념으로는 신세대라는 뜻에 가장 가까운 말이 바로 소년이었다.

저자가 최남선의 '소년'을 단순히 나이만을 문제삼아 어린이보다는 나이가 많은 '청(소)년'이라고 생각하는 것에도 문제가 있다. 굳이 나이를 문제삼자면, 최남선의 소년이 나이로 보아 청(소)년에 해당하는 것은 당시 신문화운동의 주동세력이 그만큼 적은 나이였다는 사실의 반영이다.『소년』은 '아이·어른'의 문제가 아니라 '신·구' 대립의 양상을 반영하는 잡지이고, 더욱이 일반 계몽잡지의 성격으로 출발한 것이다. 그런데 저자는 최남선의『소년』이 "그 내용과 정신에 있어서 아동문학잡지의 효시"이며, 이 잡지에 실린 문예물이 "본격적 아동문학운동의 온상인 점으로 보아 분명히『소년』지는 아동문학의 선구적 잡지"(48면)라고 평가한다. 과연『소년』과 최남선의 활동을 아동문학의 직접 계기로 삼을 수 있을까? 만일 그렇다면 『소년』의 주요 필자였던 최남선·이광수·홍명희 등이 이후에 자기 연륜을 따라 성인문학의 세계로 자연스럽게 옮겨가고 아동문학에는 거의 관여하지 않은 사실을 설명하기 어렵다. 또 '아동문제에 대한 자각'을 두고 보더라도 최남선의 그것은 동학과 천도교 사상에도 미치지 못한다. 그렇지만 뒤에 아동문학의 효시를 이룬 방정환의 경우는 이들 사상의 계보를 이어받고 있어 주목된다.

그렇다면 『소년』 이후에도 일정 기간 지속되었던 『붉은 저고리』(1913.1~7), 『아이들 보이』(1913.9~1914.8), 『새별』(1913.9~1915.1) 등의 활동에 대해선 어떻게 보아야 할 것인가? 이들 잡지에 이르면 대상 연령이 한결 낮아지는 것을 확인할 수 있다. 『소년』도 시간이 지날수록 그렇게 된다. 하지만 이들 잡지가 아동잡지냐 아니냐를 따지는 것보다 더 중요한 사실이 있다. 이들 잡지는 경술국치(1910) 이후의 상황 악화에 따른 '계몽의 후퇴'를 명백하게 보여주기 때문이다. 그렇다고 '문학성'이 그 자리를 메운 것도 아니다. 즉 대상 연령층이 낮아지고 순수한 아동잡지의 성격이 커지는 것과 함께 애초에 사명으로 삼고자 했던 계몽의식과 운동성이 현저히 약화된 것이다. 이들 잡지는 초창기 『소년』과 달리 단순히 흥밋거리 위주의 편집으로 일관하는데, 이것은 본래 의도가 아니었을 것이다.

물론 이들 잡지의 성과가 일정하게 아동문학의 기반으로 작용한 사실은 인정해야 할 것이다. 예컨대 한자어를 순우리말로 고쳐쓰려고 한다든지[2], 동요와 이야깃거리를 모아서 싣는다든지 하는 시도는 자연스럽게 아동문학으로 이어지는 성과일 것이다. 어린이 독자층을

---

2) 그런데 당시에는 어린이 독자들한테도 이런 새로운 문체가 국한문혼용체보다 훨씬 낯설고 어려운 것이었다. 편집자의 주문에도 불구하고 독자들의 응모작품들은 최남선의 한글문체에 현저히 미치지 못하고 있음을 볼 수 있다.

확보해나간 점도 중요하다. 그러나 여러 정황으로 보아 아동문학의 진정한 출발은 어린이 해방의 독자적인 표어를 내건 방정환에서 찾고, 최남선의 활동은 그 전사(前史)로 이해하는 것이 더욱 타당할 듯싶다. 특히 방정환의 활동이 천도교사상에서 비롯되고 있다는 사실은 앞으로 더욱 부각되어야 할 사항이다.

프로아동문학과 월북문인에 대한 평가 문제

이재철의 『한국현대아동문학사』가 1970년대에 씌어졌다는 사실은 프로아동문학 연구에 관한 시대의 제약을 상기시킨다. 사실 프로아동문학에 대해선 이 저서 이후에도 제대로 연구된 바가 없다. 월북문인의 경우도 마찬가지다. 이 점에서 이 부분에 관한 가장 많은 정보를 담고 있는 이 저서는 프로아동문학의 양상을 당시로선 꽤 자세하게 다룬 편이다.

그러나 이 저서는 시대의 제약말고도 저자의 관점이 크게 작용하여 냉전의식을 곳곳에서 드러내고 있다. 이는 부분적인 어구의 문제를 넘어서 전반적인 평가의 문제로 나타난다. 저자는 현실주의를 하나의 사조로서는 일정하게 수용하는 것처럼 보인다. 특히 마해송·이원수·이주홍을 평가하는 자리에서 그러하다. 그런데도 저자는 프로아동문학의 현실주의적 성과 쪽으로는 조금도 눈을 돌리지 않아, "순수문학의 질적 향상에 자극을 준 것으로 의의가 있었다"(590면)고 밝히는 정도로 그치고 말았다.

물론 프로아동문학이 빠져들었던 도식성과 관념성을 비판하는 것은 필요하겠지만, 저자는 그것들의 극단적인 사례만을 인용하고 있다. 이런 맥락에서라면 프로아동문학은 한낱 관념의 유행병으로 치부되고 말 것이다. 그러나 저자도 인정하고 있듯이, 1930년대 초에는 프로아동문학이 주된 영향력을 행사하고 있었다. 특히 아동문학은 일반문학에서보다 그 정도가 더욱 컸던 것인데, 이 저서는 그 역사적 요인을 규명하는 데에는 전혀 관심이 없는 듯이 보인다.

월북문인을 다루는 데서도 편견이 작용하고 있다. 예컨대 현덕의 경우는 작품에 대한 별다른 검토도 없이 "사회주의적 경향"(367면)을 띤 계급론자로 간단히 처리하고 말았는데, 현덕의 작품은 일반적인 프로아동문학과는 상당히 다른 모습이었다.[3]

저자의 냉전의식은 말 그대로 '순수문학'의 관점이라고도 볼 수 없다. 아니, 이런 점이야말로 저자의 순수문학관이 지닌 사회적 성격을 보여주는 것이다. 해방 직후의 상황을 말하는 다음 대목을 보면, 저자의 관점이 얼마나 자의적이면서 이데올로기적인지 뚜렷이 드러난다.

그러나 당시 우익의 활동상은 너무나 미온적이요 소극적인 것이었다. 그것은 물불을 가리지 않는 좌익계의 횡포가 전 아동문단을 횡행하고, 우익작가들에 대하여 비현실적인 사상만 추구하는 부르조아지라고 몰아붙여도 이에 대항해서 겨룰 만한 단체도 조직함이 없이 무사 안일주의에 흘렀다는 역사적 사실이 그것이다.

물론 문학에 정치성 같은 불순물을 개재시키는 것도 응당 철저히 비판받아야 되겠지만, 자신의 이상과 이념이 침해당할 때 이의 방위를 위해 의연히 일어서지 못하고 기회주의적 처신에 급급하는 행위란 결코 칭찬할 만한 일은 못되기 때문이다. 환언하면, 그것은 문학 이전의 작가로서 가져야 할 작가적 양심과 인간적 자세에 관계되는 가장 중요한 문제였기 때문이다. (327~28면)

한편, 해방 직후의 민족문학 논의는 일제시대의 그것으로부터 한 발 나아갔다는 것이 일반적인 평가인데, 저자는 "해방전의 대립상이

---

3) 졸고 「현덕의 아동문학」(『민족문학사연구』 제6호, 1994) 참조.

궁극적으로 민족주의를 바탕으로 한 것인 반면, 해방후의 그것은 국제적 공산주의를 바탕으로 한 위장된 민족주의였다는 점에서 크게 다른 것"(328면)이었다고 지적한다.

이런 것들로 미루어볼 때, 이 저서는 프로아동문학에 관한 가장 많은 정보를 담고 있는 것이긴 하나, 절대량에서 턱없이 부족하며, 전체적으로는 다시 구성되어야 할 것임이 드러난다. 이 저서가 1970년대에 씌어지고도 이 방면에서 거의 도전조차 받아보지 않았다는 사실이 한국 아동문학사 연구의 현주소를 말해주는 것이라고 할 수 있다.

평가기준이 분명하지 못한 문제

『한국현대아동문학사』는 총 598면에 달하는 실로 방대한 분량을 지닌 만큼 서술상의 미덕도 적지 않다. 각 시대별 정치사회적 배경, 주요 잡지의 성격과 내용, 문예사조적 경향, 문단 동향, 주요 작가와 출판물 현황 등이 항목을 달리하며 자세하게 기술되어 있다. 특히 주요 작가들에 대해서는 웬만한 분량의 작가론집 이상으로 충실하게 다루고 있다. 그런데 작품에 대한 평가기준이 분명하지 않은 탓에 일관성과 연속성의 문제를 드러낸다. 가령 윤석중·이원수·마해송·이주홍·강소천·박영종 등을 다루는 데서 각각의 문학사적 의의를 적극 평가해주는 것까지는 좋은데, 어느 곳에서는 부정의 요소로 지적했던 것을 어느 곳에서는 긍정의 요소로 지적하는 경우가 빈번하다. 이는 언뜻 평가의 다원성인 것처럼 보여도 실제로는 자의적이라는 비판을 면하기 어렵다. 포괄적인 문학사를 구성하는 데에서 저자의 관점을 내세워 편향되게 작품을 평가하는 것도 문제지만, 시각의 불균형과 일관성의 부족은 더 큰 문제이다.

해방 이후의 시기를 다룰 때 이 문제가 어떻게 드러나는가를 살펴보자. 저자는 '4·19의 영향과 그 문학적 의의'를 말하는 대목에서

"4·19의 영향력은 결국 4·19의 문학적 의의를 낳고, 나아가 아동문학계의 자각과 반성의 한 실마리를 가져와 아동문학을 본격문학으로 정리 형성케 하는 한 강력한 배경이 되었다"(525면)고 지적하고, 이어서 '4·19의 문학적 의의'를 다음과 같이 평가한다.

> 4·19가 갖는 문학적 의의는 문학의 필연적인 당위요소인 리얼리즘 정신의 신장 기점인 데에 존재한다. 곧 신문학 60년의 역사를 가진 우리에게 있어서 참다운 의미의 리얼리즘 정신은 사실상 4·19 이전에서는 찾아보기가 힘들었다. 물론, 리얼리즘 정신의 중요성은 그 시기를 가리지 않고 끊임없이 대두된 문제이긴 했지만, 참다운 리얼리즘은 이때까지 없었다기보다 있을 수도 없었다. 그것은 리얼리즘 정신의 신장 조건이 개인보다는 집단을 바탕으로 해서 생성되는 참다운 풍토 조성이 관건이었기 때문이다. 그러므로 한국에 있어서 리얼리즘 정신 발현의 가능성은 8·15 해방이지만, 진정한 기점은 4·19였다고 하는 것이 타당하다. 해방 이전, 곧 일제의 통치 속에서 개인과 국가의 자유를 박탈당한 상태 아래서는 아무리 작가가 리얼리즘에 대한 인식이 투철하고 그 정신이 강하다 하더라도 그것의 구현이란 불가능했다. (525면)

저자가 4·19와 리얼리즘 정신을 연결시킨 것은 매우 타당하지만, 리얼리즘을 매우 부적절하게 이해하고 있다는 사실이 위의 인용문에서 드러난다. 리얼리즘은 현실의 반영을 중요하게 여기는 태도로, 크게 보아 아이디얼리즘(관념론)과 대립하는 문학정신이자 방법이라고 할 수 있다. 그래서 리얼리즘 문학론은 형식주의나 모더니즘 문학론과 일정한 영향을 주고받는 가운데서도 줄곧 날카롭게 대립해왔던 것이다. 한국 아동문학에서 리얼리즘 정신은 일제시대의 프로아동문학운동으로 고양되었으며, 그 몇몇 오류를 극복한 1930년대에 이르러 일정한 수준으로 정립된 것이라 평가할 수 있다. 그리고 분단시대 아동문학의 리얼리즘 정신은 이원수·이오덕·권정생 등에 의해 매우 힘겹게 이어져왔다. 그렇다면 리얼리즘 정신의 아동문학은 저 자의 지적과는 반대로 분단시대에 와서 오히려 위축된 면이 없지 않 다. 왜냐하면 분단시대 아동문학의 주된 흐름은 적어도 양적으로는 통속상업주의와 형식주의 계열이 우세했다고 보이기 때문이다. 저자 는 "일제하에서는 무엇보다도 먼저 개인이 가진 자유의 행사보다 그 자유의 쟁취가 선행되어야 했기에(리얼리즘 문학보다도—인용자) 민족 주의 문학이 요구되었다"(같은 곳)고 쓰고 있는데, 일제시대의 현실문 제인 민족적 과제와 리얼리즘 문학을 따로 떼어서 생각하는 이런 문 제의식은 참으로 이해하기 어려운 것이다.

저자는 1960년대 문단의 새로운 기운은 4·19뿐만 아니라, "1950 년대에 조성된 본격문학의 생성이라는 굳건한 내적 기반 위에서 파 악되어"(529면)야 한다고도 말한다. 맞는 말이다. 그렇지만 1950년대 문학의 어떤 기반이 구체적으로 4·19와 함께 리얼리즘 문학으로 떠 오를 수 있었는지는 밝히지 않았다. 이는 일제시대와 분단시대를 하 나로 아우르는 일관된 문학관 또는 역사관이 분명하지 못한 탓으로 보인다. 결국 이 저서는 문학사의 핵심인 역사적 계통과 맥락을 체계 화하지 못한 채, 흩어진 자료들을 모아서 그때그때 자의적인 주석을 단 것에 그쳤다는 의심을 안겨준다. 이를테면 이 책의 앞부분에서는 일제시대의 자유동시와 관련해서 이원수의 역할이 특히 주목되지만, 뒷부분의 결론에서는 윤석중·박영종·김영일만 언급되고 이원수는 전혀 언급되지 않는다.

자료를 체계화하고 평가를 보류하는 듯한 다원성의 미덕도 프로 아동문학이나 월북문인을 대상으로 할 때는 예외이다. 앞서도 지적 했지만, 이 저서는 1930년대 말의 주요작가인 현덕을 해방후에 활동 한 작가처럼, 그것도 아주 소홀하게 다룬다. 현덕은 1930년대 후반의 주요 잡지『소년』(1937~40)에 누구보다도 많은 소년소설을 발표하였고, 소년조선일보(1937~40)에는 수많은 동화를 연작 형식으로 발표하여 눈길을 끌었던 작가이다.[4] 이것들은 오늘날의 시점에서 보더라도 매우 뛰어난 수준의 작품들이기 때문에, 일제시대의 아동문학 수준을 평가하는 데 더없이 중요한 자료들이다. 그러나 저자는 소년소설과 리얼리즘 동화의 개척자인 현덕을 거의 주목하지 않는다.

  식민지하의 산문문학은 겨우 마해송의 동화 및 이구조의 아동소설을 낳았을 뿐, 옛이야기 형태나 꽁뜨적 성격, 수상적 수법에서 크게 벗어나지 못하고 말았다. (591면)

이 대목은 이 저서의 결론 부분이다. 이로 미루어, 저자가 해방 이전을 단순히 '문화운동시대'로 규정지은 작품론적 근거가 의식적이든 무의식적이든 매우 취약하다는 사실을 지적하지 않을 수 없다. 아울러 이 저서에서 문제삼을 수 있는 시대구분의 문제, 프로아동문학과 월북문인에 대한 평가 문제, 평가기준이 분명하지 못한 문제 등은 서로 맞물려 있는 것임을 알 수 있다.

3 맺음말

지금까지 살펴본 것처럼, 이재철의『한국현대아동문학사』는 그것이 갖는 문제점이 곧 한국 현대아동문학사 연구의 현재 수준이자 쟁점이라고 할 만큼 독보적인 업적으로 일단 평가할 수 있다. 이 책은

4) 해방 뒤에 책으로 나온 소년소설집『집을 나간 소년』(아문각 1946)과, 동화집『포도와 구슬』(정음사 1946),『토끼 삼형제』(을유문화사 1947)는 바로 이 작품들을 모은 것이다.

방대한 자료를 섭렵하여 한국현대아동문학사의 학문적 토대를 구축했다는 의의를 지니지만, 이 저서를 극복해야 할 시점이 지나도 한참 지났다는 사실을 아울러 느끼지 않을 수 없다. 특히 프로아동문학과 월북문인에 대한 자료조사와 재평가 작업은 온전한 아동문학사 구성을 위해서 가장 시급한 일로 다가선다. 아동문학 비평의 역사에 관한 연구도 각 시대의 흐름과 성격을 파악하는 데에서 매우 긴요한 일이라고 여겨진다. 일반문학의 연구 성과와 견주어볼 때, 아직까지 이런 것들에 관한 본격적인 논문이 한 편도 나오지 않았다고 말한다면, 이 말의 진실을 의심하는 사람들도 적지 않을 것이다. 그러나 이 글에서 아동문학사의 '쟁점'이라는 표현을 쓰긴 했어도, 실제로는 마주 부딪히는 소리조차 들을 수 없었던 것이 사실이다.

『한국현대아동문학사』의 문제점에 비추어 앞으로의 연구과제들을 정리해보면 이러하다. 첫째, 각 시기별 문학의 특성과 수준에 알맞은 시대구분을 다시 해야 한다. 둘째, 20세기 한국 아동문학의 올바른 지향에 바탕해서 일관된 통사체계를 세워야 하고 개별 작가와 작품들을 문학사적으로 다시 자리매김해야 한다. 셋째, 프로아동문학에 대한 새로운 해석과 연구가 필요하다. 전체 모습의 왜곡을 피하기 위해선 누락된 수많은 자료들을 발굴·복원해야 하고, 냉전이데올로기를 극복한 시각에서 그것들을 엄정하게 재평가해야 한다. 넷째, 아동문학 분야의 비평사 연구가 이루어져 각 시대의 주된 과제와 쟁점들을 살필 수 있어야 한다.

이상과 같은 부분에서 꼼꼼한 연구 성과들이 끊임없이 축적되어갈 때, 이재철의 성과를 딛고 넘어서는 온전한 한국현대아동문학사가 다시 씌어질 수 있을 것이다. 관심있는 이들이 이 방면에 일찍부터 뜻을 두고 개척자의 정신으로 나서주기 바란다.

〈인하어문학 제2집, 1994〉

아동문학과 비평정신

이원수와 이오덕의 평론

1 머리말

올해로 해방 50주년을 맞이한다. 달라진 게 뭐가 있느냐고 할 수도 있겠지만, 세상이 많이 바뀌었다. 이 변화는 해방 50년이라는 계기와 관계없이 오늘을 사는 이들 앞에 던져진 어떤 숙제 같은 것일 수 있다. 일제시대에서 분단시대로 이어지는 민족사의 과제는 여전하고 또 스스로 명백할지라도, 삶의 지표랄까 하는 것들은 오늘에 와서 더욱 혼란스런 양상을 띠고 있다. 달라진 게 없기도 하고 많기도 한 오늘날 삶의 모습에서 우리 아동문학도 나름대로 설 자리, 갈 길을 새롭게 점검해볼 필요가 절실해진다.

아동문학을 공부한 지 얼마 안되는 나로서는 감히 할 말이 아니겠지만, 지금 우리 아동문학은 어디에 있는가 하고 스스로 묻기도 하고, 다른 이들이 이렇게 물으면 어떻게 답해야 하나 하고 고민할 때가 많다. 이 물음은 우리 아동문학이 책방에 있는지 없는지를 묻는 게 아니기 때문이다. 당연히 우리 아동문학은 우리 아이들 삶 속에 있어야 할 것이고, 마찬가지로 우리 아이들의 삶 역시 우리 아동문학 속에 있어야 할 것이다. 그럼 지금 과연 우리 아동문학과 우리 아이들의 삶이 그런 관계에 있는가? 이런 고민을 하다보면, 일반문학에 견준 우리 아동문학의 현주소가 훤히 들여다보일 것이라 믿는다.

시대의 전위로서 올바른 문학정신 곧 비평정신을 확립하려는 노력이 투철하지 못한 결과, 일반문학과 아동문학의 격차는 크게 벌어지고 말았다. 그러나 조금만 주의깊게 과거를 돌아보면, 우리 아동문학이 역사의 어두운 터널 속에서도 민족의 앞길을 비추는 한줄기 빛이었음을 쉽게 확인할 수 있다. 우리 아동문학은 민족이 처한 역경을 온몸으로 받아 안고 그에 대한 창조적 응답으로서 우리 아이들 삶 속에 자신을 바쳐왔다. 그 증거로 지난날 우리 아동문학의 탁월한 유산은 지금까지 우리 아이들 삶에 대한 가장 정직한 기록으로 남아 있다.

이러한 우리 아동문학의 훌륭한 전통을 되살리려는 노력과, 오늘의 새로운 현실에 즈음해서 창조적으로 응답하는 일은 지금 둘 다 필요하다. 따라서 이 글에서는 먼저 해방 50년을 되돌아본다는 뜻에서 분단시대 우리 아동문학의 이론적 성과를 검토해보려고 한다. 이원수와 이오덕의 비평활동을 살펴보는 일이 곧 그것이 될 터인데, 분단의 질곡을 헤쳐나오면서도 우리 아동문학이 민족문학의 반열에 당당히 들어설 수 있었던 것은 바로 이들의 올바른 비평정신이 함께 했기 때문임을 확인하게 될 것이다. 아울러 오늘의 변화된 상황에서 우리 아동문학이 새롭게 해결해야 할 과제가 무엇인지, 짧은 안목에서나마 문제를 제기해보려 한다.

2 이원수와 현실주의 아동문학론의 기초

이원수는 일제시대에서 분단시대를 거쳐 반세기 이상 활동하였고, 그가 생전에 쌓아놓은 문학의 높이를 감안하면 한국 근대아동문학의 역사에서 가장 큰 산맥을 이룬 것으로 평가될 정도로 그는 아동문학의 모든 장르에 걸쳐 활동했다. 그는 동시와 아동소설의 영역에서 이미 움직일 수 없는 확고한 자리를 차지하고 있기도 하지만, 분단시대에 이룬 이론적 성과 역시 양으로 보나 질로 보나 독보적이라 할 만하다.

이원수에 앞서 일제시대의 아동문학에서도 이론비평과 실제비평은 자못 활발한 바 있다. 그러나 아동문학의 주요 논점들은 미처 해결되지 않은 채 일제말의 암흑기로 들어섰고, 해방과 동시에 다시 그 논점들이 뜨겁게 토론되었으나, 6·25 동족상잔을 겪은 뒤로는 냉전이데올로기가 모든 비평정신을 압도하게 된다. 게다가 일제시대의 주요 이론가들이 월북함에 따라 문단 전체에 걸쳐 민족문학 논의는 심각한 단절 현상을 보인다. 그런데 아동문학 분야에선 바로 이원수가 있음으로 해서 민족문학 논의의 단절 현상을 일찍부터 극복할 수 있었다.

이원수는 해방 직후에 처음으로 몇 편의 주요 평론들을 발표한다.[1] 그러나 정작 그의 활동이 두드러지고 중요한 역할을 담당하게 된 것은 6·25동란 이후의 황폐한 문화풍토에서였다. 일제가 물러난 자리를 서양의 대중문화가 대신하였고, 생존경쟁에 허덕여야 하는 비참한 현실에서는 값싼 위안을 전하는 통속물이 만연하였다. 반공

---

1) 이원수 「아동문학의 사적 고찰」(『소년운동』 2호); 「동시의 경향」(『아동문화』 1호, 1848); 「아동문화의 건설과 파괴」(조선중앙일보 1948. 3. 13).

을 앞세운 관제이데올로기 앞에서 무력해진 지식인들은 서구사상에 깊이 경사되었다. 그러나 민족문화의 공황기라고 할 만한 이런 풍토에서도 이원수는 전쟁의 상처를 치유하는 분단극복의 동화를 써나갔으며, 남다른 비평정신으로 우리 아동문학의 올바른 방향을 끊임없이 모색했다. 그의 비평활동은 민족현실과 아동의 삶을 떠난 일체의 경향에 대해 비판하는 현실주의 문학론으로 요약된다. 이것은 다시 아동관과 문학관으로 나누어 살펴볼 수 있는데, 일제시대부터 아동문학의 주요 논점이 되어온 동심주의와 교육주의에 대한 비판이 각각 여기에 대응한다.

동심주의 비판과 아동주체의 현실적 아동관

이원수는 먼저 아동문학이 동심을 바탕으로 해서 이루어지는 문학예술임을 분명히 한다. 따라서 그는 최남선의 『소년』(1908)이 민족계몽에 쏠리기는 했어도 아동성의 발견 혹은 아동 인격해방이라는 측면에서 근대의식과는 거리가 있다고 파악하고, 근대아동문학의 진정한 출발을 방정환의 『어린이』(1923)에서 구한다. 최남선에겐 "소년의 생활이 없고 민족의 자각이나 추상적인 정열이 있을 뿐"인데, 방정환은 "아동의 인격존중과 아동을 위한 동시운동"을 일으킴으로써 한국 근대아동문학의 효시가 되었다고 본 것이다.[2] 그렇지만 그는 여기에서도 아동관의 문제를 들어 그 한계를 지적한다. 1920년대의 동요운동은 동심을 존중했지만, 아동을 천사와 동격으로 보고 현실사회와 격리시켜 노래한 점에서는 아직 주체로서의 아동관을 확립

---

2) 이원수 「아동문학 입문」, 1965(『이원수 아동문학전집』 28권, 웅진 1984) 69면. 인용문은 모두 『이원수 아동문학전집』 28권에서 인용한 것이다. 앞으로는 발표 당시의 평론 제목과 연도를 일일이 기록하지 않고, 이 책의 면수만 밝히기로 한다. 좀 더 자세한 것은 졸고 「이원수의 현실주의 아동문학론」(『인하어문연구』 창간호 1994)을 참고하기 바란다.

한 것이 아니었다. 그렇더라도 이원수는 아동문학운동 초창기에는 이런 문제가 어느정도 불가피하고 또 이해할 수 있는 것이라고 보았다.

그런데 이런 태도가 분단시대 한국 아동문학의 큰 흐름을 이루고 마침내 하나의 아성을 쌓게 되자 사정이 달라질 수밖에 없었다. 이원수는 아동을 완구물로 다루고 또 스스로 아동의 완구물로 전락한 동시에 대하여 통렬하게 비판한다. 예컨대 "시정없는 어른 취미의 어린이 묘사, 혀짧은 유아어의 흉내, 세상물정 모르는 어린이의 마음, 허황된 생각의 어리석음을 동심이란 허울로써 미화시키려는 기교——그리고 그보다 더 현실생활의 감정을 덮어버리는 부유자(富裕者) 취미, 사색을 막는 오락적 태도"(358면) 등이 바로 비판의 주요 표적이었다. 이것들은 "성인사회에서 보는 우민책에 어울린 시인들의 태도"(같은 곳)와 다를 바 없다고 지적한다. 이처럼 동시 부문에서 그의 주된 비판은 "철학이 없는 동시인, 꿈만 붙들고 노는 동시인, 말재주 놀이를 시인의 사명으로 여기는 동시인"(359면) 들을 겨냥한 것이었다.

한편, 1930년을 전후로 성행한 프로아동문학의 공과(功過)에 대해서도 그는 아무런 편견없이 정확하게 짚어낸다. 프로아동문학은 방정환에서 비롯된 초기 아동문학을 천사적 아동관이라고 맹렬히 공박하면서 현실적 아동관을 표방했다. 그런데 이원수는 프로아동문학이 "현실주의적인 동시", "자유시로서의 동시"(70면)운동이었다는 점에서는 문학사적으로 기여가 컸지만, "목적의식이 앞서서 문학으로서의 가치를 가지기보다 계급투쟁의 한 수단으로서의 가치가 더 큰 것"(71면)이었다는 점에서는 아동 주체의 관점에서 볼 때 또다른 편향이 아닐 수 없다고 보았다.

그렇다면 일제시대의 프로아동문학이 내세운 현실적 아동관이란 어떤 것인가? 프로문학 일반이 지닌 공식주의와 도식주의의 문제점은 이미 잘 알려져 있거니와, 프로아동문학은 아동을 현실에서 바라봐야 함을 강조하면서도 아동현실의 문제를 계급모순 일변도로 대응해버리는 환원주의의 오류에 빠져 있었다. 그래서 아이들 사이에서도 명백한 계급적대가 나타나는가 하면, 아동의 특수한 위치를 도외시한 채 현실사회에 불만족한 아동이 어린 투사가 되는 것을 하나의 공식으로 삼는 문제점이 적지 않게 드러났다. 이런 문제점에 대해서는 뒤에 프로아동문학의 주요 이론가로 활동한 송완순(宋完淳)도 "계급적 아동은 수염난 총각"(「조선아동문학시론」, 『신세대』 2호, 1946년 5월호 84면)이라고 비판한 바 있다.

이렇게 볼 때 이원수는 아동의 특수한 위치를 염두에 둔 아동 주체의 현실적 아동관을 확립시킨 이론가로 평가된다. 이는 현실주의에 입각한 그의 창작방법론과도 긴밀히 호응하는 사실이라 볼 수 있다.

교육주의 비판과 현실주의 문학관

그릇된 아동관이 동시에서 동심주의를 낳았다면 아동소설에서는 이른바 교육주의를 낳는다. 이 두 경향은 모두 아동의 현실과 동떨어진 관념적이고 보수적인 사상에 기반하고 있다는 점에서 현실주의 아동문학관과 대립하는 커다란 흐름이 되어왔다. 사실, 아동의 특수한 위치를 염두에 둔다면 아동문학의 교육성을 무조건 배척할 수만은 없다. 문제는 이 교육성이 문학정신에서 비롯하지 않으면 안된다는 데에 있다. 이는 문학예술의 특수성과도 관련된 것이고, 시대의 전위로서 작가의식과도 관련된다. 문학의 위대함은 인간성 옹호, 곧 인간다운 삶을 자기 고유의 방법으로 추구하는 데에 있다. 그렇기 때문에 문학정신은 창조적인 동시에, 현실에 대한 비판의식을 중요한 특징으로 하고 있다.

이원수는 동시에서의 동심주의와 아동소설에서의 교육주의가 다른 것 같으면서도 실제로는 한 뿌리라는 사실을 늘 지적하는 한편, 아동문학이 정당한 문학의 길에서 벗어나지 않도록 하는 데에 온힘을 기울인다. 그의 이런 노력은 올바른 아동관과 투철한 문학정신이 하나로 이어지고 있음을 보여준다. 아동소설의 창작태도를 말하는 대목에서 그는, "동심이란 것을 편협하게 평가하여 아동 자체를 실사회에서 분리하려 하거나 혹은 아동의 소박한 사고와 범위 좁은 생활권에 구애되어 깊이 파고들어야 할 세계가 없는 것처럼 착각하거나, 데모크라틱하고 자유로운 아동의 성장을 위하는 일보다는 논의하지 않고 어른의 말을 잘 듣는 복종·충효·예의적인 백성을 만들려거나 하는 작가가 많다"(132면)고 비판하고, "교육적"이라는 것의 중요한 목표가 "아동의 자유 민주적인 발달을 도모하여 낡은 것, 비민주적인 것에서의 해방을 돕고 좀더 나은 사회를 이룩하려는 새롭고 진실한 인간으로 성장케 하는 것"(133면)에 있음을 밝힌다. 자유와 민주주의의 가치를 정면으로 부정하던 독재정권 아래서 평론과 아동소설에 주력했던 그는, 동시에서의 동심주의가 그래도 "선의의 과오"인 데 비해, 아동소설에서의 그것은 교육주의의 가면을 쓰고 아동을 더욱 왜곡된 현실로 이끌 우려가 있기 때문에 작가로서는 절대 용납할 수 없다고 강조했다.

교육의 이름 아래 봉건적인 관념을 아동문학에 거리낌없이 적용하려는 것은 철학의 빈곤을 드러내는 것이고 사회성을 왜곡하는 일과 다르지 않다. 그는 "좁은 눈에서 측량된, 혹은 낡고 굳은 도덕관념에 비춰본 교육적"이란 것은 "극히 고정적이요, 보수적이며 때로는 관료적인 점이 특색"이고, "극히 소승적인 교육, 퇴영적인 교육을 의미"(178면)하는 경우가 많다고 지적한다. 따라서 아동문학이라고 해서 현실의 문제를 다루는 것에 반대하거나 기피한다면 이는 "문학이 생활과 유리해야 한다는 것이며 결과적으로 현실악과 공모"(134면)

에 빠지는 일이 된다고 보았다. 이 대목에서 생각해볼 문제는 일반문학과 구별되는 아동문학의 특수성이다. 그는 "아동문학의 특수성 중 '아동에게 이해되는 방법과 범위'라는 것은 작품에서 아동이 악에 전염될 우려가 있는 것, 아동들의 생활과 거리가 멀어 이해가 곤란한 것들을 의미"(139면)한다고 말한다. 다시 말해서 "아동에게 이해되는 방법과 범위" 안에서는 하등의 진실이나 리얼리티에 제한을 받을 수 없는 것이며, "아동세계에서의 모랄"에 의해 창작이 이루어져야 한다는 것이다. 그는 아동문학의 모랄에 대해서도 관점이 분명했다. 곧 "문학은 언제나 선험적 역할을 하는 것이지 어떠한 기존 제도나 사상에 예속되어 낡은 것을 보위하는 경비병은 아니"(209면)기 때문에, "모랄의 정의는 그 시대의 발전적 진보적인 사상에서 내려져야 하며 보수적인 사상에서 내려져서는 안될 것"(24면)이라고 생각하였던 것이다.

6·25전쟁 이후 아동문학에는 상업주의가 극에 달했다. 그래서 이원수는 사이비 아동문학에 맞서 아동문학의 예술성을 수호하는 일에도 온힘을 기울여야 했다. 그는 한때 프로아동문학이 "아동을 어른들의 투쟁에 가담시키려는 지나친 의식"(154면)으로 말미암아 적잖은 문제점을 드러내기는 했지만 정치적인 탄압으로 이런 경향이 사라지고 난 뒤에 우리 아동문학의 자리를 메운 것은 "도시 소시민 가정의 아동의 유희적인 생활에 윤기를 주는 즐거운 이야기, 흥겨운 노래"(같은 곳)에 지나지 않는 것이었다면서, "부유한 가정의 아동보다 애써 살아가는 서민층, 농촌 아동들의 생활을 그리고 그들의 심정을 그리는 것을 무슨 불온한 일"(172~73면)로 보는 경향에 더 큰 문제점이 있다고 지적한다.

아동은 현실에서 떠난 천국의 천사가 아니며 비상한 고통과 쓰라린 생활 속에 있는 것이다. 그들은 부모형제와 함께 부정과 사회악에 희생되고 있는 것이다. 이러한 우리나라 현실에서 아동을 위하는 문학이 되려면 현실 속의 아동을 작품 속에 그려야 하는 것이다. (156면)

민족의 현실을 염두에 둘 때, 그의 문학정신이 서민성을 옹호하는 논리로 이어지는 것은 너무나 당연한 일이라 하겠다. 평론 부재의 아동문학에서 그의 비평활동은 현실주의 아동문학론의 옳은 기초를 닦은 것으로 평가할 수 있다. 나아가 일제시대에서 분단시대에 이르는 우리 아동문학의 흐름을 올바른 관점에서 하나로 잇게 하는 중요한 역할을 하였고, 또 그 지향과 성격을 민족문학의 자리에 올려놓는 데에도 크게 기여하였다.

3 이오덕과 현실주의 아동문학론의 발전

이오덕(李五德)은 이원수와 따로 떼어서 생각할 수 없다. 이는 비단 그가 이원수의 다음 시기에 이원수를 대신한 이론의 계승자임을 말하는 것뿐 아니라, 그의 비평활동으로 이원수 아동문학의 본질이 온전히 밝혀지고 또 그것이 우리 아동문학의 줄기로 자리잡게 되었다는 사실을 함께 지적하는 것이다. 이오덕이 본격적으로 비평활동을 전개한 시기는 이원수와 일부 겹친다. 그러나 이원수가 추천사를 쓴 그의 첫 평론집 『시정신과 유희정신』(1977)은 이원수의 비평활동이 거의 중단된 무렵의 활동 결과를 모은 것이다. 한국 아동문학의 이론을 대표하는 이 책과 두번째 평론집 『어린이를 지키는 문학』(1984)은 이원수 이후 지금까지 한국 아동문학의 올바른 방향을 이끄는 중요한 지침서로 작용해왔다.[5]

『시정신과 유희정신』에 실린 평론 가운데 가장 이른 시기의 것은 이원수가 초대 회장을 지낸 한국아동문학가협회 기관지에 발표된 「아동문학과 서민성」(1974)이란 글이다. 이 글 첫머리에서 그는, "서민성이란 시점에서 아동문학의 관념적 동심주의와 탐미적 독선세계를 비판하고, 우리 아동문학에 나타난 서민성을 살펴봄으로써 민족문학 수립이란 과제에 이어진 아동문학의 건설이 서민성을 구현함으로써 이뤄질 수 있다는 것을 밝히는 것이 목적"(105면)이라고 쓰고 있다. 이 글은 우리 아동문학의 이념을 민족문학의 수립이라는 과제와 관련지어 밝히고자 한 것인데, 분단시대의 아동문학이 일반문학보다 조금도 뒤떨어지지 않은 자리에서 움직여왔음을 보여준다.

서민성과 아동 존재의 탐구

이오덕은 '서민'이란 말을 "자기 손발로 벌어서 가족의 생활을 이끌어가는 뭇백성"이라고 밝히고, '서민적'이란 말을 '민족적'이란 말로 대치시킬 수도 있다고 한다. 또한 그는 서민성이 "권력이나 금력의 속성일 수 없다는 것, 위에서부터 내려오는 것이거나 외부에서 들어오는 성질의 것일 수 없다는 것, 그리하여 어디까지나 밑에서부터 올라가는 인간스런 마음이요, 내부에서부터 터져나오는 주체적 정신의 나타남이라는 것"(105면)이라고 밝힌다. 이러한 풀이는 아동문학의 서민성이 우리 민족의 현실에서 자연스레 도출된 아동문학의 이념임을 아주 명쾌하게 드러낸 것이라고 하겠다. 그런데 이오덕은 서민성이 우리 아동문학에서 특별히 강조되어야 하는 까닭을 "전근대적인 풍토"에서 찾는다. 식민통치와 외세의 지배라는 민족의 상황에

---

3) 이오덕 평론집은 『시정신과 유희정신』(창작과비평사 1977), 『어린이를 지키는 문학』(백산서당 1984)말고도, 『삶·문학·교육』(종로서적 1987)이 있다. 이 글의

서 우리 근대문학은 자연스러운 성장이 제약될 수밖에 없었다. 그 제약을 올바르게 파악하여 대응할 수 없었던 열등의식의 소유자들은 "이땅의 아동현실에 깊이 뿌리박지 못하고 외국의 아동문학, 특히 일본의 그것을 모방함으로써"(106면) 명실상부한 아동문학의 근대성을 이루어내지 못했다. 이른바 동심주의의 흐름이 이와 관련된다. 민족의 현실에 눈을 감은 이 동심주의는 해방후에 더욱 완강하게 뿌리를 내린다.

이리하여 지금까지도 아동문학이라면 그 본질부터 현실을 기피해야 하는 것으로 알고 있는 풍조가 만들어졌다. 민족의 운명이라는 것과는 아무런 상관이 없는 유아독존의 심리세계만을 희롱하여 이국적인 것, 환상적인 것, 탐미적인 것, 혹은 감각적인 기교만을 존중하는 경향이다. (107면)

이러한 "문학정신의 부재 현상" 때문에, "작품에 표현되고 있는 의미와 사상을 혐오하고 기피"하는 현상이 나타나고, 아이들의 절실한 현실을 다루는 것을 "불순물이라고 하여 덮어놓고 헐뜯고 혹은 경원"(108면)하게 되었다는 것이다.

다음에 그는 주체적인 방법을 확립하지 못한 아동문학론의 문제점을 지적하면서 그 해법을 '아동'의 존재에서 찾을 것을 제안한다. 이는 아동문학의 핵심문제인데, 이오덕은 동심주의의 본질을 드러내기 위해서도 현실의 아동에 관한 새로운 조명이 필요하다고 주장한다. 그의 논리에 따르면, 아동은 "성장하는 인간"과 "사회적인 존재"(115면)라는 두 측면에서 파악할 수 있다.

첫째, 성장하는 인간으로서 아동은 나이에 따른 심리와 생활의 특성을 주목해야 한다. 그는 아동문학의 독자를 만 6세에서 15세 정도로 보았을 때, 이 10년 폭은 어른 나이의 10년과 그 질이 같을 수는 없는 것이고, 그런 만큼 아동의 나이를 좀더 세심하게 의식한 작품 활동이 아동문학에선 요구된다고 지적한다. 그런데 현실의 삶과 동떨어진 아동을 등장시키는 동심주의 아동문학의 경우는 아동의 나이에 따른 심리 특성도 따라서 무시될 수밖에 없다. 그것들이 겨냥하는 구체적인 아동 독자를 생각해보면 문제의 심각성이 잘 드러난다. 대여섯살짜리 유아 취미의 내용을 아동문학의 본질인 듯 여기고 그것을 초등학교 독자층한테 주는 어이없는 일이 동심주의 창작방법에서는 흔한 현상이었다. 이오덕은 이것마저도 현실의 유아세계이기보다 그저 순진하고 재미있는 공상의 세계에 지나지 않는다고 비판한다.

둘째, '사회적인 존재로서 아동'은 서민성으로 이어지는 작가의식과 관련되는 문제이다. 교실에서 부르는 아이들의 노래는, 대다수 아이들 곧 "부모를 따라 일을 해야 하고 살아가는 걱정을 그들대로 하는"(116면) 현실적인 아이들의 세계가 아니라 일부 부유층 아이들의 유희적인 세계를 그린 것들로 되어 있다. 이런 동심주의 작품은 "상품 가치"로서의 의미를 지닐 따름이다. 이 대목에서 이오덕은 "극소수의 귀족적인 아이들의 모습을 그려 그들에게 봉사"하는 일은 작가의 자유에 속할 것이지만, "민족문학의 수립이란 과업을 앞에 둔 작가의 사명을 생각하고, 인간의 양심과 문학인 본연의 자세를 생각하면 이 문제는 더 논의할 여지가 없다"(같은 곳)고 못을 박는다. 이렇게 함으로써 그는 아동문학의 서민성 강조가 "민족문학의 한 자리를 맡은 아동문학의 기본명제"(117면)라는 사실을 분명히 했다.

아동 존재에 대한 올바른 파악과 아동문학의 서민성에 대한 인식을 바탕으로 이오덕은 동심주의라는 동요적 발상의 문제점이 동화에서는 어떻게 나타나고 있는지에 대해 검토한다. 그는 도덕교과서를 읽는 것과 다를 바 없는 미담가화, 또는 모험과 신기성은 있어도 철학이 없고 낡은 체제를 옹호하는 사상으로 씌어진 작품들을 비판한 다음, 이어서 아동문학이 당면한 문제를 몇가지 더 추가해서 나름의 해결점을 제시하였다. 첫째는 외국문학 수용의 자세가 한층 더 주체적이어야 한다는 것, 둘째는 공상동화와 생활동화에 대한 바른 인식을 바탕으로 생활동화 영역을 개척해야 한다는 것, 셋째는 실감에서 멀어진 감각의 말재주를 벗어나 동시의 난해성 문제를 해결해야 한다는 것, 그리고 넷째는 동화 문장에서 기이한 문장 표현을 찾기보다 쉽고 고운 우리말을 찾아 쓰는 것을 모든 작가들이 의무로 삼아야 한다는 것이다.

20여년 전에 발표된 이 「아동문학과 서민성」은 이오덕 비평의 출발점이요, 그때까지 아동문학의 주요 논점으로 이어져온 아동관, 문학관, 현실주의 창작방법론 따위의 문제들을 서민성이라는 민족문학의 이념에 입각해서 발전시킨 것이다. 이후 이오덕은 분단시대 민족문학론의 산실인 『창작과비평』을 통해 이론비평과 실제비평 양면에서 두드러진 활동을 전개한다. 「시정신과 유희정신」(1974년 가을호), 「동시란 무엇인가」(1974년 겨울호), 「동심의 승리」(1975년 겨울호), 「열등의식의 극복」(1976년 겨울호) 등의 글들이 그것으로, 모두 본격적인 비평정신으로 씌어진 아동문학 평론들이다.

시정신과 열등의식의 극복
이오덕의 비평활동을 꿰뚫고 있는 정신과 논리 들은 「아동문학의 서민성」에서 살펴본 것과 크게 다르지 않다. 이후 새롭게 제기된 문제를 중심으로 몇몇 대표적인 글들을 살펴보면 다음과 같다.

「시정신과 유희정신」은 "시인으로서의 자각과 특질, 곧 높은 지성을 밑받침으로 한 시정신"(177면)에 비추어서 한국 근대아동문학을 이끈 주요 동시인들의 작품 경향을 비판적으로 살펴본 글이다.

이오덕은 이 글에서 윤석중·박목월·강소천·김영일 들의 동시는 아동을 관념으로 파악한 동심주의의 유희적 작시 태도를 보인다고 비판하였고, 반면에 이원수의 동시는 방정환의 민족과 아동을 위하는 정신을 잇는 것으로 높이 평가하였다. 따라서 우리 아동문학은 이원수의 동시에서 많은 영양을 섭취해야 할 것이라고 강조하였다.

이 글에서 또하나 주목할 것은 소재와 주제 면에서 한국 동요·동시의 전체 모습을 살펴본 대목이다. 이오덕은 소재 면에서는 농촌을 다룬 작품이 가장 많이 나오고 있지만, 그것은 농촌의 삶과는 관계없는 자연 완상의 작품에 그치고 마는 경우가 대부분이라고 지적하면서 "인간으로서 자연을 파악하지 않고 이렇게 탈사회, 탈인간의 입장에서 파악한다는 것은 하나의 관념적 자연관임을 면치 못하는 것으로, 그것은 어디까지나 동시의 수용자인 아동을 떠난 입장"(198면)이라고 비판하였다. 주제 면에서는 유희적인 내용, 특히 아기의 귀여움을 그린 것이 가장 많았고, 그밖의 것들도 대부분 뚜렷한 주제의식을 찾아볼 수 없는 감각적이고 기교적인 것들이라고 하였다. 여기서는 아이들이 고작 시인의 유희 대상일 뿐, 학습생활과 일하는 모습의 표현이 전혀 무시되고 있다고 비판하였다.

「동시란 무엇인가」는 '누가, 누구를 위해 쓰는가', '무엇을, 어떻게 쓰는가'의 문제를 다루고 있다. '누가, 누구를 위해 쓰는가'의 문제를 두고는 어린이가 쓴 시와 어른이 아동을 대상으로 쓴 시의 차이를 밝힌다. 이 문제는 그가 오랫동안 힘써온 어린이 글쓰기의 이론과 실천에서 일찍이 해명된 것이기도 하다. 그러나 이 문제가 계속 혼동됨으로써 오는 폐단은 적지 않았다. 글쓰기 교육을 전인교육의 한 수단으로 파악하지 않고, "한갓 문예작품 창작기술 지도를 함으로써 손끝의 재주만 익히는 놀음"(210면)으로 여길 때의 결과는 어떠한가? 동심주의 유희 작풍과 그릇된 글쓰기 교육은 서로를 부추기면서 아이들의 정신과 삶을 잘못 이끌고 있다. 이 때문에 이오덕은 어른이 아동을 대상으로 쓴 시를 '동요'와 '동시'라고 부른다면, 어린이가 쓴 시를 따로 '어린이 시'라고 부를 것을 제안한다.[4] '무엇을, 어떻게 쓸까'의 문제는 「시정신과 유희정신」의 기본 골격을 이룬 내용과 크게 틀리지 않다. 시인은 스스로 어린이가 된 상태에서 벗어나 자기 자신의 세계관을 확립하는 한편, 아동을 정확히 이해하고 그 세계를 깊이 파악해야 한다고 강조했다.

「열등의식의 극복」은 자신이 도달한 "결론"이라고 책 끝에 언급되어 있다. 이 글은 「아동문학과 서민성」에서 논의한 아동문학의 여러 문제들을 더욱 치밀하게, 그리고 역사적인 안목을 가지고 분야별로 다시 검토한 글이다. 우선 눈길을 끄는 것은 머리말에서 "아동문학의 커다란 위기"를 밝히고 있는 점이다. 이 위기의 원인을 그는 "열등의식"에서 찾아내는데, 아동문학에선 이것이 "우리 민족의 대부분이 공통으로 갖는 일반적인 열등의식에다 또하나 일반문학에 대한 차등의식이 겹친 두 겹의 열등의식"(8면)이라고 진단한다. 아동문학에서 열등의식의 귀결은 민족의 현실을 망각한 동심주의로 나타난다. 이오덕은 그 바탕을 "노예적 근성"으로 보고, "민족적·민주적 자각" 곧 "자주정신"을 이와 대비시킨다. 우리 문화상태가 이 두 가치관의 대립과 상극이요, 이는 당연히 아동문학에도 그대로 투영되어 나타나고 있는데, 동시와 산문에서 그것이 구체적으로 어떻게 드러나는지를 살핀 것이 이 글의 주요 내용이다. 동시에서는 일제시대부터 지속되어온 "동심천사주의의 짝짜꿍 동요"가 60년대에 와서는 "자연을 관조하고 농촌풍경을 완상하는 작품" 경향으로 이어지고, 70년대에

---

4) 논리와 시각은 명쾌한 것이 틀림없지만, 용어 선택에서 약간의 장애요인이 있다. 예컨대 '아동문학'을 '어린이문학'으로 고쳐 동의어로 삼으면 또다른 혼선이 일어난다.

는 "감각적 언어기교의 동시"가 되었다고 지적하였다. "아동 완상"에서 "자연 완상"으로, 그리고 또 "빈 말장난"으로 이어지는 이런 변화는 처음에는 장난감이 되었던 아동조차 갈수록 아주 내버림을 당하는 꼴이 된 증거라며 신랄하게 비판했다. 산문에서는 한자어와 외래어, 장식문체, 무국적성과 성인 취미 따위가 동화와 소년소설을 지배한다고 보았고, 이런 열등의식의 문학적 표현을 옹호하려 드는 궤변이 평론의 문제점으로 지적되었다. 끝으로 그는 이런 문제에 대한 해결방안을 마해송·이주홍·이원수의 문학유산과 이현주·권정생 등의 작품활동에서 찾아낸다.

이오덕의 두번째 평론집인 『어린이를 지키는 문학』(1984)은 『시정신과 유희정신』에 견줄 때 동화 쪽에 대한 관심과 탐구 위주로 되어 있다. 이 가운데 「전래동화, 그 전통 계승의 문제」「판타지와 리얼리티」 같은 글들은 이 방면에서 제대로 논의된 바가 거의 없었던만큼 나름대로 귀중한 논의의 실마리를 제공한다. 이오덕은 우리 전래동화와 창작동화가 하나의 역사로 이어지지 못하고 서로 다른 대조적 문학세계를 보이고 있는데, 이는 서양동화를 흉내낸다든지 아니면 전통을 계승한다고 하면서도 그 특징을 제대로 이해하지 못하고 오히려 함부로 고치는 걸 능사로 삼는 태도에서 비롯되었다고 말한다. 「전래동화, 그 전통 계승의 문제」는 이런 문제의식을 가지고 전래동화에서 무엇을 어떻게 계승해야 할지를 아주 자세하게 설명한 글이다. 「판타지와 리얼리티」는 메르헨(Märchen)과 구별되는 판타지의 구성과 인물의 특성을 들어 판타지가 리얼리즘의 영향을 받았다는 사실에 먼저 주목한다. 그러기에 판타지를 인간의 삶과 무관한 것으로 이해하거나 제멋대로의 환상쯤으로 여기는 것은 당치도 않다고 비판한다. 매우 짧은 분량의 이 글에서 이오덕은, 그간 우리의 역사와 사회가 판타지를 낳기에 적합하지는 않았지만, 우리 어린이들이 너무나 좁은 범위의 도덕적 교훈만을 강요받고 있는만큼, 역량있는 작가가 나와 판타지를 통해 인간스러운 마음가짐과 창조적 삶의 태도를 가지게 해주면 좋겠다는 소망을 피력하였다. 한편, 이원수 말년의 동시를 다룬 「죽음을 이겨낸 동심의 문학」은 높은 이론의 안목으로 이루어낸 실제비평의 진수를 보여준다. 이 평론을 읽으면 이원수가 최후에 도달한 동시세계, 그 맑고 숭고한 동심의 세계를 우러러보지 않을 수 없게 된다. 동심은 우리 아동문학이 소망해야 할 궁극의 이념인 것을, 역사 속에서 뒤틀리고 얼룩진 탓에 자신의 모습을 온전히 드러내기에도 그토록 힘겨운 싸움을 거쳐야만 했는가 싶다.

4 결론── 아동문학의 르네상스를 기대하며

지금까지 살펴본 것처럼, 분단시대 우리 아동문학의 흐름 한복판에는 이원수와 이오덕의 비평정신이 흐르고 있다. 이원수는 현실주의 아동문학론의 초석을 마련해놓았고, 이오덕은 그에 기반해서 아동문학의 본질과 관련한 수많은 문제들을 이론적으로 규명하였다. 특히 아동문학 평론 분야에서 방대하고도 본격적인 이론 작업을 수행한 이오덕은 한국 아동문학이론의 창고라고 할 만한 대표적인 저서를 남겨 놓았다. 그것들이 이미 오래전에 이룬 성과이고 대개의 논점들은 오늘의 상황에서도 적용되는 것들임을 상기하면, 지금 우리 아동문학이 보이는 게으름에 대해 누구든 통감하지 않을 수 없을 것이다.

본론에서 자세히 살펴보지는 않았지만, 이오덕의 『어린이를 지키는 문학』과 『삶·문학·교육』은 1980년대의 산물이고 그 반영이다. 돌이켜보건대 1980년대는 여느 때와 다른 정치의 계절이었고, 따라서 신진 역량일수록 각 부문의 기초를 건너뛰어 일제히 비약을 감행했던 터였다. 그의 주요 관심이 교육운동과 우리말 살리기 운동으로 옮아간 사정에도 까닭이 있지만, 아동문학 방면에서 이루어졌어야 할 응분의 이론적 진전을 유독 1980년대 이후부터는 찾아보기 힘들다. 1980년대에 나온 이오덕 평론집은 이런 상황에서 이루어진 것이라 더없이 소중하다. 하지만 그 어느 때보다 힘겹고 외로운 일이었다. 이오덕 자신이 『어린이를 지키는 문학』 머리말에서 "아동문학을 논하는 글을 어느 신문잡지에서도 한번 청탁받은 일이 없다"고 쓰고 있거니와, 부정기 간행물을 살리려는 몇몇 뜻있는 이들의 노력도 발전적으로 이어지지는 못했다. 혹시 대다수의 젊은 사람들은 또다시 카프 운동 시기의 정치환원주의로 빠져든 것이 아니었을까?

글쓰기 교육과 우리말 살리기 운동으로 옮아간 이오덕의 활동은 아동문학과 아주 관련이 없다고 하기 어렵고 또 그 이상으로 중요한 일이기에 이런 사정을 고려하지 않고 평가하는 것에는 무리가 따른다. 그렇지만 이전 시기의 활동과 견주어볼 때 그의 비평의 정체성(停滯性)을 지적하지 않을 수 없다. 비록 상황논리가 적용된다고 할지라도 일찍이 이원수가 탐구한 것 이상의 문학사적 접근은 이루어지지 않았고, 더욱이 아동문학에 관한 한 1980년대 이후의 비평활동이 1970년대의 것보다 발전했다고는 말할 수 없다. 그리고 이원수와 이오덕은 모두 큰 테두리와 관련해서 몇가지 이론적 해명이 요청되는 시기의 활동이었기 때문에, 실제비평에서도 '주전선'이 밖으로 선명하게 드러나야 할 필요성이 있었고, 또 그런 경우에 쓴 글들이 대부분이었다. 이 말은 '진영' 내부를 향해서는 비평정신이 충분하지 못했음을 지적하는 것이다. 동심주의를 비판하는 작품평, 또는 동심주의와의 대비 효과를 강조한 작품평, 그것도 아니라면 작품집 해설 자리에서 아동한테 주는 공감 위주의 글들이 많았다. 현실주의의 견지에서 아동문학의 이론을 계속 발전시켜가는 데에는 이처럼 상황의 문제가 뒤따랐던 것이다. 그런데 그런 문제가 오늘에까지 이르고 있으니, 결국 현실주의 아동문학 전반의 정체와 위축으로 이어지고 말았다.

아동문학은 그 특수성에서도 문학의 테두리에 있는 것이지, 교육의 테두리에 있는 것은 아니다. 이원수와 이오덕의 비평은 앞에서 말한 상황의 문제 때문에, 광범한 문화비평 또는 사회비평의 몫을 감당해야 했다. 하지만 우리 아동문학 작품은 그 특수성에서도 문학의 논리에 입각한 좀더 자세한 검토를 요구한다. 또한 이론이 작품현실을 떠나 관념의 회로에 갇히지 않기 위해서는 풍부하고 다양한 실제비평에 기반하지 않으면 안될 것이다. 그런데 지금까지 우리 아동문학 비평은 거의 동어반복의 논리에 머물러 있었으니, 1990년대 아동의 삶을 과거 6,70년대와 똑같이 보는 논리는 이미 현실주의의 논리가 아닌 것이다.

이원수와 이오덕이 보여준 아동문학의 비평정신을 오늘의 상황에서 새롭게 가다듬어야 할 필요성은 여러모로 확인되고 있다. 어떤 이들은 농업혁명에서 산업혁명으로, 다시 정보혁명으로 이어지는 인류역사의 한 고비에 우리가 놓여 있다고 말한다. 그러나 과학기술의 혁명이 인간의 소외 문제를 해결해줄 것이라고는 아무도 믿지 않는다. 환경과 생태 위기를 지적하는 목소리가 어느날 갑자기 폭넓은 공감대를 이루게 된 것은 인간과 자연의 대립이 극에 달했기 때문이다. 세계화 시대를 소리높여 논하고 있지만 우리는 민족의 운명에서조차 밝은 장래를 예감할 수 없다. 상업주의의 흐름을 타고 마구 분출되는 개성이니 다양성이니 하는 것들은 민주적이고 자주적인 삶과는 아무런 관계도 없는 듯하다. 대다수의 아이들은 어느새 소비문화에 깊숙이 빠져 있고, 흥미와 오락 위주의 영상매체에만 매달리려 한

다. 이것들 모두 아동문학이 껴안아야 할 첨예한 시대현실의 문제 아
닌가? 아동문학의 르네상스—아동문학에 새로운 바람을 일으켜야
한다. 과거의 명예와 전통에 젖줄을 댄 힘있는 '운동'을 다시 전개해
야 한다. 그리하자면 물론 새로운 '이념'과 '조직'과 '방략'이 있어야
할 것인데, 아동문학에 관심을 가진 이들에게 이런 문제에 대한 진지
한 토론을 요청하면서 글을 맺는다.

〈우리어린이문학 4호, 지식산업사 1996〉

아동문학과 비평정신 2

『우리 동화 바로 읽기』에 관한 짧은 글

올해 어린이도서연구회에서 학부모와 어린이를 대상으로 조사한 설문 결과가 아주 흥미롭다. 자기가 읽고 권하고 싶은 책을 조사해서 순위를 정해보니, 아동출판물 가운데 가장 외면받는 것이 바로 국내 창작동화와 동시였다. 순위권에 들어간 작품이 없었던 것이다. 그런데 전체 아동출판물 가운데 가장 많이 읽히는 책 또한 국내 작품이었다. 우리나라 창작동화를 추천한 종수는 많은데 같은 책을 추천한 경우가 드물었던 까닭이라고 한다. 이 사실은 무얼 말해주는가? 모든 사람이 즐겨 읽을 만한 우리 창작동화가 거의 없거나, 아동도서에 대한 정보가 아주 빈약하다는 것, 둘 중의 하나일 수도 있고 둘 다일 수도 있겠다. 결국 작가와 출판사를 비롯해 어린이한테 작품을 골라주는 교사와 부모에 이르기까지, 우리 어른들의 아동문학에 관한 비평정신이 핵심문제로 떠오르게 된다.

그러나 실제로는 폭넓은 문학애호가에 둘러싸여 있는 일반문학과는 달리, 어린이를 일차독자로 상정하여 성립한 아동문학에서는 해설을 넘어선 비평이 설 자리가 매우 좁다. 이 때문에 아동문학계에는 말도 안되는 엉터리 작품들이 더욱 활개를 치고 그것들이 어린이 독자에게 미치는 영향 또한 매우 심각하다. 아동문학의 특성상 비평의 부재는 이른바 대표명작의 부재로까지 이어지기 쉬운 것이다.

이재복의 『우리 동화 바로 읽기』(한길사 1995)는 때마침 이런 형편을 고려해 나온 것으로, 어린이와 늘 함께하는 이들, 이를테면 학부모와 교사를 우선적으로 겨냥한 우리 아동문학의 길잡이다. 이 책은 방정환부터 최근 동화에 이르기까지 주요 작가와 작품 들에 대해 이야기글로 쉽게 써놓아 보통의 어른들한테도 우리 동화 보는 눈을 훤히 트게 해준다. 저자는 80년대부터 줄곧 이 방면에 힘을 쏟아온 이로, 민족문학과 리얼리즘의 관점에서 아동문학의 여러 문제들을 종횡으로 누비며 나름대로 해법을 제공한다.

뿐만 아니라, 아직껏 우리 아동문학사의 공백으로 남아 있는 카프 동화작가들과 북한동화에 관한 것까지 포함하고 있어서 이 책의 성과는 동화를 제대로 읽기 위한 안내에 그치지 않는다. 이 책을 읽고 나면 우리 아동문학이 민족의 역사와 어떻게 함께 숨쉬어왔는지를 뚜렷이 깨닫게 되고, 그야말로 제대로 된 아동문학사를 하루빨리 완성시켜야 할 필요성을 절감하게 된다. 이 책은 올바른 아동문학사 서술을 위한 징검다리에 해당하는 것으로, 우리 아동문학사 연구를 위한 많은 새로운 자료들을 매우 건강한 시각에서 섭렵하고 있다. 요컨대 이 책의 내용과 체제는 아동문학에 관한 폭넓은 관심과 요구에 대응하는 것이다.

그러나 이 방면에 새로 축적된 연구 성과가 아직 미약한 탓인지, 필자의 어설픈 눈에도 몇가지 문제가 발견된다. 우선, 비평의 척도가 의외로 단순하다. 저자는 아동 주체의 관점이 분명하지만, 아동문학의 리얼리즘을 현실과의 조응관계 가운데 '구체적인 현실의 드러냄'으로만 보는 것 같다. 예컨대 방정환을 새로 보자는 것이 그 한계에만 고착되어 시대의 상징을 읽는 데에는 무심하다. 동화에서 추구할 법한 인간 원형에 대한 탐구 역시 인색해서, 방정환을 비판하고 나선 작가로 주목한 마해송의 초기동화 「바위나리와 아기별」을 읽는 데서도 똑같이 "조선 어린이들의 삶의 모습은 찾아보기가 힘들다"면서 그 환상성의 무기력함을 주로 꼬집는다. 작가가 부모의 강요에 따른 시대의 불행을 체험하고서 그것을 직접 작품화한 것이었다는 저자의 긴 설명조차 여기에 이르면 별 의미를 찾아볼 수 없게 된다.

다음으로, 이 책이 엄격한 비평문의 형식을 따른 것은 아닐지라도, 대상의 어떤 점을 강조하기 위해 사용한 언어가 좀 신중하지 못해서 의문스러운 대목이 있다. 이는 저자의 의도와 다르게 문학사의 합법칙적 발전에 대한 이론적 해명, 곧 일관성의 문제를 야기한다. 가령 "카프의 요절"이란 말은 송완순한테 빌려온 말인데, 이 책의 곳곳에서 카프를 말할 때마다 이 표현을 끌어들여 사용하는 것은 송완순의 논리와 마찬가지로 30년대 중·후반엔 신동심주의(천사주의)가 전부였다는 말이 되기 때문에 문제가 있다. 저자가 30년대 후반의 현덕 동화를 긍정으로 내세운 것은 신동심주의가 아니라 리얼리즘의 문맥이었으니 이와 모순된다고 하지 않을 수 없다.

그리고 현덕한테 카프 작가를 극복하려는 "야심찬" 의도가 있었다고 말하는 것도 현덕과 썩 어울리는 표현이 아니다. 저자는, 현덕이 카프 작가들과는 다르게 민중의 "내면적인 각성" "소외된 자 내부에 대한 자기점검"에서 혁명적인 변화를 구했으며, 여기서 동심이 어른들한테 "양심의 불을 다시 지피게 하는 심오한 파수꾼" 역할을 맡고 있다고 지적한다. 말하자면, "일제로부터의 해방은 어린이들다운 동심에서 온다고 믿"었다는 것인데, 바로 이 순수한 "동심의 전망"을 현덕 소설의 핵심으로 파악한 것이다. 그런데 이런 시각이야말로 리얼리즘이 아니라 '동심지상주의'가 아니겠는지? 현덕은 "모두가 어린이의 진실된 마음으로 되돌아가야만 해방이 온다고 생각"할 만큼 '순진한' 작가는 아니다. 현덕이 동심의 순수성에 기대어 그의 소설에서 어떤 효과를 노린 것은 분명하지만, 이는 민중의 건강성을 왜곡하는 시대의 중압을 해학적이고도 깊이있게 드러내기 위한 리얼리스트로서의 장치와 의도가 첫째라고 보아야 할 것이다. 이 점에서 저자는 현덕의 동화와 소년소설, 단편소설을 장르 특성에 따라 좀더 치밀하게 구분해서 살펴야 했다고 판단된다.

끝으로, 이 책은 최근 일반 문인들이 쓴 동화작품을 맨 마지막에 검토하긴 했어도, 권정생말고는 현역 동화작가들에 대한 이야기가 별로 없다. 아동문학을 전공하지 않은 대부분의 독자들이 가장 궁금하게 여길 성싶은 대목은 바로 여기가 아니었을까 싶어 아쉬움이 남는다.

물론 이런 많은 요구들을 한꺼번에 충족하기란 쉬운 일이 아니다. 몇가지 의문에도 불구하고, 방정환 이후 리얼리즘 아동문학의 계통을 세우는 일에서 기왕의 통설을 새롭게 점검하려는 저자의 의도는 높이 평가해 마땅하다. 이제 정말 오랜만에 아동문학에 관한 좋은 논의 마당이 펼쳐졌으니, 앞으로 이 방면에서 더욱 활기찬 연구와 토론이 전개되기를 기대해본다. 그것이 저자의 노고에 값하는 길이기도 할 것이다.

〈창작과비평 1995년 겨울호〉

제 2 부

자연산 무공해 동요시

김용택 동시집 『콩, 너는 죽었다』

시인은 타고나는가 보다. 무당이 그렇듯이……『섬진강』시인 김
용택(金龍澤)한테 이번에는 동자(童子)귀신이 들었다.

책읽기를 싫어하고 입만 살아있는 일학년짜리 둘째아들놈이 한순
간 배꼽을 잡고 떼구르르 구른다. 김용택 동시집이 나왔다 해서 사놓
곤 미처 읽지도 않고 방구석에다 던져놨는데 이놈은 제목에 마음이
동해 잽싸게 책뚜껑을 열어본 것이다.

감꽃 피면 감꽃 냄새
밤꽃 피면 밤꽃 냄새
누가 누가 방귀 뀌었냐
방귀 냄새

　　　　　　　　　　　　　　　　　——「우리 교실」전문

웃지 않을 수가 없었겠지. 개구쟁이들이 자기들 스스로 만들어 부르던 전래동요의 세계가 꼭 이러했으니까.

이이는 누렁니
칠칠은 뻥끼칠
팔팔은 곰배팔
구구는 닭모시
어느새
구구셈을 다 외웠네

──「구구셈」 전문

여기서도 마지막 두 행을 빼곤 고스란히 말썽꾸러기 아이들 스스로 만들어낸 노래다. 종일토록 팔팔하게 뛰놀다가 졸린 눈을 부비며 꼼짝없이 구구단을 외워야 할 때, 아이들은 이런 식으로 자신들의 놀이세계를 얼마든지 연장한다. 입에 넣기 싫은 것들도 요량껏 유쾌하게 소화해버리는 튼튼한 위장을 달고 있는 탓이다. 말장난도 말장난 나름, 위의 두 작품은 머릿속에서 나온 것이 아닌, 어디까지나 생생한 아이들 삶의 일부였다. 그리고 거기엔 해방의 무기가 숨겨져 있다. 억압을 참지 못하는 아이들 생래의 숨구멍이 마련한 산소 같은 노래라고 할까?

김용택 동시는 요즘 보기 드문 진짜 자연산 무공해 산소다. 섬진강 댐 호숫가에 있는 작은 분교. 호수에는 계절마다 색다른 산그림자가 어른거리고, 운동장에는 열아홉명의 아이들이 단풍잎처럼 뛰어논다. 다람쥐, 청설모, 새, 벌과 나비 들이 운동장을 지나고, 학교 뒤 마을엔 감이 익고, 풀꽃들이 피고 겨울이 오면 하얀 눈송이들이 호수와 운동장 가득 내린다. 지호는 오늘도 세수 안했고, 병태 양말 빵꾸났고, 학교를 오가다 개구리, 달팽이, 물고기떼, 새끼 낳는 염소를 보고,

학교에는 꾀꼴새, 딱새, 까치, 물새가 살고…… 이런 분교 아이들의 일상을 시인은 단순명료하게 붙들어낸다. 어머니도 아버지도 할머니도 땅에 발 붙이고 일을 한다. 아이들도 일을 거든다. 아쉬운 게 있다면 한집 두집 마을을 떠나 동무들을 하나둘씩 잃는 일이다. 그 심심한 자리에 울적한 마음이 고여들어 때론 다소곳한 시편을 이룬다.

이 시집엔 빈 농촌, 일하는 식구들, 자연과 어우러진 삶 등이 조금도 수다스럽지 않은 소박한 언어로 그려져 있다. 농민의 정서와 가락이 몸에 밴 『섬진강』 시인에게 형식과 기교는 별 문제가 없었으리라. 문제는 현실이다. 감상주의나 회고 취향이 조금도 없는, 그냥 지금 있는 그대로의 오롯한 현실이다. 그러나 그 현실이 이를테면 6,70년대 산업화에 따른 이농현실의 '전형'인 것만은 부인할 수 없겠다. 90년대의 엄연한 현실이면서 6,70년대의 전형이라니? 이 시집의 긴장은 바로 여기에 있다.

우선 '현실의 전형'이라는 조금 해묵은 눈으로 보면, 이 시집엔 야금야금 침투해 들어오는 자본의 냄새가 없고, 자본의 침투에 따른 공해와 쓰레기 들이 생략되어 있다. 텔레비전도 농약도 더러운 욕망도 없고, 폭력도 재해도 농산물 파동에 따른 한숨소리도 없다. 맑고 투명한 햇살과 건강한 동심이 가득하다.

'그렇게만 산다면!' 안도감과 불안감이 기묘하게 교차한다. 안도감은 공해에 찌들 대로 찌든 우리들 숨구멍이 그 안으로 열려 있다는 사실에서 비롯하고, 불안감은 그게 언제까지 가능할까, 그러려면 반쪽 진실도 남김없이 드러내야 하지 않을까 하는 조바심에서 비롯한다. 어느쪽을 선택하더라도 일장일단은 있겠다. '작은 학교'를 지향하는 대안운동에 소중한 몫이 있는 것처럼, 시인은 차라리 '작은 현실'에 닻을 내리고 이 황량한 오염지대로 속절없이 떠밀려나온 우리들에게 손짓하듯 동시를 썼는지도 모른다.

어찌 보면 이 시집의 성공작들은 윤복진·권태응·이문구 동요시의 계보를 잇는다는 느낌이다. 그러나 이 시집이 담고 있는 세계가 다름아닌 90년대 오늘의 농촌이라는 점에서, 부서지지 않는 것과 부서지기 쉬운 것들이 함께 뒤섞여 있음을 그냥 지나칠 순 없다. 이 점은 예컨대 권태응 동요시가 보여주는 당대 현실과의 폭넓고도 단단한 대응과는 좀 구별된다. 나는 이 시집의 천진스럽고 생기발랄한 동심의 세계를 쉽게 부서지지 않는 보편적 어린이 현실로 보는 반면, 자그마한 오락기 하나로도 연기처럼 사라질 소박한 '과거'세계는 외부의 자극에 쉽게 자리를 내주는 그리 단단하지 못한 것으로 보는 쪽이다.

> 참새가 수수 모가지 위에 앉았습니다
> 아이고 무거워
> 내 고개 부러지겠다 참새야
> 몇 알 따먹고
> 얼른 날아가거라
>
> ──「참새와 수수 모가지」 전문

이와 같은 천진스런 동심 표현에서는 요즘 도시에 사는 평균치 아이들도 단숨에 착 달라붙는 맛을 느낄 것이다. 게다가 시인은 단순히 꾸러기들만의 세상에서 동심을 보는 것이 아니다. 「우리 아빠」 「엄마는 진짜 애쓴다」 「혼자 사시는 이웃 할매」에서 보는 것처럼 속이 꽉 차도록 듬직하게 커가는 넉넉한 동심도 감동깊게 그려내고 있다.

그런데 이 시집에서 많이 찾아볼 수 있는 다음과 같은 소박한 과거세계는, 음성 자질에서 오는 읽는 재미와 시적 성취를 제외한다면, 아무래도 회고 취향의 어른 독자들 쪽에서 편애하기 마련 아닐까?

할머니는 곡식들과 함께 잠을 잡니다
이 구석에 마른 고추 저 구석에 생고추 쪼글쪼글 마른 대추
노란 콩 한 무더기 검정 콩은 두 무더기 파란 콩 한 주먹이 도란도란
잠을 자요
아랫목에 흰 자루 들깨들이 잠을 자고 벽에는 대롱대롱 메주들이 쿨
쿨쿨

——「할머니의 잠」부분

이 시를 보면 우리가 과거에 보았던 농촌의 방안 풍경이 눈앞에
선하다. 김용택은 이런 정겨운 풍경이 아직도 '지금 이곳'의 현실임을
일깨운다. 이 일깨움은 다른 어느 표현보다도 아이들한테 할머니의
삶을 힘껏 껴안도록 이끄는 힘이 될 것이다. 그렇지만 웬만한 농촌에
서는 이제 건조기 같은 걸 쓰는 모양이니 이런 삶은 금세 과거로 변
해버릴 것이 뻔하다. 아니, 벌써 상당부분 과거가 되어버렸다. 그리
고 우리 어른들 대다수는 이런 삶에서 도망쳐나오기를 마다지 않은
장본인이다.

지금 이 순간 대다수 농촌 어린이들도 이런 엄연한 현실문제로 혼
란을 겪고 있을 법하다. 따라서 오락기가 없고 비닐하우스가 없는 김
용택 동시의 작은 현실이란 전형에 앞서 시인의 계산된 의도를 반영
하는 일종의 '시적 진실'에 가깝다.

동무 없으면
냇가에 나가서 고기들이랑 놀지

동무 없으면
강변에서 개구리들이랑 놀지

——「동무 없으면」부분

이런 작품도 실제현실이라기보다는 시인의 희망사항이다. 나는 여기서 시인의 희망이 관념이라는 말을 하려는 것은 아니다. 앞에서 '부서지기 쉬운 것'이라고 한 것들은 우리들 대부분이 '부서지지 말아야 할 것' '꼭 지켜야 할 것'으로 여기는 것이기도 하다. 그렇다면 이 무지막지한 자본의 시대엔 뭐랄까 외부 충격에 대한 일종의 면역이나 응전력을 위해서라도 응당 맞서야 할 안팎의 적수를 드러내야 하지 않겠느냐는 지적을 하고 싶다. 물론 「아스팔트 길」과 「피서」에선 우리가 문명의 이기(利器)로 여기는 것들이 아주 끔찍한 적수로 등장한다. 또 탐욕스런 거대도시로 빨려나갔을 법한 빈자리를 진한 아픔으로 그려내어 자본주의 도시문명에 대한 항변을 간접적으로 나타내는 작품들도 여럿 있다.

이렇게 생각해보면 어떨까? 이 시집은 '농촌현실'을 다루려 한 게 아니라 '지구문명'을 다루려 한 것이라고. 그리고 지구생태와 환경문제에 관한 그 어떤 무거운 시들보다 알짜배기 삶이 담뿍 담긴 이 동시들이 진짜 지구를 살리는 새로운 문명에 대한 답이라고.

그러나 이런 지적들은 기실 김용택 시인에게 별 소용이 닿지 않는다. 현실의 문제들을 모를 리 없는 시인은 '멀리서 손짓하기'라는 자신의 '의도'(또는 '직관')에 충실하려 했고 그것은 '읽는 재미'와 함께 상당한 성과를 낳았다고 평가되기 때문이다. 다만 우리는 현실의 긴장도 시적 진실도 없는 동심주의나 회고 취미로 기우는 그릇된 아류의 흐름을 한편으로 경계하면 그뿐이다. 어린이 발상에 끊임없이 다가서려 한 이 시집에서 다음과 같이 유치한 동심주의 작품이 아주 없는 것도 아니다.

겨울은 봄바람이 세상에서 제일 무섭고요
봄은 세상에서 매미 소리가 제일 무섭대요

여름은 귀뚜라미 소리가 제일 무섭고요
가을 햇살은 눈송이가 세상에서 제일 무섭대요
                            ──「세상에서 제일 무서운 것」 전문

이밖에 시적 공간을 눈앞의 동시성(同時性)으로 제시하지 않고
단속적(斷續的)으로 병렬 모자이크해서 구성한 시들에 대해서도 더
따져봐야 할 것이다. 그런 시들은 한눈에 들어오는 구체성이 떨어져
머릿속에서 지어진 느낌이 강하다. 다만 현재시제("…혼자 사는 집")
로 4연까지 이끌다가 마지막 연을 과거시제("…혼자 살던 집/…빈
집")로 해서 의표를 찌른 「우리 뒷집」은 그런대로 성공작이라 평가
할 수 있다.
끝으로 표제작인 다음 시를 어떻게 보아야 할까?

콩타작을 하였다
콩들이 마당으로 콩콩 뛰어나와
또르르또르르 굴러간다
콩 잡아라 콩 잡아라
굴러가는 저 콩 잡아라
콩 잡으러 가는데
어, 어, 저 콩 좀 봐라
쥐구멍으로 쏙 들어가네

콩, 너는 죽었다
                            ──「콩, 너는 죽었다」 전문

어째서 이 시를 문제삼느냐 하면, 지난 어린이문학협의회 겨울연

수의 한 모둠에서 이 시의 사실성이 논란이 되었기 때문이다. 문제를 제기한 이는 자기가 농촌 출신이고 콩타작을 해봐서 아는데 콩은 타원형에다 콩눈이 있기 때문에 튀긴 튀어도 절대 구르는 법이 없다고 했다. 곧 이 시는 주요 모티프가 '구르는 콩'으로 되어 있으니 한개 관념작일 수 있다는 말이다.

그럴 수도 있겠다고 생각했다. 그렇지만 난 저절로 고개가 갸우뚱해졌다. 전체 시의 경향에서 문제가 된다면 몰라도 한개 경험주의로 대표작을 잡는 일이 지나치면 곤란하겠다 싶었던 것이다. 콩의 종류도 여러가지겠거니와, 실상 콩이 구르지 않는다면 이런 생동감있는 표현이 나올 리도 만무하다. 하여간 예전에 소설 「표본실의 청개구리」를 둘러싼 자연주의 논쟁에서 냉혈동물인 개구리를 해부하는데 어찌 김이 모락모락 난다고 표현했느냐 따지는 우스꽝스러움이나 「메밀꽃 필 무렵」을 둘러싸고 왼손잡이가 어찌 유전이라고 그걸로 부자지간을 암시했느냐 따지는 우스꽝스러움과, 콩이 구르냐 안 구르냐를 따지는 것이 별로 다르지 않다고 느껴졌다. "검정 콩 푸렁 콩을 주마"라고 했던 정지용의 시가 그랬던 것처럼, 위의 동시에서 뛰고 구르는 '콩'의 반복이 주는 재미를 무엇과 바꿀까.

〈어린이문학 1999년 3월호〉

아픈 데를 어루만지는 손

이가을 동화집 『가끔씩 비오는 날』

1

사람은 제가끔 아픈 데를 지니고 산다. 이미 과거의 기억이 된 아픔이 있고, 지금 진행중인 아픔도 있다. 몸이 아픈 경우가 있고, 마음이 아픈 경우도 있다. 태어날 때부터 몸이 아픈 사람들도 있지만, 살면서 사람끼리 부대껴 서로가 서로에게 마음속 아픔이 되는 수도 적지 않다. 시대와 사회의 제약 때문에 일정한 부류의 사람들이 공통으로 겪는 아픔도 있다. 그러나 대부분의 아픔은 서로가 서로의 처지를 잘 알지 못하는 데서 비롯하는 것들이다. 아픔을 다룬 이야기는 그래서 필요하다. 자기는 그리 될 줄 몰랐는데 자기가 행한 일이 다른 사람에게 아픔이 되었다면 어쩌겠는가? 또 내가 모르는 다른 사람들의 아픔에는 어떤 것들이 있는지 알아야 아픔없는 세상을 만들어나갈 수 있지 않겠는가? 적어도 우리는 서로에게 든든한 위안으로 기대며 살아야 하지 않을까?

『가끔씩 비 오는 날』(창작과비평사 1998)에 실린 작품들을 읽으면서 작가가 미더웠던 것은 바로 이렇게 아픈 데를 찾아다니며 그것을 어루만지는 따스한 손길이 느껴졌기 때문이다. 여기 실린 작품 중에도 "어머니 손은 약손"이라는 대목이 나오지만, 정말이지 작가는 구석구석 아픈 데를 찾아다니는 어머니 약손이 되려고 마음먹은 것 같다. 한번 작가의 손길을 따라가보자.

2

「가끔씩 비 오는 날」은 이 책에서 유일하게 사물을 의인화한 초현실 작품이다. 벽에 박힌 못이 주인공인데, 이 못은 다른 못들과 달리 쓸모가 정해져 있지 않다. 다른 못들은 이 쓸모없는 못을 구박한다. 그래서 이 작품의 주인공은 늘 주눅들어 지내는 처지다. 다행인 것은 새로 이사온 주인 아저씨가 이 못을 쓸모없다 하여 그냥 뽑아버리지 않은 것이다. 아마도 주인 아저씨는 더불어 사는 공생의 원리를 존중하는 예술가인 듯싶다. 세상의 모든 것들은 저마다 제 몫을 지니고 있으며 그 몫은 멋대로 견줄 수 없다는 믿음이 아니고서 당장 쓸모없는 것들을 그냥 내버려둘 리 만무하다. 쓸모없어 보이는 것도 조금만 달리 생각해보면 나름대로 쓸모를 찾을 수 있다는 사실이 중요하다. 비오는 날, 쓸모를 찾게 된 못은 새로 태어난 기쁨에 젖는다. 화초를 담은 바구니를 끈으로 연결해 비를 맞게 하는 일에서 자기가 무척 쓸모있었던 것이다. 어떤 하나의 잣대 때문에 평소 기죽어 사는 아이들이 많은 우리 현실에서 작가의 다음 마지막 말은 깊은 인상을 남긴다.

> 가끔씩 비 오는 날 쓸모가 있는 못이 되는 나는 아주 행복합니다.
> 언제나 쓸모있는 못이 모르는 행복입니다. (20면)

만일 "언제나 쓸모있는 못"이라 우쭐대는 아이들이 있다면, 「철웅이의 비둘기」를 예사로 읽어선 안된다. 이 작품은 "아이들이 다 같을 수는 없지만 적어도 누구 앞에서나 기죽지 않고 씩씩하기"를 바라는 학교 선생님이 들려주는 이야기다. 선생님 이야기의 주인공은 수줍음을 잘 타고 목소리도 작으며 키도 작고 공부도 중간을 겨우 따라가는 철웅이라는 아이다. 그렇지만 이 아이가 매우 똑똑하고 깔끔하며 공부를 잘한다는 누나와는 어떻게 다른가? 철웅이는 자기 집 아파트 베란다 구석에 둥우리를 튼 가엾은 비둘기 식구들에게도 남다른 애정을 보이는 아이다. 누나와 엄마가 지저분하다면서 못마땅해하는 가운데 비둘기는 알을 까고 새끼를 기른다. 철웅이가 비둘기에 관심을 갖고 그런 사실을 일기로 쓰자 선생님은 발표를 시킨다. 당연히 철웅이는 일기에 쓴 것보다 더 자세하고 재미있게 이야기를 한다. 철웅이가 관심을 갖고 관찰해서 누구보다 잘 알고 있는 사실들이기 때문이다. 교실 뒤 알림판에는 '비둘기 소식'이 날마다 적히고, 마침내 철웅이의 비둘기는 반아이들 모두의 비둘기가 된다. 그러나 철웅이가 비둘기새끼를 보고 싶어하는 반동무들을 집에 데려갔을 때, 뜻하지 않은 일로 아이들은 낙담하고 만다.

> "헌 에어컨 상자를 치우는데 일꾼 아저씨가 밟아서 한 마리가 죽었길래 남은 한 마리도 버렸다. 에이, 이제야 베란다가 깨끗해졌네." (30면)

엄마의 말이다. 누나도 곁에서 철웅이의 아픈 마음은 아랑곳하지 않고 재미있는 책을 보여주겠다며 화제를 바꾼다. 실로 언짢은 느낌이 들 수밖에 없는 '하나의 잣대'가 만들어낸 가슴 아픈 이야기다.

아픔을 아픔으로서 헤아려주고 격려의 손길을 내미는 사람들이 곁에 있을 때 우리네 삶은 기운을 차리게 된다. 「벽시계가 있는 집」은 회사가 망해버려 사장인 아빠가 구속까지 된 형편에서 서민 아파트로 삶의 터전을 옮기는 승미네 집 이야기다. 전에는 아무리 부자였어도 갑자기 부닥친 어려움이기 때문에, 당하는 사람으로선 이 또한 아픔이 아닐 수 없다. 그런데 이 작품의 초점은 새로 이사하게 된 작은 아파트의 먼저 주인 쪽에서 보인 살가운 마음에 있다. 아파트 안팎에 남겨놓은 가난한 서민의 알뜰한 삶의 자취는 승미네 식구들을 감동시킨다. 더욱이 일부러 두고 간 '벽시계'는 행운의 선물이었다. 어쩌면 승미네 집 형편은 수도 없이 이사를 다녀야 하는 서민들보다 더 나쁘다고만 할 수 없다. 그러나 벼랑 끝으로 몰리는 기분이 되어 새로 이사오는 집 식구들에게, 가난해도 성실하게 살아온 서민 이웃이 드러낸 정성스런 마음은 적지 않은 격려가 되었을 것이다.

「첼로」역시 아픔을 어루만지는 내용이다. 이 작품은 아빠를 병으로 여의고 좋아하는 음악을 중단할 수밖에 없어 가슴속 깊이 아픔을 간직하고 지내는 친구에게 격려를 전하는 풋풋한 우정을 다루고 있다. 「강아지」는 사람이 아니라 동물의 아픔을 헤아린다는 점이 차이라면 차이다. 동물의 목숨을 함부로 여기는 것도 몹쓸 짓이다. 주인이 제대로 돌보지 않아 아궁이 불에 덴 강아지를 데려다가 정성껏 보살피는 마음은 참으로 귀중하다.

이 책에는 장애인의 삶을 담은 작품이 네 편 실려 있다. 신체장애인의 아픔을 다룬 이야기가 두 편이고, 정신장애인의 아픔을 다룬 이야기가 두 편이다. 그런데 이들 장애인은 마음이 보통 사람들보다 착하고 넉넉하다. 게다가 이들의 아픔을 헤아릴 줄 아는 사람들의 도움을 받아 나름대로 자기 몫의 삶을 누구보다 건강하게 살아가는 이들이다. 「눈 오는 날」에서 몸 한쪽을 마음대로 쓸 수 없는 용문이는 어려운 집안일을 도와 열심히 살아간다. 아버지는 회사가 망해 직장을 잃은 뒤 일자리를 찾아 집을 비우는 때가 더 많고, 어머니는 자기를 돌보기 위해 학교 선생님 일을 그만두고 개천가에서 야채장사를 한다. 그런데 몸이 온전한 동생보다 그렇지 못한 용문이가 오히려 어머니 마음을 헤아려 장사를 돕는다. 「흙」에는 저능아 창복이가 나온다. 교실에서 하는 공부보다 교실 밖에서 몸을 움직여 노는 일을 좋아하는 창복이를 생각해서 담임선생님은 흙을 퍼날라주고 밭을 만들어준다. 창복이의 밭은 곧 학교의 자연실습장이 될 만큼 정성스레 일구어진다. 창복이는 흙에서 공부하며 흙과 함께 살다가 열여섯살에 세상을 뜬다. "흙 속에서 살다가 흙으로 돌아간" 것이다. 선생님의 목소리로 전해지는 이 이야기는, 주인공 창복이가 아무런 악의도 없고 어린애처럼 천진한 모습의 기억을 남기고 동무들보다 먼저 훌쩍 떠나갔기에 한결 안타까움을 더한다.

나머지 두 편의 장애인 이야기에서는 최근에 세상을 달리한 권오순·임길택 선생의 삶을 다루었다. 화려한 불빛이 없는 응달의 아동문학계일망정 어린이 마음을 닮은 훌륭한 동시와 동화를 써서 우리 아이들과 친숙한 이 두 분의 안타까운 생애가, 아픔을 헤아려 어루만질 줄 아는 작가의 손으로 그려진 것도 그렇거니와, 장애인의 삶과 연결되어 있음은 아주 자연스럽다. 권오순 선생은 어렸을 때 소아마비를 앓아 몸소 장애인의 아픔을 겪다가 세상을 뜬 분이고, 임길택 선생은 탄광마을 아이들과 농촌학교의 장애인반 아이들에게 누구보다 열의를 보이며 참교육을 실천하다가 폐암에 걸려 이른 나이에 세상을 뜬 분이다. 「아가 발은 짝발」 「창 밖의 곤줄박이」는 제각각 그

분들의 아픔 속에 깃들인 고귀한 정신의 높이를 가늠케 해준다.

동화는 흔히 초현실세계를 즐겨 다루는데, 이 책에 실린 작품들은 거의 현실세계이고 아동문학이 흔히 꺼려하는 죽음에 대해 진지하게 드러낸 작품들도 꽤 된다. 그래서 엄격히 말해 동화라기보다 아동소설이라고 할 작품들이 대부분이다. 그중에서도 「별똥별」과 「분청사기」는 학생시절을 돌아보는 내용이 소설 구성의 주요 계기로 작용하고 있을지라도, 어른의 시점에서 시작하고 끝을 맺어 어린이 독자들이 좀 낯설게 여길 법도 하다. 「별똥별」은 과거와 현재를 이으며 연상효과를 극대화하는 결말 처리가, 그리고 「분청사기」는 치밀한 복선과 연결되어 극적으로 반전되는 마지막 사건 해결이 더한층 소설의 기법을 따르고 있다. 그렇다고 아이들이 이해하기에 크게 무리가 되는 내용은 아니다. 다른 작품들이 고학년 동화로 칠 때 교훈동화의 상투성을 조금씩 내비치고 있는 것에 비한다면 이 작품들은 독자를 드넓은 문학의 세계로 안내하기에 알맞은 것들이다.

「별똥별」은 마산으로 트래킹 여행을 간 중년기의 1인칭 주인공 '나'(두영)가 과거 고등학교 시절 그곳 결핵요양원에서 치료를 받으며 알고 지낸 학수란 친구를 추억하는 내용이다. 학수는 피리를 잘 불던 요양원의 한 친구가 먼저 세상을 떠나자 자기 병이 나으면 모래밭에 묻어둔 그 친구의 피리를 꺼내 불겠다고 다짐한다. 나와 학수는 바닷가를 거닐다가 납작한 돌을 집어들어 물수제비를 뜨곤 했다. 학수는 "처음에는 탐방탐방 떠나가다가 나중에는 돌맹이가 물 위에 그냥 떠서 주르르 선을 그으며 가게 하는" 별똥별을 뜨게 되면 병이 나을 것이라고 자기 암시를 하지만, 별똥별이 나오기 전에 죽고 만다. 나는 병이 나아서 마산을 떠났고, 이제 이십년 만에 다시 마산에 오게 되었다. 그런데 공교롭게도 일행들과 바닷가에서 물수제비 뜨는 시합을 하게 된다. 내 차례가 되자, 옛날 학수를 위해 혼신의 힘으로 별똥별을 뜨던 때를 생각하고, 나는 마침내 별똥별을 뜬다. 그때 어디선가 맑고 투명한 학수의 피리 소리가 나는 것 같은 환청을 듣는다. 이처럼 줄거리는 간단하지만 피리와 별똥별이 죽은 친구에 대한 연상의 매개물로 작용해서 젊음의 꽃을 미처 피우지 못하고 세상을 뜬 친구에 대한 절실한 그리움을 불러들인다. 애틋한 서정의 울림으로 문학의 체험을 전하고자 한 작품이다.

「분청사기」는 죽음을 앞둔 홍씨 부인이 아들 친구에 대한 해묵은 오해를 푸는 과정을 그렸다. 홍씨 부인은 암으로 병원에 입원해 있는데, 아들 셋보다 자신을 더 돌보는 이는 둘째아들 홍배의 친구 태식이 부부다. 홍씨 부인은 그 까닭을 어렸을 때 몹시 가난했던 태식이가 자기네 분청사기를 훔친 대가라고 여긴다. 그렇더라도 죽음을 앞두고 과거를 돌이켜볼 때 왠지 자기 삶에 대한 회한의 마음이 자꾸 앞서고, 더욱이 아들 셋이 제각각 바빠서 아들 친구인 태식이가 오히려 치성을 다하는 모습을 보고는 태식이를 용서해야겠다고 마음먹는다. 그뿐 아니라, 왜 진작에 착하고 가난했던 태식이를 돌보지 않았던가 뉘우치기까지 한다. 그래서 죽기 전에 착한 태식이가 가난 때문에 어쩔 수 없이 저지른 잘못을 용서해주고 그의 가슴에 박혀 있을 못을 뽑아주리라 마음먹는데, 나중에 분청사기를 훔쳐간 범인은 둘째아들 홍배임이 밝혀진다. 홍배는 물론 태식이를 돕기 위해 저지른 짓이었다. 홍씨 부인도 홍배도 태식이도 모두 자기를 탓하며 서로의 아픔을 덜어주려고 하는 마지막 대목에 이르면 가슴이 뭉클해진다. 홍씨 부인은 마침내 용서를 비는 유서 한 장과 잃어버린 분청사기의 짝이 되는 도자기 한 개를 태식에게 남기고 세상을 뜬다. 치밀한 구성으로 죽음에 임박한 인물의 내면세계를 꼼꼼하게 그려나간 점에서 삶의 무게만큼이나 깊은 울림을 전한다. 자신도 모르는 새, 서로에게 아픔을 주며 죄를 쌓고 살 수밖에 없는 사람의 운명을 깨끗하게 정화하고자 하는 작가의식이 엿보인다.

아이들의 목소리가 곧바로 들려오는 작품이건, 선생님의 목소리를 통해 들려오는 작품이건 간에, 아이들의 아픔은 비단 아이들의 세계 안에서만 일어나는 것이 아니라 어른들의 세계와 맞물리고 있다. 더욱이 어린시절의 아픔이 어른이 되어서까지 얼마나 끈덕지게 따라붙는지를 깨닫는 것이 중요한데, 이럴 경우는 어른의 목소리로 현재와 과거를 교차시키는 구성이 적합하다. 작품에서는 현재까지 지속되는 과거의 아픔을 돌아보는 내용이 어린이 독자에게는 훗날의 시점에 이르기까지 자기 앞의 삶을 미리 상상으로 체험하고 어떻게 살 것인가를 준비하도록 해주기 때문에, 「별똥별」이나 「분청사기」와 같은 독특한 구성의 소설 작품들은 아동문학의 새로운 시험대로서 뜻이 있다. 소년소설과 일반소설의 경계에 청소년문학을 둘지라도 이 모든 구분은 나이별 이해 범위에 따른 것이어야지 문학의 효과를 줄이고 늘이는 것으로 판단해서는 곤란하다. 좋은 아동문학이란 '어린이부터' 읽을 수 있는 것으로 그 상한선은 없다고 하지 않는가? 어린이의 삶을 쓰더라도 다루는 붓질이 유치하지 않고 그 나름으로 깊이를 지닐 때 아동문학은 문학으로서 효과를 말할 수 있다고 믿는다.

3

이제 아동문학을 아끼는 어른들에게 좀더 따져볼 만한 문제를 제기하면서 이 글을 마무리지을까 한다. 앞에서 살펴본 대로 여기 실린 작품들은 작가의 주된 관심이 어디에 있느냐 하는 점을 하나로 집약해서 드러내고 있다. 그것은 몸이 아프거나 마음이 아프거나 해서 고통받는 약자, 또는 소외층한테로 향한 정성어린 관심이라 하겠다. 그런데 작가는 사건으로 곧바로 들어가기보다 어느정도 복잡한 구성을 써서 읽는이가 일의 처음과 끝을 천천히 깨닫도록 이끈다. 다른 사람의 아픔에 대한 역지사지(易地思之)의 경험을 의도한 만큼, 이런 차분한 접근방식은 일부 효과적이라 생각된다. 그러나 단순소박하고 활달한 것을 좋아하는 아이들의 특성에서 보면, 자칫 힘겨운 책 읽기가 되지 않을까 하는 걱정도 든다. 그래서 이 책의 독자는 초등학교 고학년쯤으로 높여 잡아야 할 것 같다. 아동문학은 '어린이'에 대한 고려가 으뜸이다. 아이들의 눈높이로 아이들의 생생한 현실에 적중함으로써 아동문학은 문학이 된다. 아동문학도 문학이라는 관념이 잘못 인식되어 어린이를 괄호에 넣는 경우가 종종 있다. 독자 나이의 상한선을 없애려는 작가 욕심이 진짜 독자를 잃게 만드는 결과를 가져오지 않는지, 동화작가라면 끊임없이 되물어야 할 것이다.

이 책을 읽는 데 힘겨움을 주는 요소는 관념의 내용을 앞세우는 듯한 태도에서도 찾아볼 수 있다. 여기서 관념의 내용이란 형상화가 덜 되었다는 말이 아니라 아이들 세계에서 경험하기 힘든 '어른 취향'의 내용을 가리킨다. 우리는 이 책에 실린 작품에서 작가의 분신을 수없이 만나는데, 이는 현실을 냉정하게 바라보지 않고 너무 자기중심으로 보려 든다는 의혹과도 이어진다. 그래서인지 바로 눈앞의 현실보다는 과거 사실에 대한 회고 형식으로 만들어진 이야기들이 너무 많다. 작품마다 아이들이 등장하기는 해도 서술 시점은 대개 어른이다. 읽는 이는 서술 시점을 따라 체험을 하게 되는 법이니, 어른 체험을 자기 것으로 하는 과정이 아이들에겐 버거울 것이다. 또한 살면서 겪게 되는 아픔을 주로 다루고 있다고 했지만, 그 아픔이 어디에서 비롯하는가를 두고도 분명한 갈등상황을 드러내지 않은 작품들이 많다. 대부분 원래부터 장애인이었거나, 큰 병이 났거나, 아버지가 실직을 했거나 하는 미리 정해진 전제 아래서 일들이 벌어진다.

게다가 아픔을 어루만지려는 작가의 손길이 냉엄한 현실의 매개없이 거의 그대로 투영되어 관념상으로 미화된 인물이 많은 것도 문제다. 이 책에 나오는 인물들은 극소수를 제외하고는 어른도 아이도 너무 착하고 예쁘기만 하다. 서로 부대껴 갈등을 낳는 부정의 인물은 「철웅이의 비둘기」와 「강아지」에서만 뚜렷하고, 그밖에는 「가끔씩 비 오는 날」「눈 오는 날」「분청사기」에 일부 어렴풋하게 드러날 뿐이다. 나머지 작품들에선 주인공의 아픔이 거의 운명적인 성격을 띠고 있다. 따라서 구원 또한 그렇게 운명적인 만남에 의존할 수밖에 없다. 그러나 그런 운명적인 구원을 기대하기 힘들다는 데에 현실의 문제가 있지 않을까?

구체적 현실이 후퇴한 곳에 그림자 같은 인물이 어른거린다. 작가는 일종의 분위기를 중시하고 상상할 여지를 남겨두려 했는지 모르지만, 이것이 어른 취향에 가깝다는 혐의와 맞물리면 아이들의 현실에서 출발하지 않고 작가의 관념에서 만들어진 이야기라고 비판할 수 있다. 사회현실의 제약과 연결될 수 있는 아픔조차 작가는 운명이나 개인의 심성에서 해답을 찾으려 한다. 특히 앞에서 논의하지 않은 작품 「백령도」는 사회현실과 훨씬 맥락이 닿는 문제를 다루는 듯한데도 작품의 초점이 분명하지 않다. 어째서 '백령도'와 '광복절'과 '6·25의 상흔' 같은 일등성들이 밤하늘의 수많은 떠돌이별처럼 아무 연관없이 스쳐지나가고 말았을까? 어째서 '백령도'에는 진짜 백령도 사람들이 단 한 명도 등장하지 않은 채 육지 사람들의 구경거리만 뜬구름처럼 그려져 있을까? 작가가 의도한 듯싶은, 자기가 발 딛고 사는 땅으로부터의 소외를 극복하자는 자못 중대한 문제의식과, 상상으로 맡겨진 주인공 소년의 소원을 어떻게 연결해야 할까? 어른의 입으로 막연하게 교훈을 전하는 대목도 적지 않거니와, 주인공 소년의 소원을 미지의 것으로 남겨둔 결말 처리가 방향을 잃고 모호하게 그려진 줄거리 진행도 문제다.

아무튼 작가 특유의 체질 또는 창작방법에서 비롯되었을 일종의 '먼 거리'와 '느린 동작'으로 처리된 듯한 장면들은 이런 작품에 익숙하지 않은 독자에게는 지루한 요소로 작용하기 쉽다. 하지만 그중 다행인 것은, 막연하게 뭉뚱그려진 듯한 대목이 아주 없는 것은 아니나, 공연한 꾸밈 대신에 대상을 정직하게 따라가려는 반듯한 문장을 작가가 구사하고 있기 때문에, 조금 훈련된 독자라면 작가가 의도하는 따뜻하고 인간미 넘치는 작품 속 여행을 통해 가슴에 오래 남을 감동을 맛볼 수 있으리란 점이다. 이렇게 작품을 읽는 재미와 읽고 난 뒤의 감동이 하나로 속시원하게 이어지지 못하는 경우에는 여러가지로 따져볼 만한 논란거리가 더 있을 법하나, 그 문제는 작가에게나 또다른 평자에게나 앞으로의 숙제로 남겨두고 싶다.

〈가끔씩 비 오는 날(창작과비평사 1998) 해설〉

어린이 마음과 시인의 마음

권태응 『감자꽃』·김구연 『사랑의 나무』

1

세상이 어지러운 때일수록 순수한 마음이 그리워진다. 한국글쓰기
연구회에서 펴낸 어린이시 모음 『엄마의 런닝구』(보리 1995)를 펼쳐
드니 단순소박하면서도 알맹이가 꽉찬 느낌에 잠깐씩 숨이 멎는다.

비가 오고 산을 보니까/(⋯)/나무들이 싱싱해졌다./꽃도 비한테 젖어
서/빗방울을 뚱 뚱 띠기고/웃는다. (「비 온 후」, 경북 울진 온정초등 3학년
박인숙)

빨랫줄에 널어놓은/아빠 바지 끝의/아기고드름/쪼르르 타고 내려와
/떨어질까봐/두 손 꼭 쥐고/매달려 있지요. (「고드름」, 경북 울진 온정초
등 3학년 김은정)

과자 부스래기 가져갈라고/지가 먹고 살라고/개미 구멍에서/떼가리가 나옵니다. (「개미」, 경북 울진 삼당초등 3학년 남중학)

어린이는 모두 시인이라는 말은 조금도 과장이 아니다. 시를 '사무사(思無邪)'라고 풀이한 공자의 말에 비추어도 '동심(童心)'은 곧 '시심(詩心)'이 아닐는지?

"좋은 어린이 시는 가슴에 선뜻 다가오는데, 어른이 쓴 동시는 왜 그것만큼 다가오지 못하나. 아이들도 어린이 시를 읽어주면 모두들 좋아하는데, 어째서 동시는 그렇지 않은가. 좋은 동시 선정 문제로 오래 고민할 것이 아니라, 아이들한테는 어린이 시를 주는 쪽으로 하는 게 어떤가…"

아동문학을 공부하는 인천의 한 모임에서 요즘 동시에 대해 주고받은 말들이다. 이런 말들을 주고받으면서 그렇지 않아도 아이들이 멀리 하는 동시를 더 그렇게 만드는 것 같아 뒷맛이 썩 개운하지 못했다. 하지만 사실이 그렇다. 아이들한테 들려주고 싶은 좋은 동시로 평가된 작품을 두고서도 어떻게 해야 아이들이 기꺼이 이런 세계에 깊숙이 파고들어갈 수 있을까 하는 고민을 먼저 해야 하는 형편이다. 왜 이렇게 되었을까?

2

지금으로부터 한 오륙년 전에 우리집 아이들이 인천지역 탁아소인 '나눔 어린이집'에 다닌 적이 있다. 그때 나는 우리 아이들이 부르는 다음 노래를 가만히 속으로 따라부르곤 했다.

자주 꽃 핀 건 자주 감자,
파 보나 마나 자주 감자.

하얀 꽃 핀 건 하얀 감자,
파 보나 마나 하얀 감자.

─「감자꽃」전문

(조선 꽃 핀 건 조선 감자./파 보나 마나 조선 감자.// 왜놈 꽃 핀 건 왜
놈 감자./파 보나 마나 왜놈 감자.)

노랫가락이 퍽 구성져서 조금 서글픈 느낌을 주었는데, 농촌 아이
들의 생활상의 발견을 자연스럽게 노래한 것임에도 그 뜻을 가만히
새기노라면 공연히 눈물이 돌았다. 이 노래가 기막힌 우리 역사현실
을 마치 항변이라도 하는 듯이 느껴졌다. 이 노래는 아주 낮은 목소
리지만 어떻게 보면 우리네 삶의 진실을, 보이지 않는 곳에서 조용히
이루어내고 있는 그 변함없는 삶의 진실을 생각나게 해주는 것이었
다(원문에 없는 '조선 꽃'이나 '왜놈 꽃' 부분은 노래를 지어 부르면서
누군가 보태넣었을 것이다).

그때는 이 짧고 간단한 노랫말이 아이들 세계처럼 재미있는 것 같
으면서 참 기묘하게도 넓고 깊은 울림을 지녔구나 하고 한번 생각해
봤을 따름이고, 그것이 권태응(權泰應, 1918~51)의 잘 알려진 동시
「감자꽃」인 줄도 몰랐다. 아동문학에 관심을 두기 전이었고, 또 내가
과문한 탓인지 이 좋은 동시를 학교에서고 어디서고 한번도 듣거나
배워본 적이 없다. 지금 우리 어린이들은 어떨지 모르겠다.

어린이운동이요 민족운동으로 전개되어온 일제시대의 동요·동시
들을 보면, 몇가지 경향이 없는 건 아니지만 그래도 어린이의 삶이라

든가 시대 분위기를 느낄 수 있는 것들이 꽤 많았다. 그런데 언제부터인지 그런 작품들은 거의 자취를 감추고, 완전히 아이들 장난감 같은 노래 아니면 어린이는 안중에도 없는 기교 중심의 난해시 같은 것들이 '문학주의'의 가면을 쓰고 난무하였다. 이런 까닭에 우리 아동문학은 과거의 옳은 전통을 찾아 잇는 일이 지금까지도 뚜렷한 과제로 남아 있다. 거의 반세기에 이르는 시간 뒤에 다시 햇빛을 보게 된 권태응 동시집 『감자꽃』(창작과비평사 1995)이 새로 나온 의의가 우선 여기에 있다고 생각한다.

권태응의 동시들은 유년의 순진한 세계를 담고 있다. 반복되는 운율구조 때문에 동요로 볼 수도 있겠는데, 그보다는 조금 호흡이 유장한 편이다. 동화도 그렇지만 동시에서는 유년의 세계를 제대로 담아낸 것들이 그리 흔치 않다. 이것은 아이들의 행동과 심리, 생활을 깊이 탐구하지 않고 그저 자기 기억이나 겉스치는 관찰만으로 작품을 쓰는 데 까닭이 있다. 진짜 어린이는 없고 어린이 흉내만 있는 유치한 시들이 대부분이다. 하지만 권태응의 동시는 동심주의의 '짝짜꿍' 동요와 달리 머릿속에서 만들어지지 않고 어린이의 삶에서 자연스레 우러나온 것이다.

키가 너무 높으면,
까마귀떼 날아와 따먹을까 봐,
키 작은 땅감나무 되었답니다.

키가 너무 높으면,
아기들 올라가다 떨어질까 봐,
키 작은 땅감나무 되었답니다.

——「땅감나무」전문

이건 시인의 목소리 그대로이겠다. 하지만 발상의 근원이 어린이 눈으로 되어 있고, 자연과 생명과 어린이를 위하는 따뜻한 마음이 그 안에 녹아 있다. 재미를 앞세운 기발한 착상이 아니라, 어린이가 지니는 소박한 삶의 정서가 그대로 시의 향기가 된 것이다. 앞에서 보기로 든 「감자꽃」의 세계도 그렇거니와, 시인은 말의 치장에 공을 들이기보다 은근한 깨달음을 어린이의 삶 속에서 자연스레 붙들어낸다.

> 고추는 빨개야만
> 고추답고
>
> 고추는 매워야만
> 고추답다.
>
> ──「고추」부분

공연히 말을 비트는 따위의 기교는 하나도 없고 깨끗한 우리말을 잘 살려 썼다. 게다가 대부분 앞뒤가 반복구조로 똑같이 대응하기 때문에, 어린이가 쉽게 이해하고 낭송할 수 있도록 되어 있다. 말의 반복이 단순히 운율만을 고려해 억지스럽고 유치하게 사용되지 않았다는 점을 눈여겨볼 일이다. 따뜻하고 차분하며, 때로는 당찬 시인의 어조는 단순한 어린이 흉내내기가 아니면서도 어린이의 삶에 녹아들어가 저절로 어린이의 목소리로 바뀌어 있다. 다음 시를 보면 이런 점이 더욱 뚜렷해진다.

> 혼자서 떠 헤매는
> 고추잠자리.
> 어디서 서리 찬 밤
> 잠을 잤느냐?

빨갛게 익어 버린
구기자 열매.
한 개만 따먹고서
동무 찾아라.

——「고추잠자리」전문

일하고 사는 모습 역시 아이들 삶의 일부이고 주요 관심거리 가운데 하나이다. 삶을 외면한 동시들이 도저히 가까이 할 수 없는 것이 바로 일하는 사람들의 세계라고 할 수 있다. 권태응 동시가 유년의 세계이면서도 삶의 한가운데 있다는 것은 매우 값진 성과이다.

우리 식구 모두 다
논밭으로.
춥기 전에 곡식 걷기
논밭으로.
날만 새면 바빠요
논밭으로.

——「논밭으로」부분

쪽 쪽 푸르른 보리밭 골.
나란히 세 사람 호미를 들고
햇살 발끈 받으며 밭을 매지요.

——「보리밭 매는 사람」부분

일하는 사람들의 세계가 아주 상쾌한 가락을 타고 흘러 건강한 정서를 불러일으킨다. 가락을 앞세우다 보니 부분적으로는 삶의 생생함이 덜한 느낌도 없진 않지만, 행진곡 풍의 느낌 역시 어린이다운

마음이라고 하겠다. 놀이와 일의 세계가 하나로 이어진 씩씩한 어린
이의 삶과 정서는 그것을 잃고 사는 오늘의 현실에선 그 자체가 하
나의 신선한 공기로 느껴진다.

　　율무를 떱니다.
　　오돌돌돌.
　　동네 아기 모입니다.
　　마당 그뜩.

──「율무」 부분

　　고추밭에 갈 적에
　　건너는 또랑물.

　　찰방찰방 맨발로
　　건너는 또랑물.

──「또랑물」 부분

　　동무 동무 들동무
　　들판으로 다니고,
　　아지랑이 물결 속
　　나무 캐러 다니고.

──「동무 동무」 부분

　　꼬마아이들의 활달한 모습이 눈앞에 훤하다. 슬그머니 웃음이 나
오다가도 어느새 어린이처럼 숨이 가빠지곤 하지 않는가. 이렇듯 건
강한 어린이의 삶과 정서가 우리 겨레의 앞날이어야 할 것이다.
　　한편, 어린이의 삶이 겨레의 운명과 따로 떨어져 있지 않다는 점에
서 보면, 자기를 둘러싼 이웃들의 어려운 삶에 눈길을 돌리는 것도

마땅한 일이다.

북쪽 동무들아
어찌 지내니?
겨울도 한 발 먼저
찾아왔겠지.

먹고 입는 걱정들은
하지 않니?
즐겁게 공부하고
잘들 노니?

너희들도 우리가
궁금할 테지.
삼팔선 그놈 땜에
갑갑하구나.

―「북쪽 동무들」전문

어제도 오늘도
먼산에 연기

두멧골 산등에 불이 타누나
그 누가 산밭을 일구는 걸까?

농사철 봄 되면
먼산에 연기

씨뿌림 밭뙈기 장만하려고

산사람 불들을 놓는 거라지.

——「산불」 전문

　어린이들도 세상 삶의 무늬와 결을 따라 온갖 걱정이 있고, 어른과 함께 또는 혼자만의 남모르는 고초를 겪는데도 도대체가 언제부터인지 동요·동시 하면 그저 '짝짜꿍'이요 '떼데굴'로만 알고 있는 경우가 많다. 실상 어린이의 마음이 그들대로 얼마나 알차고 속이 깊은지는 어린이를 마주 대하고 보면 금세 알 수 있는 일이다. 위의 시들은 시인이 살던 시대와 정직하게 호흡한 데서 얻어진 사실의 기록으로, 어린 독자를 겨냥하고서도 소박한 대로 리얼리즘 시정신을 잃지 않은 시인의 자세를 엿볼 수 있다.

3

　김구연(金丘衍) 시인은 1971년 『월간문학』 신인상 당선으로 문단에 나온 이래 지금까지 줄곧 인천에서 시와 동화를 써오고 있다. 그 공로로 여러차례 문학상을 수상한 바도 있으니, 단순히 향토 문인에 머물지 않는 인천의 실력자이다. 그동안의 여러 시집들을 한데 모아 정리한 『사랑의 나무』(동아사 1985)를 살펴보면 이 시인의 작품세계가 한눈에 들어온다. 시집을 낼 때마다 굳이 '동시집'이라는 표제를 내걸고 있지 않은 데서 알 수 있듯이, 그의 시는 '짝짜꿍'이나 '떼데굴'과는 거리가 멀다. 그렇다고 어린이는 안중에도 없는 무슨 현란한 기교의 시도 아니다. 이것만으로도 이 시인은 곧은 '항심(恒心)'과 함께 맑고 순연한 '시심(詩心)'을 지키려 한다는 사실을 알 수 있다. '동심'이 곧 '시심'이라면, 동시와 시를 애써 구별하려는 태도가 오히려 수

상쩍어 보일 수도 있다.

제가 왔다고
아아아 아아아

동무야 놀자고
아아아 아아아

아무도 안 나오니
아아아 아아아

그러면 간다고
아아아 아아아

──「마을에 온 까마귀」 전문

옛날에
망초꽃 하나.

지금도
망초꽃 하나.

그냥 그냥
망초꽃 하나.

──「망초꽃」 전문

여기에 무슨 말이 더 필요할까? 시인의 목소리조차 흔적없는, 자기 안과 밖의 경계가 사라지고 자연과 서늘하게 교감하는 이런 시들은, 맹목에 가깝도록 신열(身熱)에 들떠 사는 현대인의 가슴속에 신선한 공기를 불어넣어줄 것이다. 또한 빈틈없이 짜여진 인공의 시공간 속에 갇혀 지내는 요즘 도시 아이들한테도 값진 정서적 체험이 되리라고 믿는다.

다음 시는 어떠한가?

> 황고개 쑥고개
> 활 활 불 났다.
> 진달래
> 꽃불 났다.
>
> 노마야 순이야
> 불구경 가자
> 꽃불 먹고 잔디밭에
> 뒹굴어 보자.
>
> ──「꽃불」 전문

장관이다. 시인은 화면 가득히, 가슴 벅차게 화려한 새봄의 자연 경관을, "황고개 쑥고개"라는 향토 색채와 "꽃불 먹고 잔디밭에/뒹굴어 보자"라는 집단 신명으로 거뜬히 담아내었다. 이 시는 그의 대표작으로 널리 알려진 것인데, 이 시인에게 '동심'과 '항심'과 '시심'이 하나임을 더욱 뚜렷이 해주는 작품이라고 할 수 있다.

다만 어린이를 좀더 의식한다면, 잘 정제된 호흡과 이미지, 시어들의 조화뿐 아니라, 그것이 구체적인 우리 아이들 삶의 현실에 뿌리를 둬야 하지 않겠느냐는 생각이 안 들 수가 없다. 이 시집에서 단순소박한 대로 알맹이를 꽉 채운 시들을 꼽아보면, 거기엔 시대의 공기가 없고, 언제나 시적 대상과 어린이 독자와의 거리감이 느껴지곤 한다.

아기가
말을 걸면
대답 않다가

아기가
돌아서면
애야, 불러요

깜장염소.

———「친구」 전문

누구에겔까
소곤 소곤
귓속말
수다쟁이.

아이들
발자국마다
고여서
걷고 싶은
봄비.

———「봄비」 전문

이 시들엔 분명히 어린이다운 발상과 눈과 목소리가 살아있다. 그
것이 아이들 마음처럼 다소곳하고 따뜻한 정서로 다가온다. 그런데
내 느낌으론 이들 시에서 아이는 뒤켠으로 물러나 있고 "깜장염소"
나 "봄비"가 앞으로 나와 있어 아무래도 잘 쓴 사물시에 가깝다는 생

각이 든다. 또다른 성공적인 시를 들더라도 "아직은/추워서/파랗게 피었습니다."(「오랑캐꽃」 부분) 혹은 "너는 크낙한/한자루/푸른/촛불."(「미류나무」 부분) 따위에서 보듯이, 시인이 정곡을 찌르는 대상은 늘 한 폭의 정물화로 그려진다.

그래서 나는 짐짓 무리한 생각이지만, 다음 시에서 '아이'를 '우리'로 고쳐 읽어보았다.

이파리는 누에들이 먹고
오디는 아이들이 먹고

누에는 고치를 만드는데
아이들은 무얼 만드나?

뽕나무는 말없이
지켜보고 섰다.

——「무얼 만드나?」 전문

이제 그가 굳이 '동시'보다는 그냥 '시'를 고집하는 이유를 알 것 같다. 요즘 아이들한테는 『감자꽃』의 세계에서 보는 것과 같은 삶다운 삶이 없다는 점도 한 이유가 되겠지만, 이 시인은 아이들 세계에 관한 한, 무미건조하고 팍팍한 삶을 피해 차라리 '그리움'과 '회상'과 '관조'의 세계에서 시의 씨앗을 키우고 있는지도 모른다.

4

언제일까? 권태응 동시집 『감자꽃』의 아이들이 책 속에서 쏟아져나와 이땅 곳곳을 누비며 마음껏 뛰어다닐 그 날은. 이 아이들이 또 내키는 대로 김구연 시집 『사랑의 나무』로 뛰어들어가 저마다 둥지를 틀고 비비적거리며 가쁜 숨 몰아쉴 때는⋯⋯

〈황해문화 1996년 봄호〉

감상주의의 뿌리

2000년 신춘문예 당선 동화의 문제점

1

한 오륙년전쯤일까? 주제넘게시리 어느 자리에선가 이런 문제제
기를 한 적이 있다. '오늘의 아이들이 오늘의 아동문학에 있는가? 또
오늘의 아동문학이 오늘의 아이들한테 있는가?' 하고. 90년대 중반
에 이르도록 '오늘'보다는 '어제'의 관성에 매달린 당시 창작경향에
대한 반발이었다. 그런데 90년대 중반을 넘어서면서 돌연 사정이 바
뀌었다. 새로운 작가층이 자못 맹렬한 기세로 자기를 드러내고 있는
데도 비평이 그것을 따라가지 못하는 형편이 된 것이다. 비평이 대수
일까. 어쨌든 뭔가 꿈틀거리는 판이 즐거웠다. 불확실성 속에서나마
어떤 가능성을 지니고 새 천년을 맞게 된 것이 다행이다 싶었다.

그런데 이상하기도 하지. 신인 중의 신인이라고 해야 할 신춘문예

작가의 작품, 곧 새 천년을 여는 신춘문예 당선 작품이란 것들이 뜻밖에도 실망을 주었다. 어느 때보다 구태의연했고, 어느 경우는 까마득한 퇴행의 징조까지 드러내고 있어 숨이 콱콱 막혔다. 유구한 전통을 지니고 작가의 공식 입문과정으로 제도화된 신춘문예는 오늘날 새롭게 약진하는 출판의 젊은 흐름과는 완전히 딴 세상이었다. 어째서 이렇게 되었을까? 이른바 제도권 문단의 벽은 지금도 그렇게 콱 막혀 있는 것일까?

신춘문예 당선 작품은 아동문학을 대상으로 하는 현장비평이 충분치 못한 형편에서 초등학교 교과서와 함께 아동문학에 관한 보통 사람들의 상식을 지배하는 매우 큰 영향력을 행사해왔다. 작가 지망생에게는 작품의 경향과 모델을 제공하는 유력한 통로이기도 해서 신춘문예 당선 작품에 대한 관심은 그만큼 중요하고 그 비판도 누구에게나 활짝 열려 있어야 마땅하다. 그러나 사정은 그리 만만치 않다. 자칫 심사의 공정성에 대한 시비로 불똥이 튀어 선자(選者)의 개인 취향을 둘러싼 지엽적이고 소모적인 논쟁으로 흐른다든지, 심지어 문단파벌의 영향력을 둘러싼 이전투구로 비쳐질 가능성이 없지 않은 것이다. 문제는 비평정신일 테다. '알아서 기는' 작가와 '눈치만 보는' 비평가…… 기성문단의 편견과 타성이라면 이제 신물이 난다는 목소리가 팽배하다.

2

이 글은 올해 신춘문예 당선 작품 가운데 동화를 중심으로 그 특질과 문제점을 검토할 것이다. 여기서 대상으로 삼은 작품은 다음 일곱 편인데, 이것들은 서울과 지방을 가리지 않고 신문사의 홈페이지에 오른 것들의 전부이다.

김명희 「눈 내린 아침」, 동아일보
이희곤 「달우물역 철마가 간다」, 조선일보
김해원 「기차역 긴의자 이야기」, 한국일보
이환제 「흥, 썩은 감자잖아!」, 대한매일
정란희 「우리 이모는 4학년」, 부산국제신문
김미아 「할머니의 약속」, 광주일보
김영옥 「아버지의 열쇠고리」, 대구매일신문

위의 당선 작품들을 한자리에 모아놓고 보면 금세 눈에 띄는 사실이 있다. 노인을 주요 등장인물로 내세운 작품이 반수 이상이라는 점이다. 이것은 분단이나 전쟁의 후유증을 다룬 작품이 그만큼 많은 데에서 비롯된 사실이기도 하다. 여기서 내가 제기하고자 하는 문제의 핵심은 노인을 주인공으로 삼았다는 것이 아니고, 어떤 정형화된 작가의 관념이 독자를 밖으로부터 무겁게 짓누르고 있는 현상이다. 아이들의 것도 아니고 어른의 것도 아닌, 정체가 불분명한 작품이 너무 많다. 그렇다면 자기만족의 문학이란 말인가? 하필 당선작들이? 분단·환경·실직·장애인 문제가 최근 신춘문예의 인기품목이라는 사실을 모르는 사람은 거의 없다. 이런 문제를 다루는 것이 그 자체로 어떻다고는 말할 수 없다. 아니, 오히려 소망스럽다. 하지만 이런 중요한 문제일수록 또한 '뻔한' 문제이기가 쉽다. 그래서 응모작에는 틀에 박힌 모범답안을 흉내낸 것들이 많을 수밖에 없는데, 이럴 경우 작가정신은 얼른 생각하기와 달리 가장 낮은 질일 가능성이 크다.

작가정신은 '작가적 성실성'의 다른 이름이기도 하다. 그러니까 낮은 질의 작가정신에서는 명수의 솜씨를 기대하기도 힘들다는 얘기가 된다. 아이들 일상생활을 직·간접으로 규율하는 사회현실의 문제에 관심을 갖는 것은 물론 좋은 일이다. 그러나 이야기를 꾸미는 데 아무리 공을 들였다손 치더라도, 허공에 둥둥 떠다니는 누구나 아는 상식의 관념을 조합해서 만든 이야기를 가지고 작가정신이니 작가적 성실성이니 따진다는 건 쑥스러운 노릇이다. 그렇다고 이제 막 출사표를 던지려는 신인들에게 이보다 더 중요한 무엇이 있을까? 성실한 작가라면 중요한 문제가 상투(常套)의 그물에 걸려 시간이 지날수록 진부해지고 그에 대한 사람들의 의식과 감각이 둔화되는 걸 거부하기 위해서라도 관점의 새로움과 해석의 독창성에 힘을 쏟아야 마땅하다. 식상함은 곧 문학의 무덤일 테니까.

「눈 내린 아침」에는 분단으로 이산가족의 아픔을 안고 사는 홀몸의 할머니가 등장한다. 할머니가 세들어 사는 주인집 안방에선 회갑연을 맞아 멀리 사는 식구들이 찾아오고 한참 부산스러운데, 이를 배경으로 혼자 망향가를 부르는 할머니의 쓸쓸한 방구석이 조용히 대비되고 있다. 추억을 더듬는 할머니의 하룻밤 정경은 일면 정갈한 소묘라 할 만하다. 그러나 현재와 과거의 시간을 자유롭게 넘나들며 3인칭 시점에 입각한 사실주의 기법을 구사하면서도, 동화랍시고 공연히 경어체로 서술한 것이 내용과 어울리지 않는다. 게다가 할머니의 모습을 소꿉장난하는 어린애처럼 그린 것은, 아주 잠깐씩이나마 암시된 기구한 삶의 이력에 비추어, 비극적 운명의 무게를 감당하기에는 현저히 모자라는 감상주의로 빠지고 말았다. 그렇기 때문에 할머니의 죽음을 암시한 결말 부분이, 비교적 말끔히 처리되었다고는 생각되지만, 독자의 가슴을 저미는 데까지는 가지 못했다. 이는 작품 전체로 소화했어야 할 독자의 '눈높이'를 몇가지 통념에 의존해 해결한 탓이다. 그 통념이란 이를테면 아동문학은 작고 이쁘게 만들어야 한다는 동심주의의 굴레인데, 독자의 공감을 의도했던 작품의 비극성은 간데 없고 얄팍한 감상주의만 불거지도록 만든 주범이다. 비극이라면 온전히 비극답게 그려야 진한 아픔을 자아낼 수 있다. 그러나 이 작품은 비극도 예쁘게만 그리려는 관념 때문에 본디 색채를 잃어버렸다. 이번 신춘문예 당선 작품 가운데 작가기량으로 치면 가장 돋보이는 것이었지만 이것은 일반소설의 기법을 훈련한 결과로 보일 뿐 오히려 독자의 이해를 방해하는 어지러운 모습으로 드러났으며, 반대로 작가가 독자를 의식한 대목은 동심주의의 함정에 빠져 공감을 줄이는 요소로 작용하고 말았다.

「달우물역 철마가 간다」 역시 분단과 이산가족의 아픔을 다룬 것으로, 멈춰버린 철마를 부여잡고 망향가를 부르는 한 노인에 관한 이야기다. 이 작품은 철마를 인격화해서 이야기꾼으로 삼았는데, 이것도 전형적인 동심주의 기법이다. 철마를 하나의 캐릭터로 보려 해도 어색하기만 하고, 굳이 인격화할 필연성이 작품 어느 구석에서도 찾아지지 않기에 하는 말이다. 시점에 변화를 주려 했다면 그것은 캐릭터와 조화를 이룰 때 비로소 성공할 수 있다. 벌써 안이한 작가의식을 들켰기 때문일까? 이 작품은 균형을 잃어버리고 곳곳에서 감상주의를 더욱 두드러지게 내비친다. 할머니가 철마에 대고 "내가 또 왔네. 잘 있었는가?" "자네가 어여 일어나야지" 하면서 타령조를 읊는 장면이 있는데 진짜 타령조라면 좋았겠다. 가장 절실해야 할 대목인데도, 실감과 너무나 거리가 멀다. 사무치도록 그려지기는커녕 제정신이 아닌 것 같아서 낯간지럽게 읽힌다. 또한 녹슨 철마에 날마다 '달우물' 물을 쏟아부으며 소원을 비는 할머니의 행동은 얼마나 억지스러운가. 이런 억지가 아이들에게 통하리라고 보는 작가의 믿음에 대해선 교훈주의말고 달리 설명할 말이 없다. 게다가, 이처럼 여리디여린 할머니의 모습은 실제론 누구보다 험난한 세월을 살아왔을 현실의 할머니와 상당히 다른 것이다. 개성적 자질로서의 억세고 질긴 할머니 상(像)을 이런 작품에서조차 만나볼 수 없다면 대관절 문학이 무엇이란 말인가. 명백히 동심주의의 침윤이다.

「할머니의 약속」에도 전쟁의 아픈 기억을 안고 사는 노인이 등장한다. 그러나 주인공이 다솜이라는 아이로 되어 있어서 모든 정경이 앞의 두 작품보다는 한층 아이들 눈높이로 다가와 있다. 다솜이는 동네 저수지 한가운데 있는 작은 섬에 할머니와 함께 가기로 약속해 놓은 상태다. 할머니 이야기에 따르면 그 섬은 동족상잔의 비극을 머금고 생겨났다고 한다. 전쟁 때 억울하게 죽은 영혼들이 모여서 이루어진 섬이라는 것이다. 그렇지만 다솜이는 할머니의 말을 믿지 않는다. 할머니와 섬에 가기로 약속한 것도 할머니의 말이 거짓이라는 것을 증명해 보이겠다는 속셈에서였다. 그런데 어느날부터 할머니의 정신이 오락가락해진다. 치매에 걸린 것이다. 잠에서 깨어난 할머니는 다솜이한테 "아버지 어서 숨으세요" 하면서 헛소리를 한다. 마침내 할머니는 치매전문병원에 입원하게 되고, 다음날 다솜이는 할머니를 생각하며 증조할아버지한테 쓴 편지를 저수지에 띄워 보낸다. 이와 같은 줄거리에서 보듯이 이 작품은 아이의 처지에서 이야기를 끌어가고 있기 때문에 한결 이해하기가 수월하다. 치매라는 병을 매개로 할머니의 무의식 속에 잠재해 있는 전쟁의 상처를 끄집어내 보여준 것도 효과적인 장치였다. 그러나 공감은 또다른 문제다. 우선 서술의 박진감이 부족한데다 때로 표현의 꾸밈이 지나쳐서 사실성이 떨어진다. 할머니의 말투도 '했단다' '했구나' 따위의 상투적인 교과서 투로 되어 있다. 더욱 결정적인 건 생활의 얼룩을 지워버린 자리에 들어선 관념적인 인물 형상이다. 치매에 걸린 할머니를 두고 아버지와 엄마, 아버지와 다솜이가 이야기나누는 장면들에서 이런 문제점이 드러난다. 이들이 말끝마다 눈물을 흘리는 걸 보면 동화랍시고 작가들이 얼마나 안이하게 삶을 대하고 있는지 대번에 알 수 있다. 작가의 붓질은 작품 전반에 걸쳐 오로지 미화(美化)에만 매달리려 한다. 그래서 절정에 해당하는 마지막 장면도 작위성이 두드러진 관념의 화해에 머물렀다. 역시 정면승부를 피하려는 얄팍한 감상주의의 폐해이고, 성마른 교훈주의의 재현이다.

「기차역 긴의자 이야기」는 분단과 전쟁의 후유증은 아니지만 잃어버린 손자 때문에 날마다 기차역 긴의자를 맴돌며 회한에 젖어 사는 할아버지를 주인공으로 삼은 점에서 앞의 작품들과 구도가 비슷하다. 긴의자를 인격화해서 이야기꾼으로 내세운 점은 「달우물역 철마가 간다」와도 닮았다. 여기서 긴의자는 시간의 흐름을 따라 몇개 장면으로 나누어진 기차역 풍경을 객관적으로 조망하는 서술자의 눈에 해당한다. 어느정도는 인격화의 타당성을 지니지만, 그렇다고 그냥 작가 시점으로 쓴 것보다 더 좋은 색다른 결과를 가져온 것은 아니다. 역시 동화는 그러려니 하는 동심주의에서 발상한 상투에 지나지 않는다. 군데군데 문장이 깔끔하지 못하고 지나치게 긴 것이 눈에 띈다. 이런데 더 신경을 써야 동화로서 잘 읽히는 것이 아닐까? 더욱이 이 작품은 결말이 뻔히 내다보이는 전형적인 통속의 틀에 갇혀있다. 어느날 기차역 긴의자에 남루한 옷차림의 아이가 찾아든다. 부모와 함께 도시로 나갔다가 사고로 부모를 잃은 뒤에 고아원에서도 빠져나와 끝내는 고향으로 돌아온 아이다. 할아버지는 결국 손자를 찾지 못하지만, 역장과 상의하여 결국 이 아이를 데려가기로 마음먹는다. 이 대목에서 작가는 따뜻한 인간애를 보여주고 싶었을 것이다. 그러나 생활의 장면은 뒤로 물러나 있고, 긴의자의 말참견을 적당히 섞어가면서 오로지 작가만이 예정된 결말을 좇고 있다. 앞의 작품들과 마찬가지로 인물들끼리의 부대낌과 갈등조차 없어서 응모자들이 짜고 썼나 하는 의문이 들 정도다. 할아버지에겐 아들도 며느리도 있는데 잃어버린 손자 대신 때마침 고아가 된 아이를 하루아침에 받아들이는 게 그리 간단한 일인가? 이런 추상적 휴머니즘은 교훈주의 동화의 한 특징으로, 흔히 감상주의와 맞물려 작품의 결말을 거짓 화해로 이끈다.

「흥, 썩은 감자잖아!」「우리 이모는 4학년」은 앞의 작품들과 사뭇 다른 분위기다. 아이들 입맛을 당기는 발랄한 문체를 구사했기 때문이다. 독자를 뚜렷하게 의식하고 있어서인지, 둘 다 자기도취가 드러나 있지 않아 반가웠다. 작품 완성도가 높다고는 할 수 없어도 이런 작품이 그나마 아이들에게 숨구멍을 열어주고 있는 셈이다. 하나는 버려진 감자를 주인공으로 삼은 의인동화고, 또다른 하나는 아이들의 생활 감정을 좇아간 사실동화다.「흥, 썩은 감자잖아!」는 간결한 짜임과 속도감있는 서술의 묘미를 지녔다. 그런데 속이 뻔한 교훈주의를 드러내고 있다. 부엌에서 내던져진 썩은 감자가 누구의 관심도 끌지 못하다가, 이것저것 주워들고 다닌다고 비웃음을 받는 할머니의 눈에 띄어 다시 생명의 싹을 틔운다는 것이다. 생명의 소중함을 일깨우는 것까지는 좋으나, 이런 교과서 풍의 이야기로는 작가의 문제의식을 읽어낼 수 없다. 작품을 손에 쥐고 꾹 짜면 상식을 넘지 않는 딱딱한 교훈만 남고 나머지는 별로 아까울 것도 없이 사라지고 마는 그런 작품이다.「우리 이모는 4학년」은 아이들의 일상생활을 세세한 심리묘사를 통해 그리고 있어 아주 자연스럽게 읽힌다. 나이가 어려도 이모는 역시 이모라는 행동거지들이 슬며시 웃음을 자아내기도 한다. 그런데 결말 부분이 조금 이상하다. 주인공 아이가 이따금씩 엄마 몰래 가져간 돈을 4학년짜리 꼬마 이모가 제 집으로 돌아갈 때 남몰래 채워놓는다는 것인데, 그 돈이 얼마인 줄 알고 그렇게 할 수 있었을까? 흐뭇한 결말이면서도 왠지 작위성이 드러나서 아쉬웠다.

끝으로「아버지의 열쇠고리」는 급작스런 경제적 어려움에서 비롯되는 좌절과 그 극복에 대해 쓴 작품이다. 이른바 IMF시대를 맞이한 뒤로 이런 작품들이 적지 않게 쏟아져나오고 있다. 아버지가 사업을 하다 망하거나 직장을 잃고, 술주정과 부부싸움이 잦아지고, 아버지 아니면 엄마가 집을 나가고, 아이들은 정신적으로 고통을 받고, 어느 날 갑자기 돌아온 부모와 함께 다시 희망이 찾아오고…… 이런 줄거리는 작가의 철학이 빈약하면 신파에 가까운 통속물이 되고 만다. 더욱이 이 작품은 짜임과 서술에서조차 함량 미달임을 드러내고 있다. 첫 장면, 신문을 돌리는 주인공 아이의 눈에 비친 거리 풍경부터가 관념이다. 한 아이가 인형을 사달라고 하자 그 아이의 엄마가 마치 기다렸다는 듯이 덥석 응한다. 이 장면은 그와 반대 처지에 있는 불쌍한 주인공의 모습을 부각시키기 위함이겠지만 이런 증류수 같은 정신으로는 문학이 안된다. 사업에서 망한 아버지가 술에 취해 주인공 아이한테 술병을 던지는 장면도 아픔으로 다가와야 할 대목인데 전혀 실감을 주지 못한다. 집을 나간 엄마가 돌아오는 장면은 실제인지 환상인지 어색하기 짝이 없고, 주인이 바뀌어 아무 소용도 없게 된 공장의 열쇠고리 하나로 식구들이 느닷없이 화해에 이르는 결말은 전혀 이해가 되지 않는다. 열쇠고리의 그럴듯한 상징성에만 집착했지 거기 얽힌 사연은 완전히 오리무중이다. 그래서 작가가 의도한 희망의 빛이란 게 마치 장식품인 양 작품 바깥에 매달려 있는 꼴이다. 이런 관념의 위안은 지난 시기의 '잘살아보세'나 '하면 된다'라는 표어 이상일 수 없다. IMF 이후 가난의 문제를 보는 눈이 수십년 전으로 후퇴하려는 경향이 있는데, 정말 못 말리는 감상주의다. 유독 아동문학에서 그러하니 이 무슨 조화일까.

3

이상에서 올해 신춘문예 당선 작품을 대상으로 그 주요 특질과 문제점을 살펴보았다. 워낙 주마간산 격에다가 문제점 위주로 살펴본 탓에, 균형을 잃은 힐난의 목소리만 두드러진 듯싶다. 그렇더라도 못난 손가락을 보지 말고 하늘에 걸린 달을 보려 애쓴다면 이후 더욱 진전된 토론을 기대할 수도 있을 것이다. 이 글의 문제의식은 제목에도 나타나 있듯이 아동문학에 두드러진 감상주의의 뿌리를 드러내려는 데 있었다. 신춘문예 당선 작품의 경우, 새 천년을 맞이해 뭔가 달라졌으면 하는 기대와는 정반대로, 감상주의의 다양한 유형을 한자리에 모아 진열해놓은 것처럼 주제나 소재, 또는 기법이나 형식과 관계없이 그 모습을 드러내고 있다. 공통으로 확인되는 것은 '지금 여기의 아이들'을 출발점으로 삼지 않고, 작가의 관념에서 출발하여 필경은 아이들을 훈계의 대상으로 떨어뜨리고 마는 잘못된 창작방법의 경향이다.

　세상이 빠르게 변할수록 시대에 뒤떨어지지 않고 살기가 무척 힘든 것이 사실이다. '지금 여기의 아이들'과 함께 호흡한다는 게 어디 만만한 일이겠나. 하지만, 그렇다고 해서 정면응시가 아니라 약삭빠르게 대응하는 건 참된 작가정신이라 하기 어려우니, 문제의식의 박약함이나 철학의 빈곤을 드러내는 쪽으로 귀결될 따름이다. 그리하여 자기만족과 자기도취의 기분에 휩쓸려가는 감상주의에 작가정신의 자리를 내주고 마는 것이다. 감상주의 작품은 비단 감상주의자한테서만 나오는 게 아니다. 현실의 감상주의자도 작가적 긴장에 따라 작품의 감상주의를 얼마든지 극복할 수 있으며, 거꾸로 작가적 긴장이 이완되어 관성에 몸을 맡길 때에는 누구한테서든 감상주의 작품이 나올 수 있다. 달리 말해, 작가가 어떻게 애를 쓰든지 간에, 기존의 통념을 회의하지 않는다면 자기도 모르게 안이한 작풍(作風)으로 미끄러져 들어가는 건 시간 문제라고 할 수 있다. 현실의 감상주의자는 피해를 당하는 쪽이지만, 감상주의 작품을 쓰는 이는 피해를 주는 쪽이라는 사실에 유념하자.

　말로는 다 극복이 되었어도 지난 일세기 동안, 그리고 지금까지도 우리 아동문학을 휘감고 있는 것은 '동심주의'와 '교훈주의'라는 해묵은 관념이다. 이에 대한 비판으로, 특히 분단이나 가난과 같은 문제를 두고서는 이념을 중시했던 '속류사회학주의'가 한때 영향력을 발휘하기도 했다. 그런데 90년대를 거치면서 이념 편향의 문제점이 서서히 극복되는 한편으로 다시 감상주의가 고개를 들고 있다. 바로 이 감상주의의 뿌리가 동심주의와 교훈주의에 닿아 있는 것이다. 이 때문에 응모작들이 지녀야 할 작품 완성도라는 기본문제는 차치하고서라도, 동심주의와 교훈주의의 문제점──그것들의 은밀한 변형형태에 대해서 주목하지 않을 수 없었다. 새 천년 벽두, 여전히 이런 낡은 문제와 씨름을 벌여야 하는 아동문학의 자화상이 초췌하다. 그러나 이것은 신춘문예의 문제일 뿐 조금만 눈을 돌려도 풍부한 가능성이 꿈틀대는 걸 본다. 아무래도 우리는 백화제방·백가쟁명의 시대를 한번쯤은 통과의례인 양 거쳐야 할까 보다. 그 너머 순정한 결정(結晶)의 세계는 다음 문제가 아닐까.

〈아침햇살 2000년 봄호〉

다양한 가능성이 숨쉬던 한 해

1999년 아동문학의 동향

1 중흥기를 맞이한 아동문학

방정환 탄생 백주년 기념 해인 1999년, 한국 아동문학은 급작스러운 호황국면에 들어섰다. 우리나라에서 아동문학이 본격적으로 출발한 1920년대를 '아동문학의 황금기'라고 일컫는 것과 비교할 때, 최근은 제2의 도약기 곧 '중흥기'라고 이름붙일 만하다.

몇년 전만 해도 이런 팽창의 조짐은 예측하기 어려운 것이었다. 1990년대에 들어서서 사회문화적 환경이 급속히 변화함에 따라 일반문학과 함께 아동문학도 한동안 주춤거렸다. 최근의 변화는 과거와 거의 단층을 이룬다고 이야기될 정도로, 특히 아동문학 부문에서는 상내적으로 힘겨운 조정기를 거쳐야 했다. 지금 어른들의 그 옛날 성장과정과 오늘날 어린이들의 성장과정이 질적인 면에서 차이가 나는 정도라면, 어른 작가들이 주로 어린이의 체험형태로 표현하는 아동문학은 더없이 곤혹스러운 처지에 놓일 수밖에 없다. 구태를 벗어나지 못한 작품들은 아이들로부터 냉정하게 외면받았고, 새로운 경향의 조짐은 쉽게 나타나지 않았다. 신세대문화를 특징짓는 각종 영상매체에 둘러싸여 아동문학은 갈수록 위축되는 것 같았다.

그런데 아동문학의 위기를 초래한 사회문화적 환경의 변화는 동시에 새로운 출구를 열어주는 조건과도 이어졌다. 그 하나는 교육환경의 변화이다. 교과서에만 의존했던 학교 교육이 이른바 '열린 교육'으로 바뀌었고 수학능력시험과 논술로 이루어진 입시제도의 출현으로 어린이들의 생활은 이전보다 한층 폭넓은 독서활동과 연계되었다. 또다른 하나는 그런 활동을 뒷받침하는 경제력의 향상이다. 오늘날 어린이책 독자 연령의 자녀를 둔 부모들은 대부분 6,70년대 경제개발시대의 교육수혜자들로 문화부문에 대한 관심과 지출이 남다른 연령층이다. 게다가 핵가족화의 추세에서 어린이는 점점 가정의 중심으로 떠오르고 있는바, 자녀에 대한 부모들의 아낌없는 '투자'는 어린이책 출판 시장을 크게 자극하였다.

90년대 막바지에 이르러 한국 아동문학이 갑자기 비약하게 된 배경을 살필 때, 위의 조건들을 가능케 한 좀더 근본적인 요인으로는 사회성격 자체의 변화를 주목하지 않을 수 없다. 이웃나라 일본에서는 컴퓨터나 전자오락을 비롯한 신세대문화가 부상함에 따라 아동문학이 곧바로 위축되었다는 조사결과가 있는데, 거의 비슷한 신세대문화를 향유하고 있는 한국에서는 사정이 다르게 나타난다. 이는 한국적 특수성의 반영으로, 정치적 요인에 의해 제약되었던 시민사회 공간의 확대가 아동문학에 비약의 계기를 마련해주고 있기 때문이다. 식민지와 분단 시대를 거쳐온 20세기 한국 아동문학은 시민사회의 미성숙, 곧 불구의 근대라는 사회적 제약으로 말미암아 자기를 남김없이 발전시킬 수 없었다. 그렇지만 90년대를 경과하면서 시민 사회 공간이라 함직한 것들이 몰라보게 확대되었으며, 한국 아동문학은 지금 이곳을 빠르게 점유해가는 과정이라고 할 수 있다.

2 역량있는 신인과 젊은 작가들의 활약

1999년은 아동문학 창작물이 봇물처럼 쏟아져나온 한 해였다. 아동문학을 전문으로 다루는 문예지가 잇따라 나오는가 하면, 각종 아동문학상이 새로 제정되면서 신인들의 활약이 무척 돋보인 한 해였다고도 할 수 있다. 최근 들어 작품활동을 왕성하게 전개하는 이들은 대부분 젊은 작가들이라서 신인과 중견을 가리기가 매우 힘들다. 뿐만 아니라 요즘의 젊은 작가들은 저마다 자기 영역을 개척해가는 다양성을 드러내고 있기 때문에 신인과 중견을 가리는 일이 거의 의미가 없다. 창작과 관련한 1999년의 아동문학 동향은 다음 몇가지로 정리해볼 수 있다.

풍부한 공상성의 확대

획일적이던 사회문화가 점차 개방적으로 바뀌는 추세에서 오늘의 작가들이 공상의 요소 또는 판타지에 눈길을 돌리는 건 무척 자연스러운 현상이다. 더욱이 안으로 억압성을 키워온 근대의 가치가 힘을 상실하면서 근대의 잣대로는 잴 수 없는 이른바 탈근대의 조짐이 드러나고 있다. 기성의 가치를 주입하려는 의도에서 어린이들의 상상력을 납작하게 눌러왔던 교훈주의 동화들이 빠르게 무너져내리는 한편으로, 요즘 어린이들의 감성에 바짝 다가선 '주부 작가군'이 새로운 기수로 떠올랐다. 발랄한 감수성과 자유분방한 상상력으로 주목받아온 채인선은 이번에도 동화집 『그 도마뱀 친구가 뜨개질을 하게 된 사연』(창작과비평사)을 내놓아 우리 아동문학에서 그리 흔치 않은 유머와 넌센스를 한껏 맛보게 해주었다. 김옥 동화집 『학교에 간 개돌이』(창작과비평사)는 공상 그 자체보다는 현실의 여러 문제들로 억압받는 아이들의 심리를 공상의 작용으로 뒤집어 보여주는 것이었다.

장편으로 본격 판타지를 시도한 작품들이 여럿 등장한 것도 예년에 볼 수 없었던 특징이다. 서양의 '마법의 성'에 대비되는 '도깨비 나라'에 뿌리를 대고 있는 황선미의 『샘마을 몽당깨비』(창작과비평사)는 판타지 형식을 통해 옛이야기를 전복적으로 수용하여 오늘의 인간이 봉착한 환경생태의 문제를 다룬 작품이다. 박상률의 『구멍 속 나라』(시공주니어) 역시 환경생태의 문제를 다룬 작품으로 복개된 청계천 하수도 속의 세계를 판타지로 그려 보였는데, 추리기법과 공상과학의 요소를 아울러 지녔다. 곽옥미의 『말박사 고장수』(시공주니어)는 제주도 조랑말을 소재로 하여 과거와 현재를 자유롭게 넘나들면서 조랑말의 유래와 그 보존의 의미를 새기고 있다. 판타지 양식은 존재하는 모든 것들이 혼을 나누는 열림의 형식을 지향하는 면에서 생태위기를 극복하고자 하는 상생(相生)의 철학을 담기에 적합하다. 원로작가 권정생은 오랜 침묵을 깨고 분단극복과 평화의 메씨지를 전하는 『밥데기 죽데기』(바오로딸)를 내놓아 관심을 끌었다. 이 작품은 무거운 주제의식에도 불구하고 해학과 익살이 가득한 판타지로 매우 흥미로운 줄거리 전개를 보여준다.

개성있는 주인공의 창조

공상성이 풍부한 판타지가 강세를 보이고 밋밋한 생활동화나 노골적인 교훈성을 드러내는 작품들이 약세를 보이는 추세에서 사실주의 경향의 작품들은 아이들의 눈높이에 충실한 개성있는 주인공을 내세워 독자의 폭을 넓히고 있다. 이른바 말 잘 듣고 자기희생적인 '천사형' 주인공보다는 자기 주장이 뚜렷하고 어디로 튈지 모르는 분방한 성격의 주인공들이 많이 등장하고 있는 것이다. 그동안 우리 동화의 대부분은 줄거리를 이어가기 위한 사건과 행동에 치중하여 인물 형상 면에서 평면적 한계를 적잖게 보여왔다. 몇가지 유형적인 성격에 고정된 우리 동화의 작중인물은 고유명사라기보다 추상적인 기호에 가까웠다. 그런데 역량있는 젊은 작가들로부터 성격 창조의 성과가 나타나고 있는 것은 특기할 만한 현상이다.

사실동화의 자리에서 가장 활발한 작품활동을 전개한 작가로는 이금이를 꼽을 수 있다. 이 작가는 주로 장편동화를 통해 남다른 성격 창조의 힘을 보여주었다.『도들마루의 깨비』(시공주니어),『너도 하늘말나리야』(푸른책들)는 아이들의 성장에 초점이 놓인 작품인데, 여성작가 특유의 섬세한 감각으로 인물의 심리 특성을 잘 살려 썼다는 평가를 받고 있다. 노경실의『나는 내가 좋아요』(푸른나무), 김향이의『내 이름은 나답게』(사계절) 같은 작품들에서는, 평범해서 오히려 친근한 느낌이 드는, 거의 익살꾼에 가까운 개성파 주인공들을 찾아볼 수 있다. 이들 작품은 생활상의 문제를 적극적으로 해결해가는 매력적인 인물 창조에 역점을 둔 것이기 때문에 단순한 명랑동화와는 구별된다.

새로운 시대 이슈의 부각

어른들과 마찬가지로 어린이들도 진공의 상태에 있는 것이 아니라 현실에서 시대의 공기를 숨쉬며 살아간다. 어린이들의 삶을 규정짓는 시대현실의 문제들 가운데 다음 몇가지는 근래의 작품들에서 가장 두드러지게 나타나는 것들이다.

첫째는 이른바 IMF환란의 반영으로 가정경제의 파산이 몰고온 생활상의 위기를 다룬 작품들이다. 배선자의 『아빠, 힘내세요』(사계절), 홍기의 『새가 된 아이』(시공주니어)는 부모의 실직으로 고통을 겪는 아이들에게 눈길을 돌려 희망과 격려를 전하고 있다. 이미옥의 『가만 있어도 웃는 눈』(창작과비평사), 박기범 동화집 『문제아』(창작과비평사)는 비슷한 경제위기를 다룬 것이면서도 각각 도시 중산층과 서민층의 삶을 매우 특색있게 반영하였다. 이미옥은 위기를 기회로 삼으려는 도시 '인텔리 엄마'의 건강한 의식을 잘 살려냈고, 박기범은 일인칭 주인공의 의식을 따라가는 독특한 문체를 구사하여 소외층의 어눌하면서도 진실한 목소리를 잘 살려냈다.

둘째는 장애아 문제를 다룬 작품들이다. 고정욱의 『아주 특별한 우리 형』(대교)은 신체장애를 극복하고 컴퓨터 분야에서 성공한 인물을 통해 지체부자유자에 대한 편견을 바로잡아주는 내용이며, 조은의 『햇볕 따뜻한 집』(창작과비평사)은 형편이 여유있는 집에서 정신박약아가 있다는 사실을 숨기려고 아이를 외부와 차단한 채로 살게 하는데 그 집 파출부의 따뜻한 사랑으로 비인간적인 소외를 극복한다는 내용이다.

셋째는 도시문명에 대한 반성과 생태문제를 다룬 작품들이다. 윤기현 동화집 『보리타작하는 날』(사계절), 우봉규의 『금이와 메눈취 할머니』(시공주니어)는 도시와는 다른 분위기의 농촌이나 산촌을 배경으로 토속적인 내음이 물씬 풍기는 삶의 체험을 전하고 있다. 이들 작품은 그 자체로 생태문제를 다룬 것이라고는 할 수 없지만, 그렇다고 농촌현실의 문제를 다룬 것도 아니다. 자연과 어우러진 삶을 통해서 오늘날의 도시문명이 잉태한 삶의 위기를 되돌아보게 하는 데에 작가의 의중이 놓여 있다. 원유순의 『콩달이에게 집을 주세요』(대교)는 댐 건설로 삶의 터전을 빼앗길 위기에 처한 수달을 등장시켜 생태환경의 문제에 직접 다가선 작품이다.

넷째는 역사적인 문제를 다룬 작품들이다. 지난 역사를 되돌아보는 가운데 삶의 교훈을 얻으려는 시도는 세기의 전환점에서 더욱 관심의 초점이 되고 있다. 장문식 동화집 『멍순이』(예림당), 손연자 동화집 『마사코의 질문』(푸른책들)은 지금까지도 그 아픔이 지속되는 근·현대사의 문제를 다룬 것이다. 장문식은 일제시대 정신대의 상처, 동족상잔의 상처, 광주민중항쟁의 상처 등을 어루만지고 있으며, 손연자는 일제의 잔혹한 탄압상과 그로부터 비롯된 의식의 굴절 등을 한국인뿐 아니라 일본인의 시점으로도 파헤치고 있다. 한편 강숙인의 『마지막 왕자』(푸른책들)는 화랑정신을 바탕으로 기울어가는 국운을 되살리려는 마의태자의 간절한 염원을 담아냈다.

서정시에서 이야기시로

그런데 아동문학의 호황은 산문영역에 국한되는 것으로, 시 부문은 갈수록 위축되고 있다. 시인들의 활동은 주로 동인지나 문예지를 통해 근근이 맥을 이어가는 형편이다. 이런 중에도 이미옥 동시집 『아빠 자전거에 우리 동네를 태우고』(문원)가 나왔는데 요즘 아이들의 의식과 감각에 맞추려는 시도가 엿보이고는 있지만 시단의 활성화를 위한 적극적인 돌파구는 되지 못했고, 오히려 시골 분교 아이들의 소박한 작품들을 엮은 김용택의 『학교야, 공 차자』(보림)와 같은 일련의 시도들이 환영을 받았다. 노래운동가 백창우는 기왕에 나온 전래동요와 창작동요에 곡을 붙이는 작업을 통해 새로운 동요보급운동을 시도하기도 했다.

1999년의 동시단에서 얼른 눈에 띄는 사실은 장르의 관습에 구애받지 않은 '이야기 시집'이 무려 세 권이나 나와서 호평받은 점이다. 권영상의 『신발코 안에는 새앙쥐가 산다』(문원)와 『월화수목금토일

별요일』(재미마주), 위기철의 『신발 속에 사는 악어』(사계절)가 그것들이다. 이 시집들은 모두 뛰어난 상상력과 넌센스의 요소를 활용하는 특징을 보여준다. 이는 논란의 여지가 없지 않겠지만, 오늘을 사는 아이들의 취향을 고려한, 시의 대중화를 위한 적극적인 시도라고 할 수 있다. 권영상은 어린이를 서정적 자아로 삼아 어린이 특유의 비약과 재치를 맛보게 해주었고, 위기철은 들려주는 방식의 화법으로 옛이야기의 해학을 맛보게 해주었다.

3 저학년동화의 약진과 고학년동화·청소년문학의 경계 지우기

그림책과 삽화 부문이 과거와는 비교도 할 수 없을 만큼 성장하고, 책의 꼴이 한층 세련되어가는 추세에 발맞춰 다양한 판형의 저학년동화 씨리즈가 각광을 받고 있다. 최근 거의 모든 출판사에서 저학년동화 씨리즈를 다투어 기획하고 나서는 통에 이 현상은 하나의 큰 흐름으로 자리잡았다. 이것들은 그림책과 동화책의 중간 형태인데, 줄거리 전개에서 공상의 요소를 살려 쓴다든지, 아이들 눈높이에 충실한 개성적인 인물을 등장시킨다든지 하는 작품 경향을 부추기는 힘으로 작용하고 있다. 앞에서도 얘기한 채인선의 『그 도마뱀 친구가 뜨개질을 하게 된 사연』, 김옥의 『학교에 간 개돌이』를 포함해 김영주의 『짜장 짬뽕 탕수육』(재미마주), 황선미의 『나쁜 어린이표』(웅진), 어린이문학협의회 편 『왕땅콩 갈비 게으름이 욕심쟁이 봉식이』(우리교육) 같은 것들은 작품 제목에서부터 이런 경향을 한눈에 알아보게 해준다.

한편, 최근의 창작물은 아니지만 유명 소설가들의 대표작 가운데 어린이들이 소화할 수 있는 소설들을 가려 뽑아서 선명한 이미지의 삽화와 함께 내놓은 기획물이 등장하여 새로운 흐름을 예고하고 있다. 황순원 작품집 『소나기』, 김유정 작품집 『봄봄』, 김동리 작품집 『농구화』, 이효석 작품집 『메밀꽃 필 무렵』, 박완서 작품집 『자전거 도둑』을 내놓은 다림출판사의 '흰빛문고'가 여기에 해당하는데, 주로 아이들을 작중인물로 삼은 소설이 선택되었다. 이 씨리즈는 초등학교 고학년과 중학생을 독자 대상으로 하고 있는데 그동안 은연중에 초등학생으로 제한되어온 아동문학의 영역을 넓히는 데 크게 기여할 것으로 보인다. 아동문학은 본래 청소년문학을 포함하는 개념이었고, 외국의 경우도 이와 마찬가지다. 머지않아 이와 같은 확충된 범위에 걸맞은 창작물이 새롭게 쏟아져나온다면 이 흐름은 저학년 동화의 발전보다 훨씬 의미있는 아동문학의 변화를 가져올 것이다.

4 한국 판타지의 가능성: 신화·전설·민담의 재창조

판타지에 대한 관심의 증대는 창작물뿐 아니라 신화·전설·민담에 대한 관심으로도 나타났다. 이미 판타지는 공급과 수요라는 면에서 성인 독서시장의 가장 큰 비중을 차지하고 있다. 시각매체에 익숙한 요즘 세대는 까다로운 책읽기에 거부감을 갖고 있기 때문에, 시원시원한 사건 전개를 보이는 판타지를 더욱 선호한다고 볼 수 있다. 그러나 오늘날의 판타지 씬드롬은 상업주의의 부추김이 표면에서 작용하고 있긴 해도 기본적으로는 근대의 지배적인 가치체계를 뛰어넘으려는 새로운 요구와 모색으로 받아들여야 할 것이다. 즉 자연과 신비의 영역에 대한 무자비한 정복을 감행해온 이성만능주의라든지 시공간을 자본의 통제 아래 유폐시킨 근대를 넘어서는 방법의 하나로 '모든 존재에 말 걸기'로서의 판타지가 주목되는 것이다.

성인 독서물로서의 판타지는 주로 중세영웅담의 모습을 띠고 있으나, 아동물은 본디 출발부터가 옛이야기에 뿌리를 두고 있는만큼, 신화·전설·민담의 재창조에 더 초점이 모아진다. 민담의 일부는 오래 전부터 전래동화의 이름으로 재창조되어온 것이 다시 주목받고 있고, 신화는 최근 들어 새롭게 발굴·정리되고 있는데, 무가(巫歌) 형태로 전하는 것들은 구전 과정에서 신화의 흔적만 남기고 전설 또는 민담화한 것들이 대부분이다. 그렇긴 해도 신화의 뿌리를 지닌 것들은 사건 전개에 있어서 민담과는 큰 차이를 보인다. 곧 창세신화나 서사무가의 본풀이에 토대를 둔 이야기들은 존재의 근원을 다루고 있기 때문에 삶과 죽음의 경계, 하늘과 땅의 경계를 넘어서는 장대한 규모의 상상력을 거침없이 발휘하고 있다. 여기에는 토착신앙과 결부된 자연관이나 인간관 등 민족적 특성이 녹아들어가 있다. 본격적인 창작판타지가 드문 우리 형편에서 신화나 전설을 재창조하는 작업은 한국 판타지의 가능성을 열어 보이는 매우 값진 시도라 할 수 있다.

얼마 전 사계절에서 '마르지 않는 옛이야기 샘' 씨리즈 가운데 하나로 첫선을 보인 『세상이 생겨난 이야기』 이후로 창세신화를 재창조한 씨리즈물이 연이어 나왔다. 한겨레신문사에서는 『소별왕 대별왕/당금애기』『바리공주/강남국 일곱 쌍둥이』『황우양씨 막막부인/자청비와 문도령』『한락궁이/원천강 오늘이』『강림도령/궤네깃또』를 펴냈고, 창작과비평사에서는 『삼신할머니와 아이들』과 『염라대왕을 잡아라』를, 웅진에서는 『하늘과 땅이 갈라져 헤어진 이야기』를 펴냈다. 이것들은 리듬감 있는 입말체로 씌어졌고 상상의 세계로 이끌어주는 천연색 그림들이 곁들여 있어 저학년부터 읽기에 부담이 없다.

5 과거 일세기에 대한 정리와 반성

　방정환 탄생 백주년 기념 해에 즈음하여, 또한 새 천년을 준비하는 시기와도 연관되어 1999년에는 지난 일세기를 정리하고 반성하려는 움직임이 자못 활발하였다. 그러나 아동문학 분야는 자료조차 제대로 정리되어 있지 않은 형편이라 연구와 비평영역이 활성화되기 힘든 조건이었다. 특히 월북문인의 작품에 대해서는 일반문학과 견줄 때 거의 미답의 영역으로 남아 있다. 이런 상황을 고려한다면 수많은 자료들을 섭렵하고 월북·실종 문인들의 작품을 포함해서 6·25전쟁까지의 동화와 동시를 새롭게 가려 뽑은 『겨레아동문학선집』의 출간은 시기적으로는 늦었지만 적지 않은 성과였다. 수록된 작품의 반수 이상이 새로 발굴한 것들이고 엄밀한 비평적 시각으로 주요 작가와 작품을 선별했기 때문에, 어린이가 읽을 수 있는 대표작 선집으로서 의의가 있고, 아동문학의 연구자들한테도 중요한 자료가 될 것으로 보인다.

　연구와 비평 분야에서는 한국 근대아동문학의 성격을 둘러싼 논의가 진행되었다. 이재복의 「새로 만나는 방정환 문학─암곡소파 문학과 견주어보기」와 졸고 「'한일 아동문학의 기원에 관한 비교연구'를 위하여」가 그것들이다.

　과거를 돌아보는 일뿐 아니라 앞날을 내다보는 일도 함께 이루어졌다. 현대아동문학작가회에서 펴낸 『아동문학담론』 5호는 '21세기 아동문학의 전망과 과제'라는 특집을 마련하였는데, 이 자리에서 김용희는 「디지털시대의 아동문학」을, 최지훈은 「아동문학의 새로운 이해」를 발표하였다. 1999년의 아동문단은 '분열과 대립의 시대'에서 '화해와 공존의 시대'로 바뀌어야 한다는 목소리가 드높았다. 출판시장의 확대에 힘입어 제2의 도약기를 맞이한 한국 아동문학이, 분열과 대립을 극복하고 새로운 패러다임을 창조하는 가운데 실질적인 도약의 열매를 맺을 수 있을지 앞으로의 활동이 주목된다.

〈문예연감 2000, 한국문화예술진흥원〉

창작의 풍요, 비평의 빈곤

근래에 출판된 창작집들을 살펴보면서 고유의 영역을 개척해가는 뚜렷한 빛깔의 목소리들을 만날 수 있었다. 요즘 아이들은 삶의 환경에서 과거와 일종의 단층을 이루고 있다고 얘기된다. 이 때문에 아이들 눈높이에 맞추려는 조정기 역시 길어질 수밖에 없었는데, 어쨌든 90년대 중반을 넘어서기까지 갑갑하게만 보이던 창작계가 새 천년을 바로 앞에 둔 시점에 이르러 자기 세월을 만났는가 싶다. 물론 어느 때고 그만그만한 작품들은 꾸준히 발표되어왔고, 그중에는 흠잡을 데 없는 수작도 없지 않았을 것이다. 하지만 아이들 입맛과 동떨어져 어느 한순간 썰물처럼 쓸려나갈지도 모를 것들을 붙들고 어른들끼리 끙끙거리고만 있을 계제는 아니었다. 과거 입맛에 대한 향수, 익숙한 것들이 사라지는 현실에 대한 안타까움으로 치면 누군들 착잡해지지 않을까만, 아동문학에서 어른인 작가 자신을 표준으로 하는 것만큼 불성실한 태도는 없다고 본다.

솔직히 나는 요즘 아이들 입맛을 약간 미심쩍어하는 축에 속하지만, 그렇다고 아이들을 굶기는 야속한 부모가 되기는 싫다. 내가 요즘 아이들 곁으로 바짝 다가선 채인선을 90년대의 새로운 신호탄이라고 기회있을 때마다 언급한 까닭이 여기에 있다. 채인선 동화에는 '지금 여기 아이들'이라는 현재성이 생생하다. 그리고 과거 다른 작품에서 보기 힘든 발랄한 감수성과 자유분방한 상상력이 돋보인다. 누구는 채인선에게서 버터냄새가 난다고 하지만 버터에도 영양가는 많지 않은가. 게다가 채인선의 버터는 우리 입맛에 더 가까운 한국산이다. 영국 작가의 「학교에 간 사자」보다는 「학교에 간 할머니」(『전봇대 아저씨』, 창작과비평사 1997)가 더 소망스럽고, 일본 작가의 『구리와 구라의 빵 만들기』보다는 『손 큰 할머니의 만두 만들기』(재미마주 1998)가 더 소망스럽다. 『내 짝꿍 최영대』(재미마주 1997)나 『삼촌과 함께 자전거 여행』(재미마주 1998)도 스스로 개척한 영역이 있기에 빛이 난다. 채인선은 영양실조로 말라비틀어진 아이에게 사탕이나 물리는 철없는 작가가 결코 아니다. 그를 90년대 작가의 한 출발점으로 삼자는 내 제안에 많은 이들이 불안해하던 것을 기억하는데, 내가 뜻하는 '출발점'은 이런 것이다. 즉, 나는 기존 문법에 충실한 어느 작품을 만날 때, 그것이 채인선식 기준 때문에 채인선 작품보다 떨어진다고는 생각하지 않는다. 소수의 아이들에게라도 깊은 감동을 주는 작품이라면 그 몫은 소중하다. 나는 단지 과거의 어느 작품과 바꿔쳐도 그만인 그런 작품들은 그동안의 갑갑증에 대한 돌파구가 되지 못한다는 점에서, 창작시기만 90년대일 뿐이지 진짜 90년대 작품 대열에는 들기 힘든 게 아니냐고 지적하고 싶은 것이다. 그러니까 90년대 작품으로서 몫을 지니기 위해서는 최소한 채인선이 나아간 지점 '이전'으로는 곤란하지 않겠느냐는 생각이다. 다시 말하지만 채인선은 도착점이 아니라 하나의 출발점으로서의 몫이 더없이 중요하다.

사실 채인선 이후로 채인선의 몫은 여러 각도에서 확인되고 있다. 그것이 직접적인 영향관계라고는 할 수 없어도, 어느 한쪽이 출구이다 싶으면 시대의 반영으로 비슷한 경향의 작품들이 뒤를 잇게 마련이다. 그것들 가운데 채인선을 옳게 딛고 넘어서려는 작가들이 많이 나올 때 채인선의 몫과 그를 넘어선 자의 몫이 함께 빛나는 것이라 할 수 있다. 이런 맥락에서 황선미의 『샘마을 몽당깨비』와 김옥의 『학교에 간 개돌이』가 무척 반가웠다. 황선미는 이미 여러 편의 역작을 낸 주목받는 작가이고 김옥은 신인이다. 나는 『샘마을 몽당깨비』와 『학교에 간 개돌이』가 작가정신이나 기법 면에서나 채인선과 함께 90년대 아동문학의 한 정점을 보여준다고 생각한다.

『샘마을 몽당깨비』는 장편인데도 단숨에 읽힌다. 결말을 향해 복잡하게 엮어 들어가는 짜임이 하도 교묘해서 중간에 책을 덮고 그만큼은 읽었노라고 큰소리칠 수도 없다. 진짜 도깨비가 서울 한복판에 나타나서는 '도깨비에 홀린 듯' 정신을 못 차리는 줄거리 설정이 읽는 재미를 준다. 서울이 도깨비 같은 도시가 되어버렸기 때문인데, 그래서 이 작품은 도깨비 이야기의 현대판이라 할 수 있다. 도깨비를 속이고 부자가 된 꾀많은 우리 조상들 후손의 이야기로 인간에게 속임을 당하고 형벌을 치르던 순진한 도깨비가 공사로 파헤쳐진 구덩이에서 나와 정신없이 사건에 휘말린다. 작가는 시간을 가로지르는 판타지 형식에 옛이야기를 전복적으로 수용하여 오늘의 삶이 봉착한 문제와 한판 씨름을 벌인다. 『학교에 간 개돌이』에서도 즐거운 상상의 여행을 하는 가운데 오늘의 문제를 만나볼 수 있다. 「책벌레」는 국어사전 속에 살면서 글자들을 갉아먹는 벌레들의 생활이라는 기발한 모티프로 책 읽는 즐거움을 만끽하게 해준다. 「학교에 간 개돌이」는 학교 안과 밖에서 서로 다르게 평가되는 준우란 아이를 개의 눈으로 재미있게 드러내고 있다. 개를 화자로 하고 있는 점에서는 현실을 뒤집은 형식인데 생활의 때가 뭉텅 묻어나오는 사투리를 들이대고 있어 묘한 뉘앙스를 전한다. 외국동화에서 자주 보는 어이없는 웃음보다는 이처럼 해학성이 잘 발휘된 따뜻한 작품이 우리 동화의 한 가능성이다. 이밖에도 짓눌리고 갇혀 지내는 아이들의 절실한 마음을 공상으로 풀어낸 작품들과 사실동화로 뭉클한 감동을 전하는 작품들이 함께 실려 있다. 이 가운데 「문이 열리면」은 이 두 영역을 무너뜨리는 시도로 보아도 좋을 듯싶다. 김옥 동화의 공상은 아이들에게 심리적 해방구 역할만 하는 것이 아니라, 현실에 눈뜨고 있는 모습이기도 해서 믿음직스럽다.

이것들과 견주어볼 만한 작품으로 강무홍의 『좀더 깨끗이』(비룡소 1999)는 어떨까. '어린이의 아군'이 되고 싶다는 작가의 선의는 엿보이지만, 현실적이지 못하거나 이상화된 인물의 등장으로 왠지 편안하게 읽히지가 않는다. 갑갑증이야 아이들이 더하면 더했지 어른보다 못하지 않으리라. 동화를 쓰다보면 자칫 향수병이라는 자아도취에 빠지기도 쉬울 거라는 생각이 문득 들었다.

거꾸로 아이들 본래의 넘치는 생기를 캐릭터로 붙들어내고자 '천진스런 장난꾸러기' 주인공을 등장시킨 작품들이 있다. '무명이 유명이 이야기'라는 부제를 단 이경혜의 『세상에서 가장 친한 친구』(푸른나무 1998)와 김향이의 『내 이름은 나답게』(1999)가 그러하다. 작품의 배경도 다르고 줄거리도 물론 다르지만, 두 장편동화 모두 주인공 아이들을 둘러싼 자잘한 일상을 그리고 있다는 점에서 작품의 성패는 전적으로 캐릭터에 의존하게끔 되어 있다. 그러나 매력있는 캐릭터의 창조란 얼마나 어려운 일일까. 두 작품 모두 허풍스러운 대화, 곧 실없는 말투와 과장된 제스처를 성격 창조의 유일한 무기로 삼는 듯하여 성공했다고는 보이지 않는다. 또는 이경혜 작품이 그러한데, 줄거리 전개방식에서 새로 개척한 면조차 흐릿하게 만들어버린다. 다른 작품의 인물과 바꿔서 작품이 흐트러질 정도의 고유한 캐릭터도 아니고, 그렇다고 아주 강렬한 인상을 남기는 그런 종류의 것도 아니기 때문이다.

권정생의 『밥데기 죽데기』는 이것들과 좀 다르다. 이 작품은 권정생 동화의 한 축을 이루어오던 해학성이 모처럼 장편으로 펼쳐진 까닭에 눈길을 끌었다. 사실 권정생 동화의 해학성은 다른 묵직한 장편동화들에 가려 흔히 간과되곤 하였다. 작가는 무엇 때문에 모처럼의 장편동화를 이렇게 꾸몄을까? "아이들이 재미있게 읽으라고 조금 익살을 떨어보았"다는 작가의 말에서 알 수 있듯이 이 시대의 아이들 곁으로 끊임없이 다가서고자 하는 마음씀의 결과라고 하겠다. 작품의 내용에선 지금까지 나온 권정생 동화의 총집결이라 해도 좋을 만큼 우리 역사의 절실한 문제들을 담아내고 있다. 작가는 결코 가볍지 않은 문제의식을 편안하고 쉽게 읽을 수 있는 판타지 성격의 줄거리와 익살스런 캐릭터의 창조로 해결하였다. 어떻게 보면 내용과 기법에서 권정생 문학의 두 흐름이 하나로 만나고 있는 셈인데, '똥'을 소재로 하여 '밥데기와 죽데기'라는 캐릭터를 만드는 과정이 무척이나 흥미롭다. 하지만 이 작품은 아무래도 늑대할머니가 주역이고 밥데기와 죽데기는 줄곧 조역으로만 움직인다. '강아지똥'과 '몽실 언니'를 잇는 새로운 캐릭터를 기대한 나로서는 무척 아쉬운 대목이 아닐 수 없다. 그리고 분방한 상상력의 발동과 맞물린 현상으로 리얼리티가 심각하게 훼손되고 있는 걸 어떻게 평가해야 할지도 논란거리다. 나는 아이들이 거의 개의치 않을 상상력의 편에 손을 들고 싶지만……

캐릭터 문제를 이야기하다보니 이금이의 장편동화가 생각난다. 『도들마루의 깨비』와 『너도 하늘말나리야』를 모두 재미있게 읽었다. 이 작가는 농촌을 주요무대로 삼으면서도 낡아빠진 시대의 표정만

스케치하는 다른 많은 작가들과는 달리 오늘의 아이들을 거기에 또렷하게 새겨넣고 있다. 작품의 초점은 농촌문제가 아니다. 그렇다고 농촌이 아무런 뜻도 지니고 있지 못하냐 하면 그것도 아니다. 작가는 아직 땅심이 남아 있는 농촌의 삶에 뿌리를 두고 아이들에게 옳은 방향으로 삶의 기운을 북돋고자 하는 것 같다. 바로 아이들 '성장'에 초점이 놓여 있는 것이다. 두 작품 모두 건강한 의식을 지닌 인물들이 주인공의 성숙을 매개하는데 인물 형상의 사실성으로 말미암아 주인공 의식의 성장은 상당한 설득력을 지닌다. 우선 『도들마루의 깨비』는 일인칭 주인공이 자신의 과거 경험을 들려주는 형식이라 부드럽고 편하게 읽힌다. 주인공이 어렸을 때 경험한 '깨비'라는 한 인물을 따라가는 단순구성이면서도 여러 자잘한 삽화들이 군더더기없이 정교하게 맞물려 사건의 진행을 돕는다. 이 작품이 창조한 '깨비형'은 오래 기억되는 주인공이 될 듯싶다. 『너도 하늘말나리야』는 저마다 사정이 다른 아이들 세 명의 삶을 시점을 바꾸어가며 한데 결합시키고 있다. 복잡한 짜임을 잘 소화했다고 보이지만, 도식성에서 자유스럽지 못하다. 게다가 소녀 취향의 감상이 언뜻언뜻 비치고 있어 아쉬움이 더하다. 그렇더라도 농촌문제 없이 농촌을 배경으로 하는 다른 수많은 작품들이 빠져 있는 감상주의와는 구별하고 싶다. 어쩌면 여성작가 특유의 섬세한 감각이라 해도 좋을 만큼 인물을 그리는 힘이 남다르다. 이런 힘 때문에 삶에서 진정 값진 것이 무엇일까에 대한 작가의 생각은 그것이 직접 표출되는 경우에도 관념으로 읽히지 않는다. 아이들이 밑줄 그으며 읽을 대목들도 꽤 되는데, 억지스럽게 끼워 맞춘 상투형으로 불거져나오지 않고 사건과 함께 적재적소에 활용되어 생활의 진실한 언어가 되고 있다. 이런 성찰의 목소리가 날것으로 나오면 어색할 때가 더 많은데, 이금이 동화의 경우 그리 흔치 않은 성공 사례이다.

때가 때인지라 부모의 실직이나 이혼 문제로 아픔을 겪는 아이들의 이야기가 많이 나오고 있다. 이런 이야기들 대부분이 변두리나 농촌의 경험을 새로운 깨달음의 계기로 삼는 걸 보게 된다. 그러나 단순히 용기와 격려를 주려는 데 그친 작품들, 또는 농촌과 산동네의 경험을 감상적으로 그린 작품들이 뜻밖에 많았다. 그런 작품들은 소재주의에 빠져 인간의 문제 또는 시대의 과제들을 안이하게 처리해버렸다. 홍기의 『새가 된 아이』는 몇년 전 '눈높이 아동문학상'을 받은 배선자의 『달리는 거야, 힘차게』(대교 1997)를 다시 보는 것 같았다. 이런 유형의 작품에서는 개발만능의 근대주의 곧 지난 시대의 '하면 된다'나 '잘살아보세' 이상의 철학을 찾기 힘들다. 우봉규의 『금이와 메눈취 할머니』도 작가가 그리고 있는 풍경에서 삶의 때가 묻어나오지 않는다. 따뜻한 인물을 그리려는 작가 의도야 물론 좋지만, 과거지향의 감상주의가 철학과 현실의식의 자리를 대신하고 있다. 감상주의는 인물을 죽이고 인물이 죽어 있으니 사건은 도식을 따라 해결되고…… 이것들과 견줄 때, 이미옥의 『가만 있어도 웃는 눈』은 감상주의가 없어서 좋았다. 이른바 '386세대'라 부름직한 신세대 엄마의 캐릭터를 잘 살려낸 데에서 힘입은 바 크다. "나는 가난해진 것이 너무 싫었다"고 말하는 주인공 아이도 평범한 듯하면서 평범하지만은 않은 캐릭터다. 그러나 이 작품의 결정적인 흠은, 주인공 형제의 산동네 체험에서 너무 작위적으로 선택된 인물들만 만난다는 것이다. 이와 짝을 이루는 박기범의 『문제아』는 그야말로 문제작이다. 이 책의 등장인물들에겐 이른바 '민중'이라는 말을 붙여야 할 만큼 작가의식이 강렬하다. '민중'이라니, 이 얼마나 해묵은 소재일까. 하지만 박기범의 작품은 새롭고 또한 아름답다. 그것은 전례가 없는 완전히 새로운 작가의 화법에서 말미암는다. 이 새로운 화법은 독특한 개성의 문체를 낳았다. 그래서 독자는 그 흔한 민중의 쉿소리가 아니라 소외층의 어눌한 목소리를 듣게 된다. 나지막하지만 진실하고 당당함이 배어 있는 목소리다. 작가의 목소리는 물론 아이의 목소리로 탈바꿈했고, 그 목소리는 일기체에 가까운 독백으로 독자를 끌어당긴다. 저만치 밀려나 있던 사회현실의 소재들이 거뜬히 오늘의 문제로 들어올려진다. 문체의 중요성을 이처럼 뚜렷하게 증명하는 예도 그리 흔치는 않을 것이다. 그런데 문제가 없지는 않다. 독특한 개성의 문체라 했지만, 화법으로 칠 때 그 일인칭의 목소리는 남녀 구분 없이 모든 작품에 똑같이 나타나고 있다. 이 점에서 보면 작가는 여러 작품을 썼어도 실제로는 여러 인물을 만들어낸 것이 아니다. 목소리가 어눌한 듯해도 사실은 능치는 화법이라고 말할 수 있는 건, 아이의 목소리와 작가의 목소리가 구분조차 되지 않기 때문이다. 이처럼 모든 작품을 통어(統御)하는 작가의 목소리가 너무 강하고 또 단일하다는 것은 장점이자 한계일 수 있다. 만일 등장인물과 작가의 목소리를 구분해야 될 때조차 가려낼 수가 없다면 이건 작가의 능력문제가 되기 때문이다. 개를 주인공으로 한 작품 「어진이」는 그래서 예외로 받아들여지는데, 이것이 다음 작품으로 나아가는 통로가 되기를 바란다. 참신성과 도식성을 함께 이야기할 수밖에 없는 그런 문제가 이 작가한테는 있다.

지금까지도 그 아픔이 지속되고 있는 역사의 문제를 다룬 작품들 가운데서는 장문식의 『명순이』와 손연자의 『마사코의 질문』이 눈길을 끌었다. 『명순이』를 읽으면서 작가가 탁월한 이야기꾼임을 느꼈다. 일제 정신대의 상처, 동족상잔의 상처, 광주항쟁의 상처 등 역사 현장의 중요한 대목을 쉽고 간결한 문체로 시원시원하게 풀어가고 있는데, 이건 요즘 신인작가들에게서 보기 힘든 장점이다. 나는 이원수 동화를 읽고 있는 것이 아닌가 하는 생각도 해보았다. 함께 실린 작품들 가운데 「열쇠 아저씨」와 옛날이야기식 동화들은 설득력이 좀

떨어졌다. 『마사코의 질문』은 심각한 문제의식이 관념 주입의 형태로 그려져서 거북한 느낌을 받았다. 비슷하게 강렬한 문제의식을 지녔으면서도 『문제아』가 자기동일화를 이루기 좋은 내적 독백의 형식인 것과는 사뭇 대조적이다. 진짜 문제는 이야기 형식에 있지 않다. 일본인에 대한 묘사가 그 옛날 반공동화처럼 희화적으로 처리되고 있는데, 이런 판에 박힌 인물성격과 상투적인 표현이 먼저 거슬린다. 시점을 조금 돌려서 쓴 작품, 예컨대 관동대진재 사건을 목격하는 일본인 아이를 주인공으로 삼은 「꽃을 먹는 아이들」과 일제시대 친일파의 아들을 주인공으로 삼은 「남작의 아들」이 인물에서 더 설득적이고 주제전달과 관련해서도 성공적인 까닭에 대해서 생각해봤으면 한다. 아마도 역지사지(易地思之)의 발상법이 도식에 대해 일종의 완충구실을 해주고 있기 때문일 것이다. 이른바 '역사이야기' 또는 아이들을 위한 '역사소설'로 이윤희의 『네가 하늘이다』(현암사 1997~98)와 강숙인의 『마지막 왕자』도 빼놓을 수 없다. 동학농민전쟁을 대하(大河)의 화폭에 담아낸 이윤희의 작품은 술술 잘 읽히는 편이었다. 뚜렷한 허구의 인물을 몇명 내세우고 그들 시점을 따라 다양하게 사건을 만들어가면서 이야기를 진행시켰기 때문이다. 지문보다 대화글을 더 많이 쓰는 것도 쉽지 않았을 것이라 여겨진다. 역사적 사실에 대한 서술을 대화로 담아내자니 아무래도 대화가 정보를 제공하기 위해 길어지는 문제점을 드러낼 수밖에 없는데, 능란한 사투리와 입말을 잘 살려 쓴 탓에 전혀 무리가 없었다. 마지막의 극적인 결말 처리도 돋보였다. 그러나 네 권 분량의 소년소설로 본다면 너무 농민전쟁의 전말에만 치중한 것이 아니냐는 불만이 있다. 당대의 생활상과 관련해서 흥미로운 삽화들이 더 많았다면 역사 이상으로 문학의 몫이 더 커졌을 것이다. 마의태자를 다룬 『마지막 왕자』도 무척 공들여 쓴 작품이란 걸 느끼겠는데, 한결 딱딱한 느낌이 들었다. 화랑정신을 근간으로 한 작품이라지만 지식을 전달하기 위한 지문이 너무 많았다. 무엇보다도 지금 왜 이런 작품을 썼을까 하는 의문을 해결하기 힘들었다. 이 점에서는 『네가 하늘이다』도 마찬가지인데, 역사이야기는 그 현재적 의의가 뚜렷해야 할 것이라는 생각이다. 현재와 과거를 넘나드는 판타지 형식이 이곳에서도 한 돌파구가 되지 않을까?

이상으로 최근에 나온 작품집들을 대충 훑어보았다. 짧은 글에서 한꺼번에 스무 권 가량을 검토했으니 이 글은 작가와 작품 이름을 나열한 데 지나지 않을지도 모르겠다. 독자의 이해를 돕는 줄거리 소개와 내용 분석이 거의 없으면서도 글의 성격상 평가는 빠뜨리지 않았다. 이 때문에 본의 아니게 작가들한테 누를 끼치거나 오해를 살수 있는 대목도 많으리라고 본다. 주요 작품이 나올 때마다 그 성과와 한계를 자상하게 따져주는 실제비평의 풍토가 두텁지 못한 게 탈이다. 이의 극복을 위해 많은 이들이 함께 애써주었으면 좋겠다.

〈동화읽는어른 1999년 12월호〉

최근 아동문학 문단의 동향

1998년 후반기 문예지의 작품들

　얼마 전부터 유행하는 말 가운데 '거품'이라는 단어가 있다. 엉터리가 넘쳐흐르다보니 진짜 중요하고 절실한 것들이 자리할 틈새가 없다는 얘기다. 우리 사회 한 특수성의 반영으로 자녀교육에 대한 열기가 좀체 사그라질 수 없는 형편임을 이해한다면, 아동문학에 대해서도 마찬가지라 말할 수 있다. 6,70년대 경제개발시대의 교육 수혜자들이 오늘날 초등학교 학부모의 대부분을 차지하고 있거니와, 이들의 상대적으로 높아진 경제적 여유, 지식교양 및 문화적 욕망은 핵가족시대인 오늘날 자기 자녀에 대한 아낄 줄 모르는 '투자'로 나타난다. 이런 의미에서 오늘날 가정의 중심은 어린이라고 해도 틀린 말이 아니다. 그러나 이런 보호와 관심 아래 어린이는 점점 더 어른의 부속물이 되어간다. 어린이가 어른들의 투자대상이 되고 있는만큼, 어른은 어린이의 머리가 자신들의 이해관계에 따른 관념으로 꼭꼭

채워지기를 기대하는 것이다. 교육이란 이름으로 '사육되는 아이들'이 있고 그를 위한 대량의 도구들이 쏟아져나와 출판계의 불황 속에서도 아동문학은 거품을 뿜어내기에 쉴 틈이 없다. 요컨대 '아동'에 대한 관심이 곧 아동'문학'에 대한 관심은 아니며, 오히려 그 비뚤어진 형태가 다름아닌 문학의 숨통을 조이고 있는 것이다.

이런 현실에서 아동문학은 문학으로서 자기를 돌아보는 일이 매우 중요한 과제가 된다. 진정한 문학에 값하지 못하는 동심주의나 교훈주의 작품들은 여전히 맹위를 떨치면서 아동문학의 거품을 부풀린다. 그런데 우리 시대의 동심주의나 교훈주의는 이미 아동문학의 오랜 병폐로 줄기차게 지적되어온 탓에 누구든 명시적으로 그것을 지지하는 아동문학인이 없다는 점에서 좀더 세심한 관찰을 요한다. 적어도 아동문학에 관계하는 작가·시인·비평가들은 화려한 조명이 없는 그늘에서일망정 '좋은 의도'를 갖고 남달리 애쓰는 편이다. 문제는 문학에 대해 성찰하는 자세, 곧 문학이 자기 시대와 어떻게 관계를 맺어야 본래의 모습에 충실한 것이냐에 관해 진지한 질문이 모자라는 데서 비롯하는 듯싶다. 아동문학에서의 '아동'은 때로는 진지함을 떨어뜨리는 요소로 작용하여 작가의식 또는 문제의식이 안이한 경우가 발생한다. '성실한 작가'와 '안이한 작가'를 판가름하는 일은 물론 성실한 비평가의 몫이다. 낱낱의 단행본들에 관해서는 다른 자리에서도 이러저러한 평가들이 이루어지고 있는만큼, 이 글에서는 아동문단의 동향을 살피기 좋은 전문잡지들 몇가지를 대상으로 최근 아동문학의 수준을 가늠해보려 한다.

1 『아동문예』 1998년 10~12월호

'온 가족이 함께 읽는 아동문학 전문지'『아동문예』는 이 시대에도 아동문학인들이 쉬지 않고 꿈틀거리고 있음을 증명하는 대표적인 월간지라 할 수 있다. 온 가족이 함께 읽는 잡지라고 표방했지만, 실제로는 어른들, 그중에서도 아동문학인을 중심으로 통용되는 잡지라 해야 할 것이다. 이런 사정이라면 통권 263호에 이르는 오랜 기간 월간지의 명맥을 유지해온 것만도 얼마나 벅차고 힘겨운 일이었나를 우선 생각하지 않을 수 없다. 적어도 이 잡지의 존재는, 지면 대부분을 작품으로 채우고 있다는 점에서 아동문단의 활력을 상징한다. 작품집 출간으로 맹렬하게 활동하는 이들뿐만 아니라, 겉으로 잘 드러나지 않는 수많은 아동문학 관련자들, 그리고 여러 경로를 거쳐서 아동문학 작가로 새롭게 등단하는 이들한테 이 잡지는 매우 중요한 활동무대를 제공하고 있다.

그러나 바로 그러한 이유로, 이 잡지가 짊어져야 할 몫은 고스란히 잡지 편집진의 부담이 된다. 그런데 아쉽게도 이 잡지의 편집진이나 월평을 담당하는 이들은 아동문인들을 폭넓게 아우르는 일 이상의 역할은 하지 않는다. 그것을 이 잡지의 고유한 성격으로 봐야 한다면 더이상 할 말은 없지만, 잡지가 아니라 작품을 싣는 아동문인들을 염두에 둔다면 우리 시대 아동문학의 제 모습 찾기를 위해서라도 아주 할 말이 없는 게 아니다.

좀 냉정한 눈으로 보건대 『아동문예』에 달마다 쏟아져나오는 수많은 작품들은 대부분 동심주의의 테두리에 갇혀 있다. 이는 작가들의 문제의식이 안이한 결과로, 스스로는 순진·순수성의 발로라고 여기겠지만, 저으기 자기 만족과 도취의 기분으로 작품활동을 벌이는 데 근본원인이 있다. 그래서 심각한 삶의 국면은 고민의 대상이 아니고,

작고 귀엽고 예쁘고 훈훈한 소재를 환상적으로 펼친다든지, 또는 교육적 소재를 적당히 짜맞추고서 '아동문학은 이런 것'이라는 통념을 재생산한다. 동심주의와 거리를 둔 이 시대 삶의 양상을 드러내려는 작품에서도 인물에 실감이 없는 정형(定型)의 성격, 상투적인 대화 말 따위의 한결같고 구태의연한 교과서적 질서에 머문 것들을 많이 찾아볼 수 있다. 이런 구태는 삶의 생동감에 바짝 다가서는 문학의 속성과는 숙적(宿敵)관계에 놓인다. 무엇보다 자기만족은 곧 자기기만의 첫걸음이 될 수 있다.

그래도 좋은 작품을 뽑으려 들자면 드문드문 일등성이 보인다. 이번에 가장 눈길을 끈 작품은 김소연의 「우리도 웃고 싶어요」(11월호)였다. 이 작품은 서울 한복판 민속박물관 잔디밭에 펼쳐진 허수아비 전시장을 무대로 하는 의인동화 성격의 판타지다. 주인공은 '웃보'라는 허수아비로, 고향 풍경에 대한 애착심이 남다른 '반석이 할아버지'가 만들어낸 것이다. 눈썹이 시커먼 허수아비, 입 모양이 험상궂은 허수아비 등 갖가지 모습의 허수아비들이 등장하는 가운데 우리의 주인공 웃보의 모습이 가관이다. "옷은 아예 손자 반석이가 입던 짱구만화가 그려진 윗도리에 반바지를 입히고 둘리가 그려진 운동모자를 거꾸로 씌"운 것이다. 이 모습을 둘러싼 구경꾼들의 대화를 들어보자.

"아니, 이 허수아비 꼬락서니가 다 뭐겨? 허수아비라고 하는 거야 밀짚모자에 베적삼 잠방이가 제격인디 이기 다 뭐란 말이여?"
한복을 차려입은 할아버지가 혀를 끌끌 차며 못마땅한 표정을 지었습니다.
"할아버지, 그런 말씀 말기요. 베적삼을 어디서 구한다코. 세상 변해가는 걸 누가 거스를 수 있는기요?"
할아버지 말씀에 시비를 거는 아저씨도 있었습니다.

여기서 삐노끼오를 들먹이는 건 아무래도 비약이겠지만, 그처럼 웃보가 우리 어린이들한테 친근감이 가는 캐릭터인 것만은 틀림없다. 작품의 초점은 반석이 할아버지가 이런 모습으로 웃보를 만든 사연에 놓인다. 요즘 참새들은 요란하게 번쩍거리는 울긋불긋한 줄은 무서워하면서도 허수아비는 무서워하지 않는지라, 할아버지가 생각 끝에 참새와 허수아비가 원수처럼 미워하기보다는 서로서로 친구가 되어 함께 노래도 하고 고향도 지키라고 웃는 얼굴을 한 허수아비를 만들어 이름까지 웃보라고 붙여주었다는 것이다. 웃보를 창조한 반석이 할아버지는 어린이 마음을 닮은 작가의 분신이다. 어린이다운 낙천성과 순진성을 통해 구겨지고 찢긴 세상을 하나로 펴서 잇겠다는 소망을 표현한 셈이다. 한가지 걸리는 점은, 낟알 한톨이라도 지켜야 하는 농민의 애타는 심정이 여기서 그만 실종되고 만 사실이다. 낟알을 지키기 위한 새로운 방편과 함께 스러져가는 고향 풍경을 살려내는 작품 구성상의 긴장이 없어 아쉬웠다.

2 『시와 동화』 1998년 겨울호

'온 가족이 함께 읽는'『시와 동화』는 1997년 계간지로 출발하였다. 폭넓은 수용력을 지니고 있는 점에서는『아동문예』와 다를 바 없지만, 계간지인만큼 그보다 정련된 작품을 골라 싣는 편집진의 노력이 돋보인다. 이번 겨울호에는 '기대되는 작가시인 아홉'이라는 특집을 마련하였다. 선배 문인들의 추천을 받은 유망 신진들의 신작을 받아 실음으로써 우리 아동문학계의 앞길을 내다보자는 취지이다. 추천인을 무작위로 선정했다고 보이기 때문에, 여기 실린 아홉명의 신진들

을 가지고 앞길을 예단하는 일은 위험한 일이라고 여겨지지만, 실망
스러운 것은 어쩔 수 없다.

　류석환의 「무지개 일기」는 대관절 무엇 때문에 일기 형식을 빌려
썼는지 이해할 수가 없다. 날짜를 구분해서 도막낸 것 빼고는 일기와
판이한 서술방식을 따르고 있기 때문이다. 문장의 주어조차 '나'가 아
니라 '아라'라는 자기 이름을 그대로 쓰고 있다. 이게 무슨 멋부리기
인가? 주인공 아라가 스스로 착각에 빠져 친구들이나 선생님이나 부
모님이 자기만 차별한다고 여기다가 그에 대한 오해를 푸는 과정을
그렸는데 무지개 빛깔을 염두에 두었는지 꼭 일주일치의 일기로 사
건을 해결하려는 일종의 형식주의에 갇혀 억지스런 줄거리를 만들
고 말았다. 문자영의 「이수의 크레파스」는 한 문장을 한 단락으로 전
부 처리하였는데, 그럴 만한 까닭은 아무데서도 찾아볼 수 없다. 이
작품도 처음 판타지로 들어서는 대목은 눈길을 끌지만 줄거리가 억
지스러운 것은 마찬가지다. 배미숙의 「산타할아버지는 언제 오실까」
역시 동심에 대한 좁고 유치한 해석에서 비롯한 작품으로 문제의식
이 보이지 않는다. 표시정의 「집으로 가는 먼 길」은 이른바 '저능아'
의 속마음을 들여다본 뜻깊은 작품인데, 얄팍한 감상주의로 채색되
어 있고 뚜렷한 사건조차 드러나 있지 않아서 갑갑하게만 읽힐 따름
이다.

　시인별로 꼭 한 편씩만 실은 동시 쪽은 동화보다 좋았다. 아버지가
잊고 간 지갑 속에 든 돈을 두고 벌이는 아이의 갈등을 간결하고도
실감나게 붙들어낸 서정홍의 「알 수 없는 내 마음」은 단연 수작이었
다. '돈'이 사람의 마음을 어떻게 바꾸어놓는가에 대한 시인의 문제의
식이 팽팽한 긴장감을 전한다. 비에 쓰러진 벼포기를 일으키는 아버
지의 노고를 간절한 심정으로 그려낸 이경애의 「함께 가자」도 단순
소박한 형식미에 농촌의 삶을 잘 담아낸 작품이다. 그렇지만 이밖에

다른 추천 동시인들의 작품은 무엇보다 '동시' 하면 떠오르는 상투어들이 먼저 눈에 거슬린다. 향기, 꽃송이, 상큼, 새초롬한, 씨앗, 하늘빛깔, 풀벌레 소리, 예쁜 꽃, 꽃의자, 향기로움…… 이들의 동시는 자기도취가 낳은 관념적 형상어들의 모자이크다.

편집진이 선별해서 실은 작품 창작란은 동시보다 동화 쪽이 더 좋았다. 목계선의 「사과나무골 우체부」, 문선희의 「산지기네 샘」은 세상을 보는 작가의 눈길이 따뜻하고 건강했으며, 줄거리에 실감을 주는 세부형상력도 든든했다. 정은주의 「한입이 이야기」는 현대 도시 문명이 낳은 불구의 몸 세발 강아지를 주인공으로 내세운 의인동화다. 인간의 탐욕이 빚어낸 동물들의 수난을 그들의 편에서 그려냄으로써 오늘날 우리의 삶을 뒤집어 생각해보도록 이끌고 있다. '한입이'라는 버려진 강아지의 행동에서는 따뜻한 사랑의 기운을 감지할 수 있지만, 작품 전편에 걸쳐서는 비인간화에 대한 문제의식이 아주 날카롭게 드러난다. 이밖에 차보금의 유년동화 「다빈이와 둥근 달님」도 흔히 놓치기 쉬운 평범한 생활의 진실을 저학년의 눈높이로 재미있게 형상화한 작품이다.

3 『아침햇살』 1998년 겨울호

'어린이문학을 근간으로 하는 어린이문화 전문지'로 시작한 『아침햇살』이 몇년 전 그 세련된 모습을 처음 드러냈을 때만 해도 솔직히 척박한 우리네 문화풍토에서 이런 안간힘이 얼마나 버틸 수 있겠나 하는 의문을 가질 수밖에 없었다. 그러나 지금 이 잡지는 통권 16호를 내면서 무려 4년째 항진을 계속하고 있다. 이것만으로도 역사의 한 페이지를 차지하기에 충분할 것이니 참으로 경하할 일이다. 이 잡지는 당시로선 문단의 젊은 기운이 편집의 주축이 되어 나름의 의욕을 펼치려 들었다는 점에서 눈길을 끌었다. 창간호부터 목차를 살펴면 금세 눈치챌 수 있는데, 이 잡지는 문단의 이쪽저쪽과 원로·중견·신진 작가들을 한데 아우르려는 목적의식이 뚜렷하다. 그렇다고 특정 문인단체에 젖줄을 대고 있다든지 특별한 성향의 원로문인을 대표격으로 내세우고 있는 것도 아니어서, 스스로 모자라고 가난한 처지에 대한 자각 없이 저마다 폐쇄적인 둥우리를 틀고 사분오열해온 아동문단의 오랜 관행을 새롭게 재편할 듯한 기대를 주기도 했다.

그러나 이런 희망어린 인상보다도 더욱 중요한 것은 『아침햇살』이 담아내려 하는 어린이 '문화'가 무척 다양다기할 뿐 아니라 튼튼한 전문 식견으로 뒷받침되어 있다는 사실이다. 예컨대 텔레비전·비디오·만화·컴퓨터같이 새롭게 각광받는 매체들에 대한 적극적이고도 비판적인 이해와 함께, 글쓰기·독서·연극·스포츠·노래·미술·환경·번역·성(性)상담처럼 어린이와 관련지을 수 있는 거의 모든 문화영역에 대해 그 분야의 전문가로 하여금 문제를 진단케 하고 해결방향을 모색해왔다. 말하자면 이 잡지는 오늘날 어린이를 둘러싼 새로운 사회환경을 염두에 둔 문화적 대응방식의 하나로 자리매김하려 들고 있는 것이다. 그렇지만 이 잡지가 우리 사회에서 이를테면 '여성학'이 차지하고 있는 담론의 크기만큼 일종의 '아동학'의 견지에서 사회적으로 충분히 의미있는 담론을 생산하고 있느냐 하면 그에 대해선 다분히 회의적이랄 수밖에 없다. 역시 아동학 분야의 척박한 토양이 그 원인의 하나일 수 있겠는데, 다른 한편으로는 어떤 중요한 문제를 집요하게 확대·심화해가는 사회·문화운동의 방식이라기보다 그때그때 구색을 맞추는 주제나열식 편집에 만족하고 있는 것이 더 큰 원인이라고 생각된다. 뚜렷한 문제의식으로 응집력을 보이는 편집진이 아직 확보되지 못했다는 증거일 것이다.

하여튼『아침햇살』은 아동문학을 중심에 둔다는 처음의 구호를 조금 바꾸어 이제는 '어른이 읽는 어린이문화 전문지'임을 내세운다. 그래서일까? 이 잡지에서 가장 취약한 부분이 공교롭게도 아동문학 창작란이다. 처음의 의지만큼 문단의 새로운 추이와 적극적인 교섭을 이루어내지 못하고 있는 것이다. 때문에 이 잡지에서 문제작가나 문제작품을 찾기란 쉽지 않다. 오히려 이 잡지가 줄곧 역점을 두고 번역해온 동시대 외국창작물 가운데 좋은 참조거리가 많다. 아동문학의 역사와 유산을 살피는 발굴조명란도 뜻있는 참조거리고, 특히 최근 김이구의 문제비평「아동문학을 보는 시각」(1998년 가을호)은 기억해둘 만한 것인데 여기서는 자세한 언급을 피하겠다. 이 자리의 논의 대상인 이번 겨울호는 '분단과 통일을 주제로 한 우리나라 동시 동화' 특집호이다. 분단 50주년을 기념하는 뜻깊은 기획이라고 평가되지만 기왕의 작품들 가운데서 뽑은 것이니만큼 새로운 창작물을 검토하려는 이 글에서는 더 할 말이 없다. 앞으로는『아동문예』나『시와 동화』와는 차별성을 갖는 좀더 독자적인 기획력을 아동문학 창작란에서도 보여주었으면 좋겠다.

4『어린이문학』1998년 11, 12월호

삶의 문학을 지향해온 한국어린이문학협의회의 기관지격인『어린이문학』이 지난 11월부터 새로운 모습으로 첫선을 보였다. 통권 제38호부터는 일종의 단체소식지에서 한걸음 나아간 형태의 정식 월간지를 펴내게 된 것이다. 그런데 내용을 찬찬히 살펴보니 한걸음 정도가 아니라 거의 비약을 했다는 느낌이 든다. 상당기간 사회를 향해 거의 침묵하다시피 해온 이 단체의 목소리가 비로소 확성기를 타기 시작한 셈이라고 말할 수 있다. 언뜻 눈에 들어오는 것은 신진들의 활약이 두드러진 점이다. 한겨레작가학교나 교육문예창작회에서 꾸준히 준비해온 역량이 그 모습을 드러낸 것이겠는데, 여러모로 참신성을 갖추고 있어서 우리 시대 아동문학의 과제를 둘러싼 새로운 창작과 논의의 자리로 퍽 기대된다.

신진들의 활약을 중심으로 한번 살펴보자. 이연경의 「비오는 날」(11월호)은 아이들 심리를 무시하는 어른들에 대해 아이들 나름의 정당한 항의를 표현한 작품이다. 엄마의 형편을 헤아릴 줄도 아는 초등학교 2학년짜리 속깊은 주인공을 등장시켜 엄마한테 자기 존재가 완전히 묵살되는 듯싶은 대목에서 드러낼 수밖에 없는 미묘한 반발심리를 잘 붙들어내었다. 임정자의 「흰 곰인형」(11월호)은 재활용품 부대에서 발견한 흰 곰인형과의 대화를 판타지로 처리하였다. 버려진 흰 곰인형은 어린이도서관에서 아이들의 친구가 되었다가, 좀더 망가진 다음에는 어린이를 위한 인형극의 재료로 쓰인다. 얼마간 상투적인 줄거리라 할 수도 있겠지만, 소외된 이들의 편에 서려는 작가의 따뜻한 마음을 판타지로 무리없이 소화해내면서 나름의 역동성을 갖추었다. 김경성의 「참 이상한 호수」(11월호)는 소양호에서 살다 온 붕어와 수족관에서 살다 온 금붕어들이 좁은 어항에서 나누는 짤막한 대화만으로 작품을 구성하였다. 맹목의 안락함에 만족하는 금붕어들은 삶의 더 큰 뜻을 망각한 채 고정관념 같은 것에 길들어가는 부류를 상징한다. 의인동화는 흔히 진부한 교훈담에 그치는 경우가 많은데, 이처럼 간결한 우화 형식으로 번뜩이는 혜안을 열어 보인 작가 역량은 높이 사지 않을 수 없다. 김숙의 「내 방은 어디에」(11월호)는 새로 도배한 방에서 꿈꾸듯 판타지의 세계로 미끄러져 들어간 뒤, 주인공이 만나는 동물마다 자기 방을 묻는 형식의 작품이다. 삶에서 우러나는 감동을 맛보게 해주는 작품이라 하기는 어렵지만, 자연스레 숲속 동물의 생태를 들려주는 꼴이어서 유아용 그림책으로 만들면 훨씬 낫겠다는 생각이 들었다. 김영주의 「짜장·짬뽕·탕수육」(12월호)은 부모님이 중국음식점을 하는 서민층 아이를 주인공으로 해서, 온 가족이 성심껏 서로 도와가며 땀흘려 일하는 서민적 삶을 당당하게 여기도록 이끌고 있다. 이런 꿋꿋한 삶의 자세가 학교 화장실에서 벌어지는 아이들의 얄궂은 장난에 바탕하여 밝은 색조로 재미있게 형상화되었다. 이편 저편 기계적으로 가르지 않은 등장인물의 아이다운 활달한 면모가 작품에 생기와 긴장을 준다.

이상에서 살펴본 몇편의 성공한 동화들을 종합해볼 때, 독자의 이해와 실감을 얻기가 결코 쉽지 않은 저학년동화(또는 유년동화) 쪽에서 오히려 활로가 개척되고 있음을 발견하게 된다. 이는 고학년동화(또는 소년소설) 쪽에선 독자의 의식함양을 염두에 둔 작가적 강박 때문에 많은 작품들이 여전히 어설픈 교훈주의를 맴돌고 있다는 사실의 반증이기도 하다.

잘 따져보면 지금 이 시대에는 유년기 아이들보다도 사회화가 더 진전된 소년기 아이들이 작가와의 거리감을 더 크게 느낄 수밖에 없다. 흔히 얘기되는 것처럼 지금은 급속한 문명의 전환기다. 이런 때일수록 기성세대와 새로운 세대는 서로 공유하기 힘든 가치관과 감수성을 드러내게 되어 있다. 기성세대에 속하는 작가들은 이런 점을 아프게 자각해야 할 것이다. 좋은 문학은 언제나 구체적인 현실에서 시작하는 법이지, 아무리 좋은 뜻을 품었다고 하더라도 작가 관념에서 시작하지 않는다. 작가 관념에서 시작하는 작품들은 상당히 세련되었다고 할지라도 어쩔 수 없이 교훈주의의 냄새를 풍긴다. 그 교훈의 알맹이란 것 역시 결국은 기성세대가 요구하는 도덕적인 질서, 또는 어른의 상식 선에서 이해할 수 있는 사회현실의 모습에 불과하다. 이것은 진지한 작가의식·철학·사상과는 구별되는 것이다.

기성관념을 회의하지 않고 교훈주의를 앞세우는 작가들은 무엇보다 교훈주의가 아동 주체의 관점이 아니라는 점에서 아이들에게 외면당하지 않을 수 없다. 더욱이 요즘 아이들은 과거와는 아주 다른 사회환경에 놓여 있다. 말할 필요조차 없이 새로운 사회환경은 새로운 의식구조와 불가분의 관계를 이룬다. 좋든 싫든 또는 옳든 그르든, 얼마 전까지만 해도 머리카락을 노랗고 빨갛게 염색하는 것은 일반의 상식을 넘어서는 행위로 여겨졌지만, 지금은 그냥 하나의 양식으로 인정되는 풍토다. 그런 일을 과거처럼 비정상적인 일로 여긴다면 더이상 새로운 세대와 대화할 통로조차 가질 수 없는 현실인 것이다. 어느 시대에는 상식을 넘어서는 행위들이 또다른 시대에는 상식의 행위가 되고, 또 어느 한 시대엔 상식으로 여겨지던 생각들이 또다른 시대에는 독선으로 바뀌기도 한다.

　　자기 시대와 대결하는 자세는 물론 좋다. 그러나 미리 정해진 관념에서 시작하다보면 자기도 모르게 시대착오에 빠질 수 있다는 사실을 염두에 두고, 눈앞의 현실로 과감히 자기를 낮추는 연습을 끊임없이 해야 할 것이다. 아울러 과거 명예로운 전통의 부활을 꿈꾸는 『어린이문학』은 작품집 출간을 통해 활발하게 창작활동을 벌이는 동시대의 젊은 문제작가들을 폭넓게 수용해나가는 모습을 보여야 할 것이다.

〈동화읽는어른 1999년 2월호〉

창작방법의 관점에서

어린이문학 2000년 8월의 동화

1 창작의 유혹

"마지막 장(章)을 끝낸 그날 밤 나는 이불을 뒤집어쓰고 가족들 몰래 울었다."

박경리(朴景利) 소설 『시장과 전장』(1964)의 '작가 머리말' 첫구절이다. 아주 오래전에 읽은 책이라 작품 내용은 가물가물한데도 어쩐 일인지 이 구절만은 머릿속에서 떠나지 않는다. 자기 안에서 오랜 시간 웅크리고 있던 깊은 사연을 세상 밖으로 끄집어낸 뒤에 느끼게 되는 감정이 이러할까? 작가는 머리말 끝에다 자기가 만들어낸 비운의 여주인공 '이가화(李嘉禾)'란 인물에 대해서도 무한한 애정을 표시하였다. 소설의 마지막 문장에 마침표를 찍기까지 작가는 이가화란 여인과 수많은 얘기를 주고받았을 것이다. 그 내밀한 목소리를 온

몸으로 느끼느라고 실생활에서의 대화는 오히려 건성으로 받아넘겼을 것 같다. 아마도 넋이 나간 사람처럼 지냈을 테지. 그래서 작품에 대한 작가 혼의 집중력은 흔히 신내림의 아픔으로 비유되곤 한다. 작가에게 이 아픔은 알 수 없는 희열이기도 하다. 창작의 유혹이 어디 다른 데 있을까.

솔직하게 고백하자면, 나는 이번 응모작품 총 14편 가운데 단 한 편도 고르지를 못했다. 함께 작품을 고르기로 한 서정오 씨에게 얘기했더니 그래도 작품 쓰느라고 애쓴 흔적들이 있는데 어떻게 몇편 골라봐야 하지 않겠느냐고 한다. 작품 쓰는 일이 얼마나 힘이 드는지는 작가인 그가 나보다 백배 더 잘 알고 있으리라. 그는 네 편 정도를 골라둔 상태였다. 그것들이 다른 작품들보다 더 낫다는 사실에는 나도 얼른 동의할 수 있어서, 우리는 어렵지 않게 합의를 하였다. 다만 한두 가지씩일지라도 흠이 좀 뚜렷하게 드러나는 두 작품을 더 제외하고, 지면에는 두 편만 소개하기로 하였다. 이번에 소개되는 작품은 김희정의 「희야자야 뒷이야기」 연작과 권나무의 「소라고동」이다. 이번 달 동화평을 서정오 씨가 쓰는 게 여러모로 더 자연스러운 일일 텐데, 그는 나보다 작품을 뒤늦게 받아보게 되어서 부득이 다음달 동화평을 쓰기로 했다. 작품을 고르는 것말고 작품에 대한 평은 순전히 쓴 사람의 몫임을 밝힌다.

2 동화와 소설의 구별

고를 게 없다는 걱정을 듣고 편집자 중 한 사람이 내게 눈이 좀 높아진 게 아니냐고 농을 걸어서 뜨끔한 적이 있다. 그러나, 작년 1월에도 똑같은 일을 해봤지만, 이번은 그때와 견주어도 작품 수준이 퍽 떨어지는 게 분명했다.

우선 작품들에 사건다운 사건이 없다. 그만큼 절실함이 덜하다는 것이겠고, 독자를 끌어당기는 힘이 약하다는 것이겠다. 또한 기법이라든지 문장에서 동화와 소설의 구별이 거의 없다는 약점이 눈에 띈다. 동화는 줄거리가 뚜렷해야 하고 이야기의 맛을 잘 살려 쓰는 화법에도 능해야 한다. 옛이야기에서 보듯 단순한 과장과 상상력의 작용으로 사실성보다는 시정(詩情)이 풍부한 게 보통이다. 그런데 표면의 교훈을 향해서만 문장이 동원되는 의인동화들이 거의 동화의 자리를 차지하고 있었다. 한편, 사실동화나 소년소설은 짜임과 문장에서 일단 소설의 수법이 제대로 적용되어야 하는데도 그에 걸맞은 응집력을 보여주지 못하고 느슨하게 풀려 있거나 늘어지는 작품들이 적지 않았다.[1] 단편은 잘못 선택한 단어, 자리를 잘못 잡은 어구, 부적절한 문장이 하나만 있어도 치명적인 약점이 된다. 빈틈없는 짜임을 위해 단 한방울의 손실도 없어야 하는 것이다.

3 등장인물, 서술 시점과 톤

이번 작품들을 검토하면서 작품 완성도와 작가의 가능성 사이에서 참 많은 고민을 하였다. 신인의 작품일수록 가능성에 더 높은 점수를 주게 되는 법이지만, 눈에 쉽게 들어오는 결함을 안고 있는 것들은 아쉽더라도 다음 기회로 미룰 수밖에 없었다. 따라서 「희야자

---

1) 오늘날 '사실동화'니 '생활동화'니 하고 부르는 작품들의 대부분은 장르 특성을 감안해서 엄밀히 말한다면 '유년소설'이나 '저학년소설'에 가까운 것들이다. 우리나라에서 아동문학의 장르 용어와 규정은 일본을 거쳐 들어온 말들을 저마다 혼란스럽게 쓰고 있는 탓에 적지 않은 문제점을 안고 있다.

야 뒷이야기」와 「소라고동」은 그만큼 짜임과 문장이 정돈되어 있다
는 말이 된다.

「희야자야 뒷이야기」는 일종의 부제이고 그 안에 '꽃집에 아가씨
는 예뻐요' '단감나무' '질질이 순례 떠나던 날'이라는 세 가지 이야기
가 연작으로 들어가 있다. 공교롭게도 이 연작의 첫 작품 「희야자야」
를 작년 1월에 내가 소개했던 인연이 있다.

이 작가는 이야기를 풀어내는 솜씨가 남다르다. 오늘날의 농촌을
배경으로 해서, 도시아이 뺨칠 정도로 발칙한(?) 꼬마 여자아이의
일상이 볼썽사납지 않고도 꽤 아담스럽게 그려져 있다. 또래 친구들
이나 형제자매가 많은 것도 아니어서 소란을 피우고 싶어도 피울 수
없는 형편일 텐데, 워낙 발랄한 성격 탓인지 희야자야가 있는 곳에는
말썽이 끊이질 않는다. 어쨌거나 희야자야라는 주인공 아이의 삶이
퍽 건강하게 느껴지는 것은 이 아이를 둘러싸고 있는 어른들의 삶
또한 건강하기 때문일 것이다. 작가 감정의 노출이 없고 절로 마음이
흐뭇해지는 그런 삶이 잘 드러나 있긴 하지만, 조금 위태롭게도 주인
공 아이의 성격 자체가 작품의 초점이 되고 있는 듯하다. 작품 곳곳
에서 귀여운 아이의 모습을 내려다보는 어른의 시선이 느껴지는데,
자기가 크면 결혼할 거라고 여기던 삼촌이 꽃집 언니와 결혼을 하게
되는 순간에 겪은 마음의 파문을 잡아낸 '꽃집에 아가씨는 예뻐요'의
경우는 그런 모습이 훨씬 두드러진 경우라고 하겠다. '질질이 순례
떠나던 날'은 장애아의 죽음을 다룬 이야기라서 주제가 한층 뚜렷한
것 같아도 역시 깜찍스런 성격에 더 관심을 모으다보니 작품 전반부
와 후반부의 감정변화가 다소 과장스럽게 느껴진다. 아무튼 이 작가
는 진부한 설명이 아닌 행동묘사만으로 등장인물의 성격을 살릴 줄
아는 힘이 있다. 살아있는 인물을 보는 것 같은 성격 창조가 결코 문
제일 수는 없다. 작품의 분위기를 생기 넘치는 산뜻한 기운으로 이끄

는 장점을 보전하되, 어딘지 모르게 동심을 귀엽게 내려다보는 시선에 붙들려서 어린이 독자가 주인공 아이한테 곧바로 감정이입되는 걸 방해하는 문제를 좀더 고민했으면 한다. 아주 짤막한 분량이지만 작품 완성도로 치면 '단감나무'가 제일 좋았다.

「소라고동」은 초등학교 1학년짜리 아이의 학교생활을 다룬 것으로 작품의 짜임새가 다른 어느 것보다 안정되어 있다. 친했던 짝이 전학을 가고 난 뒤에 그 자리가 쉽게 메워지지 않아 고민하는 주인공의 심리가 잘 표현되었고, 새로 전학온 아이와의 갈등이 풀리는 과정에서 소라고동이라는 소도구를 활용하여 결말에 암시를 준 점도 인상에 남는다. 작품 서두에서 떠들썩한 교실 분위기를 묘사하고 나서, 그런 교실의 활기와는 동떨어진 기분의 주인공을 솜씨좋게 밀어넣었는데, 고유명사가 너무 많이 나오는 탓에 교실의 혼란이 곧 독자의 혼란이 되고 만 느낌이다. 첫장면에서만 무려 여덟 명의 아이들 이름이 나오는데, 이 아이들은 작품 서두에서 오로지 떠들썩한 분위기를 연출하는 것말고는 기여하는 바가 없다. 물론 들꽃 하나하나에도 자기 이름이 있다는 걸 모르는 건 아니다. 하지만 작품에서 사람 이름을 한꺼번에 그렇게 나열해놓으면 독자는 혼란스러울 수밖에 없다. 들꽃은 이름만으로도 하나하나 그 모습을 상상할 수 있지만, 사람은 외양과 성격을 파악하지 않고는 그 모습을 일일이 상상할 수 없기 때문이다. '누구는' 따위의 부정칭(不定稱) 대명사를 썼다면 한결 명료하게 그 소란스런 분위기만을 독자에게 전할 수 있었을 것이다. 그것보다도, 좀 섬세한 문제이긴 한데, 나는 이 작품이 가슴에 와서 착 안기는 느낌은 들지 않았다. 왜 그런가 생각해보다가, 인물에 대한 작가의 시점과 톤(tone)에 문제가 있다고 느꼈다. 이 작품은 3인칭 시점이지만, 서술각도는 주인공 소진이의 눈을 따라가고 있다. 첫장면에서 수많은 아이들의 이름을 주워섬긴 것도 소진이의 눈과 관련된다. 담임선생님이 무척 좋은 분으로 그려진 것도 소진이의 시점을 통해서다. 독자로 하여금 주인공에게 감정이입되도록 장치가 마련되어 있어서 이 작품의 여러 등장인물에 대한 태도와 감정 역시 소진이의 감정변화를 따라가면서 조절된다. 요컨대 서술자와 소진이의 거리가 가장 가까운 것이다. 그런데 소진이의 성격은 유난스레 까탈스럽다. 이런 생생한 성격 창조는 분명 장점이 되어야 할 텐데, 그 까탈스러움이란 게 독자의 감정이입을 가로막는 종류라서 문제다. 부정적이든 긍정적이든 주인공의 성격이 독자의 매력을 끌기 힘든 경우라면, 화자와 일정한 거리를 유지하거나, 서술 시점 곧 읽는 이의 눈높이를 그 주인공보다 높게 설정하는 것이 보통이다. 『태평천하』의 윤직원 영감처럼 명백히 부정적인 인물인 경우에는 작가와 인물 사이에 풍자적 거리를 활용하는 방법이 많이 쓰인다. 이 작품의 경우는 주인공이 부정적인 인물이라고는 할 수 없기에, 교사나 어머니 정도의 서술 시점이었다면 더 무난했을 것이다.[2] 그렇지만 이 작품에서 어른은 소진이의 눈을 통해 비쳐지고, 아무리 다정하더라도 교훈의 표정만 짓고 있어서 독자로서 가까이 하기에는 너무 먼 당신일 뿐이다. 독자는 이런 교훈적 어른과 응석받이 주인공 사이에서 갈팡질팡, 어디 한군데 몸붙일 데가 없다. 새로 전학온 아이 주민이야말로 가장 매력적인 인물의 씨앗을 가지고 있는데, 이 작품에서는 손님 이상의 몫을 보여주지 않았다.

---

2) 물론 교사나 어머니가 1인칭 화자로 직접 나서는 형태라기보다 소진이와 같은 내포적 화자로서, 또는 목격자 시점에서 그려낼 수 있을 것이다. 앞의 「희야자야 뒷이야기」의 시점이 바로 그것인데, 지금 이 작품들이 모두 3인칭 또는 전지적 작가 시점이니만큼 서술자(화자)의 태도나 톤을 함께 적용해서 생각해보기 바란다.

4 처음과 마무리, 시제와 화법

우리는 어디 가서 무얼 먹을 때 같은 재료를 썼어도 맛이 다른 경우를 흔히 경험한다. 저마다 독특한 개성의 맛과 향인 경우에는 괜찮은데, 어떤 음식은 맛이 좋고 어떤 음식은 맛이 떨어지는 때가 있다. 작품에서도 그러하다.

「동네 한 바퀴」는 어떻게 보면 「소라고동」과 비슷한 내용이다. 그렇지만 시골을 배경으로 하고 있으며 주인공의 성격도 차분하게 감기는 맛이 있긴 한데, 좀 덜 익어서 기다려야 한다는 느낌을 주었다. 결정적인 것은 처음과 끝 부분이 제대로 처리되지 않은 점이다. 처음 사건은 영희가 빨래터에 엄마를 찾으러 갔다가 혼자 돌아오는 길에서 일어난다. 한적한 방천길, 같은 반 남자아이들 한떼가 저쪽에서 몰려오고 있으니 짓궂은 장난에 걸려들지 않을 도리가 없겠다. 이 부분이 바로 작품의 발단이자 전개가 된다. 그런데 작가는 빨래터 엄마와 관련해서 작품의 진행과는 별 소용이 닿지 않는 긴 발단 부분을 따로 혹처럼 붙여놓았다. 결말의 문제는 서울로 전학을 간 상수에게서 온 편지에 대한 영희의 반응 부분이다. 상수는 아이들과 함께 자기를 놀리는 무리에 끼긴 했어도 다른 아이들과는 구별되는 소극적인 아이고 혼자 있을 때는 무척 얌전한 아이다. 짓궂은 장난이나 놀림이 애정으로 발전하는 경우가 좀 많은가. 여기서도 그런 경우라고 할 수 있는데, 상수가 끝내 사과를 하지 않고 전학갔다고 해서 그 아이가 보낸 편지를 읽지도 않고 구겨 내팽개쳐버리는 행동이 이해되지 않는다. 뿐만 아니라 엄마의 종용으로 편지를 뜯어서 읽긴 했는데, 편지 내용에 사과 한마디 없다고 분노를 삭이지 못하는 대목은 과장에 가깝다. 가만히 보니 편지 내용에 서울에서 새로 사귄 여자친구의 이름이 나오고, 그 아이의 편지도 함께 보낸다고 되어 있다. 묘한 질투심이 아니 들 수 없는 대목이지만, 작가는 이런 문제를 간접적으로라도 암시해놓지 않았다. 독자의 몫으로 돌리기에는 석연치가 않다. 맨 마지막 문장은 암시가 너무 강해서 탈이다.

영희는 좀처럼 화가 안 풀립니다. 그래서 불 때고 있던 아랫방 아궁이에 편지를 봉투째 북북 찢어서 던졌습니다. 찢어진 편지는 한순간에 불꽃이 일어나 빨간 재가 됩니다. 영희의 화난 마음도 불꽃이 일어나며 타서 재가 됩니다.

'재가 되었다'는 말은 비로소 화가 풀렸다는 뜻일까? 그럼 그 계기는 무엇일까? 불? 분노의 삭임이 순간의 카타르시스가 아니라 사건의 해결을 의미해야 하는 것이라고 볼 때, 명백히 비약이 아닐 수 없다.
다른 작품들에서도 많이 눈에 띄는 현상이지만, 이 작품에서 한가지 더 살펴볼 대목이 있다. 서술시제의 문제다.

(…) 영희가 다 지나갈 때까지 노래부릅니다. 그럴 때마다 영희는 너무 속상합니다. 쫓아가 때려줄려면 도망가버립니다. 영희가 쫓아가면 달리기가 빨라 저만치 멀어져서 놀려댑니다. 그렇다고 선생님께 일러바치기도 싫습니다. 다음에 또 놀리면 가만 안 있겠다며 기회만 오기를 기다립니다. 영희는 그때 돌아간 것이 정말 후회가 됩니다. (…)
영희는 그 아이들이 놀리기만 하면 따라가서 때려주려고 벼릅니다. 그 뒤로 상수, 태균이, 진호는 꼭 몰려다니며 영희만 보면 '동네 한 바퀴' 노래를 부릅니다. 영희가 악착같이 쫓아가서 때리려고 하면 흩어져 도망가버립니다.

보는 바와 같이 상당한 시간이 경과하고 있는데도 전부 현재형으로 되어 있다. 우리말에서 '~하다' 꼴과 '~했다' 꼴 가운데, '했다' 꼴이 반드시 과거의 행동을 가리키는 것은 아니다. '차에 올랐다' '그 아

이가 보였다' '뛰어가서 힘껏 껴안았다' 따위를 과거의 움직임이라고
만 할 수 있는가? 서술어를 현재형으로 할 때는 묘사성이 강화되고
과거형으로 할 때는 서사성이 강화된다. 작품에서 특별히 초점을 두
고 싶은 대목이나 긴장감을 표현할 때, 또는 시적 흥취를 위해서 현
재형으로 하는 경우가 있지만, 현재형은 서술의 객관성을 떨어뜨린
다. 작품 전체를 현재형으로 해서 팽팽한 긴장감을 살리는 때도 있지
만, 역시 특별한 경우다. 서사의 기복을 표현하는 데에 적절치 못한
현재형을 특별히 긴장해야 할 대목이 아닌 데서도 계속 남용하면 독
자는 읽는 호흡이 점점 가빠져서 나중엔 견디기 힘든 상태가 된다.
이 작품에는 현재시제와 과거시제가 적절하지 못하게 쓰인 대목이
많았다. 위 인용문도 두번째 단락은 한두 문장을 빼고 '~했다' 꼴로
바꿔서 읽어보면 한결 자연스러울 뿐 아니라, 서술의 객관성이 높아
지는 걸 느낄 수 있을 것이다.[3]

5 이런저런 짜임상의 문제들

「한별이는 업동이」「청이 아빠」「개굴아 너 어디 있니」세 편은 좀
미숙한 데가 있어서 그렇지 이야깃거리가 가볍지 아니하고 가슴으
로 파고드는 맛이 있었다. 「한별이는 업동이」란 작품은 대문 앞에 두
고 간 아이를 자식으로 키우는 집에서 업동이를 키운다는 자의식을
극복하기 위해 아예 위탁모로 나서는 과정을 다루었다. 업동이 한별

---

3) '~습니다'의 경어체 화법 역시 서술자가 독자와 직접 마주 대하는 친밀감과 이야
　기성을 높이는 효과가 있는 반면 객관성을 가로막으므로, 서술자가 작품 전면에
　나와 있지 않은 3인칭 시점에서는 자제하는 것이 좋다. 경어체 문제에 대해서는
　1999년 1월호에 쓴 동화평을 참고하기 바란다.

이네 집은 예지네 이웃이다. 처음엔 예지란 아이가 주인공인 듯싶게 나오다가 점점 예지 엄마의 시점인 양 서술되어 작품 내용이 예지의 눈 밖으로 벗어나버렸다. 이와 함께 내용에 대한 이해도 더욱 어렵게 되고 말아서, 독자의 눈높이를 좀더 고려했으면 하는 아쉬움이 들었다. 예지 엄마를 주된 서술자로 볼 경우 예지는 다만 혹처럼 붙어 있다. 어쨌거나 아이들이 내용을 쉽게 이해할 수 있도록 고쳐 써야 할 것 같다.

「청이 아빠」는 청이가 농부의 전형에 가까운 아버지의 삶을 지켜보며 갈등과 화해를 겪는 이야기다. 작가는 청이가 여섯살, 일곱살, 여덟살, 열살, 열두살, 열네살, 열다섯살, 열일곱살, 그리고 시집가서 아기 엄마가 된 나이로 구분해가면서 아버지와의 관계를 전개하였는데, 장편의 내용을 무리하게 단편으로 수용해버린 느낌이 든다. 이런 내용을 짧은 분량으로 소화하려면 권정생의 「무명저고리와 엄마」처럼 아예 고도로 압축한 시적 형식의 동화로 썼어야 한다. 하지만 작가는 소설의 수법대로 대부분의 장면을 사실성에 바탕해 그리고 있다.[4] 이런 형식을 살리려면 모두 아홉 번 구분된 작품의 시간 진행을 어렸을 때와 청소년기와 어른일 때 세 번 정도로 대폭 줄일 필요가 있을 것이다. 또한 주인공이 어렸을 때부터 어른에 이르기까지의 오랜 세월을 담아내는 사실주의 단편의 형식이라면, 시간 진행을 역전하여 어른 시점으로 시작했다가 과거를 회상하는 꼴로 해야 더 맞을 것이다. 단편은 삶의 총체라기보다 단면을 그리는 데에 더 어울리

---

4) 작품 분량 때문에 장면 편집이 불가피했겠지만, 청이가 일곱살 때 아버지와 단둘이 큰집 제사 나들이를 하는 주요장면에서조차 집안식구들에 대해서는 일언반구도 언급하지 않았다. 그래서 둘만 사는 줄 알았는데 한참 뒤에 보니 엄마도 나오고 세 명이나 되는 형제자매도 언급된다. 소설의 배경은 단지 활동의 시공간이 아니라 작품 전체와 맥락이 닿는 하나의 상황(situation)임을 염두에 두어야 앞뒤 문맥이 통하고 구성이 허술해지지 않는다.

는 양식이기 때문이다.

「개굴아 너 어디 있니」에는 생태체험학습에 열을 올리는 선생님이 나온다. 이 작품은 오로지 전시효과에 마음이 가 있는 겉만 뻔지르르하고 목소리 요란한 교사 유형을 내세워 자연의 목숨을 소중히 여기는 아이들과의 갈등을 긴장감있게 그려냈다. 아이들과 교사 사이의 긴장을 끝까지 살려나간 점은 좋았는데, 교사의 부정적인 성격을 드러내는 대목들이 지나치게 작위적이어서 사실성을 떨어뜨렸다. 채만식의 「이상한 선생님」이나 이현주의 「알 게 뭐야」처럼 풍자의 톤을 썼더라면 모를까, 사실적 문체를 구사하고 있는만큼 슬쩍 지나치는 듯한 대화와 행동으로도 성격을 여실하게 붙들어낼 수 있는 그런 예민한 문장이 요구된다. 예컨대 선생님이 자연학교 주인인 할아버지를 대하는 태도는 아주 무례한데, 전시효과에 열을 올리는 교사들이 실제로 얼마나 명민한지를 모르지 않을 것이다. 그렇다면 독자가 얼른 이해하기 쉽도록 단순화한 이 작품의 행동묘사와 대화가 도덕교과서의 그것과 닮아 있다는 사실을 생각해봐야 한다. 또한 "두 눈은 개구리처럼 불룩해지고 입은 옆으로 쭈욱 벌어지고 다리가 길게 길게 늘어나는 거예요. 하비는 개구리가 되어버렸어요."라고 쓴 맨 마지막 문장은 갑자기 판타지로 비약하는 듯해서 몹시 낯설다. 이 작품은 소설의 서술이 아닌 동화의 서술로 대폭 고쳐 써도 좋을 듯하다. 물론 동화의 서술이 단순히 어법을 달리한다고 해서 이룩되는 것은 아니다.

「고비사막으로 날아간 낙타」는 무척 인상깊게 읽은 작품이다. 자폐증에 가까운 주인공 아이의 내면을 밀도있게 그려낸 점에서 만만치 않은 역량을 느꼈다. 1인칭 주인공 시점을 따라 사실과 환상, 기억이 뒤섞이는 구성도 별로 어색하지 않았다. 이른바 정신병자 취급받는 아이의 심리를 통해 속물성을 강요하는 세상에 대한 환멸감을 표현한다든지 더 순수한 세상 밖을 꿈꾸는 듯한 이야기 설정은 매우 참신하다. 그러나 치명적인 약점이 있다. 낙타와 주인공 소년의 동기(動機)가 전혀 나타나 있지 않아서 작가가 무슨 말을 하려는지 몰라 독자는 매우 어리둥절할 것이라는 점이다. 주제의 상징성이 너무 강한 게 탈이라면 탈이다.

「꼭 하고 싶은 일」은 몸이 아파 병원에 입원한 아이가 학교에 가고 싶은 마음으로 실제 학교에 가서 생활하는 모습을 상상하는 작품이다. 원고지 5매 분량의 이 작품은 전후사정 없이 막연한 장면 한 토막을 제시한 데 지나지 않아서 너무 단순하고 싱거운 이야기라는 생각밖에 들지 않았다. 나름으로는 절실한 마음을 품은 아이의 이야기지만 표현이 그것을 받쳐주지 못했다.

「새알 초코렛」은 「고비사막으로 날아간 낙타」와 또다른 맥락에서 인상깊게 읽었다. 뭐랄까, 아주 정직한 글쓰기를 하는 사람의 마음이 묻어나왔다. 반듯한 문장은 참 좋았는데, 대화장면에서는 그만 실감을 잃고 도덕교과서의 문장처럼 되어버렸다. 실제 내용도 교훈으로 일관하였기 때문에 울퉁불퉁한 일상사를 비추는 문학으로서의 맛이 떨어졌다.

5 캐릭터, 의인동화와 판타지

의인동화나 판타지 작품들에서도 눈에 띌 정도의 미숙한 대목이 많이 보였다. 캐릭터의 소재를 넓히는 것은 좋지만, 사물이나 동물을 인격화할 때에는 어떻게 해야 자연스러울 것인가에 대해 고민을 많이 해야 할 것 같다. 뒤죽박죽 넌센스 동화라면 모를까, 신호등을 인격화하는 건 그렇다 쳐도 횡단보도 선까지 인격화해서 이게 뭔가 한

적도 있다. 인격화는 잘하면 더없이 흥미롭지만, 잘못 하면 더없이 유치해진다. 그저 '동화니까 사물을 인격화해서 좀 색다른 관점에서 우리들 생활을 돌아보게 하자'는 식으로 너무 쉽게, 식상할 정도로 인격화를 남용하는 경우가 많다. 의인동화는 흔히 알레고리를 노리는 것이라서 모든 캐릭터의 성격이 그만큼 단순해지기 때문에, 발상이 참신하고 주제가 심각하지 않으면 대부분 납작한 상식의 교훈으로 환원되고 만다. 상식의 교훈이 문제가 아니라 생활의 결이 없고 개성의 무늬가 없는 게 문제다.[5] 작품의 육체가 삶의 여러 양상을 담아내지 못하고 오로지 재미의 효과로 동원되다보면, 쥐어서 꾹 짰을 때 교훈이라는 딱딱한 알맹이만 남고 육체의 대부분은 없어져버려도 그만인 그런 경우가 생긴다. 눈을 번쩍 뜨게 하는 특별한 깨달음의 알레고리와 이어지는 작품이라면 몰라도, 꾹 짜서 상식의 교훈만 달랑 남고 대부분 없어져버려도 그만인 그런 육체는 진정한 문학의 육체가 아니다. 극언하자면, 그런 육체는 독재자나 파렴치범도 만들어낼 수 있는 머리로 쓴 문장(관념의 옷)이다.

「영이네 집 대추나무」와 「돼지털 파카」는 흥미로운 줄거리를 보여주긴 했지만, 바로 캐릭터의 문제를 드러내는 것이었다. 대추나무도 "눈물을 주루룩" 흘리고, 파카 잠바도 "눈물을 주루룩" 흘린다는 표현이 있는데 비오는 날도 아닌 다음에야 이걸 독자가 어떻게 상상해야 하나? 차라리 마음이 아팠다고 하면 괜찮았을 것을. 「영이네 집 대추나무」는 서술 시점의 문제도 보였다. 이 작품은 대추나무와 사람이 대화를 나눌 수도 있는 그런 옛이야기 투의 전지적 시점은 아니다. 대추나무는 영이네 집을 내려다보고 자기 느낌과 생각을 전하는 구실을 한다. 그렇다면 한 자리에 고정되어 있는 대추나무의 특성을

---

5) 언젠가 김서정 씨는 '목소리만 있고 표정이 없는 작품'에 대해 말한 적이 있는데, 이는 매우 적절한 비유라고 생각한다.

살려 대추나무가 목격자로서 기능하는 제한된 시점을 일관되게 구사했어야 자연스럽다. 하지만 이 작품은 전지적 작가 시점을 따라 영이와 대추나무, 심지어는 봄햇살의 내면까지도 제멋대로 드나들고 있다. 영이네를 그릴 때는 꼭 사실동화처럼 보이다가도 대추나무나 봄햇살을 아무 원칙 없이 모두 인격화하여 작품이 혼란스러워졌다.

「돼지털 파카」는 파카의 원래 주인인 정수란 아이로부터 '소녀가장집' 동식이한테로 주인이 바뀌는 내용을 파카의 시점에서 서술했는데, 사실동화로 썼다면 살릴 수 있는 많은 것들을 의인동화로 꾸미면서 잃게 되었다(돼지털 파카가 단순한 서술 시점이 아니라 캐릭터의 구실을 하는데, 과연 파카 잠바한테 감정이입되고 싶은 독자가 몇이나 될까). 게다가 짜임이 정교하지 못해 정수가 옷장 속에서 나누는 옷들의 대화를 알아들어야 하는 무리수를 드러내고 말았다. 정수와 파카는 서로 이야기를 나눌 수 없는 관계로 설정되었는데도 단순히 파카의 별명을 알게 하려고 정수가 다른 옷들의 대화를 엿듣는 것은 지나치게 억지스럽다.

「송이의 먹는 방 2」는 꼬마 도깨비라는 독특한 캐릭터가 창조되는 과정에서부터 작품의 이야기가 성립하는 것이기 때문에, 전편과 관련짓지 않고 2편만으로는 독립성이 없어 보였다. 대화글을 경쾌하게 엮어가는 솜씨는 돋보였지만, 꼬마 도깨비의 뜻하지 않은 힘으로 사건이 싱겁게 해결된다는 느낌이 들었다.

「날아라, 구구!」는 "도시 비둘기가 어떻게 사나 궁금해서 엄마 몰래 먼바다까지 나와서 배를 탔던 구구. 다시 고향으로 돌아가는 길도 모르고, 부산역에서 꼼짝없이 살아가야만 하는 구구"에 대한 이야기다. 구구는 예삐라는 비둘기 친구를 만나 간신히 연명할 수는 있었으나, 비둘기들이 도시 사람들에게 이상하게 길들여지는 것에 반감을 품고 마침내 부산역을 뛰쳐나온다. 교훈의 노출이 심하고 좀 뻔한 전개를 보이는 것이 흠이다. 이 작품에도 "구구 눈에 눈물이 솟구칩니다" 하는 어색한 표현이 보인다. 이번에 받아본 작품 가운데 서너 편 말고는 모조리 눈물을 흘리는 대목이 나오던데, 대부분 감정의 낭비가 아닐는지?

「책방 할아버지」는 판타지다. 시험과 학원공부에 짓눌린 주인공 희동이는 비오는 날 마지못해 학원에 가는 길에 한 책방에 들르게 된다. 그곳에서 한나절 즐거운 경험을 한 뒤 다음날 다시 찾아가니 책방은 온데간데 없다. 주인공의 억압심리가 탈출구로 삼은 상상의 공간이 책방이었을 텐데, 그곳에서 만난 할아버지의 존재가 별로 설득력이 없다. 책방 할아버지는 유령이었을까? 현실공간을 넘어서는 그 무엇이 만들어지는 데에는 바로 그것에 걸맞은 연고가 있어야 자연스럽다. '절실한 고립자만이 판타지의 세계로 들어간다'는 일반이론(?)을 작품에 적용하다보니 이렇게 된 게 아닌가 하는 생각이 들 정도로 작품이 밋밋하고 또한 공식적이다. 책 속의 주인공들과 만나 즐거운 시간을 보내는 장면은 입체적으로 잘만 구성하면 꽤 흥미로운 작품이 될 것도 같다. 할아버지가 희동이와 시간을 보낸 다음 집에서 걱정한다고 빨리 가보라고 해놓고는, 다시 희동이를 데리고 책 속의 주인공들과 함께 마당에서 한참동안 즐거운 시간을 보내는 것은 앞뒤가 맞지 않는다.

6 작가의 길

나는 오래전에 썼던 내 글은 다시 읽어보고 싶은 생각이 나지 않는다. 조금만 시간이 지난 뒤 읽어보면 왜 그렇게 엉망이고 한심하다는 생각이 들던지…… 그런데 글을 어디다 써내고 나서 그 발표지를 받아보게 되면 제일 먼저 읽게 되는 것 또한 내 글이다. 이 경우는 자신의 글이 잘못 바뀌지 않았나, 오자(誤字)나 탈자(脫字)가 없는가 따위를 얼른 살펴보기 위함이다. 성격이 유난해서가 아니다. 자기 글에 대해 온전히 책임을 지려면 편집과정에서 잘못 인쇄되어 나오는 일이 없도록 해야하는 것이기 때문이다. 내가 아는 권위있는 필자들 대부분은 자신의 글이 편집과정에서 제멋대로 바뀌는 것을 절대 용납하지 않는다. 논쟁의 예의란 것도 비판의 강도나 말투의 문제가 아니라 상대의 글을 우선 정확하게 읽어냈느냐 그렇지 않으냐에 달려 있다. 글은 '유기체적 구조물'이다. 어느 한 곳이 잘못되면 나비의 날갯짓이 폭풍을 몰고 오듯 와그르르 무너져버리는 수가 있다. 출판사의 권위는 오자나 탈자가 얼마나 없는가에 의해서도 가름된다. 별볼일 없는 출판사에서 펴낸 조잡한 책들을 보면 무엇보다 오자와 탈자가 수두룩하다. 최근 나는 신문에 실린 글을 인용해 누구를 비판하는 일은 좀 위험하다는 걸 깨달았다. 세상 권위로 치면 하늘 높은 줄 모르는 게 신문이지만 거기에 글을 내기가 가장 꺼려지는 까닭은 편집과정에서 제목을 제멋대로 바꾸거나 문장을 함부로 자르고 고치는 것을 예사로 삼기 때문이다. 대담이나 인터뷰 기사는 아예 자기 의사가 거꾸로 나오기도 일쑤다. 신문사나 잡지사에서, 다른 글은 몰라도 함부로 고치지 못하는 게 그래도 있긴 하다. 바로 시나 소설 같은 창작물이다. 평론을 가지고도 이토록 예민할진대 작가들이야 말할 나위가 없지 않은가! 작가의 길을 걷는 사람들은 자기 작품이 과연 문장하나, 토씨 하나, 부호 하나라도 바꾸면 큰일날 정도의 유기체적 구조물인가를 세상에 내밀기까지 수없이 돌아봐야 한다. 대단히 미안한 말이지만, 단락과 문장을 대폭 자르거나 고치고 바꾸고 해야만 할 것 같은 작품들이 너무도 많기에 하는 말이다.

거칠게 작품평을 하고 나니, 아무래도 공들여 작품을 쓴 이들에게

죄송스런 마음이 든다. 완성도는 떨어지더라도 무척 애정이 가는 작품들이 있었음을 고백한다. 이번에 응모한 작품은 물론이고 우리 동화작가들이 대부분 소설의 수법과 문체에 바탕해서 작품을 써나가기에 하는 수 없이 그에 합당한 기준으로 평가가 이루어졌다. 독자는 언제나 냉정하다. 나는 이 자리에서 한 사람의 까다로운 독자로시, 그렇게 운전하면 자전거가 쓰러지기 쉽다는 식의 말을 계속해서 되뇌는 노릇을 했다. 일단 자전거를 운전할 수 있게 되어야 또다른 문제들을 살펴볼 여유도 생긴다. 하지만 자전거에만 집착하는 것이 자전거를 빨리 배우는 것은 아니다. 오히려 작가들이 세상 보는 눈을 넓히고 좀더 대범하게 줄거리를 전개했으면 좋겠다. 그렇게 해서 자꾸 넘어지다보면 어느날 갑자기, 날아들 듯한 기분과 함께 자유자재로 운전할 수 있는 날이 온다. 한번 요령을 터득하고 난 뒤로는 만용을 부리기 전에야 쓰러지고 싶어도 쓰러지지 않는 게 자전거 운전이다. 그때는 이런 회상을 하게 될 것이다. 이렇게 간단한 것을 왜 자꾸 휘청거렸지? 희망을 갖기 바란다.

〈어린이문학 2000년 8월호〉

작가의 희망과 현실 사이의 거리
어린이문학 1999년 1월의 동화

1

세상의 변화가 빠르면 빠를수록 전세대는 나중 세대한테 '바담 풍(風)' 소리처럼 말라붙은 애처로운 존재이기 쉽다. "얘들아, 그래도 나는 '바담 풍'이라 하지 않고 '바담 풍'이라고 하지 않니." 하는 말처럼 아이들 편에 서 있다고 믿는 이들은 이렇게라도 위안을 삼고자 하지만, 자기 주관과 달리 아이들 반응은 영 딴판이다. 요즘 아이들한테 어른은 '흘러간 뽕짝'이요 그저 한통속으로만 보일 따름이니, 시대란 정말 무서운 것이다. 국경은 빠른 속도로 지워지고, 세대는 빠른 속도로 분열해간다. '바담 풍'으로 비웃음거리가 되기 싫거든 자기를 아프게 무너뜨려야 한다.

아동문학의 자리가 교육과 이어지고 있음은 틀림없지만, 우리는 어째서 이른바 교훈주의를 극구 경계해야 하는가? 그 해답은 기성관념에 대한 안이한 수용을 거부하는 문학 본래의 속성에서 찾아야 할지도 모르겠다. 아무리 설교의 목소리를 숨기고 작중인물의 대화와 행동으로 생생하게 표현하였다고 하더라도 작가가 미리 기성관념에 따라 선악 판정을 내린 틀에 박힌 인물을 조종하는 무대에서는 꼭두각시극밖에 연출되지 않는다. 그런 대로 읽히긴 하겠지만 결국 도덕 교과서의 변종에 지나지 않는 작품을 가지고 아이들의 신바람을 지필 순 없다. 교훈주의는 무엇보다 아동 주체의 관점이 아닌 것이다.

세상은 자꾸 변해가는데, 그래서 새로운 문명에 대한 기대 역시 드높기만 한데, 기성관념에 찌든 어른이 제 것을 아이들 입맛에 맞도록 잘 요리했다고 해서 아이들이 만족하리라고 여기는 것은 분명 착각이다. 사정이 이렇다면 문제의 초점은 표현의 잘잘못보다 더 근본적인 데에 있지 않을까? 요컨대 차림판 자체를 성찰의 대상으로 삼는 과감한 도전의식이 필요한 때이다.

2

판타지에 속하는 작품들 가운데 어떤 것들은 판에 박힌 듯한 주제와 소재를 넘어서는 것이어서 반가웠다. 기존의 틀에 편승하는 무임승차보다야 힘들어도 개척자의 길을 걷는 이들이 작가의식으로서는 더욱 소망스러운 법이다. 얼마 전 「풀 몬티(The Full Monty)」라는 외국영화를 재미있게 본 적이 있는데, 실업자 문제를 이렇게도 풀어나갈 수가 있구나 하는 생각을 비단 나만이 한 것은 아닐 테다. 이야기를 푸는 방식은 단순히 형식의 문제가 아니라 시대의 실감과 이어지는 중요한 의미를 아울러 내포한다. 우리 영화 「여고괴담」이 성공한 것도 귀신이 공포의 대상이라기보다 학교가 공포의 대상이기 때문이라고들 하지 않나. 요즘 아이들 사이에 널리 퍼져 있는 이른바 '왕따'의 공포는 지금 어른들이 과거에 경험했던 단순한 '따돌림'의 감정과는 질이 다르다. 시대의 실감에 닿지 못하면 아무리 귀중한 얘깃거리라도 벌써 식상해져버리고 마는 것이다.

고선아의 「붉은 꽃」은 마음속 풍경을 넘겨다본 판타지다. 주인공의 내면에 존재하는 또다른 자아와의 만남이 곧 작품의 내용이다. 이 무궁한 내면의 세계는 그대로 판타지의 속성을 닮아 있어 인간 이해의 폭과 깊이를 경험케 하는 좋은 소재가 된다. 모든 생명체가 하나의 소우주라는 평범한 상식을 떠올려보더라도 내면세계를 흥미진진하게 그려낸 판타지가 우리한테 아직 없음을 뜻밖으로 여기지 않을 수 없다. 하여튼 이 작품은 내면의 소우주를 탐색하는 뜻깊은 여행길로 독자를 초대한다. 그래서 그런지 아버지는 집안의 폭군이고 어머니가 집을 나가고 없는 주인공의 불행한 처지에 대해 작가는 아주 작은 빌미만을 제공한다. 아이들이 판타지 정황을 이해하는 데 어려움을 겪지 않을까 하는 우려는 둘째치고라도 문제는 판타지 본래의 생생한 장면제시가 충분하지 못하다는 데 있다. 작가는 아이들이 작품의 흐름을 잘 이해하지 못할까봐 걱정이 되었는지 또다른 자아 곧 '정원사'의 입을 빌려 사태를 자꾸만 설명하려 든다. 중층적이고 모순적이기까지 한 복잡한 마음속 풍경을 그려내는 데에는 각각의 정서와 감정을 대표하는 캐릭터를 만들고, 그들이 온갖 사건과 갈등 속으로 엮여 들어가는 판타지 세계를 활짝 펼치는 게 최상일 것이다. 아이들이 신기한 모험을 하듯 판타지에 푹 빠져 있는 동안 인간과 자기 자신에 대한 탐구가 아울러 진행된다면 그 이상 바랄 것이 무엇이겠나. 이 작품에서는 처음에도 그렇고 나중까지도 시원스럽게 해결되지 못한 잔뜩 움츠러든 자아의 목소리가 오히려 작품 이해를 어렵게 하는 주된 요인이 되었다. 사랑과 미움의 감정 가운데 미움은 옳지 않고 사랑이 옳으니 고통을 잘 참고 견뎌야 한다는 그야말로 상식의 관념을 불어넣기 위해 판타지를 빌려 쓴 결과가 되었는데, 그 배경엔 얄팍한 교훈주의가 도사리고 있다. 갈등할 때 갈등하더라도 여러 감정이 자기 안에서 공존하는 가운데 길을 찾아야 한다는 더 근본적인 진실로 나아갔으면 하는 아쉬움이 크다. 자아를 이 작품처럼 상호적대로만 분열시켜놓은 것은 인간에 대한 이해보다 직접적인 삶의 교훈을 목표로 했기 때문일 텐데, 얄팍한 삶의 교훈 때문에 더 깊은 인간 이해가 희생되는 일이 없도록 주의해야 한다.

임정자의 「어두운 계단에서 도깨비가」는 놀이공간을 빼앗긴 아이들 일상의 억압에 대고 상상의 숨구멍을 뚫어놓은 신나는 작품이다. '쿵쿵이' '겅중이' '총총이'라는 자기 성격을 잘 살린 캐릭터들의 거리낌없는 활갯짓이 퍽 유쾌하다. 그렇지만 이 소란스런 생기란, 뒤집어 생각하면 가혹한 현실에서 안간힘으로 탈출하려는 마음의 반영이기 때문에, 문제를 깨달은 연후에도 마냥 유쾌할 수는 없다. 이 작품을 소품인 대로 성공한 판타지라 평가할 수 있는 건 눈물겹도록 서글픈 아이들 일상이 마치 거울인 양 거꾸로 비쳐진 사실에 있다. 절실한 현실일수록 판타지가 된다는 말의 뜻을 이 작품을 보니 알겠다.

박기범의 「소떼와 송아지」는 소값 파동과 분단의 아픔이라는 시대 현실을 다룬 작품이다. 좀 무거운 듯한 주제인데도 1인칭 주인공과 송아지의 목소리를 중첩교차해가는 참신한 구도로 잔뜩 흥미를 갖게 한다. 독백에 가까운 말투가 어린이의 그것을 닮아 있어 소설로 치면 '의식의 흐름'에 해당하는 기묘한 판타지다. 초점 이동이 자유분방하면서도 조금도 어색하지 않은 까닭은 이 수법을 잘 소화한 작가 역량에서 비롯할 것이다. 또한 어눌한 듯 눙치는 이야기 솜씨에 힘입어 목소리의 절실성이 잘 살아있다. 만일 이 작품을 단순한 의인동화로 만들었다면 독자는 현실과 수평비교하는 가운데 한조각 교훈을 얻는 데 그쳤을 것이다. 그러나 독창적인 판타지 기법으로 독자체험의 공간을 넓히고 시대의 아픔을 자기 것으로 공감케 한 점은 이 작품의 커다란 힘이다.

이와 견줄 때 김경성의 「종이 수건」은 참신성이 좀 덜한 의인동화에 가깝지만, 간결하고 초점이 잘 잡힌 작품으로 요즘 세태를 산뜻하게 담고 있다. 단일한 구성에다 군더더기없는 빠른 호흡으로 자칫 밋밋해질 수 있는 단조로움을 극복하였다. 이 작품은 무엇이든 나름대로 쓸모있다는 주제의식과 요즘 크게 부각되고 있는 실업자 문제를 연결시키면서 초점이 더욱 뚜렷해진다. 주인공한테 한가지 가치있는 일을 더 부여한 막판 강조점에 이르러서는 퍽이나 인상적인 끝맺음이란 걸 알게 될 것이다.

김옥의 「콜록콜록」은 감기를 주인공으로 한 작품이다. 최근 다른 자리에서 이 작가의 작품을 검토할 기회가 있었는데, 퍽 기대가 되는 작품들이 많았다. 그간 서민아동의 현실을 다룬 작품들은 대부분 생활동화로 뭔가 강팍한 느낌을 주는 것들이 적지 않았다. 그러나 이 작가는 어린이 눈높이를 잘 조정할 줄 알 뿐만 아니라 풍부한 상상력의 뒷받침으로 서민아동의 현실을 동화의 세계에 잘 담아내고 있었다. 이런 동화적 상상력의 회복은 90년대 채인선식 경향의 올바른 계승과 극복의 흐름이라 할 수 있으며, 앞서 말한 「소떼와 송아지」의 작가와 함께 새 시대 새로운 흐름을 기대하게 하는 것이 아닐 수 없다. 여기 실린 「콜록콜록」에서는 도입부의 참신성과 자연스러움이 돋보였는데, 도덕교과서 같은 교훈주의의 간섭이 그만 이 작품을 통속으로 빠지게 하지 않았나 싶다. '동화'라는 아이의 느닷없는 웅변내용, 동화의 생일날 뚜렷한 까닭 없이 오히려 동화 쪽에서 주인공한테 준비한 선물, 게다가 동화 엄마가 준비한 난데없는 감기약 선물

따위는 확실히 무리수라고 보인다.

3

아동소설 또는 사실동화에 해당하는 작품들을 읽고서 서술자의 목소리나 시점 처리가 어떻게 작품을 깊이있고 풍부하게 하는지 생각해보았다. 우선 경어체(~했습니다)와 평어체(~했다) 서술의 문제부터 짚고 넘어가자. 경어체는 서술자를 인격화해서 독자와의 거리감을 좁히고, 평어체는 서술의 객관성을 높인다. 1인칭 주인공이 등장할 경우 경어체를 구사하는 것은 그래도 별 문제가 없는데, 3인칭 서술에서 경어체를 쓸 때는 장면장면이 객관적으로 말끔하게 처리되지 못하는 장애를 잘 극복해야 한다. 나이가 아주 어린 독자를 겨냥한 유년동화임이 확실한 경우, 또는 작가가 이야기꾼으로 작품 전면에 나선 경우라면 몰라도, 공연히 사실동화에서 경어체를 쓰는 것은 되도록 피해야 할 줄로 안다. 유년동화도 이태준이나 현덕 동화처럼 시적인 압축미와 간결미를 갖춘 경우라야 경어체가 잘 어울린다. 그러나 복잡한 생활장면을 그리는 데에선 갑갑증만 보태준다. 혹시 경어체의 남용이 동화는 늘 그러하리란 동심주의적 통념에 지배당한 결과가 아닐지?

김희정의 「희야자야」는 3인칭 서술이지만 작가가 이야기꾼으로 나선 경우이기 때문에 경어체가 자연스럽게 읽힌다. "…희야자야는 일곱살입니다. 이름은 김희자고요. 그런데 왜 희야자야냐고요? 그것은 말이에요. 아래 동네 경찬이 할머니 때문이에요…" 이 작품은 바로 이런 친숙한 서술자의 목소리가 흐름을 경쾌하게 이끈다. 쉬운 것 같아도 결코 쉽지 않은 서술방법이다. 마땅한 말동무가 없어 심심해진 우리의 주인공 '희야자야'는 동네 한바퀴 작은 나들이길을 나선다. 입이 몹시 궁금했던 희야자야는 성당의 장미순을 따먹고서 아버지 한테 혼쭐날 뻔한 위기를 겪지만, 결국에는 식구들의 애정을 확인하는 속에서 다음날 튀밥 구경할 운수로 바뀐다. 소박한 생활의 한 장면을 따뜻하게 마무리지었으며 특별한 과장이 없는 결말 처리라서 퍽 믿음직스럽다. 다만 주인공이 나들이길에서 자기 언니와 다퉜다는 언니 친구들을 만나고, 뭔가 특이한 분위기의 은행나무집 아이를 만나 노는 대목이 나오는데도, 이들에 대한 무게를 뒷감당하지 못함으로써 희야자야의 나들이를 좀더 의미있게 만들지 못한 점은 조금 아쉽다.

박철수의 「학」은 1인칭 주인공 시점으로 서술되지만 '용대 아재'라는 바보형 인물에 초점을 두었다. 흔히 바보형 인물의 등장은 그 순박한 성품에 힘입어 사건을 휴머니즘의 감동으로 이끌어내기에 적합하다. 이 작품도 예외는 아니어서, 줄거리가 '용대 아재'에 대한 '나'의 오해를 푸는 과정으로 되어 있다. 무엇보다 눈에 띄는 건 주인공 소년의 성격을 미화하지 않고 아주 실감나게 그려낸 점이다. 더욱이 1인칭 서술에서는 냉정을 유지하기가 쉽지 않은 법인데 주인공 소년이 용대 아재를 귀찮아하고 얕보는 마음이 퍽 사실적이다. 작가 역량은 바로 이런 데서 드러나는 것이라고 생각한다.

그렇지만 마지막 결구에서는 어딘지 상투적인 냄새가 난다. 주인공 소년과 용대 아재 사이에 끼여든 갈등을 끝까지 평행선으로 달리게 했다면 어린이 독자에게 너무 가혹했을까? 하릴없는 비약의 상상을 한번 해봤는데, 아예 1인칭 관찰자 시점으로 해서 용대 아재를 주인공으로 하고 소년 화자가 그에 대한 경험을 들려주는 식으로 했다면 한쪽의 오해는 풀렸으되 그 결과가 다른 한쪽에는 전달이 쉽게 되지 않는 삶의 안타까움으로 마감할 수도 있었을 것이다. 화해도 좋지만 해결을 통속으로 이끌어 생활적 진실이 희생되는 일이 나오지 않도록 좀더 냉정하고 끈덕진 자세를 우리 동화작가들도 고민했으면 한다.

이하얀언더기의 「성실 부동산의 화분」은 작가의 희망과 현실 사이의 거리를 생각해보기 좋은 작품이다. 이 작품은 화분들이 이야기를 나누는 중간 대목을 포함해서 대체로 구성이 단일하고 이야기의 초점도 분명하며 문장 역시 반듯해서 좋은 동화의 조건을 두루 갖춘 표본처럼 보인다. 게다가 화초들의 꿋꿋한 겨울나기라는 작품 내용은 실직 가장이 늘고 있는 요즘의 시대분위기와도 잘 맞아떨어진다. 그런데 작가의 휴머니즘이 현실을 냉정하게 통과하지 않고 작품에 그대로 드러난 것은 이 작품을 아무래도 잘 만들어진 훈화처럼 읽히게 한다. 제목에서조차 '성실'이라는 말을 내세우고 있거니와, 주인공 격인 '경애 아버지'가 화초들 앞에서 중얼거리는 혼잣말이 "느이들 밤새 갑갑했지? 느이들은 그저 햇볕 있고 바람도 불고 흙이 많은 곳에서 살아야 하는데 화분 속에 있으니 바깥이 얼마나 그립겠니?" "참, 안되지. 지금 담배를 피우면, 이놈들이 밤새 괴로울 텐데. 내가 좀 참자" 하는 정도면 보통 사람들 기죽게 하기 딱 좋은 성인군자의 모습 아니겠는가. 뒤에 화초들이 나누는 대화장면에서도 미화된 성격은 마찬가지다. 이렇듯 착하고 온후한 마음이 아이들한테 보이지 않는 억압으로 작용할 수도 있는 게 어쩌지 못하는 우리 시대 삶의 모습이 아닐까? 아니, 그런 마음만으로 견디기에는 실상 현실의 파도가 너무나 높다.

인간의 모든 가능성과 현실의 냉혹한 법칙을 그것대로 수긍하는 가운데서도 무엇이 올바르고 참된 가치인지를 생각게 하는 것이 문학의 진정한 힘이다. 아이들의 삶이 그대로 '나쁜 영화'가 되는 세상인데, 동화라고 해서 인공낙원을 그리는 것이 과연 참일까? 만일 등장인물의 성격을 확실하게 과장시켜 우화로 만들었다면 이와 같은 리얼리티의 문제는 적잖게 해결되었을 것이다.

4

함께 검토했지만 이번에 실리지 않은 작품들에 대해 간단히 언급하면서 글을 마무리지으려 한다.

「지하철 일기」와 「무쏘의 하루」는 각각 '지하철'과 '자동차'를 의인화해서 인정세태를 그리려 했다. 앞의 「종이 수건」과 비견되는 작품인데 캐릭터가 호감을 주기 어렵고, 뻔한 교훈주의에 걸려 있다. 특히 「지하철 일기」에서 젊은 시절 곱추 딸아이의 병을 고치겠다고 아이를 떡메로 쳐서 죽인 무지한 인물로 보기에는 현재 할머니의 모습이 너무도 단정하고 세련된 느낌을 준다. 비참했던 과거와 속죄하는 현재의 대비가 이렇듯 성격의 비약으로까지 드러나는 건 교육적 의도가 너무 앞선 탓이다.

「봉천시장 에어콘」과 「비행기 조종사처럼」은 3인칭 서술인만큼 경어체 문장이 얼마나 적합하게 쓰였는지 생각해봤으면 한다. 「봉천시장 에어콘」은 현덕의 유년동화와 비슷하게 문장을 구사하려 했지만 그보다는 산문적인 일상의 장면들이라서 결과적으로 밋밋한 느낌을 주는 데 그쳤고, 「비행기 조종사처럼」은 교육적 의도가 앞서 사건의 작위성이 드러나 보인다. 개성이 뚜렷한 인물을 창조하지 못하면 줄거리는 점점 사건에만 의존해야 하고, 인물이 죽은 사건은 작위적이라는 느낌을 주게 되는 것이다.

「별똥별」도 줄거리가 상투적이고 싱겁다는 느낌이다. 「세탁 아저씨」는 아파트 어디에선가 울리는 이상한 소리의 정체를 찾아나서기까지의 긴장감은 좋았는데, 그 소리가 다름아닌 세탁소 아저씨의 호객행위로 밝혀지는 데서 그만 맥이 탁 풀려버린다. 문제의식의 부재가 아쉽다고 하겠다.

「원산 할아버지 이야기」는 분단현실의 비극을 담은 작품인데, 장편 가까운 분량이다. 좀 막연한 비교 같아도 이 작품은 「성실 부동산의 화분」으로 평가를 대신할 수 있지 않을까 한다. 무척 공들여 만든 작품임은 틀림없지만, 인물에 생동감이 없어서 줄거리가 작가 관념에 가깝다. 그렇다고 작가가 설교를 하고 있다는 말은 아니다. 인물의 행동과 대화가 작가의 '좋은' 관념대로만 움직이는 것이 탈이라면 탈이다. 리얼리스트는 모름지기 삶의 현실 앞에서 겸손해야 한다. 한번 생명을 부여받은 작중인물이 삶의 원리를 따라 제 힘으로 숨쉬고 움직일 수 있도록 작가는 성급한 판단을 유보하고 끝까지 냉정하게 지켜봐야 하는 것이다.

아동문학은 아동과 문학 가운데 어디다 따옴표를 쳐야 할까? 동심과 어린이 눈높이라는 특수성을 강조하는 데서 아동문학의 힘겨움이 인정되는 것인데, 그렇다고 문학을 쉽게 생각하고 문학으로서 할 수 있는 몫을 좁히는 결과가 되어선 곤란할 것이다. 루 쉰(魯迅)의 「공을기」 「고향」 「아Q정전」 같은 작품을 우리 동화작가들도 면밀하게 검토해봤으면 한다. 작가의 희망은 현실에 굳건히 뿌리를 내리고 있어야 하며, 현실에서 삶의 진실이 우러나야 한다. 루 쉰의 작품은 언뜻 희망이 없는 것 같아도 희망을 찾아나서지 않을 수 없도록 독자를 아프게 독려한다.

〈어린이문학 1999년 1월호〉

희망과 격려를 전하는 작품

1998년 중반기 아동문학 동향

1

아동문학 작품은 꼭 행복한 결말이어야 하나? 아이들은 물론 그래야 안심할 것이다. 비단 아이들뿐이랴. 근대문학의 개척기에 이광수가 신문 연재소설 『무정(無情)』에서 영채를 죽이려고 했는데 독자들의 성화 때문에 영채를 살렸다는 일화는 유명하다. 요즘도 안방극장에서 누구를 살려야 한다는 시청자들의 빗발치는 항의 때문에 작가들이 곤욕을 치른다는 얘기는 심심치 않게 오르내린다. 『무정』의 결말 처리가 진정한 근대문학으로서는 미달이라는 지적이 있거니와, 우리 창작동화 대부분은 아직도 권선징악과 인과응보를 전부로 여기는 전래동화 수준에서 벗어나지 못한 전근대성이 문제가 아닐까한다.

어려운 시기일수록 신파조의 유혹은 강렬하다. 이른바 IMF한파가 오늘의 삶을 규정짓는 탓인지, 모든 게 넘쳐흐르는 새로운 사회환경에 대해 고민하던 쪽에서 다시금 빈곤의 문제나 역경을 딛고 일어서는 희망과 격려의 메씨지 쪽으로 눈을 돌리고 있다. 물질의 풍요시대라 해도 경제적 빈곤은 분명한 우리 사회문제의 하나로 인간의 존엄성에 대해 묻고 있었으니, 이런 주제를 단순히 한때의 유행으로만 치부할 수는 없다. 아픔이 있는 곳에 문학이 있는 것은 당연하다. 그렇지만 근대의 문제를 전근대의 낡은 방식으로 풀어가는 건 아무래도 석연치가 않다. 이미 근대의 방식조차도 그 유효성을 의심받고 있는 새로운 시대의 문턱이라고들 하지 않는가.

진정한 문제를 회피하면서도 문제에 대한 그럴 듯한 해결, 곧 자기도취의 상태에 만족하려는 태도가 신파조를 만든다. 신파조는 흔히 작위적인 갈등과 그 도식에 들어맞는 평면의 인물을 특징으로 하는데, 단순성과 재미를 추구하는 창작동화가 곧잘 빠져들기 쉬운 통속의 함정이다. 그렇더라도 성장기 아이들을 대상으로 하는 아동문학의 특성상 역경을 딛고 일어서는 희망과 격려의 메씨지는 소망스럽다. 따라서 문제의 초점은 행복한 결말이니 비극적 결말이니 하는 것에 있지 않다. 이 글에서 겨냥하고자 하는 전근대의 방식은 작가가 마련한 줄거리 때문에 인물의 성격을 놓치는 안이한 해법을 가리킨다. 요컨대 '정직한 글쓰기'가 아니라 '작위적인 글짓기'가 되는 것에 문제가 있다.

아이들도 감정의 진폭은 어른과 다르지 않기 때문에 마땅히 일상생활과 부대끼며 복잡한 심리반응을 경험한다. 우리는 분노와 수치, 심지어 질투까지도 그것이 왜곡되지 않는 한 건강한 정서의 반응으로 평가한다. 그런데 요즘 읽어본 아동소설과 생활동화 들은 성격의 단순화가 지나쳐 도무지 실감이라고는 없는 인형들을 조종하는 데에 그치고 있다. 그래서 작가의 선의와 관계없이 통속만화 같은 작품들이 넘쳐난다. 갈등을 극대화해서 흥미를 돋구고자 하는 노력도 여기선 그만 헛수고가 되어버린다. 잘 알려진 권정생의 『몽실 언니』에서 보듯이 긍정의 주인공은 삶에 대한 건강한 자세에서 비롯되는 것이지 무슨 보상을 받아야만 안심할 수 있다고 믿는 건 잘못이다. 긍정의 주인공을 이른바 '문제적 인물'로 여기지 않고 보상받아야 할 착한 인물로만 보게 되면, 대개는 삶의 진실에서 벗어난 우연의 계기에 매달려 갈등을 해결하는 수밖에 없다. 주인공이 본디 가당치도 않은 능력을 갑자기 발휘한다든지, 아니면 난데없는 구원자가 그의 곁에 꼭 붙어 있는 것이다.

2

앞에서 말한 문제점을 완전히 벗어난 것은 아니지만 요즘 읽은 작품들 가운데 수준작으로서 이 기회에 함께 얘기하고 싶은 작품들이 있다. 조성자의 『마주 보고 크는 나무』(시공주니어 1998), 노경실의 『아버지와 아들』(시공주니어 1998), 김재창의 「힘내라 반달곰」(『아동문예』 1998.7), 그리고 나온 때는 좀 지났어도 배선자의 『달리는 거야, 힘차게』 들이 그것이다. 우선 이 작품들은 다른 수많은 작품들에서 흔히 나타나는 유치한 대화문, 싱거운 발상, 어수선한 짜임 따위를 극복한 탄탄한 작품 구조를 지니고 있다. 말하자면 작품 완성도가 높아 얼른 눈에 띄는 것이다.

조성자의 『마주 보고 크는 나무』는 교통사고로 좌절한 화가와 집안형편이 어려운 화가 지망생 아이가 서로 힘이 되어주는 내용이다. 줄거리를 따라 술술 잘 읽히고 따뜻한 인간애가 돋보이는 작품인데,

감상적인 색채가 너무 진한 것이 흠이다. 그래서 두 주요인물이 저마다 자기 처지에서 겪는 어려움이나 갈등 따위는 그림자처럼 뒤켠으로 물러나 있다. 삶의 때를 제거하고 등장인물을 곱고 예쁘게만 포장해서 통속의 위안을 주려고 하기보다 좀더 구체적인 생활에서 우러나는 생생한 삶의 교훈을 염두에 두어야 했다.

　배선자의 『달리는 거야, 힘차게』는 가난이라는 새로운 생활환경에 부딪쳐 이를 극복해나가는 아이들을 그리고 있다. 이 작품은 아버지가 사업에 실패하여 식구들과 생이별을 하는 가운데 넓은 아파트에서 농촌의 오두막으로 활동무대가 옮겨지면서 시작된다. 그런데 여기 등장하는 인물들은 한결같이 선악대결의 이분법적 구도에 붙박여 있다. 주인공 힘찬이네 식구들과 그들을 돕는 인물은 성격이 모두 미화되어 있고, 그와 대립하는 인물은 모조리 정반대의 성격만을 드러낸다. 기실 비현실적인 인물은 비현실적인 사건 해결을 멋지게 처리해내기 위한 전제일 뿐이다. 작품 결말에 이르러 주요인물들은 상식에서 벗어나는 능력을 발휘하거나 졸지에 개과천선하는 것으로 그려진다. 서민의 삶과 희망을 다룬 작품들도 이렇듯 인간의 진실에 대한 성실한 탐구가 결여되었거나, 심각한 사회적 갈등을 수반하지도 못하고, 최소한 새로운 사회의 가치 지향과도 이어지지 못할 땐 소재주의라는 혐의를 벗을 수 없다. 선명하고 통쾌한 작품인 것 같아도 빈곤의 문제를 둘러싸고 이런 식으로 오로지 '용기와 희망'의 가치를 불어넣어주는 게 과연 오늘의 문제를 해결하는 진정한 답이 될 수 있겠느냐는 의문이 든다. 예컨대 "달리는 거야, 이 너른 운동장을. 거칠 것 없이, 두려움 없이, 그저 최선을 다해서. 힘껏, 가다가 쓰러지면 또 일어서서, 달리는 거야. 힘차게 달리는 거야!" 한다면, 대관절 어디로, 무엇을 위해 달려야 한다는 것일까? 요즘 빈곤의 문제가 다시 부각된다고 해서 그것으로부터의 필사적인 탈출이 우리들 삶의 목표가 되어야 하나? 경제위기를 비롯한 오늘날 삶의 위기를 불러온 진짜 주범에 대해서도 생각해보아야 할 것이다.

김재창의 「힘내라 반달곰」은 단편에 걸맞은 정교한 작품 구성으로 여느 작품과 구별된다. 생략과 비약이라는 시공간 이동의 축을 따라 사건 진행에 속도감이 붙어 있다. 파산한 가구공장 사장인 아버지와 쓰레기통에서 주워온 개 '반달곰'은 서로 대응관계를 이룬다. 언뜻 보기엔, 야생으로 보내진 반달곰에게 힘내라고 격려하는 말이 『달리는 거야, 힘차게』와 마찬가지로 '하면 된다' 또는 '잘살아보세' 식의 진부한 뜻을 품고 있는 것도 같지만, 집개로서 그동안 살아온 길과는 전혀 다른 길이 예상되고 있기에 그와 짝을 이루는 시골로 내려간 아버지의 새로운 삶에 대해서 묘한 여운을 전한다. 그러나 이 작품의 결말은 모호하다. 늑대처럼 야생으로 살아가는 반달곰은 인가에 내려와 피해를 주는 존재로 나오는데, 이런 대립관계를 아이들은 어떻게 이해해야 하나? 만일 주인한테 버림받은 개가 인간사회에 대해 복수를 하는 것이라면, 파산한 가구공장 사장은 누구한테 복수를 할 것인가? 그도 아니라면 아버지에게 또다른 선택이 암시되어 있나? 새로운 가치 지향 또는 비전을 기대할 수 있는 짜임이련만 그것을 읽어내기 힘든 아쉬움이 크다.

이런 사정에 비추어 노경실의 『아버지와 아들』은 비슷한 경향의 작품들 가운데에선 근래에 거둔 가장 뜻깊은 수확의 하나라고 본다. 이 작품은 막일하는 아버지와 새벽마다 신문을 돌리는 아들 사이의 끈끈한 정을 그린 것으로, 행복한 결말로 가기 위한 통속성과 감상주의에서 완전히 자유롭지는 못해도, 주요인물의 형상이 매우 싱싱하게 살아있어서 모처럼 매력적인 주인공에서 오는 감동을 맛보게 한다. 이미 『상계동 아이들』에서 만만치 않은 작가 역량을 보인 노경실은 다른 작품의 인물과 서로 맞바꿀 수 없는 독특한 개성의 인물을 그릴 줄 아는 힘이 있다. 막일 노동자면서도 언제나 주눅든 모습을 보이지 않으려고 안간힘을 쓰는 아버지의 얘기에서 부조리한 사회적 갈등을 외면하지도 않았고, 어린이다운 천진성과 변덕스러움을 간직한 채로 빛과 그림자가 교차하는 거친 삶 속에 굳건히 뿌리내리는 주인공 아이의 속깊은 성장 얘기에서 인간심리의 복잡성을 놓치지도 않았다. 이 작품의 주요사건과 자잘한 일상들은 질박하고도 튼튼한 그물망으로 촘촘하게 엮여 있어서, 독자는 자기와 가장 가까이에서 자기와 가장 닮아 있는, 그러나 살아가는 힘에서 자기보다 한발 앞서 있어 함부로 넘볼 수 없는 생기 넘치는 주인공 형상을 만나게 된다. 바로 우리에게 익숙지 않은 새로운 위기 앞에서도 적극 신뢰를 보낼 수 있는 주인공 말이다.

3

내일의 삶을 생각하면 요즘 아이들을 둘러싼 새로운 사회환경에 대해 고민하지 않을 수 없다. 장기화될 조짐을 보이는 경제위기는 그것대로 절박한 문제겠지만, 고도산업사회로 깊숙이 들어선 시대상황은 아무렇게나 되물릴 수 있는 것이 아니므로, 우리 아이들의 삶을 과거 보릿고개 보듯이 가늠한다면 큰 오산이다. 자동차와 고층아파트와 컴퓨터와 화려한 영상문화에 둘러싸인 신세대의 생활양식은 그 방향이 어디로 튈지 예측을 불허한다. 이런 상황일수록 아이들에 대한 믿음을 전제로, 곧 새로운 문명에 대한 전진적인 방향에서 과거 전통의 삶과 지혜를 돌아보는 일은 소중할 것이다.

손동연의 「뻐꾹리의 아이들」(『아동문예』 1998.7) 연작시는 4행시라는 짧은 형식에 건강한 농촌정서를 넘치도록 실어내고 있다. 수백편이어지는 일률적인 형식이 때론 갑갑하고 단조롭다는 느낌을 주기도 하지만, 대구(對句)의 표현에 담긴 번뜩이는 기지와 혜안이 시상을 탄력있게 받쳐준다. 특히 입말에 가까운 토속어와 방언을 아이들 수준에서 어렵지 않게끔 가려 쓴 점은 높이 평가된다. 겨레의 밑동에 가닿은 힘있는 육성이, 단연 요란하기만 하고 싱겁기 짝이 없는 기교주의 시들과 구별된다. 이땅에 대해 한없이 겸손한 마음을 지니고 자연과 순연히 하나가 되어 일하는 사람들의 정서는 요즘 보기 쉽지 않은 것인데, 이것을 과거의 향수가 아니라 현재의 실감으로 그려낸 점은 이 시인의 독특한 힘이다. 손동연은 우리 겨레의 마음——농촌과 농민과 거기 어울려 사는 아이들의 현실과 꿈과 희망——을 누구보다도 잘 아는 시인이다.

윤동재의 '동시로 들려주는 옛이야기 연작'(『아동문예』 1998.8)과 안미란의 동시 「식구」(『시와 동화』 1998년 가을호)는 무엇보다도 시상이 유치하지 않고 뚜렷하여 아이들이 쉽게 읽을 수 있겠다는 생각이 들었다. 공연한 수식어를 남발하는 요란한 말잔치 대신 말끔한 시상전개에 힘쓰고 있는 것이다. 이런 단순소박한 아름다움이야말로 동시가 취할 바른 태도가 아닐까 한다.

현대문명 또는 환경문제를 돌아보게 하는 작품 가운데 의인동화나 판타지가 한몫 하고 있다. 인간중심의 근대적 가치에 대해 뒤집어 생각해보기 좋은 방식이기 때문이다. 소중애의 『자기가 쥐인 줄 알았던 병아리』(예림당 1998)는 의인동화다. 자연생태와는 다소 거리가 먼 비사실에서 출발한 점이 좀 걸리는데, 개연성이 충분한 상황설정과 사건 진행으로 아주 재미있게 읽힌다. 게다가 우리 토종의 분위기를 잘 살려낸 이야깃거리인지라 소담스런 그림과 함께 맛보는 이 작품의 재미는 안심할 수 있는 성질의 것이다. 줄거리에 협동심과 우애 따위의 가치가 자연스레 녹아 있으며, 자연의 편에서 인간사회를 돌아보게 하는 비판의 눈길도 담겨 있다.

채인선은 발랄한 도시적 감수성의 대표주자이다. 이 작가에게는 촌티가 없다. 채인선 동화의 이런 세련미는 곧잘 찬사와 비난의 표적이 된다. 그만큼 문제작가로서 주목받고 있다는 증거인데, 이 작가는 도시 아이들의 생활에 풍부한 공상성을 결합시키는 특이한 작품들을 선보여왔다. 환경을 생각하게 해주는 동화『삼촌과 함께 자전거여행』에서도 판타지가 교묘하게 작용한다. 자전거를 타고 삼촌과 함께 네온싸인이 번쩍거리는 도시의 거리를 달리던 주인공은 자기도 모르는 사이에 물소리 정갈한 산길로 안내된 자신을 발견한다. 아래로 검은 물이 흐르는 복개된 안양천 위를 달리는 도중, 삼촌 얘기로 시간을 거슬러올라 그 옛날 맑은 물이 흐르던 관악산 골짜기를 실제 체험처럼 겪는 것이다. 이걸 판타지로 처리하여 눈앞의 장면으로 생생하게 드러낸 점에 이 작품의 묘미가 있다.

이밖에도 권영상의 창작동화집『개미 꼬비』(문원 1998)에는 아이들이 이해하기 어렵지 않은 범위에서 상징의 기법으로 인생의 참뜻을 알리고자 하는 동화들이 실려 있다. 장문식의「멍순이」는 이른바 동네의 '미친년'으로 아이들의 놀림감이 되는 인물을 통해 광주민중항쟁의 비극을 그리고자 했다. 흔히 문학에서 세상에 적응하지 못하는 '반푼이' 유형의 인물은 우리네 삶을 정직하게 비추는 일종의 거울로서 '동심'과 등가(等價)의 구실을 한다. 중요한 역사적 소재가 단지 어떤 싸움판의 하나인 것처럼 단순화된 것은 좀 아쉽지만, 작가도 밝히고 있듯이 아마 오랜 구상 중의 일부라고 여겨야 할 듯싶다. 황일현의「새점치는 할아버지」(『시와 동화』 1998년 가을호)는 신식 놀이터가 생기면서 공원의 빈자리나 지키는 신세로 전락한 노점상 노인들을 다룬 작품이다. 새로운 시대현실에 밀려 무대의 뒤안길로 저물어가는 세계에 대해 작가는 아무런 과장 없이 다만 저녁나절 한줌 햇살만큼의 다사로운 눈길을 보낸다. 독자에게 역지사지(易地思之)의 정서적 교감을 기대하는 작품인데, 아이들이 전혀 등장하지 않고 뚜렷한 사건도 없는 탓에 동화로서는 좀 뜻밖의 소재인 것처럼 되었다. 노인문제를 다룬 작품들이 점점 많아지는 추세이니 한번 곰곰이 따져볼 사항이다.

〈한국문학평론 1998년 겨울호〉

제 3 부

동요시인 윤복진의 작품세계

　일제시대의 주요일간지나 아동잡지를 뒤적거려보면 거의 빠짐없이 등장하는 이름 가운데 하나가 바로 동요시인 윤복진(尹福鎭, 1907~91)이다. 일제시대에는 윤복진이라는 이름 석자를 모르는 어린이가 거의 없었을 정도로 그의 노래는 사랑을 받았으리라 짐작되는데, 지금은 그 이름을 아는 어린이가 한 명도 없을 듯하다. 그가 월북시인인 탓이다. 겨레가 둘로 나뉘면서 이런 어처구니없는 일이 반세기가량 지속되어온 것이다.

　　봉사나무 씨 하나
　　꽃밭에 묻고

　　하루 해도 다 못 가

파내 보지요,

아침결에 묻은 걸
파내 보지요.

——「씨 하나 묻고」 전문[1]

　동요시인으로서는 일급의 솜씨다. 나라를 잃어 어두웠던 시절, 한 줄기 햇살처럼 퍼져나가며 온 겨레 어린이들이 함께 부르고 즐겼을 그의 작품들에 분단체제가 드리운 이데올로기의 검은 장막을 이제는 말끔히 거두어들여야 하지 않을까?

　윤복진은 1907년 1월 9일 대구에서 출생하였다. 1925년 9월 『어린이』에 「별 따러 가세」가 입선 동요로 뽑힌 것이 동요시인으로서 첫 출발이 된다. 다음해에도 「종달새」(1926. 4), 「바닷가에서」(1926. 6), 「각시님」(1926. 7) 등의 동요가 『어린이』에 계속 입선되었다. 당시는 이원수·윤석중·서덕출·최순애·신고송 등이 잇따라 등단하던 때인데, 이들은 『어린이』의 열렬한 독자로 시작해서 우리 아동문학을 본격적으로 정립시킨, 말하자면 방정환의 첫째후예들이라 할 수 있다.

　『어린이』 1926년 6월호의 애독자 사진란에는 윤복진의 주소가 '대구 남산정(南山町) 가나리아회'로 되어 있다. 아마도 '가나리아회'는 동요를 지어 보급하는 작은 모임이 아니었을까 싶다. 또한 『어린이』 1927년 3월호의 독자 담화란에는 서덕출·신고송·문인암·박태석·황종철·윤복진을 '대구 등대사' 회원으로 소개하고 있다. 당시 신고송은 언양에 살았고, 서덕출은 울산에 살았다. 지금까지도 자못 활발한 활동을 보이는 대구·경북 지역의 아동문학 인맥이 여기에서부터

---

1) 1949에 간행된 『꽃초롱 별초롱』에 실린 작품 전체와 그밖의 주요 작품들을 뽑아서 함께 묶은 윤복진 동요집 『꽃초롱 별초롱』(창작과비평사 1997)이 최근에 다시 간행되었다. 여기 인용된 작품의 출전은 이 책을 참조하기 바란다.

그 뿌리가 만들어졌음을 알 수 있다.

윤복진은 대구사립희원(喜瑗)보통학교를 거쳐, 1924년에는 4년제인 대구사립계성학교(현 계성고등학교)를 졸업했다(정영진「동요시인 윤복진의 반전극」,『문학사의 길찾기』, 국학자료원 1993, 82면). 그리고 보통학교 상급반 때부터 중학교 졸업할 때까지 '대구소년회'의 회원이었다고 한다(같은 곳). 이는 방정환에서 시작한 우리 아동문학이 소년회 활동과 한몸으로 전개되었던 사실을 상기시키는 대목이다. 윤복진은 1927년 윤석중 중심의 '기쁨사' 회원이기도 했다. 그는 동요운동의 초창기부터 줄곧 이름을 드러낸 주요인물 가운데 한 사람이었다.

윤복진의 작품세계는 순진한 동심의 표현이 대부분이다.

바닷가에 조그만 돌
어여뻐서 주워 보면
다른 돌이 또 좋아서
자꾸 새것 바꿉니다.

바닷가의 모래밭에
한이 없는 조그만 돌
어여뻐서 바꾸고도
주워 들면 싫어져요.

──「바닷가에서」 부분

할버지 안경은
돋보기 안경
두 눈을 뜨고도
꿈꾸는 안경
콧등에 걸고서

들여다 보면
하늘 땅 어리리
꿈같아 뵈어요.

——「할버지 안경」 부분

어린이의 천진난만함에 기대어 시적 감흥을 일으키는 그의 동요
시들은 이른바 '동심주의'의 좁은 범위에 갇힌 것들도 꽤 많다. 게다
가 4·4조나 7·5조의 정형률에 억지스럽게 글자를 맞추고자 의성·
의태어를 남용하는 경우도 적지 않았다. 그렇지만 그의 작품들 대부
분은 유년기 어린이를 대상으로 하는 동요의 세계란 점을 감안하지
않을 수 없다. 그와 함께 쌍벽을 이룬 윤석중과 마찬가지로, 자기 집
식구들과 주변 풍경에 대한 감각의 틀 안에서 즐겨 취재되는 것이
유년기 어린이를 대상으로 하는 작품의 한 특징이다.

윤석중과 구별되는 윤복진 동요시의 강점은 아이들의 활달한 놀
이세계를 잘 그려낸 점이다. 윤석중의 경우엔 기지(奇智)를 발휘하
여 일종의 깜찍스러운 놀라움을 전하는 작품들이 많은 데 비해, 윤복
진의 경우엔 개구쟁이들의 일상을 바로 그들의 눈으로 그려 보이는
작품이 많다.

주먹나팔 뙷, 뙷, 뛰,
미닫이 북이 둥, 둥, 둥,

우리 집 군악대 야단이지요,
우리 집 군악대 말썽이지요.

피리 젓대 랄, 랄, 라,
장판 방이 쿵, 쿵, 쿵,

우리 집 군악대 야단이지요,
우리 집 군악대 말썽이지요.

—「우리 집 군악대」 부분

뱅글뱅글 돌아라 울애기야
뱅글뱅글 돌아라 땅도 돈다.

뱅글뱅글 돌아라 울애기야
뱅글뱅글 돌아라 집도 돈다.

—「뱅글뱅글 돌아라」 전문

자야 자야 금자야
어깨동무 네 동무
누구 누구 누구고,

그건 물어 뭐하노
어깨동무 내 동무
아무 아무 아무지.

—「자야 자야 금자야」 부분

꼬옥꼬옥 숨어라.
꼬옥꼬옥 숨어라.

텃밭에는 안 된다,
상추 씨앗 밟는다,

꽃밭에도 안 된다,

꽃모종을 밟는다,

울타리도 안 된다,
호박순을 밟는다.
──「숨바꼭질」 부분

집 안팎에서 요란하게 웃고 떠들며 노니는 아이들의 활달한 모습
이 눈앞에 선하다. 동무들끼리 주고받는 이야기 말로 된 것들은 그
생동감이 곧 작품의 율동으로 되어 있기 때문에 따라 읽노라면 진짜
로 숨이 가빠지고 어깨가 들먹여진다. 시인은 우리말에 배어 있는 흥
겹고도 아름다운 가락을 아주 잘 살려 쓰고 있다.

중중 때때중
바랑 메고 어디 갔나
중중 때때중
목탁 치고 어디 갔나

등등 등 넘어
골목골목 동냥 갔지
강강 강 건너
이집저집 동냥 갔지
──「중중 때때중」 부분

노래로 지어져 널리 알려진 이 작품은 '빡빡머리' 깎고 나온 동무
를 여럿이 놀려주는 말로 되어 있다. 악의없는 개구쟁이들의 짓궂은
모습이라 하겠는데, 이런 동요를 따라 부르면서 아이들은 바로 자기
자신의 모습과 마주하지 않을 수 없으리라. 동요를 읽는 즐거움의 하

나가 여기에도 있을 것이다.

윤복진의 동요시들은 박태준·홍난파·정순철 등 동요작곡가들에 의해 노래로 만들어져 널리 퍼지게 된다. 당시 학교에서는 일본노래인 창가를 가르치고 있었는데, 1927년 경성방송국이 라디오 방송을 시작하면서부터 윤복진의 작품을 비롯한 우리 노래들이 동요 프로그램을 통해 활발히 전파되었다. 박태준(朴泰俊)의 첫번째 작곡집과 두번째 작곡집 이름이 모두 윤복진의 작품 제목인『중중 때때중』(1929)과『양양 범버궁』(1931)인 데서 알 수 있듯이, 윤복진과 박태준의 사이는 각별하였다. 박태준은 윤복진이 졸업한 대구계성학교에서 음악 선생을 했고, 윤복진이 다니던 남성정(南城町) 교회의 성가대 리더였다(정영진, 앞의 책 85면). 박태준은 윤복진의 동요만을 가지고도 가요집『물새 발자욱』(1939)과『박태준 동요곡집』(해방 후)을 펴냈다(한용희『한국동요음악사』, 세광음악출판사 1988, 206면).

니혼(日本)대학 전문부 문과에서 수업하고 호오세이(法政)대학 영문학부를 졸업한 윤복진은 김수향(金水鄕)·김귀환(金貴環)이란 이름으로도 작품활동을 벌였다. 1930년을 전후해서는 동아·조선·시대일보 등 주요일간지의 각종 현상문예에 동요가 당선되었다. 이 무렵에는 카프문학운동의 영향으로 경향적 색채를 띤 아동문학이 쏟아져나오고 있었다. 윤복진도 예외는 아니었는지, 1930년 1월 조선일보 신춘문예 당선작인「스무 하루 밤」은 그런 경향적 색채를 뚜렷이 드러내고 있다.

　　스무 하루 이 밤은 월급 타는 밤
　　실 뽑는 어머니가 월급 타는 밤

　　버드나무 숲 위에 높은 굴뚝엔

동짓달 조각달은 밝아 오는데

어머니는 어디 가 무엇하시고
이 밤이 깊어 가도 아니 오실까.

——「스무 하루 밤」 부분

이렇듯 고통스러운 시대현실을 담아낸 작품으로 「이삭 줍는 어머니 노래」(중외일보 1929. 11. 15), 「봐라 참새야」(중외일보 1929. 11. 26), 「달아난 부엌댁이」(중외일보 1930. 2. 6), 「기차가 달려 오네」(『어린이』 1930. 8), 「쪽도리꽃」(중외일보 1930. 8. 19), 「선생님 얄궂더라」(조선일보 1930. 8. 26), 「송아지 팔러 가는 집」(중외일보 1930. 9. 6), 「가을밤」(조선일보 1933. 9. 17) 등을 더 들 수 있다. 하지만 윤복진이 월북시인이라고 해서 이런 경향적 색채의 작품이 우세했을 것이라고 지레 짐작해서는 곤란하다. 수백편이 넘는 그의 작품 전체를 두고 볼 때, 어린이의 생활을 당대 사회와의 관련 속에서 그려낸 작품은 그리 많지 않았고, 위에 나열한 작품들도 몇몇을 빼고는 그저 당시의 문단 추세를 반영하는 졸작들에 지나지 않는다. 아무래도 윤복진 동요시의 특질은 천진한 동심성에 있다고 봐야 할 것이다.

그런데 윤복진 동요시 가운데 또 주목되는 것은 이를테면 '토속적 해학성'이라 함직한 것들이다. 이는 윤석중의 이른바 '낙천주의'와도 조금 구별되는 요소이다.

달랑달랑
당나귀
점잔 피더라,

아주 아주

제 꼴에
점잔 피더라,

쫄랑쫄랑
강아지
마구 덤벼도,

옆눈 한번
안 보고
지나가더라.

——「당나귀」전문

산 너머 풍서방이
장난꾸러기 풍서방이

남의 집 대문짝을 왈캉달캉
주인 양반 안 계시우 왈캉달캉

바둑이가 망, 망,
삽사리가 멍, 멍,

——「산 너머 풍서방이」부분

슬그머니 웃음이 나는 작품이 아닐 수 없다. 이밖에도 「옛이야기 열두 발」「총각 마차꾼」「영감 영감 야보소 에라 이놈 침줄까」「양양 범버궁」「구멍가게」「아기 참새」「가이 두 마리」「하나 둘 셋」등 웃음을 선사하는 작품들이 많다. 해맑은 동심과 토착정서가 한데 어우러진 이런 작품들은 윤복진 동요시가 지니는 독특한 미학이라고 할 수 있다. 이러하기에 윤복진 동요시에서 풍경을 담은 작품들도 대부분 토속성이 아주 짙고, 아이들 눈에 쏙 들어오는 단순소박한 아름다움을 지니고 있다. 그것은 마치 아이들이 숨가쁜 뛰놀기를 잠깐 멈추었을 때 찾아든 바로 그 순간의 고요함과도 같이 티없이 맑고 소담스러운 향토적 서정의 세계이다.

산 밑에
조그만
초가집 문에,

문 구멍이
송, 송,
뚫어져 있네.

산 밑에
조그만
초가집에는,

조무라기
형제들이
사는가 보다.

———「초가집」 전문

산모롱이 고욤낡에
고욤이 두 개,

새까맣게 익어 가는
고욤이 두 개,

산골에 때때중이
흔들어 보고,

산 밑에 까까중도
흔들어 보고,

　　　　　　　　　　　　——「고욤」 부분

저 건너 갈미봉에
진달래 피었다.

산모랭이 빙—빙
소리개도 못 봤다.

소낡에 꾹—꾹
비둘기도 못 봤다.

천길만길 안개 속에
진달래 피었다.

　　　　　　　　　　　　——「진달래」 전문

　　동요시의 전통에서 볼 때, 윤복진 작품에 나오는 뛰노는 아이들의
모습은 해방후 권태응(權泰應)의 작품세계로 이어진다. 해방이 되자
윤복진은 아연 경향적 색채를 강조하기에 이르는데, 「무궁화 피고피
고」(조선주보 1945. 11. 19), 「돌을 돌을 골라내자」(중앙신문 1945. 12. 13),
「새 나라를 세우자」(자유신문 1946. 1. 1), 「자장 자장 자장—화전민 아
들딸의 자장 노래」(『예술』 1946. 2) 같은 작품들이 바로 그러하다. 하지
만 이 작품들은 권태응에게서 볼 수 있는 농촌생활의 화폭이 아니라,
아이들에게 전하고픈 어른의 생각을 주로 쓴 것들이다. 이는 그가 아

동문학의 리얼리즘을 예술형상의 원리라기보다 일개 관념으로 받아들이고 있었다는 증거이다.

그는 1949년 아동문예 예술원에서 동요집 『꽃초롱 별초롱』을 펴낸다. 한가지 흥미로운 사실은 이 책의 발문에서 자신의 아동관을 역설하고 나선 점이다. 여기서 그는 "봉건시대와 그 전시대에서 천대만 받아오던 아동을, 인간 이상의 인간으로 떠받쳐 현실의 아동을 선녀나 천사로 숭상하려던 시대도 있었다. 나도 그러한 과오를 범한 사람의 한 사람이다"(120면)라고 하면서 자신의 과거를 반성한다. 그리고는 "아동을 초시간적, 초공간적인 존재처럼 신앙하여, 현실의 아동을 우상화시켜 구가하는 근대 낭만주의자의 동심지상주의 내지 천사주의의 아동관은 더욱 불법하고, 부당한 것"(121면)이라고 힘주어 비판한다. 과연 그한테도 현실적인 아동관이 자리잡은 것처럼 보였다.

> 아동은 어디까지나 현실의 인간이다. 우리네 성인과 마찬가지로 현실 안에 살고 현실 안에 생활하는 인간이다. 그저 성인 이전의 인간으로서 나날이 시시각각으로 생장하는 어린 인간이다. 미래할 세계의 새로운 인간이요, 닥쳐오는 새 시대의 주인공이다. (같은 곳)

이렇게 해서 내린 그의 결론은 "일체의 봉건적 요소를 배제하고 새로운 민주주의의 길로! 일체의 비과학적 사상을 배격하고 새로운 사상과 새로운 과학으로 더불어 우리의 아동관을 새로이 하자!"(122면)는 것이었다. 실상 이 문구는 그가 가담했던 조선문학가동맹의 표어를 되풀이한 것에 지나지 않았다. 그는 "우리의 동요문학을 민주주의적 과학적 아동관에 입각"(같은 곳)해야 한다고 거듭 주장하고 있지만, 단지 이런 추상적 문구만으로 그의 세계관과 문학관의 변화를 읽어낼 수는 없는 노릇이다.

그는 조선문학가동맹의 아동문학부 사무장(1946)을 지낸다. 그리고 건강 때문에 대구로 낙향해서는 조선문화단체총연맹의 경상북도 지부 부위원장단의 한 사람이 된다(정영진, 앞의 책 90면). 그런 탓으로 정부수립 후에는 좌익활동자 전향단체인 국민보도연맹(國民保導聯盟)에 가입할 수밖에 없었고, 이는 다시 6·25동란시의 월북으로 이어지게 된다.

여기서 윤복진의 문학관과 그의 월북 동기를 하나로 잇는 건 무리라는 사실을 지적하지 않을 수 없다. 이 글에서 살펴본 것처럼 윤복진의 작품세계는 천진한 동심의 세계를 토속적 해학성과 결합시켜 성공한 사례이다. 그렇다면 그의 직접적인 월북 동기는 무엇일까? 아마도 신고송과 관련이 있을 듯하다. 그는 『어린이』애독자 시절부터 동요운동을 함께 벌인 동향(同鄉) 문우(文友)이다. 그런 신고송이 카프에 가담하고 일본 유학 후 연극과 문학 양쪽에서 두각을 나타내며 동심주의 작품을 맹렬히 비판했던 것을 윤복진은 어떻게 받아들였을까? 6·25동란시의 피난도 피난이겠지만, 아무래도 지배적인 경향을 좇아 움직인 면이 크다. 그는 월북 후에도 활발한 작품활동을 벌이다가 1991년 7월 16일 84세로 평양에서 타계했다고 하는데(정영진, 같은 책 94면), 북의 체제를 적극 찬양하는 시를 씀으로써 그쪽 아동문단에서 장수했다는 아이러니를 어떻게 설명해야 할지 모르겠다.

〈아침햇살 1997년 겨울호〉

정지용과 이태준의 아동문학

1 머리말

아동문학의 기본 갈래를 이루는 동요·동화는 각각 구전민요와 민담에 뿌리를 두고 있다. 일제시대 초기에 『조선동요집』이나 『조선동화집』이라는 제목으로 편찬된 책들은 아마도 우리나라에서 동요·동화라는 용어를 거의 처음으로 사용한 문헌으로, 우리 구전민요와 민담 가운데 어린이를 대상으로 한 것들을 모아놓은 것이다. 따라서 근대아동문학의 출발은 입에서 입으로 전하던 집단창작의 세계에서 개인창작으로 주체가 바뀌는 데에서 비롯한다. 방정환의 소년운동과 『어린이』(1923)지의 출간은 그 전환을 목적의식적으로 이루어낸 촉진제 구실을 하였다. 말하자면 1920년대에 들어와 아동문학은 하나의 뚜렷한 장르로 확립되었던 것이다.

1920년대의 아동문학은 운동의 제창자들과 어린이, 그리고 전문 문인이라는 세 겹의 창작 주체를 가지고 있었다. 방정환·윤극영·고한승·이정호·마해송·연성흠 등을 운동의 제창자라고 한다면, 이원수·윤석중·신고송·서덕출·윤복진 등은 경향 각지의 소년회 회원이자 『어린이』지 독자로서 아동문학에 참여한 이들이고, 정지용과 이태준 같은 경우는 일반문학에 중심을 두고 아동문학에도 관심을 기울인 전문문인이라 할 수 있다. 물론 이 기준은 뚜렷한 경계를 가진 것은 아니며, 이주홍처럼 딱히 어느 하나에 집어넣기 곤란한 이들도 있기 때문에, 하나의 편의적인 구분에 지나지 않는다. 그러나 이런 구분은 단선적이지만은 않은 초창기 아동문학의 흐름과 성격을 어느정도 파악할 수 있는 이점이 있다.

운동의 제창자들이 아동문학 1세대라면, 운동에 참여한 어린이들은 아동문학 2세대이다. 그리고 몇몇 전문 문인들은 그 둘 사이에서, '노래'와 '이야기'라는 옛투를 벗어나지 못한 초창기 아동문학을 엄밀한 의미의 근대문학으로 끌어올리는 데 적잖게 기여한 이들이다. 이 글은 정지용(鄭芝溶)과 이태준(李泰俊)의 아동문학 작품을 통해 이러한 사실을 확인해보려고 한다.

2 정지용의 동시

해방 직후 문단좌우합작 노선의 하나로 성립한 조선문학가동맹에 아동문학부가 따로 있었다. 이 아동문학부 위원장이 바로 정지용이다. 그 무렵의 어린이 잡지들을 보면, 어린이들이 투고한 시들에 대해 심사평을 줄곧 쓴 이도 정지용이었음을 확인할 수 있다.

지용은 어떻게 해서 아동문학부 위원장직을 맡게 되었을까? 그 열쇠는 그의 동시가 쥐고 있다. 그는 1926년 『학조』에 「까페 프란스」를 비롯한 9편의 시를 발표함으로써 문단에 첫선을 보이는데, 이 중 5편이 동시였다. 동시 부분 머리글로 쓴 줄글은 나중에 다시 행갈이를 해서 『학생』지에 「별똥」이라는 제목으로 발표하였으므로 전부 6편이 되는 셈이다. 1930년대 초 '구인회'를 조직해 활약하기까지 그는 10편이 넘는 동시를 발표하였다.

필자는 최근에 지용에 대해 잘 알려지지 않은 새로운 사실을 하나 알게 되었다.

> 그후 소년운동이 우렁차게 부르짖고 전조선적으로 우후죽순(雨後竹筍)같이 일어나자 그의 문예운동과 아울러 동요운동도 해를 거듭할수록 발달케 되었었다. 그리하여 이 동요운동에 있어서는 자연성장기로부터 의식적 운동으로 방향을 전환하였으니 그것이 곧 동요연구에 뜻 둔 한정동, 정지용, 고장환, 신재항, 유도순, 윤극영, 김태오(韓晶東, 鄭芝鎔, 高長煥, 辛在恒, 劉道順, 尹克榮, 金泰午) 제씨가 1927년 9월 1일 조선동요연구협회(朝鮮童謠硏究協會)를 창립하고 새로운 동요운동을 제창하였으니 이것이 곧 조선동요운동의 한 시기를 그은 것이라고 할 수 있다. (김태오 「동요짓는 법」, 『설강동요집』, 한성도서주식회사 1933, 172~73면)

이로 미루어보아, 일찍부터 동요운동에 관여한 바 있는 지용을 우리 아동문학사에서 새롭게 자리매김해야 할 필요가 절실해진다.

당시 신문잡지에 쏟아져나온 수많은 작품들 가운데 지용의 동시는 비록 10편 남짓하더라도 단연 일등성으로 빛난다. 동시대 작품들이 천편일률의 7·5조 가락에다 낱말을 맞추는 수준이었음을 감안한다면, 지용의 동시가 초창기 아동문학에 끼친 영향은 매우 컸을 것이라 짐작할 수 있다.

우리 옵바 가신 곳은
해님 지는 서해 건너
멀리 멀리 가셨다네.
웬일인가 저 하늘이
핏빛보담 무섭구나!
난리 났나. 불이 났나.

——「서쪽하늘」(『학조』 창간호, 1926)

　노을을 바라보며 멀리 떠난 오빠를 걱정하는 어린이의 마음이 "핏
빛"이란 선명한 이미지로 형상화되었다. 동요의 리듬에 이미지를 실
어 단순한 노래를 넘어선 데에 이 작품의 묘미가 있다. 마지막 행의
"난리 났나. 불이 났나."라는 표현도 어린이다운 천진한 발상이다.

부헝이 울든 밤
누나의 이야기—

파랑 병을 깨치면
금시 파랑 바다.

빨강 병을 깨치면
금시 빨강 바다.

뻐꾸기 울든 날
누나 시집 갔네—

파랑 병을 깨트려
하늘 혼자 보고.

빨강 병을 깨트려
하늘 혼자 보고.

——「하늘 혼자 보고」(같은 책)

이 작품 역시 어린이다운 발상에 선명한 이미지를 실어낸 것으로
동시대 작품들의 노래성을 넘어서고 있다. 시인은 누나에 대한 기억
과 설화의 세계를 관련지어 추억의 정감을 높이는 한편, 홀로 된 현
재의 상실감을 극대화하였다.

어저께도 홍시 하나.
오늘에도 홍시 하나.

까마귀야. 까마귀야.
우리 남게 왜 앉었나.

우리 옵바 오시걸랑
맛뵐라구 남겨 뒀다.

후락 딱 딱
휘이 휘이!

——「감나무」(같은 책)

이 작품은 독창적으로 구사된 4연의 의성어가 상당한 파격을 전한
다. 1,2연의 대구와 반복표현으로 동시의 단순성을 살리는 가운데서
도 마지막 연에다 의성어를 생동감있게 배치하여 4음보 율격의 단조
로움을 단숨에 건너뛰었다.

산 너머 저쪽에는
누가 사나?

철나무 치는 소리만
서로 맞어 쩌 르 렁!
　　　　　　　　——「산 너머 저쪽」 부분(『신소년』 1927. 5)

산모루 돌아가는 차, 목이 쉬어
이밤사말고 비가 오시랴나?

(중간 생략)

옵바가 가시고 나신 방안에
시계소리 서마 서마 무서워.
　　　　　　　　——「옵바 가시고」 부분(『문예월간』 1932. 1)

중, 중, 때때 중,
우리 애기 까까머리.

삼월 삼질날,
질나라비, 훨, 훨,
제비 새끼, 훨, 훨,

쑥 뜯어다가
개피떡 만들어.
호, 호, 잠들여 놓고
냥, 냥, 잘도 먹었다.
　　　　　　　　——「삼월 삼질날」 부분(『조선동요선집』, 1928)

바람.
바람.
바람.

늬는 내 귀가 좋으냐?
늬는 내 코가 좋으냐?
늬는 내 손이 좋으냐?

내사 왼통 빨개졌네.

내사 아므치도 않다.

호 호 칩어라 구보로!
——「바람」(같은 책)

삼동내— 얼었다 나온 나를
종달새 지리 지리 지리리……

왜 저리 놀려 대누.

어머니 없이 자란 나를
종달새 지리 지리 지리리……

왜 저리 놀려 대누.
——「종달새」 부분(『정지용시집』, 1935)

　이들 작품에서 보는 것처럼, 의성·의태어의 독창적인 활용은 동시의 참신성을 한층 돋보이게 해주는 요소로 지용 동시의 한 특징을 이룬다. 윤복진과 박영종(木月)은 이런 요소를 뒤이어 발전시킨 대표적인 동요시인들이다.

지용 동시에서 빠뜨릴 수 없는 것은 입말의 생동감이다. "이밤사" "내사"에서 '~사'의 쓰임도 그렇지만, "오시랴나?" "첩이라 구보로!" "놀려 대누" 따위의 어미 활용은 싱싱한 율동미를 더해준다. 또한 「바람」에서는 행과 연의 의도적 구분으로 시각성과 시간성을 아울러 살려내고 있음도 볼 수 있다. 시인의 탁월한 감각과 치밀한 계산이 이들 작품을 뒷받침하고 있음은 물론이다.

지용의 어린시절은 퍽 불우한 것으로 알려져 있다. 스스로가 "나는 소년 적 고독하고 슬프고 원통한 기억이 진저리가 나도록 싫어진다"(「대단치 않은 이야기」, 『아동문화』 창간호 1948.11)고 적고 있거니와, 어린 몸으로 고향을 떠나 험한 객지생활을 감당해야 했던 까닭이다. 그래서인지 그의 동시는 대부분 상실감을 바탕에 깔고 있다. 북한 자료(현대조선문학선집 18권 『1920년대 아동문학집』1, 문학예술종합출판사 1993)에서 최근 새로 찾아낸 「굴뚝새」에서 보는 연민의 정서도 이와 이어지는 세계이다.

굴뚝새 굴뚝새

어머니—
문 열어놓아 주오, 들어오게
이불 안에
식전내— 재워 주지

어머니—
산에 가 얼어죽으면 어쩌우

박쪽에다
숯불 피워다 주지

           ——「굴뚝새」(『신소년』 1926. 12)

지용은 충청북도 옥천에서 태어났다. 다음 자료를 보면, 그가 민간 전승과 흙에 대한 체험 속에서 유년기를 보냈음이 확인된다.

아이들 밤 뒤 보는 데는 닭 보고 묵은 세배를 하면 낫는다고, 닭 보고 절을 하라고 하시었다. 그렇게 괴로운 일도 아니었고, 부끄러워 참기 어려운 일도 아니었다. 둥어리 안에 닭도 절을 받고, 꼬르르 꼬르르 소리를 하였다.

별똥을 먹으면 오래 오래 산다는 것이었다. 별똥을 줏어 왔다는 사람이 있었다. 그날 밤에도 별똥이 찌익 화살처럼 떨어졌었다. 아저씨가 한번 모초라기를 산 채로 훔쳐 잡어 온, 뒷산 솔푸데기 속으로 분명 바로 떨어졌었다. (「별똥이 떨어진 곳」, 『소년』 1937. 12)

그의 시 「향수」에는 "전설바다에 춤추는 밤물결"이라든가, "흙에서 자란 내 마음" "함부로 쏜 화살을 찾으러 / 풀섶 이슬에 함추름 휘적 시든 곳" 따위의 대목이 나온다. 우리는 지용 시의 모더니즘이 토속성과 결합하고 있음을 지나칠 수 없는데, 그의 동시는 토속성이 더욱 짙게 배어나오는 꿈과 동경의 세계이다.

상실감이나 연민을 바탕으로 하는 지용 동시의 서정성은 이원수에게로 이어진다. 그리고 다음 작품들에서 보는 천진성은 윤석중에게로 이어진다.

할아버지가
담뱃대를 물고

들에 나가시니,
궂은 날도
곱게 개이고,

할아버지가
도롱이를 입고
들에 나가시니,
가문 날도
비가 오시네.

——「할아버지」(『신소년』 1927.5)

해바라기 씨를 심자.
담모롱이 참새 눈 숨기고
해바라기 씨를 심자.

누나가 손으로 다지고 나면
바둑이가 앞발로 다지고
괭이가 꼬리로 다진다.

우리가 눈 감고 한 밤 자고 나면
이슬이 내려와 같이 자고 가고,

우리가 이웃에 간 동안에
햇빛이 입 맞추고 가고,

해바라기는 첫시악시인데
사흘이 지나도 부끄러워
고개를 아니 든다.

가만히 엿보러 왔다가
소리를 깩! 지르고 간 놈이—
오오, 사철나무 잎에 숨은
청개고리 고놈이다.

———「해바라기 씨」(『신소년』1927.6)

　1920년대에 찾아보기 힘든 자유동시의 가락이 아동문학의 단순성
과 제대로 조화를 이루고 있다. 지용의 동시가 비록 10편 남짓한 적
은 수일지라도 초창기 아동문학에 지울 수 없는 자취를 새겨넣은 사
실만은 확고하다. 그의 작품이 1928년 『조선동요선집』에 네 편(「삼월
삼짇날」「산에서 온 새」「해바라기 씨」「바람」), 1938년 『조선아동문학집』
에 세 편(「말」「지는 해」「홍시」) 소개되어 있는 것도 이러한 사실을 뒷
받침한다. 이 편수는 다른 동시인들보다 오히려 많은 수치이다.

3　이태준의 동화

　이태준에겐 '한국 단편소설의 완성자'라는 명예가 뒤따르고 있다.
그러나 살아 생전 이태준만큼 불행한 작가도 흔치 않다. 그는 일찍이
고아가 되어 아주 외로운 어린시절을 보냈다. 1920년대 말부터 『어
린이』에 발표된 그의 동화들, 예컨대 「어린 수문장」(1929.1)「불쌍한
소년 미술가」(1929.2)「슬픈 명일 추석」(1929.5)「쓸쓸한 밤길」
(1929.6)「불쌍한 삼형제」(1930.7)「외로운 아이」(1930.11) 들은 모두
작가 자신의 불우했던 처지가 스며든 작품이다.
　이태준은 휘문고보 시절 선배 정지용과 함께 학예부에서 교지 편
집을 맡은 바 있다. 이때 발표한 「물고기 이야기」(1924)는 전래동화

의 내용을 당대 현실에 비추어 재치있게 재화한 것으로 그의 아동문학 첫 작품이 된다. 1929년엔 개벽사에 입사하여 방정환과 친교를 나누며 『어린이』의 자매지 격인 『학생』편집 일을 맡는다. 그의 동화들이 이 시기 『어린이』에 집중 발표된 까닭은 이와 관련된다.

이태준 동화는 줄거리 중심의 옛이야기투라든지 다분히 서구적 취향에 경사된 판타지와는 구별된다. 대부분이 아이들의 실생활에서 취재한 사실동화이며, 취학 전 어린이의 세계를 그린 짤막한 유년동화들도 이것들과 동일한 바탕 위에 놓인다.

1929년이면 프로아동문학이 널리 번져나갈 때이다. 초창기 창작동화의 대부분이 전래동화와 외국동화의 번안 수준에 머물러 있었던 데 비해 프로아동문학은 현실의 어린이를 그리려고 하였다. 그런데 프로아동문학은 '계급현실의 반영'을 지나치게 의식하여 그만 아동으로서 실감을 얻지 못하고 거의 '수염난 총각적 아동'(송완순)을 그려내는 데 머물렀다. 한쪽에 교훈을 앞세운 통속성 우화류가 자리했다면, 또다른 한쪽엔 현실고발을 앞세운 설교성 소설류가 자리했던 것이다. 그래서 어린이의 실생활을 다룬 것이면서 어린이들이 즐겨 읽을 만한, 말 그대로의 '동화'는 찾아보기 힘들었다.

이태준 동화는 이런 사실과의 대비를 통해 더욱 적극적인 의의를 찾을 수 있다. 「어린 수문장」의 첫부분을 살펴보자.

여름이었으나 장마 끝에 바람 몹시 부는 어느 날 밤이었습니다.
어머니는 이런 말씀을 하셨습니다.
"웃집에 장군네가 살 때는 장군 아버지가 술이 골망태가 되어도 우리 마당을 지날 때마다 기침 소리를 내어 한결 든든하더니…… 그이가 떠난 후에는 그 소리나마 들을 수가 없구나. 이제는 개라도 한 마리 길러야지 문간이 너무 휑— 해서 어디 적적해 견디겠니."
자는 줄 알았던 누이동생이 이 말을 기다리고 있었던 것처럼

"참 어머니 저— 웃말 할먼네 개가 오늘 새끼를 났대요. 다섯 마리나 났다는걸요."

어린이가 이해할 수 있는 범위 안에서, 작품 도입부터 대화장면을 말끔하게 처리한 솜씨가 돋보인다. 어린이 독자를 염두에 둔 것이지만 기존 작품들의 구태의연한 설화투에서 벗어나 사실성을 갖춘 한 편의 생활동화를 비로소 마련한 것이다.

이 작품의 제목인 '어린 수문장'은 얻어온 강아지를 가리킨다. 강아지가 어미한테서 떨어져 나와 낯을 가리고 밥을 먹지 않으니, 소년은 안타깝기 짝이 없다. 그날 밤 끙끙대는 강아지한테 아궁이 편에 따뜻하게 자리를 마련해주고 겨우 안심이 되어 잠이 들었건만, 이튿날 아침 강아지가 없어진다. 소문에 의하면 어미한테 가려고 징검다리를 건너다 그만 물에 빠져 죽었다는 것이다. 소년은 밤새도록 꿈자리가 산란하였다. 이 작품의 결말은 다음과 같다.

그 후 며칠 못 되어 나는 웃말에 갔다가 그 어미개와 마주치게 되었습니다.

그는 자기 자식 하나를 그처럼 비참한 운명으로 끌어내인 나임을 아는 듯이 불덩어리 같은 눈알을 알른거리며 앙상한 이빨을 벌리고 한 걸음 나섰다 한 걸음 물러섰다 하면서 원수를 갚으려는 듯한 기세를 돋구고 있었습니다.

그때 마침 그 댁 할머님이 나오시다가

"네가 양복을 입고 와서 그렇게 짖는구나. 이 개 이 개."

하시고 개를 쫓아 주셨습니다.

딴은 내가 양복을 입고 가기는 하였습니다.

목숨을 소중하게 여기는 어린이의 애틋한 심정이 그 나름의 자의

식에 또렷이 각인되어 있다. 전래동화나 프로아동문학이 권선징악과
교훈주의를 바탕으로 사건을 통속적·도식적으로 해결했던 것과는
분명 차이를 보이는 생활의 실감이 있다.

이태준의 유년동화는 당시 '유치원 동화'라 하여 소개되었는데, 프
로아동문학의 전성기에는 더욱이 드물었던 나이 어린 유년의 세계
이다. 「몰라쟁이 엄마」(『어린이』 1931. 2), 「슬퍼하는 나무」(『어린이』
1932. 7), 「꽃 장사」(『어린이』 1933), 「엄마 마중」(『조선아동문학집』, 조선
일보사 1938) 따위가 이 계열에 속한다. 이 가운데 「꽃 장사」와 「엄마
마중」은 지금까지 나온 이태준 전집과 작품 연보에서 빠진, 말하자
면 이번에 새로 찾아낸 작품이다. 「꽃 장사」는 현재 구해볼 수 있는
『어린이』 영인본에는 없지만, 해방 뒤에 나온 잡지 『새동무』(1947. 7)
에 다시 실려 있어 발표 연대와 지면을 확인할 수 있었고, 「엄마 마
중」은 『조선아동문학집』에 실려 있는 작품으로 아마 1930년 전후에
발표된 작품인 듯싶다.

「몰라쟁이 엄마」와 「꽃 장사」는 자기 둘레의 현상에 대해 호기심
을 갖는 나이의 어린이를 등장시킨 동화로, 아기가 엄마한테 질문을
하고 엄마는 그 질문에 대답을 하는 단일한 구성의 대화장면으로 이
루어져 있다. 「슬퍼하는 나무」는 아기가 새와 나무와 이야기를 나누
는 의인동화이고, 「엄마 마중」은 아기가 혼자 찻길에 나가 돌아오지
않는 엄마를 기다리는 내용이다. 이 작품은 조국을 잃은 시대의 상징
으로서 한 편의 시라 여기고 읽을 만하다.

새로 찾아낸 「꽃 장사」와 「엄마 마중」의 전문을 소개한다.

한 아기가 꽃분 앞에 서서 어머니더러
"엄마?"
"왜?"

"꽃 장사 용치?"

"왜?"

"이렇게 이쁜 꽃을 만들어 냈으니까!"

"어디 꽃 장사가 만들었다든. 길르기만 했지."

"꽃 장사가 만들지 않았다면 이 이쁜 꽃을 누가 만들었수?"

"만들긴 누가 만들어…… 씨를 땅에 심으면 땅 속에서 싹이 나오고 싹이 자라면 절루 꽃이 되는 거지."

"절루 퍼? 땅에 씨만 묻으문?"

"그럼?"

"땅 속에 씨를 묻었드리도 히늘에서 비가 내려서 흙을 누누하게 적셔 주어야 하고, 또……"

"또 뭐?"

"또 하늘에서 햇빛이 따뜻이 비쳐 주어야 싹이 터져 자라는 거야."

"그런 걸 난 꽃 장사가 모두 만들어 내는 줄 알았지…… 그럼 엄마 저 풀두, 오이두, 호박두, 나무들두 모두 그러우?"

"그럼."

"아유……"

아기는 땅을 한번 보고 얼굴을 들어 끝없는 하늘을 멍—하니 쳐다보았습니다. (「꽃 장사」, 『어린이』 1933)

추워서 코가 새빨간 아가가 아장아장 전차 정류장으로 걸어 나왔습니다. 그리고 낑— 하고 안전지대에 올라섰습니다.

이내 전차가 왔습니다. 아가는 갸웃하고 차장더러 물었습니다.

"우리 엄마 안 오?"

"너희 엄마를 내가 아니?"

하고 차장은 땡땡 하면서 지나갔습니다.

또 전차가 왔습니다. 아가는 또 갸웃하고 차장더러 물었습니다.

"우리 엄마 안 오?"

"너희 엄마를 내가 아니?"

하고 이 차장도 땡땡 하면서 지나갔습니다.

그 다음 전차가 또 왔습니다. 아가는 또 갸웃하고 차장더러 물었습니다.

"우리 엄마 안 오?"

"오! 엄마를 기다리는 아가구나."

하고 이번 차장은 내려와서,

"다칠라. 너희 엄마 오시도록 한 군데만 가만히 섰거라 응?"

하고 갔습니다.

아가는 바람이 불어도 꼼짝 안하고, 전차가 와도 다시는 묻지도 않고, 코만 새빨개서 가만히 서 있습니다. (「엄마 마중」, 『조선아동문학집』, 조선일보사 1938)

이들 작품에서 무엇보다 눈길을 끄는 것은 깔끔하고도 생동감 넘치는 문장이 아닐 수 없다. 잘 읽어보면 1930년대 후반에 사실주의 유년동화를 완성시킨 현덕이 바로 이태준을 잇는 작가라는 사실도 알게 된다. 손바닥만큼 짧더라도 기-승-전-결의 완벽한 구성요건을 갖춘 동화는 이태준과 현덕의 작품말고는 그리 흔하지 않았다. 처음과 마무리가 탄력있게 처리된 점도 놓칠 수 없다.

4 맺음말

일제시대에는 주요일간지들의 학예란에 아동문학과 일반문학 작품들이 나란히 실렸기 때문에 그 둘 사이에는 지금보다 벽이 훨씬 낮았다. 많은 일반문인들이 훌륭한 아동문학 작품을 남길 수 있었던 까닭도 여기에 있다. 그렇지만 다른 일반문인들의 아동문학 참여와 정지용·이태준의 활동을 똑같이 여길 수는 없다. 예컨대 일제시대에 적지 않은 아동문학 작품을 남긴 이광수·전영택·이무영만 하더라도 그 작품의 질이 동시대 아동문인들의 것을 뛰어넘어 특별한 영향을 주었다고는 판단되지 않는다.

그러나 정지용과 이태준은 1920년대 후반부터 1930년대 초에 걸쳐 아동문학을 본격문학의 자리로 올려놓는 데에 결정적으로 기여한 이들이다. 그런데도 지금까지 이들의 아동문학은 일반문학 쪽에서 그들 생애와 관련한 소잿거리로서만 다루어진 면이 없지 않다. 이재철의 『한국현대아동문학사』에서도 정지용과 이태준에 대해서는 거의 침묵하고 있다. 아동문학의 자리에서 일반문인들의 아동문학 작품을 정확하게 자리매김하는 일이 아직까지 충분하게 해결되지 않은 것이다.

정지용은 전래동요의 노래성을 계승하는 가운데서도 이미지 창조에 모범을 보여 언어예술로서의 자유동시를 확립케 하였고, 이태준은 어린이의 실생활을 다룬 동화에서 사실주의 문체를 확립한 공이 매우 크다. 한국 근대아동문학의 유산을 정리함에는 이런 속내를 낱낱이 밝히는 개별연구의 축적이 꾸준히 이루어질 필요가 있다.

〈아침햇살 1997년 여름호〉

이원수와 마산의 소년운동

1

이원수는 경상남도 양산 출생이지만, 목수인 부친을 따라 자주 이사를 다녔기 때문에, 창원과 김해를 거쳐 마산에 와서야 비로소 한 곳에 오래 머무를 수 있었다. 그는 마산에서 보통학교와 상업학교를 다녔으므로, 이때의 체험이 그의 문학에 끼친 영향을 소홀히해선 안 된다.

그는 칠남매 중의 다섯째로 외아들이다. 가난 때문에 누이들이 일찍부터 집을 떠나 여공으로 일해야 했던 사정은 그의 문학에 적잖게 반영되어 있다. 그의 초기 동시들은 대부분 일나간 누이를 그리워하는 모티프로 되어 있는데, 이는 당대 서민 어린이의 현실을 짙은 서정으로 노래한 것들이다.

찔레꽃이 하얗게
피었다오
언니 일 가는 광산 길에
피었다오
찔레꽃 이파리는
맛도 있지
배 고픈 날 따 먹는
꽃이라오

광산에서 돌 깨는
언니 보려고
해가 저문 산길에
나왔다가
찔레꽃 한 잎 두 잎
따 먹었다오
저녁 굶고 찔레꽃을
따 먹었다오

———「찔레꽃」(『신소년』 1930. 11)

이것은 발표 당시의 원문을 현대 표기법으로 고친 것이다. 이 작품
의 애잔한 정서는 어린이의 현실적인 삶에서 우러나온다. 그렇지만
당시의 동시 경향은 동심천사주의의 짝짜꿍 동요세계와 프로아동문
학의 관념적 도식세계로 크게 나누어져 있었다.

산에 들에 봄맞이 잔치 놀이라
빨간 꽃과 파랑 잎 한 아름 따서
각시 한 쌍 만들어 시집 보내면

종달새도 봄이라 노래 부르네.
──유도순「봄맞이」1절(『어린이』1930. 3)

이런 시는 실제 어린이의 삶에서 나왔다기보다 말로써 어린이의
화원을 꾸며준 것에 지나지 않는다. 당시 신문과 잡지의 동요 동시란
에는 이런 동심천사주의 노래들이 넘쳐났고, 그 맞은편에는 카프문
학운동에 젖줄을 댄 프로아동문학이 그와 전혀 다른 색채의 깃발을
들고 나와 있었다.

미운 놈 아들 놈이
좋은 옷 입고
지게 진 나를 보고
욕하고 가네

(중략)

옜다 그놈 가다가
소똥을 밟아
미끄러져 개똥에
코나 대이라
──신고송「우는 꼴 보기 싫어」(『별나라』1930. 6)

이 시가 일하는 어린이의 처지를 반영하고는 있지만, 동심에 바탕
한 아동문학의 올바른 지향에서 비껴나 있음을 금세 알 수 있다. 어
린이도 어른과 함께 엄연히 현실의 존재임에는 틀림없고, 따라서 현
실의 계급관계를 반영하는 삶 속에 자리하고 있는 것은 사실이지만,
그렇다고 어린이의 존재가 그대로 사회적 생산관계에 바탕한 계급

적 존재는 아닐 것이다.

> 논두렁에 혼자 앉아
> 꼴을 베다가
> 개구리를 한 마리
> 찔러 보고는
> 미운 놈의 모가지를
> 생각하였다

—손풍산 「낫」 1절(『별나라』 1930. 10)

　이렇듯 프로아동문학은 대부분 계급환원주의의 도식에 빠져 있었다. 그 결과, 현실을 바로 인식하고 투쟁의 가치를 북돋자는 움직임은 거의 증오의 문학을 강요하는 형태로 변질되기에 이른다. 구체적인 현실에서 출발하지 않고 외부 관념으로 현실을 재단하려 드는 이런 편리한 방식은 비록 동심천사주의와 맞선 곳에 자리하더라도 진정한 리얼리즘과는 거리가 먼 것이다.

　흔히 이원수 동시의 특징을 말할 때, 동심천사주의의 짝짜꿍 동시를 벗어나 있고, 한편으로는 프로아동문학의 관념적 도식과도 거리가 있어, 아동문학의 서민성과 리얼리즘을 올바르게 구현했다는 평가를 내리고 있다.[1] 다시 말해서, 그는 방정환과 프로아동문학의 두 가지 특색 가운데 양쪽에서 바람직한 것만 취한 결과를 낳았다는 것이다.[2]

　그렇다면 그의 문학이 지닌 올바른 정신의 원천은 어디에 있는 것일까? 그의 생애를 살펴볼 때, 우선 집안형편에서 비롯된 '가난'의 체험을 빼놓을 수가 없겠고, 다음으로는 그가 소년시절을 보낸 '마산'

---

1) 이오덕 『시정신과 유희정신』, 창작과비평사 1977.
2) 이재복 「늘 푸른 이원수의 동화세계」, 『삶·사회 그리고 문학』 1995년 여름호.

에서의 체험을 눈여겨보지 않을 수 없다. 특히 마산에서의 체험은 지금까지 이원수 문학을 말하는 자리에서 거의 지나쳐버린 것으로, 그가 대다수의 문인들과 달리 일본에서의 유학을 경험하지 않았다는 점, 그리고 그 이식(移植)에 빠지기 쉬운 중앙문단의 풍토와도 일정하게 거리를 두었다는 점에서 매우 각별한 의미를 지닌다. 본고는 바로 이 점에 주목해 그의 문학의 뿌리를 살펴보고자 한다.

2

이원수는 1925년 『어린이』에 「고향의 봄」을 투고하면서 아동문학에 입문하였다. 그의 나이 열다섯살, 그가 마산공립보통학교에 다니던 때였다. 그는 당시 『어린이』의 열렬한 독자였다. 비슷한 시기에 그는 마산의 신화소년회(新化少年會) 회원이 된다. 소파 방정환의 기록에 따르면, 신화소년회는 소파가 전국 각지의 소년소녀대회에 초대되어 강연을 다닐 때에 마산에 들른 것이 계기가 되어 그곳 『어린이』 독자들이 조직한 단체이다.

> 이 소년들은 모두 『어린이』 독자인데 내가 마산 오는 것을 기회삼아 순 『어린이』 독자만 40여명이 모여서 소년회를 조직하고 이름을 신화소년회라 지은 것이었는데…… (방정환 「나그네 잡기장」, 『어린이』 3권 5호, 1925)

그러나 당시 신문기사를 보니 신화소년회는 방정환이 마산에 오기 전에 이미 창립되었다. 정확히 말해 "마산의 소년 현용택(玄龍澤), 박노태(朴魯台) 양군의 발기로 3월 14일 하오 8시에 동아일보 마산지국 내에서 신화소년회 창립총회"가 개최되었던 것이다. "체육과 문예 장려에 힘쓴다"고 하였고, 위원장에는 현용택, 그리고 위원 4명 가운데 이원수의 이름이 보인다(동아일보 1925. 3. 22). 그는 주요 창립회원인 셈이다.

이렇게 창립된 신화소년회는 열흘 뒤에 방정환을 초대하여 창립 축하회를 개최한다. 당시 신문에는 축하회 일자가 3월 23일과 24일 이틀로 되어 있고, 장소는 마산노동야학교라 소개되어 있다(동아일보 1925. 3. 23. 부록). 이후에도 신화소년회가 벌인 활동은 신문에 자주 소개된다. 마산에는 신화소년회말고도 소년회가 여럿 성행하고 있었다.

여기서 우리는 '방정환'과 '마산'이 이원수한테 끼친 영향을 생각해 보지 않을 수 없다. 우선 방정환 주도로 전개된 어린이운동 또는 어린이문학운동이 이원수 문학의 출발점이 되고 있음을 알 수 있다.

> 방선생님! (…) 개벽사의 잡지 그중에도 『어린이』는 저의 어린 몸을 길러주신 어머니였습니다. (…) 아, 그동안에 받아온 선생님의 그 정성스러우신 가르치심으로 오늘의 저의 생각과 지식을 넓힌 것을 생각할 때엔 어찌 선생님의 은혜를 눈물로 감사해하지 않겠습니까. (…) 『어린이』와 저와는 아무런 일이 있어도 떨어지지 못할 매듭이 얽혀 있습니다. (…) 청년이 되고 또 더 오래 되어 노년이 되더라도 나의 혼의 한 가닥은 오래오래 어린이 나라에 깃들어 있을 터입니다.[3]

이런 점은 그의 아동관의 형성과 직접 관련되는 사실이다. 그는 동심주의를 경계하는 가운데서도 아동문학이 우선 동심에 뿌리를 둬야 한다는 점을 잊지 않았다. 그의 수필과 평론에서 방정환과 어린이 현실에 대한 깊은 관심이 줄곧 나타나고 있는 점 역시 그의 아동관을 보여주는 것이다.

---

3) 마산의 이원수가 '독자담화실'에 보낸 편지글, 『어린이』(7권 3호, 1929) 70면.

다음으로 우리가 또하나 눈여겨봐야 할 사실은, 마산이란 고장이 이원수 문학에 끼친 영향이다. 이원수는 1928년 마산공립보통학교를 졸업하고 마산공립상업학교에 입학한다.[4] 그가 뒤에 「고향 바다」(1939)라는 시를 지은 사실에서도 확인되듯이, 마산은 그에게 정신적 고향과도 같은 데였다. 그럼 마산이란 어떠한 곳인가? 해방 뒤 역사를 잠깐 살펴보더라도 이승만 독재정권에 항거한 4·19혁명과, 박정희 군사정권에 항거한 부마(釜馬)항쟁이 금세 떠오른다. 그런데 마산은 일제시대에도 민족·사회운동의 근거지로서 매우 유명했던 곳이다. 1907년에 전국 최초로 마산노동야학이 설립되었고, 1920년대에는 노동야학운동이 활발히 전개되었다. 전민족의 항거인 3·1운동, 광주학생운동에 발맞춘 학생 동맹휴교, 노동운동, 청년운동, 사회운동, 신간회운동, 적색 노조·교조 운동, 그리고 민족주의자·무정부주의자·사회주의자들의 비밀결사운동 등이 끊이지 않았던 곳이 바로 마산이었다.[5]

마산의 소년단체들은 그곳 사회운동이나 노동야학과 긴밀한 관계에 있었다. 1926년 1월, 이원수가 다니는 마산공립보통학교의 일본인 교장 우에하라(上原)가 학생들을 소년회에 참가하지 못하게 하고, 가입한 학생들에게 탈퇴하라고 탄압한 사건이 발생하자, 마산의 소년단체들은 조사위원을 구성하고 항의하는 활동을 벌인다. 당시의 신문은 마산의 모든 단체들이 함께 궐기에 나선 사실을 상세히 보도하고 있다(동아일보 1926. 1. 20).

신화소년회는 1927년에 씩씩소년회와 합동하여 마산소년회라고

---

4) 『이원수 전집』(웅진 1984)의 연보가 보통학교 졸업연도와 상업학교 입학연도 및 졸업연도에서 1년씩 빠르게 기록되어 있다는 사실이 최근 밝혀졌다. 김소원 「이원수 전기를 준비하며」, 『동화읽는어른』(어린이도서연구회) 1995. 11.
5) 박명윤 「일제하 마산의 항일민족운동」, 『마산문화』 2, 청운 1983.

개칭한다. 당시 마산의 소년단체 현황을 신문에서는 다음과 같이 소개하였다.

> 마산부(馬山府)에는 최근에 이르러 소년단체가 다수인바 그 중에 유력하게 소년운동에 주력하는 단체로는 불교소년단, 무산소년단, 신화소년회, 씩씩소년회, 소녀회, 샛별소년회, 합 6개 단체인바 마산청년연합회 소년지도부의 발기로 소년연맹이 조직되리라 한다. (동아일보 1926. 8. 24)

한가지 흥미로운 사실은 읍면 단위까지 전국 각지에 수없이 만들어진 천도교소년회가 마산에는 하나도 없었다는 점이다. 대신에 다른 곳에서는 찾아볼 수 없는 무산(無産)소년단, 어시(魚市)소년회 같은 것이 토착 농어민·상인·노동자 운동과 연계를 맺고 활발하게 움직이고 있었다. 아마도 신화소년회가 천도교소년회와 그 성격에서 제일 가깝지 않겠느냐는 추측이 가능한데, 어쨌든 그만큼 마산은 자생적인 운동의 뿌리가 튼튼한 곳이라고 할 수 있다.

신화소년회를 흡수한 마산소년회는 남조선 소년현상웅변대회(1927. 8. 5)를 개최했다가 그 내용이 불온하다고 해서 마산경찰서 고등계에서 조사를 받고 원고를 써준 지도자들이 구류에 처하는 설화(舌禍) 사건을 겪는다. 마산소년회는 전국 소년운동의 통일 기운이 높아지는 때에 조선소년연합회(1927. 10. 16. 위원장 방정환)에 가입한다. 조선소년연합회는 제1회 정기총회(1928. 3. 25)에서 "조직체를 과거 자유연합체로부터 민주주의적 중앙집권에 의한 총동맹으로" 바꿀 것을 결의하여 조선소년총동맹(위원장 정홍교)으로 발전하는데, 이런 추세에 발맞춰 마산소년회도 마산소년단체연합을 거쳐 마산소년동맹(1928. 2. 18)으로 발전한다. 당시의 기록들을 보면 마산소년회가 전국 소년단체들의 통일단결운동에 가장 앞장서 있었음도 확인할 수 있다. 마산소년동맹은 조선소년총동맹 창립 제1주년 기념식 (1928.10.16)을 거행하려다가 경찰의 금지 조처를 당한다. 이후로 마산소년동맹의 여러 활약과 간부진의 검거를 알리는 기사가 속속 보도되었다.

이처럼 강력한 사회운동의 분위기가 감도는 마산에서 이원수가 소년기와 청년기를 보냈다는 사실은, 그의 문학에 짙게 밴 현실성을 설명해주는 요소이다.

> 수남아
> 순아야
> 잘— 가거라
>
> 아빠 따라 북간도
> 가는 동무야
>
> 멀—리 가다가다
> 돌아다 보고
>
> "잘있거라—" 손짓하며
> 우는 순아야!
>
> ──「잘 가거라」1절(『어린이』1930.8)

> 보리방아 찧으면서
> 긴긴 봄 하루
> 나는 어째 일만 하나?
> 생각했다오

(중략)

찔게둥 찔게둥—
엄마 그리워
찔게둥 방앗간에
해가 저무네

　　　　　　　　——「보리방아 찧으며」(같은 곳)

　　물론 그가 신화소년회 이후 마산의 소년단체들이 변화·성장해감
에 따라 구체적으로 어떤 활동을 전개했는지에 관한 기록은 찾아볼
수 없다. 그렇지만 그가 서울의 윤석중이 만든 '기쁨사' 동인으로 가
담하고 『어린이』 잡지의 집필동인(1928)이 된 점과 함께, 마산공립보
통학교 시절 학급신문 내는 일에 관여해 조선인을 학대하는 일본인
을 비판하는 글을 싣기도 하고 밤에는 야간강습소에서 노동자녀들
을 가르친 점 들을 보아서 그의 활동이 당시 강력한 소년운동의 자
장(磁場) 안에 있었음을 쉽게 짐작할 수 있다. 무엇보다도 그의 대표
작 중 하나인 『5월의 노래』(1950)는 바로 이때의 체험을 바탕으로 한
자전적 소년소설이다. 여기에는 주인공 노마가 소년회에 들어가 민
족의식에 눈뜨는 과정이 잘 나타나 있다.

　　한편 마산의 소년운동이 민족사회운동의 하나로 가장 활발한 움
직임을 보이던 1930년을 전후해 이원수가 『학생』에 보낸 시들 가운
데에는 이원수 문학의 성장과 변모를 엿볼 수 있는 주목할 만한 작
품이 발견된다. 『학생』(1929.3~1930.11)은 방정환이 『어린이』의 자매
지 격으로 개벽사에서 발행한 잡지이다. 방정환은 창간사에서, 『어린
이』를 처음 만들 때의 독자가 "장가도 들고, 시집도 갔고, 속한 이는
벌써 보통학교 훈도가 된 이도 있으며, 보통은 중학생으로 전문학생
으로 모두 수학하고 있다"는 사실을 들어, 그네들을 위한 잡지 『학

생』을 새로 창간한다고 했다. 그래서인지 여기에는 동요나 동시라는 말 대신에, 그냥 '시'라는 난을 두어 작품을 실었다. 이원수가 보낸 7편의 작품 역시 어린이를 따로 의식하고 쓴 것이 아니라 마산공립상업학교에 다니는 청년학생의 처지에서 쓴 시들이다. 이원수 전집에는 이들 시가 빠져 있기 때문에 그동안 논의의 대상이 되지 않았지만, 모두 마산공립상업학교 재학 당시에 쓴 것들인만큼, 그의 의식이 어디로 나아가려 했는지 살필 수 있는 중요한 자료라고 하겠다. 그중 1930년에 발표한 다음 두 편의 시가 가장 주목된다.

꽃씨 뿌립시다
이른 봄 거칠은 밭에
님네야 나와서 씨 뿌립시다

百日紅 따리아 봉선화 채송화
가지각색 꽃씨 바구니에 가득 담아
쓸쓸한 우리 밭에 날씬날씬 뿌립시다.

묵은 이 땅에 잎새 돋고 꽃필 때면
젊은 우리 웃음과 힘 피어나겠네
三千里가 욱신욱신 흔들리겠네

꽃씨 뿌립시다
새 혼이 춤출 이 터전에
님네야 나와서 씨 뿌립시다.
　　　　　——「꽃씨 뿌립시다」 전문(『학생』 2권 4호, 1930.4)

슬픔에 복받쳐 울고 있을 때
힘있게 달래던 나의 친구여!

나도 이제 눈물을 거두었노니
아! 기뻐 맞어다오 이 몸의 첫걸음을!

울어도 울어도 한이 없는 걸
친구여 나도 용사가 되었노라
보라! 나는 뛰나니 성낸 獅子같이
썩어가는 거리에 날뛰노니

이 나라의 모든 거짓·헛것을 때려부시고
짐자는 거리의 들창을 뚜드리며
힘차게 나갈 젊은이여
뼈끝마다 사모친 怨恨이 힘 되어
한숨에 白頭山도 뛰어 넘을
우리는 이 나라의 鬪士로다.

　　　　　　　—「나도 勇士」 전문(『학생』 2권 5호, 1930.5)

　　이들 시의 내용은 1929년 11월에 시작해 이듬해 3월까지 전국을 들
끓게 했던 광주학생운동의 기운과 무관하지 않을 터이다. 마산공립상
업학교의 학생으로서 사회에 출사표를 내던진 젊은 이원수의 모습이
선명하게 새겨져 있는 이 시들은 그가 마산의 민족사회운동과 소년단
체 활동에서 정신의 성장을 이룬 가장 뚜렷한 증거라고 하겠다.
　　1931년에 마산공립상업학교를 졸업한 이원수는 함안금융조합에
취직한다. 이때 '함안독서회' 사건에 연루되어 1935년 4월부터 1936
년 1월까지 10개월의 형(집행유예 5년)을 치르게 된다. 이 독서회에
카프 중앙위원이 끼여 있는 것으로 보아, 그가 프로문학과도 일정하
게 연결되어 있었음을 알 수 있다.[6] 그는 『어린이』뿐만 아니라 『별나

6) 仲村修 「이원수 동화·소년소설 연구」(인하대 대학원 석사학위논문 1993) 15면.

라』와 『신소년』에도 많은 작품을 발표하였다.

3

해방후 이원수는 서울로 터전을 옮겨 조선프롤레타리아문학동맹 (1945)과 조선문학가동맹(1946)에 참여한다. 조선문학가동맹은 당시 광범위한 문화통일전선의 일환으로 성립한 것이었다. 해방과 동시에 새로운 근대 민족국가 건설을 둘러싸고 모든 방면의 노력이 요청되었다는 점은 잘 알려진 사실이다. 이때부터 이원수는 동시뿐만 아니라 산문(동화·소년소설·평론) 영역에서 더욱 본격적인 역사의 발언자로 나서게 된다. 외세의 간섭에 반대하고 자주적인 근대 독립국가 건설의 염원을 담은 장편판타지 『숲 속 나라』(1949), 6·25 전쟁체험과 분단의 비극을 다룬 「꼬마 옥이」(1953), 「호수 속의 오두막집」 (1969), 4·19 혁명정신의 계승과 5·16 군사쿠데타 정권에 대한 저항을 다룬 「땅 속의 귀」(1960), 「어느 마산 소녀의 이야기」(1960), 「토끼 대통령」(1963), 전태일 노동열사의 분신사건을 재빠르게 수용한 「불새의 춤」(1970) 등에서 보듯이, 그의 동화와 소년소설 들은 동심의 표현이면서도 분단시대 리얼리즘 아동문학의 특성을 뚜렷이 드러내고 있다. 그의 수많은 아동문학평론들은 바로 리얼리즘 아동문학의 정신을 일관되게 옹호하는 데 바쳐진 것들이다.

이원수의 아동문학은 수난의 민족현실에 아로새겨진 서민 어린이 삶의 역사이다. 방정환의 제자를 자임하면서도 동심천사주의를 넘어선 곳에, 그리고 프로아동문학의 현실주의를 중시하면서도 관념적 도식주의를 넘어선 곳에 이원수는 자리한다.

〈인하어문연구 제3호, 1996〉

동화작가 노양근의 삶과 문학

1

지금까지 알려진 바로는 일제시대에 창작동화집을 펴낸 이가 다섯손가락을 넘지 않는다. 『해송동화집』(1934)을 펴낸 마해송(馬海松), 『까치집』(1940)을 펴낸 이구조(李龜祚), 『참새학교』(1942)를 펴낸 송창일(宋昌一), 그리고 『날아다니는 사람』(1938) 『열세 동무』(1940) 『어깨동무』(1942)를 펴낸 노양근(盧良根)이 바로 그들이다(이재철 「한국아동문학 서지」, 『세계아동문학사전』, 계몽사 1989 참조). 물론 해방후에 일제시대의 작품들을 가지고 동화집을 펴낸 이가 없는 것은 아니다. 현덕이 그 대표적인 예가 될 터인데, 일제시대의 작품만으로도 동화집 두 권과 소년소설집 한 권을 펴냈다. 이주홍·최병화·이영철 같은 이들은 해방 이전과 이후의 작품들을 함께 수록한 동화집을 펴낸 바 있다. 해방후에는 그 이름을 찾아보기 힘든 정순철(丁淳哲, 友海)·임원호(林元鎬)·정명남(丁明南)을 포함시킨다면, 이들이야 말로 일제시대에 가장 왕성하게 동화를 창작한 '전문'작가들이다. 말 하자면 한국 근대아동문학사의 기라성 같은 작가들인 셈이다.

이런 사정에서 알 수 있는 것은, 일제시대의 주요 작가임에는 틀림 없는데 오늘날 그 이름이 거론되는 작가는 많지 않다는 사실이다. 더 욱이 아무리 작품활동을 열심히 했어도 월북 또는 재북 작가들의 경 우 그 연구 성과는 아직까지 매우 미약하다. 그래서 월북작가를 곧바 로 급진사상과 연결하려는 막연한 통념만 완고할 뿐, 그런 통념도 실 제로는 사실과 다른 경우가 대부분이다. 이 글에서 다루려고 하는 노 양근도 마찬가지다. 그는 일제시대에 세 권의 창작집을 냄으로써 가 장 왕성한 창작의욕을 드러낸 작가이다. 『날아다니는 사람』은 동화 집이고, 『열세 동무』와 『어깨동무』는 각각 장편 소년소설이라 할 수 있다. 그런데 이 세 권의 창작집은 아직 손에 잡히지 않는다. 그렇더 라도 일제시대의 여러 신문 잡지 들을 통해서 『날아다니는 사람』에 실렸으리라 짐작되는 수많은 그의 동화들과, 동아일보에 연재되었던 장편 『열세 동무』는 마음먹기에 따라 얼마든지 살펴볼 수 있다. 아동 문학을 연구하는 자리가 퍽 곤란한 형편임은 인정되지만, 일제시대 의 주요 작가들을 더이상 방치해둘 수만은 없는 노릇이다. 우리 아동 문학 유산에 관한 개별 연구를 건너뛴 채 한국 아동문학을 논하는 일은 공허한 메아리에 지나지 않기 때문이다.

2

노양근(호는 洋兒·良兒·羊兒)은 정확한 생몰연대가 확인되지 않은 작가이다. 이재철은 그가 1900년생이고, 해방후 북한에 잔류한 작가라 밝히고 있다(같은 책 61면). 노양근은 아주 일찍부터 활동한 듯싶다. 『어린이』 1932년 5월호의 '독자담화실'에는, 1924년 개성에서 발행하던 『햇발』이란 소년소녀잡지 7월호를 전해주면 후사하겠다는 그의 전언이 보인다. 그는 거기에 발표한 자신의 동화 「버들가지로!」를 찾는다고 광고하고 있다. 하지만 우리가 지금 확인할 수 있는 그의 작품활동은 1930년대에 들어서면서부터이다.

처음에 그는 경향색채가 짙은 글들을 발표한다. 1930년대 초반 프로아동문학의 전성기를 그의 작품활동 제1기로 본다면, 1935년을 전후해서 동아일보 신춘문예로 등단한 이후를 제2기로 잡을 수 있다. 동아일보 신춘문예에 그의 동화 「눈오는 날」(1934), 「참새와 구렁이」(1935)가 가작으로 입선된 바 있으며, 1936년 같은 신문 신춘문예에 「날아다니는 사람」이 당선작으로 뽑힌다. 이후 그는 동아일보와 소년조선일보, 『동화』 『신가정』 『소년』 『아이생활』 등을 통해 줄곧 작품활동을 벌인다. 꽤 많은 자료를 뒤적거려도 해방후의 작품활동에 대해선 찾아지지 않는다. 1930년대의 주요잡지 가운데 하나인 『동화』를 읽다보면, 그가 1936년 철원서 학교 선생을 했고, 1937년엔 원산 구세병원에 근무했으며, 고향은 김천이라는 기록을 찾아볼 수 있다. 그밖에는 알려진 것이 없다.

계급주의 아동문학이 펼쳐지던 시기, 노양근의 활동은 그 한복판에 자리한 듯싶다. 그는 실화·편지글·평론·동화 등 장르를 넘나들며 자못 맹렬하게 활동한다. 여기서 잠시 1930년을 정점으로 하는 프로아동문학운동의 공과를 짚고 넘어갈 필요가 있다. 이땅에 아동문학이 독자적인 둥지를 튼 1920년대는 어린이날의 제정이 말해주듯, 어린이를 어른의 이해관계로부터 독립시켜 그들 나름의 세계를 펼쳐주어야 한다는 새로운 근대의 기획이 사회적으로 파장을 그려나갔던 시기이다. 이 시기에 만들어진 수많은 소년단체와 어린이잡지의 비약적인 성장은 그 일이 시대의 정당한 요청이었음을 말해준다. 그런데 어린이와 어른 사이에 어떤 뚜렷한 경계가 있는 것은 아니어서, 어린이가 어느 차원에서 어느 수준으로 독립된 존재이냐 하는 문제는 늘 논란과 도전의 대상이 되어왔다.

1920년대의 아동문학은 어린이를 일단 독립된 개념으로 파악했으나, 허다한 과제를 안고 있을 수밖에 없었다. 그 최초의 도전이자 가장 진지한 질문 중의 하나로 우리는 동심의 현실성 곧 계급성을 제기한 프로아동문학과 만나게 된다. '사회현실로부터 동떨어진 어떤 꽃밭이 있어 거기서 마음껏 뒹굴 수 있는 어린이가 존재한단 말인가?' 이런 의문과 함께 아동문학의 리얼리즘이 문제의 범주로 떠올랐다. 이는 기왕의 인식이 동심을 천사로 파악한 하나의 관념이었다고 보고, 그로부터 벗어나와 현실의 어린이를 그려야 한다는 시대의 절박한 요구였다.

현실의 어린이는 계급의 대립으로부터 자유롭지 못하다. 따라서 아동문학도 계급의 현실을 반영해야 한다는 요구는 정당하다. 그러나 프로아동문학은 서둘러 도식의 세계를 만드는 데 급급했다. 1930년대 초반의 아동문학은 프로아동문학의 강력한 영향 아래 놓여 있었기 때문에, 동심을 계급주의로 파악하기만 하면 만사형통인 양 생각하는 수많은 추종자들이 생겨났다. 물론 그렇다고 해서 프로아동문학이 제기한 정당한 문제가 소멸되는 것은 아니다. 프로아동문학의 문제점으로 지적되는 '동심의 실종'은 '고용된 어린이'의 존재, 곧 '계급'으로서의 어린이가 존재하는 시대현실과 짝을 이루는 사실이다. 더욱이 카프문학운동과 보조를 맞춘 프로아동문학은 노동자·농민 조직을 기반으로 전개되었기 때문에, 동화의 범위가 점차 확장되고 있음을 볼 수 있다. 당시엔 노동자·농민의 자녀, 또는 소년 나이의 노동자·농민을 상대로 한 야학교나 강습소가 매우 활기를 띠었다. 프로아동문학은 여기서 이들의 의식을 고양하는 매우 유력한 수단으로서 일종의 통합교과서였던 것이다. 사회성이 짙은 소년소설과 편지글, 체험수기류가 많이 등장했던 까닭이 여기에 있다.

현재 확인할 수 있는 노양근의 첫 작품은 「광명을 찾아서」(『신소년』 1931.3)이다. 이 작품은 학교에서 신망이 높고 공부를 잘해 전도유망한 주인공 소년이 곡가폭락으로 생계조차 막막한 지경에 이른 고향 소식을 전해듣고 고민한 끝에 귀향을 결정하는 내용을 담고 있다. 농촌 부모님의 피땀을 대가로 도시에서 낭비와 모양내는 데 신경을 쓰는 엉터리 학생들이 많은 현실에서, 깨우침을 얻은 주인공 소년은 고향에 내려가 보통학교도 졸업하지 못한 동무들과 함께 광명을 찾아나서겠다고 결심한다. 이른바 '브나로드 운동'을 주제로 삼은 것인데, 아버지의 편지가 유일한 사건이고 대부분 설명투의 문장으로 되어 있다. 작가 지문과 주인공 소년의 생각으로 줄거리가 전개되고 있으므로 주인공 소년은 그대로 작가 관념의 메가폰인 셈이다.

조금 설정이 다르더라도 「칡뿌리를 캐는 무리들」(『어린이』 1932.6)은 「광명을 찾아서」의 속편이라 할 만하다. 이 작품은 강원도 두메산골 촌민들의 절박한 생활난을 그리고 있는데, 일본에서 귀향한 소년을 선각자로 내세우고 있다. 어느날 칡뿌리를 캐다가 벌어진 자리다툼의 현장에서 주인공 소년은 일장 훈시를 통해 마을 사람들에게 변화의 씨앗을 심어준다. 작가관념의 생경한 노출이라는 프로아동문학의 한계는 여기서도 뚜렷하다. 그러나 그보다도 주인공 소년의 훈시에서 드러나는 작가의식이 더욱 문제이다.

우리가 오늘날 이 지경이 된 것은 밤낮 그저 우리 조상들이 하는 대로 화전이나 갈아먹고 부대나 파서 다행히 우순풍조(雨順風調)하여 풍년이

들면 배부르게 먹고 그렇지 못하여 흉년이 들면 올 모양으로 이렇게 나물이나 칡뿌리나 해먹는 것이 사람의 본입니까? 왜 좀더 어떻게 하면 잘 살아갈까를 연구하고 개량하여 남의 나라 사람같이 적은 토지를 가지고도 산전과 들작밭을 가지고도 좀더 살 도리를 생각지 못해봅니까?

여기서 보듯 작가는 마을 사람들의 어리석음을 탓하고 있을 뿐, 당대의 민족모순과 계급모순에까지는 생각이 미치지 못하고 있다. 작가의식이 신소설의 개화의식 수준에 머물고 있는만큼, 작품의 내용도 신파조를 넘어서지 못한다.

노양근은 비평에도 관여했다. 「'어린이' 잡지 반년간 소년소설 총평」(『어린이』 1932.6~7)이 바로 그것인데, 이 글은 「'어린이' 신년호 소년소설 총평」(『어린이』 1932.2)을 잇는 것이다. 그런데 후자는 현재 내용을 확인할 길이 없다. 어쨌든 이 글들은 매우 조악한 수준의 작품평이다. 그는 "한 개의 사실을 그대로 그리는 것보다 나갈 바 방향을 제시하며, 가질 바 생각을 붙잡아주는 작품"을 요구한다. 그렇지만 이 정당한 주문은 추상적·공식적 문구의 나열일 뿐, 작품분석이나 자신의 창작에서 구체적인 모습을 보여주지 못한다. 더욱이 그가 주장하는 '나갈 바 방향'과 '가질 바 생각'은, '생활개선'과 '개척정신'이라는 개량주의의 한계에 갇혀 있다. 노동자·농민 계급의 비참한 현실에 눈을 돌렸어도, 그는 소박한 근대주의의 추종자였던 것이다.

『어린이』 1932년 9월호 목차에는 그의 작품 「보리밥과 밀죽」이 '불허 원고'라 소개되어 있다. 보고문의 형식을 지닌 「농촌 소년의 학교 생활기」(『어린이』 1931.12)와 「혹열과 싸우는 농촌 소년」(『어린이』 1932.8), 편지글 형식을 띤 「고향 있는 아우에게—일본 있는 형으로부터」(『어린이』 1932.5) 들도 이 시기 그의 활동을 짐작케 해주는 것들로 모두 비슷한 내용이다. 그는 이런 글들을 통해 농촌의 비참한 현실을 잊지 말 것, 배운 자들은 농촌에 들어가서 계몽운동을 펼칠 것

등을 역설했다.

이런 사실에 비추어 1930년대 전반기를 특징짓는 그의 작품활동은 사회계몽운동에 매우 민감하게 반응한 결과라 하겠는데, 프로아동문학이라는 당시 유행사조에서 자극을 받긴 했어도 계급투쟁의 내용을 담고 있지 않다는 점에서 사회주의적 전망을 갖고 있는 프로아동문학과는 구별되어야 할 성질임을 알 수 있다.

3

1930년대 중반에는 『어린이』와 『별나라』『신소년』이 모두 폐간된다. 이 무렵부터는 낭만주의와 계몽주의 경향이 일정하게 후퇴하고, 어린이의 실생활과 동심을 아울러 중요시하는 경향이 나타난다. 이른바 생활동화의 시대가 도래한 것이다. 생활동화는 프로아동문학운동의 소산이기도 하지만, 그 극복과정에서 나온 것이기도 하다. 곧 '현실'보다는 '일상'이 더욱 강조되는 1930년대의 근대적인 삶의 모습과도 맞물린 현상인 것이다.

생활동화는 이념 지향의 문학이 빠져들기 쉬웠던 이항대립의 세계를 극복하는 한편으로 새로운 문제점을 안고 있었다. 아이들의 일상을 사회와 역사 현실에 바탕해서 파악하지 않고 그냥 '아이들다운' 또는 '아이들끼리의' 자잘한 움직임에만 관심을 두는 쪽으로 나아갔기 때문이다. 어른의 눈에 미성숙한 아이들이 벌이는 상식과 어긋난 행동을 순진성의 전부인 양 여기고 그 우스운짓거리를 동심의 이름으로 그려낸 '동심주의'가 여기에서 비롯됐다. 동심에서 '출발'한다기보다 동심 '자체'를 목표로 하고 종국엔 거기 갇혀버리고 마는 이런 동심주의는 어린이가 성장의 존재임을 잊고 있는 것이다. 한편 동심주의에 빠지지는 않았지만 사건이 뚜렷하지 못하고 속도감도 찾아볼 수 없는 지루한 이야기를 단지 '생활'의 이름으로 그려내는 경우도 적지 않았다. 이런 흐름은 판타지에 대한 정당한 탐구를 가로막은 점에서도 문제이다. 그렇지만 지나친 의도의 노출을 삼가고 장면을 충실히 드러내는 사실주의 수법은 1930년대 후반기 생활동화의 시기에 오면 거의 일반화된다.

이런 변화의 흐름을 반영하는 작품으로, 예컨대 「눈오는 날」이나 「삼남매」는 계급현실에 기반하면서도 한결 말끔하게 장면을 그려내는 사실적 수법에 충실한 작품이다. 과거처럼 작가의 목소리를 직접 노출하지 않은 점은 확실히 개선된 면이지만, 아직도 이항대립의 단순구조에 얽매여 있기 때문에 사건의 해결과정에서 통속적인 모습을 보인다. 의인동화 「참새와 구렁이」는 강자에 기대어 살 길을 마련하려는 태도를 꼬집은 작품이다. 하지만 동물의 생태에 맞지 않는 억지스러움이 드러나고 있어서 여전히 교훈성에 결박된 모습이다. 신문에 연재된 장편 『열세 동무』는 농촌 소년들의 상조회 활동을 그린 작품이다. 농촌계몽이라는 그의 일관된 관심을 되풀이한 것이긴 해도, 장편에 걸맞게 여러 사건들을 흥미진진하게 엮어가고 있어서 카프 시기의 동화와는 달리 한결 읽기가 수월하다. 『흙』이나 『상록수』, 『고향』의 아동문학판이라고도 할 수 있는 이 작품은 주인공 소년의 개척정신에만 지나치게 의존하는 영웅주의라든지, 고난극복의 과정에서 드러나는 낭만주의의 한계가 드러난다.

4

낭만적인 계몽의식을 카프 시기보다 조금 더 세련되게 그려낸 이들 작품 이후로는 재미와 우스갯소리에 초점을 두려는 흔적이 뚜렷해진다. 과거에 대한 일종의 반동현상이라고 해야 할 것인데, 「불효 다람쥐」「열두 고개」처럼 옛이야기를 거의 그대로 소개하려 한 것도 있고, 「도둑고양이」「살구」처럼 옛이야기에서 재미있는 모티프를 찾아 현실에 적용하려 한 것도 있다. 또한 「웃음꽃」「은숭이와 까치알」「뒝박 대장」처럼 그냥 말썽꾸러기들이 톡톡한 대가를 치르는 이야기를 그려낸 것도 있다. 이들 대부분은 가벼운 교훈주의와 결합된 작품이다.

이렇게 생활동화의 한계를 조금씩 드러내는 작품들 가운데에는 문장력과 작품 구성 면에서 어느정도 진전을 보여 주제의식이 자연스럽게 살아난 작품들도 없지 않다. 중편 분량의 동화 「날아다니는 사람」은 어렸을 때 가져봄직한 꿈을 실현하려는 어린이의 탐구심을 다루고 있다. 필요는 발명의 어머니라 한 것처럼, 가난하고 불편한 생활을 개선하려는 의욕에 찬 주인공의 활약을 담아낸 작품이다. 오늘의 눈으로 볼 때는 근대주의에 머문 작가의식을 두고 비판이 나올 수도 있겠지만, 호기심과 탐구심이 많은 어린이의 심리를 잘 살려쓴 점은 높이 평가할 만하다. 「임자 없는 책상」은 집안형편이 어려워 만주로 떠나간 동무의 쓸쓸한 빈자리를 어린이의 눈으로 안쓰럽게 그려내 시대현실과 연관된 감동을 전한다. 「혹」은 아이들이기 때문에 생길 수 있는 자그마한 갈등을 역시 아이들답게 풀어낸 이야기다. 깔끔한 소품이긴 하지만, 이런 생활동화는 시대현실로부터 동떨어진 좁은 범위의 일상에 함몰하는 문제점을 안고 있다. 「웃음」과 「눈물」은 서로 짝을 이루는 작품으로 비교적 자연스럽게 대화를 이끌고 가는 힘이 돋보인다. 이 중에서 「눈물」은 새로 들어간 학교를 낯설어하는 아이가 유치원 시절이 그리워서 모처럼 유치원에 들러보았으나 전에 가르치던 선생님을 만나지 못해 눈물을 흘린다는 내용인데, 다소곳하고 담담한 어조를 구사하여 주인공의 서글픔이 잔잔한 파문을 일으킨다.

이상에서 살펴본 대로 노양근은 1930년대 전체 시기를 관통하면서 일제시대 아동문학의 성과와 한계를 남김없이 드러내주는 일종의 증인과도 같은 작가이다. 이는 무엇보다도 아동문학에 대한 이 작가의 남다른 열정에서 비롯되었다고 보인다. 이런 열정이 아니고서야 우리 아동문학이 어떻게 그 척박한 토양을 어린이들 마음의 밭으로 일구어올 수 있었겠는가? 그러나 노양근에게는 아주 빼어난 수작이 없고, 무난한 작품의 경우에도 대체로 시대의 한계에 갇혀 있는 것이 끝내 아쉬움으로 남는다. 요컨대 그는 일급 작가는 못 되었던 것이다.

〈아침햇살 1998년 여름호〉

노양근 작품 연보
「광명을 찾아서」, 『신소년』 1931. 3
「칡뿌리 캐는 무리들」, 『어린이』 1932. 6
「눈오는 날」, 동아일보 1934. 1. 13~23
「삼남매」, 『신가정』 1934. 7
「참새와 구렁이」, 동아일보 1935. 1. 13~2. 6
「날아다니는 사람」, 동아일보 1936. 1. 1~10
「웃음꽃」, 동아일보 1936. 2. 16~25
「불효 다람쥐」, 『신가정』 1936. 3
「열두 고개」, 『동화』 1936. 3
「도둑고양이」, 『동화』 1936. 4
「의좋은 동무」, 『신가정』 1936. 4
「살구」, 『동화』 1936. 5
「은숭이와 까치알」, 동아일보 1936. 5. 10~24
「뒹박 대장」, 『동화』 1936. 7

『열세 동무』(장편), 동아일보 1936. 7. 2〜8. 28

「임자 없는 책상」, 『동화』 1936. 10

「한 가마에 두 색시」, 『동화』 1936. 12

「밤알총」, 『동화』 1937. 1·2 합본호

「웃는 날」, 동아일보 1938. 9. 9〜10

「울지 않는 대장」, 동아일보 1938. 9. 17〜18

「고까짓 것」, 동아일보 1938. 10. 2

「배뚱뚱이」, 동아일보 1938. 10. 10〜11

「동생을 찾으러」, 동아일보 1938. 10. 25〜28

「키다리 팽이」, 동아일보 1938. 10. 25〜28

「난 못 봤는데」, 동아일보 1938. 11. 6

「혹」, 동아일보 1938. 11. 7〜8

「우는 대장」, 동아일보 1938. 11. 18〜21

「물방아는 돌건만」, 동아일보 1939. 2. (날짜 미상)〜3. 1

「꽃씨」, 동아일보 1939. 8. 29〜9. 3

「굴러가는 수박」, 동아일보 1939. 8. 7〜8. 11

「애기 물장수」, 동아일보 1939. 8. 29〜9. 3

「심부름값」, 동아일보 1939. 10. 19〜10. 21

「네발 자전거」, 동아일보 1939. 12. 11〜18

「연과 놈이」, 소년조선일보 1940. 1. 28

「웃음」, 『소년』 1940. 2

「팔 떨어진 눈사람」, 동아일보 1940. 2. 13〜2. 21

「눈물」, 『소년』 1940. 5

「꼬부랑 오이」, 동아일보 1940. 7. 7

「파아란 등불」, 동아일보 1940. 7. 28

동화작가 최병화의 삶과 문학

　고접(孤蝶) 최병화(崔秉和)는 1905년 서울에서 출생했고 1951년 1·4후퇴 때 피난길에서 서울로 들어오려다가 그만 불행히도 폭사(爆死)하였다. 연희전문학교를 졸업했으며 한때『별나라』편집동인으로 활약하기도 했다. 1920년대 말『어린이』를 통해 활동을 시작해 세상을 뜨기까지 여러 편의 장편을 포함, 무려 50편 안팎의 동화와 소년소설을 써서 널리 그 이름이 알려졌으나, 이렇다 할 작품집 한 권 남기지 못하고 세상을 뜬 탓에 후대 사람들은 점점 최병화란 이름 석자를 낯설게 여기게 되었다. 각종 아동문학전집에서 그의 이름을 찾아볼 수 없다는 사실이 이를 증명한다.

　그는 해방 직후 새나라를 건설하겠다는 의욕에 불타 더한층 두드러지게 활동하였는데, 당시에 작고한 아동문학인들에 관한 소중한 기록을 남긴 바 있다(최병화「작고한 아동작가군상」,『아동문화』1948.11).

이 기록은 그가 초창기 아동문학인들과 꽤 친숙하고도 밀접한 관계였음을 보여주는 글이다. 그는 소파 방정환에 대해 다음과 같이 쓰고 있다.

『어린이』창간호가 간행되자 그때 이미 청소년기에 있던 나는 솔선하여 사보고 여기서 감화와 취미를 받은 바 불소(不小)하였다. 아마 내가 아동문학자가 되리라는 싹이 트기 시작한 것은 『어린이』를 애독한 데 영향받은 바 컸었다.

(…)

내가 방선생과 동석하여 대담하기는 내가 『어린이』 삽시에 처음 집필한 후 이정호 씨의 소개로 인사를 간 때였다. 정과 열로 꽉찬 풍만한 얼굴과 비대단구(肥大短軀)한 선생을 대할 때 친밀한 정을 느끼면서도 어쩐지 위엄있는 기품에 자연 고개가 수그러졌다.

"앞으로 아동문학을 위하여 많이 공부해주시오."

방선생은 중학생인 나를 좀 의외라는 듯이 이렇게 격려하고는 굳은 악수를 하여주셨다. (57면)

이 글을 보면, 그가 중학교 다닐 때부터 『어린이』에 글을 써서 발표했음을 알 수 있다. 『어린이』를 살펴보니, 1929년 5월호에 동화 「입학시험」, 6월호에 「이름 없는 명인」, 7월호에 「소녀의 심장」, 8월호에 「옥수수 익을 때」를 발표한 것이 보인다. 1929년부터 1930년에 이르기까지 『어린이』에 무려 아홉 편의 동화를 발표했다.

다음으로 미소(微笑) 이정호(李定鎬)를 말하는 대목에서는 "『별나라』잡지 편집동인이었던 관계로 이곳저곳 발표되는 미소 형의 작품을 읽어봤는데"(58면) 하는 구절이 보인다. 처음엔 미담가화(美談佳話)풍의 작품을 쓰던 최병화가 당대 현실에 대한 깊은 관심으로 한층 원숙한 동화의 세계를 보이기 시작한 때가 바로 『별나라』편집

동인 시기였던 것 같다. 그러나 필자가 『별나라』를 확인한 결과로는, 잡지 뒤표지에 '편집 겸 발행인 안준식(安俊植), 인쇄인 최병화'라고 씌어 있는 게 보이고, 이렇다 할 작품은 찾아지지 않는다. 단지 『별나라』 1933년 5월호에 '특별강연' 「동면에 깨어나는 동물」이란 글과, 같은 해 8월호에 '과학소화(科學小話)' 「히말라야 산의 비밀」이란 글이 실려 있음이 확인되었다.

정작 이 시기의 그의 대표작은 『신소년』 1930년 4월호에 실린 「진달래꽃 필 때」이다. 이 작품은 아버지를 여의고 어머니는 서울 부잣집의 침모(針母)로 간 뒤에 범어사 어느 암자의 스님에게 맡겨진 열살 먹은 소년의 가슴 아픈 이야기다. 소년은 어머니가 떠나면서 "내년 이맘때 진달래꽃이 피면" 돌아온다고 말한 것을 잊지 않고 있다가, 봄이 되어 진달래꽃이 피자 곧 어머니가 돌아오시리라 눈이 빠지게 기다린다. 그러나 아무리 기다려도 어머니가 오시지 않자 절의 한 여승이 그를 가엾이 여기고 이번엔 진달래꽃이 모두 지면 어머니가 돌아올 것이라고 말해준다. 이제 소년은 어서 진달래꽃이 지기만을 기다린다. 그런데 이 소년의 애타는 기다림은 엉뚱한 사건을 빚는다. 학교 동무로부터 어머니는 돌아오지 않을 것이고, 그렇게 되면 얼마 안 가 중이 될 거라는 얘기를 듣고 나서, 소년은 새로 모종내다 심은 절의 진달래꽃을 한송이도 남기지 않고 모조리 따서 냇물에 흘려보낸다. 진달래꽃이 져야 어머니가 돌아오시리라고 믿고 저지른 이 엉뚱한 짓 때문에 소년은 절의 대사 아저씨한테 심한 꾸중을 듣는다. 가련한 소년의 철없는 행동이 초래한 가슴 아픈 사연을 담은 이 이야기는 최병화의 작품세계를 고스란히 보여주는 듯하다.

그는 매우 허약한 체질이었다. "병화씨는 너무 약해서 건강에 근심하셔야겠소"(59면)라는 이정호의 말이 인용되어 있기도 하거니와, 전쟁중에 그와 피난을 같이 갔던 이원수도 "작은 키에 가냘퍼 보이

는 체구인 그는 성격마저 여성적인 데가 있어서 누구나 착하고 부드
러운 인상을 받게 되는 그런 사람이었다"(이원수 「동일(冬日) 승천한 나
비 최병화 형」, 『이원수 전집』 29권 174면)라고 쓰고 있다. 이원수는 자기
보다 여섯살 위인 최병화와 연령의 차이를 느끼지 않고 지낼 수 있
었던 이유에 대해 "그가 너무나 겸허하고 예의바르게 굴었기 때
문"(같은 곳)이라고 말한다. 이로써 최병화의 성격을 살필 수 있는데,
그의 작품세계는 그와 꼭 닮아 있다는 느낌이다.

　1930년대 중반 무렵 최인화(崔仁化)가 발행하던 잡지 『동화』를
살펴보니, 최병화는 1936년 목마사에 입사했다가 곧 그만둔 것으로
되어 있다(「똘똘이 신문」, 『동화』 1936.9~10). 당시 그는 경성부청 토목
과에 근무하기도 했으며(「똘똘이 신문」, 『동화』 1936.12), 또 어느 소학
교에서 교편생활을 한 것으로 술회한 대목도 보인다(최병화, 앞의 글
61면).

　최병화는 1930년대의 각종 어린이잡지와 일간지를 통해 수많은
작품활동을 전개한다. 그 가운데서 또하나 주목할 만한 작품이 「고
향의 푸른 하늘」이다. 이 작품은 만주·몽고·러시아가 연해 있는 접
경지역의 어느 외국인 여관과 병원으로 갈리어 각각 심부름 일을 하
는 두 조선인 자매가 그곳의 학대와 고통을 피해 고향으로 탈출하는
흥미진진한 이야기다. 멀리 타향에서 부모를 여읜 가엾은 소녀들의
고향에 대한 간절한 그리움이 작품 곳곳에 배어 있는데, 역에서 남몰
래 기차표를 사는 장면에서는 긴장감이 팽팽하다. 당시 유행하던 탐
정소설의 구조를 끌어들여 사건의 진행에 속도감을 주었고 두 자매
가 위기를 벗어나는 장면에서는 진한 카타르시스를 맛보게 해준다.

　다시 최병화는 호당(晧當) 연성흠(延星欽)을 말하는 자리에서 해
방 직후 그와 함께 벌였던 활동에 관해 쓰고 있다. 곧 "아동예술연구
단체 '호동원(好童園)'을 창립하고 우선 아동극을 상연하여 그 이익

으로 출판, 무용, 음악 등 널리 사업을 추진시키기로 전력을 경주하던 도중"(최병화, 같은 글 60면) 날로 허약해져서 힘에 부친 연성흠은 그만 쓰러졌다는 것이다.

해방후 조선문학가동맹에 가담하여 활약한 최병화로서는 남북한 단독정부가 들어선 후로 마음 고생이 무척 심했을 것이라 짐작된다. 최병화는 중도좌파 그룹에서 발행한『새동무』『아동문화』『어린이나라』『진달래』(뒤에『아동구락부』로 개제) 등의 잡지에서 주로 활약한다. 진보적인 의식을 가진 작가들 상당수가 월북을 하고 남은 사람들은 국민보도연맹에 가입하는 수모를 겪어야 했던 시기이다.

해방기의 작품 가운데에선「푸른 보리 이삭」과「봄이 먼저 찾아오는 집」두 편이 두드러진다.「푸른 보리 이삭」은 해방기의 사회상을 반영한 작품으로 공장이 새로 들어서게 되자 이전에 심었던 보리밭이 없어지는 모습을 안타까운 시선으로 그려낸 작품이다. 당시 사회형편 때문에 공장이 들어서는 것에 대한 기대심리도 어느 정도는 반영되어 있다.「봄이 먼저 찾아오는 집」은 "마을을 멀리 떠난 깊은 산골 외로운 고개 위에 오독하니 서 있는" 쓸쓸한 집에서 함께 지내는 할아버지와 두 오누이의 이야기를 담은 것으로 수십년 살아온 고향을 떠나기 싫어하는 할아버지가 고개를 넘는 외로운 길손들에게 방을 내주고 음식을 베풀면서 지낸다는 훈훈한 이야기다. 이 작품을 쓰던 무렵에는 보도연맹에 가입한 탓에 제약이 심했을 것이라 짐작되는데, 이 시기 그의 또다른 대표작인「즐거운 메아리」가 보여주는 탈속과 순정의 세계를 함께 떠올리면, 그가 당대의 복잡다단한 사회 현실에 대해 염오감(厭惡感)을 느끼지 않았는가 하는 생각이 든다. 해방기의 작품들도 대부분 특유의 미담가화풍에 속하는 것들이지만, 사회파 계열의 작가들이 흔히 빠져들었던 도식성에서 벗어나 있고 나름대로 시대의 그림자를 드리우며 애틋한 공감의 세계를 만들어냈다는 데에 그의 작품이 지니는 특색이 있다.

그러나 역사는 선량한 그에게조차 불행을 안겨주었으니, 6·25 동족상잔의 가혹한 수레바퀴에 치여 그도 가엾은 희생양이 되고 만다. 그의 최후에 관해서는 이원수의 소중한 기록이 남아 있는데, 1946년 『새동무』가 발간되던 무렵, 최병화는 모교인 연희대학의 교무처에 근무하고 있었다 한다(이원수, 앞의 글 174면). 또한 이원수가 경기공업학교 교사를 그만두고 종로의 박문출판사에서 편집일을 보고 있을 때, 최병화도 그 출판사에서 일한다고 기록되어 있다(175면). 이원수는 최병화에 대해 "좌우익의 정치적 풍랑이 심한 가운데서도 한결같이 아름다운 우정, 우애의 이야기를 작품화시키면서 자기의 세계를 지켜나갔"(같은 곳)던 작가라고 평한다. 이런 그가 6·25전쟁이 터지고 서울이 인공치하(人共治下)에 들어가자, 과거의 친분 때문에 서울에 남아 학교의 교원 일에 관여한 것이 그만 부역자가 된 결과를 가져왔다. 이원수도 마찬가지 신세여서 두 사람은 서울이 수복되는 때를 맞춰 강원도 쪽으로 피신을 한다. 이를테면 자의라기보다는 상황에 몰려 월북의 길을 택하게 된 것이라고 하겠는데, 두 사람은 피난 도중에 다시 뜻이 바뀌어 남하하기로 하고 1·4후퇴에 맞춰 다른 일행과 함께 서울로 향했다. 그런데 서울 입성을 바로 눈앞에 두고 인솔자들의 연락을 기다리다 이원수가 먼저 서울로 들어오고 나중에 소식을 들어보니 최병화는 대기하던 마을이 폭격을 받아 즉사했다는 것이다. 실로 어이없는 죽음이었다. 이런 그의 죽음을 두고 이원수는 다음과 같이 기록하고 있다.

카랑한 매서운 추위의 겨울 하늘. 얼어붙은 눈. 미끄러운 한길의 빙판. 이러한 엄동설한에 두터운 의복조차 입지 못한 피난의 무리들이 바람에 날리는 가랑잎처럼 방황하고 있었다. 무슨 죄가 있다고 총칼과 포탄과

폭격에 떨며 헤매야 했던가.

　이 비분의 유랑민 속에 한 마리의 나비. 그것은 너무나도 부당한 시공에 처한 존재였다. 차가운 비정의 인간들에게 쫓기며, 상할 대로 상한 날개를 저으며 따뜻하고 꽃향기 풍기는 곳을 그리워하며 떠돌다가, 그 나비는 얼음장 같은 겨울 하늘로 떠올라 사라져갔다. 쇠도 녹이는 열기에 실려 승천한 나비에 대한 추억은 서러움뿐이다. 그런만큼 나는 그를 잊을 수 없다. 겨울 속의 한 마리 나비란 물론 비유이지만, 그의 호(號)가 고접(孤蝶)이었던 것은 그의 승천과 무슨 관계라도 지어지는 듯하다.

(173면)

　분단의 희생양이 된 최병화에 대해 이제는 후대 아동문학인들이 그의 작품세계를 밝혀 진혼제를 올릴 차례이다.

〈아침햇살 1997년 가을호〉

최병화 작품 연보

「입학시험」, 『어린이』 1929. 5
「이름 없는 명인」, 『어린이』 1929. 6
「소녀의 심장」, 『어린이』 1929. 7
「옥수수 익을 때」, 『어린이』 1929. 8
「새벽에 부르는 노래」, 동아일보 1929. 11. 4~7
「소년수병 엔리고」, 동아일보 1929. 12. 13~19
「참된 우정」, 『어린이』 1930. 4
「진달래꽃 필 때」, 『신소년』 1930. 4.
「누님의 얼굴」, 『어린이』 1930. 7
「연수의 편지」, 『어린이』 1930. 9
『십오세 소년의 세계일주기』, 동아일보 1930. 9. 15~12. 30
「눈보라 치는 날」, 『어린이』 1930. 12
「경희의 벤또」, 조선일보 1933. 10. 24

『우리 학교』(장편), 『어린이』 1933. 2~미상

「돈 일전의 값」, 조선일보 1933. 10. 25

「마메콩 우박」, 조선일보 1933. 10. 26

「웃다 우는 얼굴」, 조선일보 1933. 10. 27

「인순이의 설움」, 조선일보 1933. 10. 28

「희망을 위하야」, 조선일보 1933. 10. 29

「백원 얻은 남성이」, 조선일보 1933. 10. 31

「중국 소년」, 조선일보 1933. 12. 2

「이역에 피는 꽃」, 조선일보 1935. 4. 16~5. (날짜 미상)

「이름 없는 명인 2」, 동아일보 1935. 5. 23

「이상한 막대기」, 동아일보 1935. 5. 24

「바둑이의 일기」, 동아일보 1935. 5. 25

「무쇠왕자」, 조선일보 1935. 12. 7~11

「늙은이 버리는 나라」, 조선일보 1935. 12. 12

「참새의 공」, 조선일보 1935. 12. 14

「진주와 배암」, 조선일보 1935. 12. 21

「숲속의 신선」, 조선일보 1935. 12. 25~28

「바보 두 사람」, 소년조선일보 1936. 1. 13

「귀순이와 갓난이」, 소년조선일보 1936. 1. 20

「이상한 중」, 『동화』 1936. 3

「오천냥에 산 거북」, 소년조선일보 1936. 3. 2

「젊어지는 샘물」, 소년조선일보 1936. 4. 27

「지옥에 간 세 사람」, 『동화』 1936. 5

「병든 꽃과 나비」, 소년조선일보 1936. 5. 11

「명길이와 바나나」, 소년조선일보 1936. 6. 15

「선녀가 만든 꽃술」, 『조광』 1936. 7

「깨진 벙어리」, 소년조선일보 1936. 8. 24

「오동나무 밑의 노인」, 『조광』 1936. 11

「참새와 까마귀」, 소년조선일보 1937. 2. 21

「명희의 꿈」, 소년조선일보 1937. 12. 5

「긴 이름 이야기」, 소년조선일보 1938. 2. 6

「자금이 생일날」, 소년조선일보 1938. 2. 20

「매달은 고추」, 소년조선일보 1938. 2. 20

「귀여운 물장수」, 소년조선일보 1938. 3. 27

「고향의 푸른 하늘」, 동아일보 1938. 9. 4~7

「할머니의 웃음」, 소년조선일보 1939. 9. 3

『꿈에 보는 얼굴』(장편), 『소년』 1940. 9~미상

「내가 그린 태극기」, 중앙신문 1945. 12. 20

「선생님 이발사」, 『새동무』 1946. 3

「학교에 온 동생」, 『주간소학생』 1946. 10. 28

「푸른 보리 이삭」, 『새동무』 1947. 11

「이름 없는 풀」, 『아동문화』 1948. 11

「즐거운 메아리」, 『소학생 임시증간 소년소설 특집』, 아협 1949

「봄이 먼저 오는 집」, 『어린이나라』 1949. 3

「아버지 학교」, 『어린이』 1949. 6

「엄마의 비밀」, 『진달래』 1949. 11

「귀여운 희생」, 『아동구락부』 1950. 5

동화작가 이영철의 삶과 문학

    누구는 혹시 동화작가 이영철(李永哲, 1909~미상)을 기억할 수 있을 것이다. 그러나 그는 여전히 우리에게 낯선 작가이다. 1930년대 초반부터 1960년대 초반에 이르기까지 자못 활발하게 활동했던 그를 아직도 낯선 느낌이 들도록 하는 풍토 자체가 다름아닌 우리 아동문학의 부끄러운 현주소이다.

    이영철은 1909년 개성 태생인데, 언제 어떻게 유명을 달리했는지에 관한 자료는 찾아볼 수 없다. 그에 관한 기록으로 우리가 찾아볼 수 있는 가장 빠른 시기의 자료는 『어린이』 1925년 7월호이다. 당시에 이영철의 「신학년 소감」이란 짧은 산문이 선외 가작으로 뽑힌 바 있다. 작품 끝에 '개성 이영철'이라 기록된 것이 보인다.

    이재철이 지은 『세계아동문학사전』의 이영철란에는 그가 1932년 연희전문학교를 졸업했으며, 신문사, 잡지사, 고등학교 교사 등으로 근무했다고 기록되어 있다. 그는 연희전문학교를 졸업한 직후부터 신문 잡지에 종종 동시와 동화 들을 발표했다.

초기를 대표하는 작품은 『어린이』 1932년 8월호에 실린 동화 「붉은 양옥집」이다. 계급주의 아동문학의 전성기임에도 따뜻한 온기를 골고루 느끼게 해주는 작가의 소박한 문체가 오히려 참신한 느낌을 준다.

이 작품은 열살 먹은 영일이가 주인공이다. 영일이는 일찍이 어머니를 여의고 홀아버지 품에서 자란 가난한 농가의 자식이다. 영일이네 집은 산속 외딴집이라 동무가 퍽 그리운 처지다. 그런데 어느날 영일이네 건넛산에 지붕을 붉은 기와로 인 콘크리트 양옥집이 들어선다. 건넛산 수풀이 퍽 아름다워 그 집은 한폭의 그림처럼 보인다. 그 집에 대해 묻는 영일이의 말에 아버지는 어느 부잣집 별장일 거라고 대답하면서 그런 걸 부러워해서는 못쓴다고 타이른다. 단풍이 곱게 물든 어느 가을날 영일이는 건넛산 양옥집에 놀러 간다. 가서는 그 집에 사는 오누이와 만나 얘기를 나누게 되는데, 영일이는 옷차림부터가 그 집 식구들과 다른 처지라 부끄러움을 느낀다. 잠시 후, 그 집 잔디밭 벤치에서 이야기를 주고받던 아이들은 건넛산 초가집을 발견한다. 바로 영일이네 집이다. 그 집 또한 한폭의 그림인 양 다소곳하게 산중에 자리하고 있다. 붉은 양옥집 아이들도 그 집을 부러워한다. 이후 영일이는 붉은 양옥집을 조금도 부러워하지 않게 된다는 결말이다. 약간의 낭만적 취향이 거슬리기는 하지만, 계급의 도식으로 서둘러 문제를 풀어가지 아니하고 자기가 처한 현실을 껴안도록 배려한 작가의 따뜻한 시선이 돋보이는 작품이다.

다음으로 주목되는 작품은 1938년 조선일보사에서 발행한 『조선아동문학집』에 실린 짧은 동화들이다. '쌍둥밤'이라는 제목으로 원고지 2~3매 분량의 유년동화 3편이 실려 있다. 「쌍둥밤」 「수박」 「밥그

룻」이 바로 그것들이다.

이 작품들은 아기가 엄마 아빠와 방안에서 먹을것을 가지고 대화를 나누는 장면이 전부이다. 천진한 동심의 발로에서 작품의 서사구조가 발생하기 때문에 정겨운 방안 풍경이 오롯하다. 또한 이런 분위기를 잘 살려내기 위해 입말로 쓴 문체는 감칠맛이 난다. 읽다보면 저절로 입가에 웃음이 지어지는 작품이다. 이것들은 당시 '유치원 동화'라 해서 유년기 아동을 등장시킨 실생활 동화들과 맥을 같이하는 것이다. 1930년을 전후로 이태준이 처음 선보인 뒤로 박태원·현덕·이무영 등 많은 작가들이 이런 경향의 작품을 썼는데, 1935년경 조선중앙일보에는 이영철의 작품도 여러편 발견된다.

이영철은 해방후부터 서울에서 살았던 것 같다. 그는 윤석중이 주재한 『주간 소학생』(1946~47)에 「틀리기 쉬운 말」을 연재하였고, 조선아동문화협회 발행으로 같은 제목의 책을 낸다. 또한 1948년 글벗집 출판사에서 『백설공주』를 번역 출판하고, 조선아동문화협회 발행으로는 『사랑의 학교』를 번역 출판하였다.

이 시기에 주목받은 작품으로 『어린이』 1948년 5월호에 실린 「고양이」를 들 수 있다. 이 작품에는 한밤중 부엌에 들어온 도둑고양이가 우유찌꺼기를 훔쳐먹다가 주전자를 뒤집어쓰고 거기서 빠져나오지 못해 안간힘을 쓰는 장면이 매우 실감나게 그려져 있다. 그래서 어떻게 보면 우스꽝스럽기도 하고 어떻게 보면 고통스럽기도 한 자못 긴장감이 넘치는 작품이다. 고양이가 덜커덩거리는 소리에 잠이 깬 아가는 혼자 부엌에 나가 고양이를 도와주려고 작대기로 주전자를 마구 쳐보지만 목이 낀 고양이는 꼼짝도 하지 않는다. 이런 소란 때문에 잠에서 깬 아버지와 어머니가 합세해도 사정은 마찬가지다. 마침내 고양이는 주전자를 뒤집어쓴 채 마당으로 내쫓긴다. 아가는 도둑고양이가 괘씸하기도 하고 불쌍하기도 해서 밤새 잠자리가 뒤

숭숭하다. 그런데 아침 일찍 대문 밖으로 나가보았더니 고양이는 없고 찌그러진 주전자만 덩그러니 놓여 있다.

이 작품은 먹을 생각만 하고 미련하게도 좁은 주전자에 머리를 처넣은 고양이에 대해서는 하나의 풍자가 되지만, 밤새 절망의 신음소리를 내는 고양이를 가엾게 여기는 연민의 시선이 함께 겹치고 있다. 두 겹의 심리를 팽팽한 긴장감으로 살려낸 리얼리티가 돋보이며, 아동문학에서는 보통 기피하려 드는 침통한 상황설정을 마무리에서나마 홀가분하게 처리한 작가의식도 사줄 만하다. 찌그러진 주전자를 보고는 "아, 그놈이 어떻게 그래도 벗었구나. 그래, 제가 낀 것은 제가 벗는 수밖엔 없어" 하며 아버지가 혼자 중얼거린 말에서 예민한 독자라면 당대 사회의 암유(暗喩)를 읽어낼 수도 있을 것이다. 해방과 동시에 외세에 휘둘리며 분단정국으로 어지럽게 뒤엉켜들어간 우리 민족이 이 작품의 고양이 처지와 무관하다고는 할 수 없을 테다.

6·25동란을 거친 뒤로 일제시대에 활동했던 수많은 작가들의 이름을 찾아보기 힘들게 되었다. 이영철의 경우엔 실종작가나 월북작가도 아니면서 어찌된 일인지 소식을 들을 길이 없다. 개성 태생이지만 서울에 남은 것이 분명한 것은, 1950~60년대의 출판색인에서 그의 이름을 찾아볼 수 있기 때문이다. 그는 '글벗집'이라는 출판사를 직접 운영했는지 그곳에서 적지 않은 국내외 아동물을 엮거나 번역하였다. 동화집으로는 1958년 글벗집 발행의 『쌍둥밤』이 있는데, 1962년 같은 출판사에서 이 동화집 재판을 찍은 것을 끝으로 더이상 그에 관한 자료를 찾아볼 수 없다. 지금 우리에겐 이영철의 창작동화집 『쌍둥밤』조차 접할 길이 없으니, 생각할수록 기가 찰 노릇이다.

〈아침햇살 1997년 여름호〉

* 2000년 7월 숲속나라에서 『쌍둥밤』이라는 제목으로 이영철 동화집이 출간되었다.

이영철 작품 연보

「붉은 양옥집」, 『어린이』 1932. 8

「작은 나사못」, 『어린이』 1933. 2

「개나리꽃과 꾀꼬리」, 『어린이』 1933. 5

「자각돌」, 『어린이』 1934. 1

「깨진 꽃병과 순이」, 『어린이』 1934. 2

「아가」, 조선중앙일보 1934. 4. 1

「들쥐와 토끼」, 조선중앙일보 1934. 4. 20~29

「회초리」, 조선중앙일보 1934. 4. 24

「콩밥」, 소선중앙일보 1934. 4. 25

「어린 솔나무」, 조선중앙일보 1934. 10. 7

「장난꾸러기 토끼」, 조선중앙일보 1934. 4. 10~15

「쌍둥밤」, 조선중앙일보 1935. 8. 19

「밥그릇」, 조선중앙일보 1935. 8. 22

「수수깡 안경」, 조선중앙일보 1935. 8. 23

「수박」, 조선중앙일보 1935. 9. 8

「신발」, 조선중앙일보 1935. 9. 13

「어린 아기」, 조선중앙일보 1935. 9. 25

「뜀박질」, 조선중앙일보 1935. 10. 3

「구루마」, 조선중앙일보 1935. 10. 4

「붕어밥」, 조선중앙일보 1935. 10. 14

「세발 자전거」, 조선중앙일보 1935. 11. 7

「언니」, 『동화』 1936. 2

「햇님」, 소년조선일보 1936. 2. 3

「욕심쟁이 할아버지」, 『동화』 1936. 3

「토끼의 귀」, 『동화』 1936. 4

「못」, 소년조선일보 1936. 5. 25

「농부와 참외」, 동아일보 1936. 5. 31

「소와 말」, 『동화』 1936. 6

「우유」, 동아일보 1936. 6. 7

「소년의 효성」, 소년조선일보 1936. 6. 8

「어떤 자매」, 『조광』 1936. 9

「꽂쇠와 달」, 소년조선일보 1937. 2. 21

「맛좋은 배」, 소년조선일보 1937. 3. 7

「꼬마 토끼」, 소년조선일보 1937. 3. 28

「왕자와 조밥」, 소년조선일보 1937. 4

「과자」, 소년조선일보 1937. 10. 17

「쌍둥밤」, 『조선아동문학집』, 조선일보사 1938

「말 두 필」, 소년조선일보 1938. 1. 27

「바보 호랑이」, 『가정지우』 1938. 6

「금반지」, 『가정지우』 1938. 7

「까마귀와 여우」, 소년조선일보 1938. 10. 16

「은혜 모르는 호랑이」, 『소년』 1940. 11

「고양이」, 『어린이』 1948. 5

「토끼와 인력거」, 『어린이』 1948. 6

「뽐내던 불거지」, 『어린이』 1948. 10

「늑대」, 『어린이』 1949. 1

「회초리」, 『어린이』 1949. 1

「소년을 구해낸 개」, 『어린이』 1949. 12

아동문학과 리얼리즘

현덕의 아동문학

1 작가 현덕이 주목받지 못한 까닭

민족문학의 자리에서 아동문학을 깊이 연구한 사례는 그리 많지 않다. 따라서 현덕(玄德, 1909~미상)을 얼른 이해하자면, 그의 소설부터 이야기하는 게 좋을 듯하다. 그는 1938년 조선일보 신춘문예에 단편소설 「남생이」가 당선됨으로써 본격적인 작가 활동에 들어섰다. 그는 월북작가이다. 당연히 그의 이름은 오랫동안 지워질 수밖에 없었다. 지난 1980년대 민족문학운동의 성과 가운데 하나는 바로 월북작가를 문학사적으로 복원한 일이다. 그런데 어찌된 셈인지 그 목록에서도 현덕의 이름은 쉽게 찾아지지 않는다. 그럼 현덕은 그 정도밖에 안되는 작가였던가? 그렇지 않다. 우선 화려했던 그의 등단시절부터 확인해보자.

이것은 비단 오늘날까지의 현상문예소설뿐만 아니라 우리 조선문단을 송두리째 톡톡 털어놓아도 그중 「남생이」 한 편이 우리의 전문학적 수준을 대표할 만한 작품이라고 백번 믿습니다. (안회남 「현문단의 최고 수준」, 조선일보 1938. 2. 6)

이 해에는 또 누가 어떠한 작품을 가져 우리를 부끄럽게 하여주려나 하고 은근히 두려움을 마지않았었다. 마침내 발표된 것을 보자 나는 두려워하기보다 먼저 고개를 숙였다. 이러한 이가 이제껏 문단에 나오지 않고 그 해 평자들은 부질없이 문단이 침체하였으니 어쨌느니 그랬을 것인가 하고까지 생각하였다. (박태원 「우리는 한갓 부끄럽다」, 조선일보 1938. 2. 8)

이만한 찬사를 한몸에 받고 등단한 작가가 또 있으랴 싶다. 그렇다면 「남생이」는 한갓 우연일 뿐이고, 나머지 작품들은 별볼일없는 게 아닐까? 역시 아니다. 「경칩」(1938)에서 「군맹」(群盲, 1940)에 이르기까지, 일제말의 2년여 기간에 발표한 그의 소설들은 거의가 수준급이다. 일찍이 이것들에 대해 신경림은 다음과 같이 주목한 바 있다.

그가 발표한 작품은 소수이긴 하나 처녀작 「남생이」를 비롯, 「두꺼비가 먹은 돈」(38), 「골목」(39), 「잣을 까는 집」(39), 「경칩」 등 단편과 중편 「군맹」 등은 그 내용이나 형식에 있어 거의 완벽한 것으로서 한국문학이 도달한 가장 높은 수준을 보여주고 있다고 평가되고 있다. 대체로 이 작품들을 통해 그는 일본제국주의에 의한 인위적 자본주의화 과정에서 창출된 농민적 생활의 붕괴, 새로운 산업주의의 대두에 따른 임금노동자계급의 생성과 그 역사적 의의, 자본주의 자체의 제모순 등을 사실주의적 방법으로 추구함으로써, 기능면에 있어 한국문학의 폭을 넓히는 데도 공헌했다. 특히 중편 「군맹」은 일제에 의한 토지조사 등으로 땅을 잃고 도시로 몰린 실향민의 생활을 극명하게 드러내고 그들이 안고 있는 문제점을 파헤침으로써 당시의 사회상의 단면도를 보여주었고, 여기서 채용한 사실주의적 방법은 한국문학에 있어서 최초의 사실주의의 승리로 평가되어 마땅하다. (『한국문학대사전』, 문원각 1973, 668면)

바로 이어서, 그에 대한 연구가 왜 그렇게 부진했던가 하는 의문점에 대해서도 위의 글은 다음과 같은 해답을 주고 있다.

그러나 카프계열로부터는 그 완벽한 예술성 때문에, 예술지상주의로부터는 그 결연한 역사의식 때문에 경원당했다. (같은 곳)

이 말이 사실이라면, 그에 대한 찬사는 조금도 과장된 것이 아니지 않은가? 그리고 보니, 지난 1980년대의 월북작가 연구 경향에서 한 가지 뚜렷한 특징을 찾아볼 수 있겠다. 월북작가 가운데서도 집중적으로 조명받은 이들은 대개 카프계열 작가였다. 아니면 적어도 뒤에 북한에서나마 두드러진 활동을 보인 작가들이다. 그러나 현덕은 카프 이후의 이른바 '신세대' 작가이다. 1930년대 말에 잠시 활동하다가, 태평양전쟁이 본격화한 후엔 절필할 수밖에 없는 사정이었다. 해방 직후에는 다시 카프 시기의 중견작가들이 부상함으로써, 신진 작가였던 그는 그 '주변부'에 머물렀으며, 문학가동맹의 출판부장으로 활동하다가 6·25동란중에 월북했으나 남로당 계열의 작가와 친분이 컸던 터라 거기서도 숙청 대상이 되었고 별다른 활동은 없었다. 요컨대 그는 우리 문학사에서 거론될 소지가 상대적으로 적었던 것이다. 하물며 아동문학 방면에서는 월북작가에 대한 연구가 거의 없고, 있어도 터무니없는 실정이니 말해 무엇할까.

현덕에 대한 관심이 희박할 수밖에 없었던 사정이 하나 더 있다. 무엇보다도 지금까지 작가의 생애에 관해 알려진 사실이 별로 없다는 점이다. 그는 문단과의 교류에서도 폭이 좁았다. 그나마 가장 절친한 친구였던 김유정은 그가 작가로 등단하기 바로 전에 사망했고, 안회남을 비롯한 나머지 문우(文友)들은 거의가 월북하였다. 그의 처자식들, 모친, 형제도 함께 월북하였고 부친은 일찍 사망하였다. 이런 사정 또한 그를 깊은 망각의 늪에서 건져올리지 못한 이유로 작용한다.

이런 까닭에 필자는 얼마 전부터 작가 연구를 목표로 현덕의 생애를 복원하고자 애써왔다. 처음엔 그저 막막하기만 하더니 다행히도 조금씩 손에 잡히는 것들이 나와주었다. 먼저 일제말에 어린시절을 보낸 이들에겐 자못 인기가 높았던 '노마' 연작동화들을 대부분 찾아낼 수 있었고, 마침내 그의 전체 작품연보를 어느정도 확정지을 수 있었다. 그 연보는 다른 자리에서 한차례 정리한 바 있다.[1] 그후 우여곡절 끝에 그의 본명과 정확한 출생연도를 비롯하여 지금까지 밝혀지지 않은 여러 행적들을 알아냈다. 하지만 아직도 몇가지 더 찾아내고 해명해야 할 대목이 남아 있어 작가론을 미루고 있는데, 요즘 들어서는 현덕에 대해 관심을 갖는 이들이 속속 나타나 학위논문을 준비하는 이들도 있는 것으로 보인다. 그래서 아직껏 잘못 알려져 있는 사항들을 바로잡아 최소한의 작가 연보를 하루빨리 정리해야 할 의무도 생겼을뿐더러, 전에 쓴 논문이 아동문학 자체를 연구했다기보다 그의 소설세계를 이해하는 한 방편으로 쓴 것이기도 해서, 이번에는 현덕의 동화세계 자체에 주안점을 두고 그것을 좀더 꼼꼼히 살피려는 욕심을 내게 된 것이다.

동화작가로서의 현덕은 이 방면의 본격적인 연구자 이재철의 논문에서 더러 다루어져왔다. 하지만 그것은 앞에서 인용한 신경림의 지적대로, "그 결연한 역사의식 때문에 경원당"한 대표적인 사례를

1) 졸고「현덕의 아동문학」, 『민족문학사연구』 6호, 1994. 12.

드러내고 있어 문제다. 이 글은 현덕 동화의 주요 특징과 그것이 우리 아동문학의 역사에서 차지하는 위치를 밝힘으로써, 지금까지 한국 아동문학계의 통설로 자리잡은 이재철의 잘못된 견해를 민족문학의 관점에서 바로잡아보려는 시도의 하나이다.

2 현덕의 어린시절과 첫 작품 「고무신」

현덕의 정확한 출생연월일은 1909년 2월 15일이다. 그동안에 1911년(신경림) 또는 1912년(이재철)생으로 기록되어왔다. 조선일보 신춘문예 당선작가 소개란에는 1911년이라 되어 있다(1912년생이란 근거는 어디에서도 찾을 수 없다). 그런데 그의 부친의 호적란과 그가 다녔던 대부공립보통학교, 제일고보 학적부를 보니 모두 1909년생으로 기재되어 있고, 본명은 경윤(敬允)이다. 그는 현동철(玄東轍)과 전주(全州) 이씨(李氏)의 3남 2녀 가운데 차남이고, 본적은 서울 종로구 통의동 38번지, 태어난 곳은 삼청동의 어느 별장이다. 제일고보 학적부에는 부친의 직업이 상업으로 되어 있으나, 그 자신의 기록인 「자서소전」(自敍小傳, 『신진작가작품집』, 조선일보사 1938)에 따르면, "그분의 성격이란 패가한 호화자제의 전형이어서, 사대주의요, 투기적이요, 또 극히 호인이며 낙천가이어서 자기는 매사에 실패를 거듭하면서도 사업 사업 하고 사업을 꿈꾸며 경향으로 돌고 가사엔 불고 하였다"고 나와 있다. 그의 집안 살림은 매우 비참했던 것으로 보인다. 그는 관수동, 전동동, 창신동 일대의 산동네로 수도 없이 이사다녔다. 뿐만 아니라, "살림을 그만두고 식구가 각자도생으로, 헤어지길 수삼, 그럴 때마다 나는 조부의 집으로 당숙의 집으로 돌며 몸을 붙였다"고 할 정도이다(등단 당시의 주소는 인천시 용강동—현재의 인현동

78번지로 되어 있다).

그는 "당숙의 집인 인천 근해의 섬 대부도에서 보냈던 삼사년간의 소년시절이 가장 꽃다운 때"였다고 기록한다. 대부공립보통학교(1921년 설립, 현 대부초등학교) 학적부를 보니, 1923년 4월에 입학하여 1925년 6월 9일 집안일 때문에 중도 퇴학한 것으로 되어 있다. 온전히 학업을 받았던 3학년 때의 성적만 나와 있는데 평균 '10점'(만점)에 조행(操行) '갑(甲)'을 받았다. 이렇듯 수재였던 그는 1924년 중동학교 속성과 1년을 거쳐 1925년 4월 4일 제일고보(현 경기고, 당시 정확한 명칭은 경성제일공립고등보통학교)에 입학한다. 이것은 보통학교를 다닌 때와 일부 겹치는데, 아마도 1923년에만 보통학교 수학을 하고 곧바로 중동학교를 거쳐 제일고보에 입학했지만, 보통학교의 퇴학 처리가 늦게 된 것이라 짐작된다. 제일고보 학적부에는 결석일수가 많아서인지 성적란이 비어 있고, 판정란에 다만 '낙제'라 기재되어 있을 뿐이다.

다시 「자서소전」의 기록을 보면, 그는 제일고보를 중퇴하고서 "창백한 병적인 생활"을 겪는다. 불우한 집안환경에서 비롯되었을 이런 "염인증"과 "칩거벽"은 그를 내성적인 성격으로 만들었을 터이다. 그를 기억하는 사람들은 한결같이 그의 말없는 미소와 착한 심성에 대해 지적하고 있다.[2] 그 후 그는 막노동판을 전전하다가, 허약한 그의 몸이 도저히 노동을 견뎌낼 수 없는 지경에 이르러서야 결국 문학의 길로 들어선다. 이때 그는 작가 김유정을 만나 뜻을 더욱 굳히게 되었다고 한다.

흔히 현덕을 가리켜, '아동 시점의 독특한 작품활동을 전개하다가 뒤에는 아동문학에만 전념한 작가'라고 지적하는데, 사실은 그 반대

---

2) 윤석중·서정주·전승묵 및 김유정의 조카 김영수 씨와의 인터뷰. 그의 생애 전반에 대한 자세한 고찰은 이 글의 주된 목적이 아니므로 다른 기회로 미룬다.

이다. 그가 처음 선보인 작품은 소설 「남생이」보다 훨씬 이른 시기에 발표한 동화 「고무신」(1932)이다. 이 작품은 동아일보 신춘문예 동화 부문에서 가작으로 뽑힌 것이다. 그러니 그는 먼저 아동문학을 통해 작가의 길에 들어섰다고 할 수 있다. 그의 작품활동은 대부분 1938~40년 사이에 이루어졌는데, 그는 아동문학과 일반문학의 창작에 시차를 두지 않았으며, 동화·소년소설·소설을 함께 발표하였다. 그러나 그한테 장르 의식은 누구보다도 뚜렷한 것이어서, 장르별로 겨냥하는 작가의도라든지 작품성향은 아주 분명하게 구별되어 나타난다. 해방후에는 동화집 2권과 소년소설집 1권, 소설집 1권 등 일제시대에 쓴 작품들을 모은 책 4권을 출간한 것말고는 새로운 작품활동을 찾아볼 수 없다. 다만 이홍종(李洪鍾)과 공동으로 쇼-로홉(쏠로호프)의 『고요한 동』(대학출판사 1949)을 번역한 일이 있다. 월북후의 아동문학 활동에 대해선 거의 알려진 바가 없다.[3]

첫 작품 「고무신」은 동화작가로서의 출발점이기 때문에, 그가 염두에 두고 있는 창작경향, 곧 작가의식과 작품 특성 따위를 파악할 수 있는 중요한 단서가 된다. 더욱이 1932년이면 프로아동문학의 전성기였다. 당시 그는 아동문학에 대해 어떤 인식을 갖고 있었을까?

「고무신」(동아일보 1932.2.10~11)에는 1938~39년도에 집중발표된 '노마' 연작동화의 주요 모티프와 특징들이 많이 나타난다. 우선 이 작품은 유년기 아동의 실생활을 다룬 생활동화이다. 네댓살쯤 되는 아이를 주인공으로 하여, 고만한 나이의 어린이 심리와 행동 특성을 잘 표현하였다. 이른바 '리얼리즘 유년동화'의 새로운 영역이 오롯이

---

3) 앞의 졸고 참조. 상세한 작품 연보는 거기서 다루었다. 이 글에서 인용하는 현덕 동화는 『너하고 안 놀아』(창작과비평사 1996)에 따른다(이 글을 쓰고 나서 1949년에 동지사 아동원에서 장편 소년소설 『광명을 찾아서』를 발행했다는 기록을 찾을 수 있었고, 북한에서도 1962년에 단편소설집 『수확의 날』을 낸 사실을 알게 되었다).

드러난다. 물론 이 작품이 유년동화인 것은 단지 유년기 아동이 주인공으로 나와서가 아니다. 그보다는 전체 짜임과 문장이 유년기 아동의 눈으로, 그들이 이해하기 쉬운 범위에서 그려진 점에서 말미암는다. 현덕 동화의 특징은 바로 그 눈이 매우 사실적이라는 데에 있다.

「고무신」의 줄거리와 작품구조는 동화의 특성 그대로 단순하다. 간명한 경어체 문장을 바탕으로, 아기가 아침에 막 잠에서 깨어나는 장면, 어머니한테 이것저것 물으면서 대화하는 장면, 혼자 마당에서 꼬부랑 할멈의 시늉을 내며 노는 장면, 동네 아이들이 나와 놀자고 부르는 장면, 가게의 새 고무신이 자기한테 오는 것을 상상하는 장면, 어머니가 헌 고무신을 꿰매어 새 고무신처럼 만들어준 것을 신고 좋아하는 장면 들이 차례로 이어진다. 어머니와의 대화 중에, 아기가 다 닳아빠진 고무신 때문에 동네 아이들한테 "땅의 거지"라고 놀림을 받는다는 사실, 아버지는 없고 삯바느질하는 어머니와 단둘이 살고 있다는 사실들이 드러난다. 또한 "뚱뚱보는 반짝반짝하는 구두를 신었다우"라는 대목에서 보듯이, 빈부의 차이가 대비되면서 아기네 집은 가난 때문에 생활의 고통을 겪고 있다는 사실도 드러난다.

요컨대 현덕은 그의 첫 작품인 유년동화 「고무신」에서 사실성과 서민성을 구현하고자 했다. 이 점은 당대 프로아동문학의 일반특성과 맥락을 같이하는 것이라 볼 수 있다. 그런데 이 작품에는 당대의 프로아동문학에서 보기 힘든 또다른 중요한 일면이 있다. 아기와 어머니 사이의 깊은 신뢰감과 친연성, 전체적으로 밝고 건강한 분위기를 이끄는 긍정의 세계 따위가 바로 그것이다. 작품 첫머리부터 떠오르는 아침해와 닭 우는 소리로 시작하고 있거니와, 중간에 아기가 부르는 다음의 노랫말도 이 작품의 메씨지와 긴밀히 호응한다.

거친산 등승이 골짜기로

불빛은 우리를 찾어오네
아가는 넘트는 조선의 꽃
아가는 암트는 조선의 꽃[4]

　여기에 이르면 유년동화를 대하는 현덕의 태도가 분명히 드러난다. 서민아동이 놓인 현실을 정직하게 반영하되, 독자인 어린이의 특성에 유념해서 작품의 분위기를 이끌고, 나아가 어린이의 존재를 민족의 미래와 연결시키고 있는 것이다.

　이 작품의 위상을 좀더 확실히 해두기 위해서, 1930년대 초 아동문학의 동향을 잠시 살펴보기로 한다. 소년운동과 함께 본격 출발한 근대 아동문학운동은 어린이 인격해방운동이자 민족운동의 일환으로 전개되었다. 그러나 1920년대의 아동문학은 대부분 눈물과 비애, 혹은 웃음과 재롱의 카타르시스라는 좁은 울타리에 갇혀 있었다. 이 울타리를 깨고 어린이를 현실의 존재로 드러낸 것은 프로문학운동과 어깨를 같이한 프로아동문학이었다. 프로아동문학은 1920년대 후반부터 1930년대 중반 무렵까지 문단의 대세로 자리잡는다. 당시 신문 잡지의 비평란을 보면 이런 사실이 확연히 드러난다.

　장선명(張善明)의 「신춘동화개평」(동아일보 1930. 2. 7~13)은 중외·동아·조선 3대 신문의 신춘문예 당선작품을 평한 글인데, "동화를 평하여 가치를 결정함에 있어서 절대 다수인 무산계급 소년의 이익을 대표하고 그들의 이지와 정신을 성장케 할 사회적 요소를 포함한 과학적 동화를 표준하고 평가하려 한다"고 서두에 쓰고 있다. 또한 유재형(柳在衡)은 「조선·동아 양지(兩紙)의 신춘당선동요만평」(조

---

4) 이 노래 끝에 '이은상 作'이라고 밝혀져 있다. 「고무신」의 주인공이 유아라기보다 유년이고 또 '영진'이라는 이름을 갖고 있음에도 굳이 '아기'라고 서술한 까닭은 이 노랫말의 메씨지와 작품의 그것을 일치시키려는 의도라고 보인다.

선일보 1931.2.8~11)에서 "프로레타리아의 이데올로기를 파악했느냐 안했느냐가 나의 기대하는 비평의 대상"이라고 말한다. 현덕이 「고무신」을 응모한 1932년도 동아일보 신춘문예는 모집공고에서부터 "아동의 실생활에서 취재"(동아일보 1931.12.5)할 것을 특별히 주문하고 있다. 이 역시 당대 프로아동문학의 영향을 짐작하게 해주는 사실이다. 1932년도 동아일보 신춘문예의 선자(選者) 평은 흥미로운 자료를 제공해준다.

> 원래 이번 현상모집의 주지는 실생활동화의 건설에 있었다. 재래의 동화라면 우화만인 줄로 알다시피 하였다. (…) 이러한 우화도 존재 이유가 전혀 없는 것은 아니다. (…) 그렇지만 이것은 제2의적인 것이 아니면 아니된다. 동화도 제1의적으로는 실생활을 재료로 한 리얼리즘이 아니면 아니될 것이다. (…)
>
> 이번 응모한 동화(차라리 아동소설이라 함이 합당할 것이다) 150편을 취재별로 나누면 1) 생활난, 계급적 불평을 주로 한 사회주의적 경향을 가진 것이 약 4할이요, 2) 씨족적 영웅심과 불평을 주로 한 것이 약 3할이요, 3) 이번 만주 ○○동포문제로 아동이 분기하여 민족애를 발로하는 것을 주로 한 것이 약 2할이요, 4) 기타가 약 1할이다. (…)
>
> 형식에 있어서는 이번 응모 동화 중에 가장 많은 것이 소설적인 것이었다. (…) 다시 말하면 아동소설이었다. (…) 혹시 실생활에서 취재하라고 한 본사의 주문이 오직 아동소설을 의미함인 줄로 작가들을 오해케 함이나 아닌가 하고 생각할 수밖에 없도록 그처럼 '아이들에게 들려줄 이야기'로서의 동화가 희소하였다. (「신춘문예 동화선후언」, 동아일보 1932.1.23)

여기서 아동문학의 리얼리즘이 프로아동문학운동의 한 성과임이 드러난다. 그러나 이때의 리얼리즘은 당시 유행한 '계급적 현실의 반영'을 뜻하는 것일 뿐, 아동문학의 본질과 특수성에 입각한 뚜렷한 아동관의 확립을 뜻하는 것은 아직 아니었다. 이는 '동화가 취약하다'는 위의 지적과도 어느정도 관련되는 사실이다. 게다가 프로아동문학은 많은 경우 도식적·공식적인 관념에 빠져 있었다.

동요 내용에다 덮어놓고 공장이니 노동자이니 뚱뚱보이니 이런 말만을 집어넣으면 그것이 프로레타리아 동요인 줄로 오해하는 동무도 많다. (이동규 「동요를 쓰려는 동무들에게」, 『신소년』 1931. 11)

대개가 너무나 고식화하여 비록 제재는 다를지언정 그 귀결에 있어서는 같은 경향으로 빠지고 만다. (…) 최근에 있어서 얼마나 많이 공장주나 공장아동 또는 스트라이크만을 들어서 작품을 제작하였나? (박세영 「고식화(固式化)한 영역을 넘어서」, 『별나라』 1932. 2~3)

이렇게 관념을 앞세운 창작경향이 지배적이었기에, 후에 송완순은 1930년대 프로아동문학의 아동을 '수염난 총각적 아동'이라고 자기비판했던 것이다. 따라서 프로아동문학의 창작경향이 '리얼리즘화'했다는 것은, 아동의 특성을 무시한 '일반소설화' 경향과 다르지 않았다. 다음의 주장도 이를 뒷받침해주는 사실이다.

요사이 '신소년'과 '별나라' 지상에 많이 나는 글을 볼 때 오인은 늘 한가지 여러가지 중에도 우선 한가지만의 가장 큰 불만을 느끼고 있다. 그것은 즉 동화가 적은 것이다.
소설이나 동요나 수필 같은 것은 몇가지씩 내면서도 동화는 한달에 한가지 내거나 말거나 하여 동화를 아주 업수이 여기는 경향이 현저하다.
첫째로 동화 작자, 즉 작자가 없는 것 같다. (…)
여기에는 까닭이 있다.
1) 무엇보다도 기술 문제이다. (…) 2) 다음에는 프로레타리아 아동예술운동자는 아직 아동에 대한 이해가 적다. 그리하여 동화의 중요성을

확적(確的)히 인식하지 못하였다고 할 수 있다. 3) 셋째로는 2)와 같은 처지에 있으므로 프로레타리아 아동예술가 일단이 소설보다 동화를 가벼이 본다. (호인 「아동예술시평」, 『신소년』 1932. 9)

　여러 정황으로 보아 1930년대 프로아동문학의 대다수 작품들은 아동문학에서의 리얼리즘을 성취했다고 보기 어렵다. 현덕의 첫 작품 「고무신」은 바로 이 문제와 관련해서 우리의 주목에 값하는 것이다. 앞의 「신춘문예 동화선후언」을 보면, 「고무신」을 "경묘(輕妙)한 가작"이라 평하면서 당선작인 박세랑(朴世琅)의 「엿단지」가 지닌 "깊고 묵직한 정신"에는 비길 수 없다고 하였다. 그러나 「엿단지」(동아일보 1932. 1. 5~10)는 교훈적 의도에서 위인의 어린시절을 영웅화한 작품이다. 즉 고려 이적(李積) 장군이 어렸을 때 벽장의 엿을 꺼내 먹다가 형수가 들어오는 기척에 급히 뛰어내리는 통에 그만 형수의 아기를 창자가 튀어나오도록 무참하게 밟아 죽였는데, 형수가 화를 내기는커녕 앞날을 격려해주어서 뒤에 공부도 잘하고 마침내 나라의 큰 인물이 되었다는 내용이다. 이 작품은 교훈적 의도에 지나치게 갇혀 있고, 납득할 수 없는 과장 때문에 리얼리즘 동화로서는 문제가 있다. 그 내용도 어린이의 실생활에서 취재한 것이 아니다. 여러 면으로 「엿단지」보다는 「고무신」의 리얼리즘이 앞선다고 판단된다.

　한편, 현덕의 문장은 동화와 소설을 가리지 않고, 사실적이면서도 개성적인 매우 독특한 문체로 주목받았다. 「고무신」에서도 예외는 아니다. 뒷날 '노마' 연작동화에서 보는 것만큼의 탄력있는 문체는 아니지만, 그만의 독특한 어투가 「고무신」의 문장에서 비롯되었음이 확인된다. 가장 눈길을 끄는 것은 대화체 문장의 생생함과 간명함이다.

"엄마!"

"왜."

"해나라에도 엄마가 있지?"

"……"

"응, 엄마."

"난 몰라."

"그럼 아버지가 있수?"

"난 몰라."

"그럼 해님은 엄마를 닮았지?"

"난 몰라."

유년기 아동은 사물을 대할 때마다 그것에 대해 묻기를 좋아한다. 「고무신」은 그런 어린이의 심리에 착안해 대화를 전개하는데, 대화 장면이 여러번 바뀌면서 아이를 둘러싼 현실의 문제가 하나씩 드러난다. 따라서 이 작품은 작가의 설교가 한군데도 없고 대화로 서사가 진행되는, 당시로서는 형상화 수준이 높은 작품이다.

3 '노마' 연작동화의 주요 특질

현덕은 1938~39년 사이, 일년 남짓한 기간에 30여편에 이르는 유년동화를 발표한다. 이들 작품은 거의 주간 소년조선일보에 실려 있다. 모두 아이들 일상의 한 단면을 붙들어낸 것이어서 일관된 서사성은 드러나지 않지만, 등장인물과 그들의 성격이 동일한 것으로 보아 연작동화라 해도 무방하다.

이들 동화의 주인공격은 노마이고, 비슷한 또래의 아이들인 영이, 똘똘이, 기동이가 함께 등장한다. 작품의 주된 배경은 산동네의 좁은 골목으로 서민 아이들의 생활공간이라고 할 수 있다. 그들이 떼를 지어 노는 모습이 곧 작품의 내용이니, 주제랄 것도 없이 그저 아이들의 일상생활과 동심을 그렸다고 하면 그뿐이다. 그러나 작가의 눈은 매우 정교하고 또 어린이에 대한 깊은 이해와 애정을 바탕으로 하고 있어서, 동화의 단순성으론 붙들어내기 힘든 어린이 심리와 그 미묘한 작용을 매우 섬세하게 그려내고 있다. 뿐만 아니라, 작가의 눈은 당대 사회현실과도 닿아 있어 현실성에 바탕을 둔 동심의 세계를 탐구한다.

현덕 동화의 주된 내용이 가식을 조금도 보태지 않은 서민 어린이들의 생활세계요, 그들의 일상에서 펼쳐지는 즐거움과 애환, 그리고 슬기를 담은 것임은 그의 소년소설과 함께 다른 자리에서 한번 살펴본 바가 있으므로, 여기에서는 그것과의 중복을 피하면서 현덕 동화의 주요 특질에 대해서만 정리해보려 한다.

첫째는 사실의 세계라는 것이다. 동화는 보통 유년기 아동의 특성상 공상의 세계이고 교훈을 내세우기 위해 사물이나 동물을 의인화한 것들이 대부분인데, 현덕은 동심을 주제로 한 생활동화만을 즐겨 썼다. 어린이의 세계가 비록 단순소박하다고 할지라도, 현실의 허식과 가식은 인간의 마음 바탕인 동심을 넘어서지 못한다는 사실을 작가는 드러내려 한 것이다. 그의 동화가 어린이의 심리와 행동을 한치의 오차도 없이 정확하게 붙들어내고 있다는 평가는 이런 사실을 두고 말하는 것이다. 따라서 그의 동화엔 무슨 대단한 사건이 나오는 것은 아니지만, 터무니없는 얘기나 뻔한 교훈보다 더욱 소중한 '살아 있는 동심의 세계'가 담겨 있다. 즉 욕심·동정·질투·협동·뽐냄·부러움·동화(同化)·기쁨·슬픔·외로움·투정·탐구심·슬기·실수·의심·싸움·용기·실망·우정 같은 현실세계의 온갖 감정들이 유년기 아동의 세계에서 원형대로 발현되는 것이다.

둘째는 서민의 세계라는 것이다. 현덕 동화의 주된 배경이 산동네 골목인 것을 보아도 알 수 있지만, 기동이를 빼고는 모든 아이들이 가난하게 산다. 그 아이들은 기동이처럼 가게의 장난감이나 먹을것을 사서 뽐낼 수 있는 처지가 아니다. 노마처럼 삯바느질하는 홀어머니와 둘이 살면서 닳아빠진 고무신을 꿰매어 신거나, 영이처럼 동생을 돌보며 행상 나간 어머니를 기다려야 하는 처지다. 어쩌다 동전 한닢이 생기면 함께 솜사탕 장수가 어서 오기를 기다리고, 그보다는 돈이 들지 않아도 좋을 새끼줄 전차놀이, 삼형제 토끼놀이, 고양이 쥐잡기놀이, 바람 부는 대로 줄지어 뛰어다니기, 큰길 전차 구경가기, 땜가게 할아범네 구경가기, 개울로 물고기 잡으러 가기 따위로 하루를 보낸다. 거기에 부잣집 아이 기동이가 끼여들어감으로써 이들 세계의 역동적 구조가 드러난다. 곧 기동이의 존재로 말미암아 아이들의 관계에서 뽐냄과 부러움, 질투, 싸움의 세계가 비롯되고, 서민 아이들의 협동과 동정, 용기, 슬기가 발휘된다. 아이들만의 특성을 따라 이 속에서도 사회의 축소판이 펼쳐지는 것이다. 그렇다고 기동이를 적대하거나 배제하는 법은 없다. 작가는 기동이가 등장할 때마다 두 세계를 사실적으로 대비시키고 마침내 그를 가난한 아이들의 세계에 동화시킴으로써 서민아동의 승리를 여실히 보여준다. 이는 작위가 아니라 인간 본성의 자연스런 귀결로 되어 있다. 여기서 현덕 동화의 리얼리즘은 한층 빛을 발한다.

셋째는 동심을 시적으로 승화한 세계라는 것이다. 깔끔하고도 명징한 문장에 힘입어 현덕 동화에서는 동심이 거의 시적인 수준에서 표현되고 있다. 우선 문장의 리듬감을 빼놓을 수 없다. 아울러 소리와 모양을 흉내낸 의성·의태어의 활용, 단순소박한 내용의 반복·점층 구조 등을 지적할 수 있다.

살살 앵두나무 밑으로 노마는 갑니다. 노마 다음에 똘똘이가 노마처럼 살살 앵두나무 밑으로 갑니다. 똘똘이 다음에 영이가 살살 똘똘이처럼 갑니다. 그리고 노마는 고양이처럼 등을 꼬부리고 살살 발소리 없이 갑니다. 아까 여기 앵두나무 밑으로 고양이 한 마리가 이렇게 살살 갔던 것입니다. 검정 도둑고양입니다.

　　——아옹아옹 아옹아옹.
　　——아옹아옹 아옹아옹.

노마는 고양이 모양을 하고 고양이 목소리를 하고, 그리고 고양이 가던 데를 갑니다. 그러니까, 어쩐지 노마는 고양이처럼 되는 것 같은 생각이 들었습니다. 똘똘이도 그랬습니다. 영이도 그랬습니다.

　　——아옹아옹 아옹아옹.
　　——아옹아옹 아옹아옹.
　　　　　　　　　　　　　　　　　　——「고양이」 부분

이런 병렬·반복 구조는 여러 작품에서 나온다. 내용에 따라 독특한 시정(詩情)을 불러일으키는데, 「바람은 알건만」 「맨발 벗고 갑니다」 「귀뚜라미」 「바람하고」 같은 작품들은 서정성이 아주 뛰어나다. 그리고 위 예문의 첫 단락에서 '살살'이라는 의태어의 자리를 유심히 살펴보면, 작가가 문장의 리듬감에 얼마나 세심하게 신경썼는지 알수 있다. 다음에서 '펄펄'의 쓰임도 이와 마찬가지다.

골목 안에 펄펄 눈이 내립니다. 펄펄 눈이 내려 지붕도 나뭇가지도 모두 하얗게 되었습니다. 아주 하얗게 더 하얗게 만들려고 눈은 펄펄 자꾸만 내립니다.

펄펄 눈은 노마도 하얗게 만들고 싶은가 봅니다.
　　　　　　　　　　　　　　　　　　——「토끼와 자동차」 부분

함박눈이 내립니다. 펄펄 지붕 위에서 함박눈이 내립니다. 지붕 위에서 내리는가 하면 펄펄 버드나무 위에서 내립니다. 버드나무 위에서 내리는가 하면 펄펄 전봇대 위에서 내립니다. 전봇대 위에서 내리는가 하면 펄펄 그보다 썩 높고 먼 데서 함박눈이 내립니다.

——「삼형제 토끼」부분

넷째는 전래동화를 형식과 내용 면에서 창조적으로 계승한 세계라는 점이다. 「고무신」과 「삼형제 토끼」처럼 전래동화의 내용이 아이들의 놀이로 고스란히 끼여들어오는 경우도 있지만, 그보다는 '선량한 약자'인 노마가 어려움에 빠질 때마다 '꾀와 슬기'를 발휘해 그것을 헤쳐나간다는 줄거리 자체가 전래동화의 기본구조를 닮아 있다. 그리고 대부분의 작품이 단순소박한 내용의 반복·점층 구조로 되어 있는 것이라든가, 문장의 대부분이 듣고 낭송하기에 편한 이야기체 문장으로 되어 있는 것은 전래동화의 표현형식과 통하는 점이라 보겠다. 문장의 어말처리는 직접 들려주는 식의 경어체인데, 때로 서술자가 자연스럽게 끼여들면서 단조로움을 피하기도 한다.

그리고 기동이는 막 뻐깁니다. 사실 그럴 만도 합니다. 높다란 버드나무 위까지 물은 튀어 올라갑니다. 나뭇가지에 한눈을 팔고 앉았던 까치도 깜짝 놀라 푸드득 달아납니다. 게까지 물이 올라갈 줄은 까치 그놈도 뜻밖이든 게지요.

——「물딱총」부분

아침에 어머니는 광주리에 귤하고 사과하고 배하고 가득히 담아 머리에 이고 거리로 나가셨습니다. 거리로 나가 어머니는 그것을 집집으로 다니며 돈하고 바꾸십니다. 그렇습니다. 광주리에 가득한 귤, 사과, 배, 그 수효만큼 그만큼 이집 저집 다니시느라고 늦는 게지요.

——「조고만 어머니」부분

노마는 두 개 노랑 구슬보다 없어진 한 개 파랑 구슬이 갑절 좋아졌습니다. 두 개하고 한 개하고 바꾸재도 얼른 바꾸도록 갑절 좋아졌습니다.

노마는 구슬을 찾아 큰길 우물 앞으로 갑니다. 아까 거기서 노마는 토끼처럼 깡충깡충 뛰고 놀았습니다. 아마 그러다가 구슬을 흘렸든 게지요.

　　　　　　　　　　　　　　　　　　　──「잃어버린 구슬」부분

이처럼 옛날이야기를 마주 들려주는 것처럼 탄력있는 문체에, 우리 고유어가 지닌 아름다움을 잘 닦아 쓴 그의 동화는 국적불명의 이국 취향과는 더욱 거리가 멀다.

다섯째는 현덕의 모든 작품에서 돋보이는 것으로 대화에 나타난 입말의 생동감이다. 간결하고 산뜻한 맛을 주는 현덕 특유의 문장은 대화장면에서 더욱 빼어나다. 이것은 아이다운 행동을 고스란히 반영하는 것이기에 작품의 짜임과도 튼튼히 연결된다.

　　"맛있니?"
　　"그럼."
　　"다나?"
　　"그럼."

　　　　　　　　　　　　　　　　　　　──「옥수수 과자」부분

　　"너 이것하구 바꿀까."
　　"무엇하구 말야."
　　"구슬 다허구 말야."
　　"이런 먹콩 같으니."
　　"그럼 구슬 다섯 개허구."
　　"그래두 일없어."
　　"그럼 구슬 세 개허구."

"그래두 일없어."

──「포도와 구슬」 부분

"개울이 퍽 넓으냐?"

"그럼, 넓기만."

"물두 깊구?"

"그럼, 깊기만."

"송사리나 미꾸라지 말구 붕어두 있니?"

"그럼, 정작 붕어가 없어?"

"그럼 메기두 있니?"

"그럼, 메기가 없어?"

──「실망」 부분

"나구 놀면 이담에 내 생일날 떡 하거든 너 썩 많이 줄게."

"제 생일날 떡 할 걸 어떻게 기다린담 뭐."

"그럼 낼 우리 어머니허고 화신상 갈 때 너두 데리구 갈게."

"그까짓 화신상 나 혼잔 못 가나 뭐."

"그럼 이따 우리 어머니 돈 주면 과자 사서 너 조금만 줄게."

"고까짓 조금?"

"그럼 반만 줄게."

"고까짓 반?"

"그럼 다 줄게."

"그까짓 사지두 않은 과자 누가 안담, 뭐."

──「너하고 안 놀아」 부분

이처럼 현덕의 동화는 유년기 아동의 생활세계, 그 심리와 행동 표현의 극치를 보여준다. 전래동화의 전통을 잇는 가운데, 리얼리즘 동화의 확실한 영역을 개척한 것이다.

어린이의 세계는 관념으로 파악한 동심주의와 구별된다. 동심주의에서는 현실과 동떨어진 추상적인 아이들의 미화된 세계가 나오기 십상인데, 이는 어린이와는 아무 관계도 없는 단지 어른의 취향만을 반영할 따름이다. 그러므로 현덕의 작품에 나타난 어린이 심리의 낙천성은 이를테면 윤석중이나 강소천의 그것과 구별해둘 필요가 있다. 현덕 동화에서의 밝은 낙천성은 어린이다운 생기(生氣)와 관련된다. 그러나 윤석중 동시의 경우는 아동 주체의 관점이 아닌데다가 갈수록 형식화·상투화하여 언어유희의 빈껍데기로 떨어지는 문제를 보이고, 강소천 동화의 경우는 현실사회에 눈감은 허황된 꿈과 환상의 세계로 빠져드는 문제를 보인다. 현덕 동화의 낙천성은 이들과 다를 뿐 아니라, 연민·슬픔·외로움·기다림·좌절 등 '비애'의 정서와도 함께 어우러져 있다는 점을 놓쳐선 안될 것이다.

일반문학과 구별되는 아동문학의 리얼리즘은 바로 아동관의 문제에 달려 있다. 그런데 앞에서 이미 살펴보았듯이 프로아동문학의 대다수 작품들은 진정한 리얼리즘을 성취하는 데 미치지 못하였다. 이는 어린이의 삶에 대한 탐구가 결여된 탓이다. 이에 비추어볼 때 현덕 동화의 탁월함이 잘 드러난다. 현덕은 어린이를 현실과 격리된 존재로 파악하지 않았다. 그는 어디까지나 현실의 어린이, 살아 움직이는 어린이를 그리고 있다. 어린이를 작가 관념의 꼭두각시로 만들지 않고, 어디까지나 '그들이 하는 양으로' 내버려두는 가운데서도, 그 '가능성'의 세계까지 염두에 두었다. 따라서 아동문학의 '예술성'과 '교육성'의 문제가 그의 동화에서는 둘이 아닌 하나로 온전히 해결될 수 있었다.

4 당대의 평가와 오늘의 연구과제

최근에 이오덕은 "현덕 이전에는 말할 것도 없고 그 이후에도 우리 아이들의 절실한 삶의 문제와 마음의 세계를 그토록 올바르게 붙잡아 보여준 작가는 겨우 두어 사람밖에 없어 보인다"면서 현덕의 아동문학을 매우 높게 평가한 바 있다.[5] 그렇다면 현덕의 작품이 당대에는 어떻게 평가되었을까? 현덕의 아동문학에 대해선 당대의 평자들도 거의 주목하지 않았다. 현덕이 작품활동을 가장 왕성하게 전개하던 시기의 주요 평론들부터 먼저 살펴보지.

송남헌(宋南憲)은 「예술동화의 본질과 그 정신」(동아일보 1939.12.2~8)에서 당시 아동문학의 문제점에 대해 다음과 같이 지적한다.

> 동화가 공상적 산물이기 때문에 그만큼 현실과 공감하고 현실성을 가지지 않으면 안될 텐데도 불구하고 지금까지 발표된 작품을 볼 때에 여러가지 지적할 문제가 많다. 그 예로 동화가 이야기고 이야기는 소위 가공을 재료로 한 것이란 이유에서 될 수 있는 대로 현실에서 이탈하려고 한 형적이 농후하다. 그 결과 작품이 가질 정상적 형태를 왜곡하여 단지 요괴담이 되어버리고 그렇지 않으면 노골적으로 교훈을 띤 것이라든지 또는 전부가 넌센스로 마치는 작품을 많이 볼 수가 있다.

현덕의 동화가 주로 발표된 소년조선일보의 동화들을 살펴보면, 단순한 교훈을 염두에 둔 의인동화와 이솝이야기가 나올 뿐이고, 현덕의 소년소설이 주로 발표된 잡지 『소년』의 소년소설들은 탐정물과 괴기담이 대부분이다. 사실, 1930년대 후반의 아동문학은 소년조선일보와 『소년』이 대표한다고 해도 틀리지 않을 만큼 이들 지면의 영

---

5) 이오덕 「어린이 문학의 고전을 이어받는 문제」, 『동화읽는어른』(어린이도서연구회) 1994.6, 26면.

향은 컸다. 따라서 송남헌의 지적은 아주 틀렸다고는 할 수 없다. 그러나 송남헌은 그 어느 곳에서도 현덕의 작품을 거론하지 않았다. 비슷한 시기의 또다른 평론 「창작동화의 경향과 그 작법에 대하여」(동아일보 1939.6.30~7.6)에서도 마찬가지다.

한편, 송창일(宋昌一)은 「동화문학과 작가」(동아일보 1939.10.17~26)라는 글에서 "현재 창작동화에 붓을 대고 있는 분으로 노양근, 강소천, 최병화, 이구조, 임원호, 정우해, 김기팔, 김웅주 제씨를 들 수가 있는데 작품이 태반 소설적인 경향이 많다"고 하여, 현덕의 존재는 여기에서도 완전히 무시되고 있음이 드러난다.

그의 아동문학을 다룬 글은 이구조(李龜祚)의 「사실동화와 교육동화」(동아일보 1940.5.30)란 글이 거의 유일한 것으로 보인다. 더욱이 이 글은 현덕 동화의 리얼리즘을 논하고 있어 주목된다.

여태까지 동화작가는 대개가 현실의 사회와 인간을 통찰할 투철한 안목이 부실함에도 불구하고 단숨에 대사상가의 곡예를 부려보려니까 자연의 형세로 선악의 추상적 관찰 유희에 빠질 수밖에 없었다. 자아의 ○○도 없이 공연히 교육적 가치만 집착하려니까 진부한 도덕담이 될 수밖에 없다. '진(眞)'에 추구가 없는 이러한 동화들은 저속한 통속작품으로 결실하고 말게 되었다.

작금 양년간 현저히 아동생활을 제재로 한 리얼리즘 동화가 눈에 뜨인다. 쌍수를 들어 환영하기를 조금도 주저하는 바 아니다.

여기에 문과학교 노트 위에 오르내리는 리얼리즘 문학론을 초록해서 논리 전개의 전제를 삼을 것 없이 신인 현덕 씨의 동화작품의 분석을 약간 시험하기로 하자.

이로 보면, 이구조의 리얼리즘 동화론이 현덕의 창작활동에서 고무된 바 없지 않음을 알 수 있다. 그는 이어서 현덕의 「물딱총」을 예

로 들어, '반복, 운율, 제재에 있어 범상한 일상 아동생활의 형상화'를
그 특징으로 잡아낸다. 그런데 그는 뒤이어, "신진인만큼 수법의 미
숙으로 인하여 추상적 묘사의 레피테이슌으로 미봉(彌縫)하는 경향
이 있다"면서 현덕의 동화를 비판한다. 무엇을 두고 지적함인지 이해
하기 어려운 대목이 아닐 수 없다. 뿐만 아니라, 이 글은 앞뒤 문맥이
명료하지 못해서 말하는 바가 무척 혼란스럽다. 가령 다음 구절은 어
떻게 해석해야 할까?

　　이것은(현덕 동화가 지니는 수법의 미숙성은—인용자) 점차 극복되겠지
만, 동무의 얼굴에 물딱총으로 '찌익' 쏘는 것 같은 야비한 취재는 어떨까.
　　무릇 리얼리즘 동화는 아동의 행동과 심리를 가능한 범위 내에서 충실
히 재현시키려는 의도로 출발한다. 그러나 누구나 아는 상식화한 말이
되어서 쓰기가 멋쩍으나, 작자는 카메라맨이어서는 아니된다. 어린이는
천진하고 난만하며 '어른의 아버지'요 지상의 천사만도 아닌 동시에, 개
고리 배를 돌로 끊는 것도 어린이요 물딱총으로 동무의 얼굴을 쏘는 것
도 어린이요 메뚜기의 다리를 하나하나 뜯는 것도 어린이요 미친 사람들
놀려먹는 것도 어린이다.
　　리얼리즘 동화는 인생의 추잡면을 들추던 자연주의 말기의 전철을 밟
을 필요가 없다. 우리의 사실동화는 인생의 사실을 묘사 제출함과 아울
러, 그 인상을 깊게 하기 위하여 가능한 사실까지 표현하여야 할 것이다.
참다운 리얼리즘 동화는 현실의 인생에 직면하면서도 그 자체내에서 혹
종의 희망의 광명을 지속시켜 독자인 어린이에게 공허한 자극을 줄 것이
아닐까 한다.

　　위 인용문의 두번째 단락과 세번째 단락은 각기 독립적으론 이해
하기 어렵지 않으나, 현덕 동화와 관련해서 그것을 하나로 연결지으
려 하면 뜻이 헷갈리고 만다. 현덕 동화의 사실성이 "자연주의 말기

의 전철"에 빠졌다는 것인지, 아니면 리얼리즘 동화의 특성을 나름대로 구현했다는 것인지가 분명치 않다. 앞뒤 문맥으로 보아선 그런 "야비한 취재"는 "자연주의 말기의 전철"이고, 따라서 "어린이에게 공허한 자극을 줄" 뿐이라는 지적인 것 같은데, 만일 그렇다면 보통 오해가 아닌 셈이다. 「물딱총」은 가게에서 산 장난감으로 아이들 앞에서 뽐내는 부잣집 아이 기동이와, 그것이 부러워서 기동이가 시키는 대로 심부름까지 해주고도 철저하게 무시당하는 가난한 집 아이 노마가 아이들답게 부딪치는 내용을 담고 있다. 기동이는 사회적 관계에 의해서 조금은 뒤틀린 동심을 반영한다. 때문에 작가는 기동이를 적대시하지는 않지만, 결국에는 노마 편에서 문제를 건강하게 풀어나간다. 현덕 동화에서 물딱총으로 동무의 얼굴을 쏜 것을 굳이 "야비한 취재"라고 표현한 것도 맞지 않지만, 현덕이 위에서 예시한 동심의 부정적인 측면을 자연주의 취향으로 부각시킨 작품은 하나도 없다.

사정이 이러한데도 이재철은 그의 아동문학사에서 현덕을 철저히 무시하였고, 거꾸로 이구조의 동화와 평론에 대해선 '신동심주의'라는 이름으로 매우 높게 평가한다.[6] 그러나 이구조의 동화는 한두 편을 제외하고는 현덕 동화에 훨씬 미치지 못하고, 평론도 겨우 서너 편밖에 되지 않을뿐더러 그조차 앞에서 본 것처럼 여러 문제점을 안고 있다. 어쨌든 리얼리즘 동화론이 일제시대에 그 정도 수준에서나마 진전을 보인 것은 현덕의 사실동화에서 말미암은 것이라는 점을 기억해두어야 할 것이다.

현덕은 해방 직후 조선문학가동맹 출판부장으로 활동한다. 당시에 그는 동맹의 아동문학부 위원으로도 이름이 올라 있다. 그런데 동맹에 가담하여 활발하게 평론활동을 벌인 송완순의 글(「조선아동문학시

6) 이재철 『한국현대아동문학사』 185면, 274~78면.

론」과 「아동문학의 천사주의」, 『아동문화』 1호, 1948.11)에서조차 현덕이
완전히 무시되고 있는 점은 이해하기 힘들다. 송완순은 일제시대의
아동문학을 검토하는 자리에서, 방정환이 주도한 1920년대의 아동
문학을 '천사적 아동관'으로, 이와 대립한 1930년 전후의 프로아동문
학을 '총각적 아동관'으로, 그리고 프로아동문학이 수그러든 자리를
메운 1930년대 중반 이후의 아동문학을 '신천사적 아동관'으로 각각
비판하면서, 1930년대의 신천사적 아동관은 프로아동문학의 한계를
극복한 것이 아니라 오히려 1920년대의 천사적 아동관보다 더 큰 문
제점을 보인다고 지적한다. 게다가 1930년대 말의 수많은 아동문학
가들을 열거할 때에도 현덕의 이름은 아예 빠져 있다. 송완순이 만들
어낸 일제시대 아동문학사의 도식은 적지 않은 문제점을 안고 있는
셈이다.

　해방후 현덕에 관한 글로는, 일제시대의 작품을 모은 그의 첫 동화
집 『포도와 구슬』(1946)에 관한 짤막한 서평 한 편만 겨우 찾을 수 있
었다. 월북시인 박산운(朴山雲)의 「현덕 저 동화집 '포도와 구슬'」(현
대일보 1946.6.20)이 바로 그것이다.

　　과거에 아동문학이란 것이 있었다면 그 태반이 극히 관념적인 그것도
　　황당무계한 우화류에서 벗어나지 못한 가운데 현덕 씨의 동화를 가질 수
　　있었음은 우리의 큰 기쁨의 하나이다. 씨의 동화집 '포도와 구슬'을 일독
　　하면 씨의 교치(巧緻)한 심리표현과 이미 ○○의 극에 달한 능란한 수법
　　에—이는 비단 씨의 동화에만 한한 것이 아니라 씨의 소설에서 더욱 절
　　실히 느끼는 바이지만— 놀라기 전에 나는 씨의 동화에 대한 그 진솔한
　　태도와 구슬을 닦듯 아끼는 무서운 애착심을 먼저 지적하고 싶다.

　작품집 출간에 따른 서평이 흔히 공감에서 출발하는 것임을 감안
하더라도, 이 글은 현덕 동화의 핵심을 정확히 짚어낸 점이 돋보인

다. 박산운은 이 글에서 "동화란 (…) 어디까지나 현실을 기초로 한 확고한 지도이념 밑에서 쓰여져야 할 거고 아동들의 열등감정에 붙여 혹은 봉건적 충군애국심을 ○○하는 따위의 글은 앞으로 철저히 용인되어서는 안될 것"이라 하여, 평자의 관점을 명확하게 드러내었다. 이런 관점에서 현덕의 동화를 비록 개략적이나마 긍정적으로 서술한 점은 바로 현덕 동화의 리얼리즘을 주목한 결과라고 하겠다.

이후 이러한 평가를 다시는 찾아볼 수 없고, 현덕 또한 월북하여 분단의 어둠속에 묻히고 만다. 현덕의 아동문학은 그의 동화가 최근 대부분 발견됨으로써 반세기 만에 다시 빛을 보는 셈으로, 그에 대한 연구 역시 이제 막 시작이라고 해야 할 것이다.

〈삶·사회·그리고 문학 1995년 가을호〉

부록

한국 아동문학비평 자료 목록[1]

최남선(崔南善), 소년의 기왕(旣往)과 및 장래, 소년 1910년 6월호

이광수(李光洙), 자녀중심론, 청춘 1918년 9월호

김기전(金起田), 장유유서의 말폐(末弊)─유년남녀의 해방을 제창함, 개벽
　　1920년 7월호

방정환(方定煥), 동화를 쓰기 전에─어린이를 기르는 학부형과 교사에게,
　　천도교회월보 1921년 2월호

김기전, 가하(可賀)할 소년계의 자각, 개벽 1921년 10월호

이광수, 소년에게, 개벽 1921. 11~1922. 2

이돈화(李敦化), 신조선의 건설과 아동문제, 개벽 1921년 12월호

방정환, 작가의 포부─필연의 요구와 절대적 진실로, 동아일보 1922. 1. 6

방정환, 새로 개척되는 동화에 관하여, 개벽 1923년 1월호

방정환, 소년의 지도에 관하여, 천도교회월보 1923년 2월호

김기전, 개벽운동과 합치되는 조선의 소년운동, 개벽 1923년 5월호

소년운동협회, 소년운동의 기초조항(어린이날 선전지 내용), 동아일보
　　1923. 5. 1

---

1) 이 비평 자료 목록은 6·25동란 이전까지를 대상으로 조사한 결과이다. 한국 아
　동문학의 초기단계에서는 소년운동에 관한 자료들도 중요하다고 생각되어 아동
　문학 관계자들이 쓴 것들을 중심으로 포함시켰고, 비평에는 미치지 못하는 아주
　짧은 소감문들도 포함시켰다. 자료의 취사선택을 이용자에게 맡기려고 글의 성격
　이나 수준과 관계없이 될 수 있는 한 많이 모으려고 애썼다. 인하대 대학원의 심
　명숙 씨가 자료 정리를 도와주었다.

유지영(柳志永), 동요 지으시려는 분께, 어린이 1924년 2월호

유지영, 동요 짓는 법, 어린이 1924년 4월호

전영택(田榮澤), 소년문제의 일반적 고찰, 개벽 1924년 5월호

정순철(鄭順哲), 동요를 권고합니다, 신여성 1924년 6월호

방정환, 어린이 찬미, 신여성 1924년 6월호

윤극영(尹克榮), 노래의 생명은 어디 있는가?, 신여성 1924년 7월호

이익상(李益相), 동화에 나타난 조선정조, 조선일보 1924. 10. 13~20

일기자(一記者), 이렇게 하면 글을 잘 짓게 됩니다, 어린이 1924년 12월호

방정환, '어린이' 동무들께 편집인이, 어린이 1924년 12월호

요안자(凹眼子), 동화에 관한 일고찰, 동아일보 1924. 12. 29

방정환, 동화작법―동화짓는 이에게, 동아일보 1925. 1. 1

밴델리스트, 동요에 대하야, 동아일보 1925. 1. 21

유지영, 동요 선후감(選後感), 조선문단 1925년 5월호

양명(梁明), 문학상으로 본 민요, 동요와 그 채집, 조선문단 1925년 9월호

안덕근(安德根), 동화의 가치, 매일신보 1926. 1. 31

정홍교(丁洪敎), 동화의 종류와 의의, 매일신보 1926. 4. 25

정홍교, 아동의 생활심리와 동화, 동아일보 1926. 6. 18~19

정리경(鄭利景), 어린이와 동요, 매일신보 1926. 9. 5

홍파(虹波), 당선동화 '소금쟁이'는 번역인가, 동아일보 1926. 9. 23

문병찬(文秉讚), 홍파 군에게 '소금쟁이'를 논함, 동아일보 1926. 10. 2

방정환, 동요 '허잽이'에 관하여, 동아일보 1926. 10. 5~6

김억(金億), '소금쟁이'에 대하야, 동아일보 1926. 10. 8

한정동(韓晶東), '소금쟁이'는 번역인가, 동아일보 1926. 10. 10

최호동(崔湖東), '소금쟁이'는 번역이다, 동아일보 1926. 10. 24

김원섭(金元燮), '소금쟁이'를 논함, 동아일보 1926. 10. 25

홍파, '소금쟁이를 논함'을 읽고, 동아일보 1926. 10. 30

편집자, '소금쟁이' 논전을 보고, 동아일보 1926. 11. 6

손진태(孫晋泰), 조선의 동요와 아동성, 신민 1927년 2월호

최남선, 처음 보는 순조선동화집, 동아일보 1927.2.11

이학인, 조선동화집 '새로 핀 무궁화'를 읽고, 동아일보 1927.2.25

염근수(廉根守), 문단시비―김여순 양과 '새로 핀 무궁화', 동아일보 1927.3.9

최호동, 염근수 형님께, 동아일보 1927.3.16

이학인, 염근수 형에게 답함, 동아일보 1927.3.18

최영택(崔永澤), 소년문예운동방지론, 중외일보 1927.4.17

유봉조(劉鳳朝), 소년문예운동방지론을 읽고, 중외일보 1927.5.29~6.2

최영택, 내가 쓴 소년문예운동 방지론, 중외일보 1927.6.20~22

민병휘(閔丙徽), 소년문예운동 방지론을 배격, 중외일보 1927.7.1~2

김태오, 선소선소년연합회 발기대회를 앞두고 일언함, 농아일보 1927.7.29~30

최청곡, 방향을 전환해야 할 조선소년운동, 중외일보 1927.8.21~22

김동환(金東煥), 학생문예에 대하여, 조선일보 1927.11.19

김태오, 심리학상 견지에서 아동독물선택, 중외일보 1927.11.22~26

궁정동인(宮井洞人), 11월 소년잡지, 조선일보 1927.11.27~12.2

적아(赤兒), 11월호 소년잡지 총평, 중외일보 1927.12.3~11

천마산인(天摩山人), 동화연구의 일단면―동화집 '금싸라기'를 읽고, 조선일보 1927.12.6

홍은성(洪銀星, 홍효민), 소년운동과 그의 문예운동의 이론 확립, 중외일보 1927.12.12~15

홍은성, 소년잡지 송년호 총평, 조선일보 1927.12.16~17

이정호(李定鎬), 아동극에 대하여, 조선일보 1927.12.16

심훈(沈熏), 경성보육학교의 아동극 공연을 보고, 조선일보 1927.12. (날짜 미상)

홍은성, 재래의 소년운동과 금후(今後)의 소년운동, 조선일보 1928.1.1

홍은성, 청춘과 그 결정―세계소년문학집을 읽고, 조선일보 1928.1.11

김태오, 정유(丁酉) 1년간의 조선소년운동―기분운동에서 조직운동에, 조선일보 1928.1.11~12

김태오, 소년운동의 지도 정신, 중외일보 1928.1.13~14

홍은성, 소년운동의 이론과 실제, 중외일보 1928.1.15~19

홍은성, 문예시사감단편(아동부분), 중외일보 1928.1.26~28

송완순(宋完淳), 공상적 이론의 극복, 중외일보 1928.1.29~2.1

홍은성, 소년연합회의 당면임무—최청곡의 소론에 논박한다, 조선일보 1928.2.1~5

김태오, 소년운동의 당면문제—최청곡 군의 소론을 격함, 조선일보 1928.2.8~16

고장환(高長煥), 동요 의의—동요대회에 임하야, 조선일보 1928.3.13

김태오, 인식착란자의 배격(소년운동), 중외일보 1928.3.20

이정구(李貞求), 동요와 그 평석, 중외일보 1928.3.24~28

김태오, 이론투쟁과 실천적 행위—소년운동의 신전개를 위해, 조선일보 1928.3.25~4.5

심훈, 아동극과 소년영화—어린이의 예술교육은 어떤 방법으로 할까, 조선일보 1928.5.6~9

정홍교, 소년지도자에게—어린이날을 당하야, 중외일보 1928.5.6

정홍교, 어린이날을 맞아—부모형제가 이행해야 할 몇가지 것들, 조선일보 1928.5.6~9

정홍교, 조선소년운동개관—1주년 기념일을 맞아, 조선일보 1928.10.16~20

홍은성, 금년소년문예개평(槪評), 조선일보 1928.10.28~11.4

이학인, 동요연구, 중외일보 1928.11.13~21

정인섭(鄭寅燮), 아동예술교육, 동아일보 1928.12.11~13

방정환, 천도교와 소년문제, 신인간 1928년 1월호

홍은성, 소년문예가 일언, 조선일보 1929.1.1

김석연(金石淵), 동화의 기원과 심리학적 연구, 조선일보 1929.2.13~3.3

유도순(劉道順), 조선의 동요 자랑, 어린이 1929년 4월호

홍은성, 소년잡지에 대하야, 중외일보 1929.4.4~8

홍은성, 동화 동요 기타 독물, 중외일보 1929.4.15

김태오, 동요잡고단상, 동아일보 1929.7.1~4

연성흠(延星欽), 동화구연 그 이론과 실제, 중외일보 1929.7.15~10.26

김사엽(金思燁), 동요작가에게 보내는 말, 조선일보 1929.10.8

석종(夕鍾), 한씨 동요에 대한 비판, 조선일보 1929.10.13

신고송(申孤松), 동심에서부터—기성동요의 착오점, 조선일보 1929.10.20
　　~30

정홍교, 소년문예운동의 편상(片想), 조선문단 1929년 11월호

김성용(金成容), 소년운동의 조직문제, 조선일보 1929.11.26~12.4

박인범(朴仁範), 내가 본 소년문예운동, 소년세계 1929년 12월호

홍은성, 반동의 1년—금년에 내가 본 소년문예운동, 소년세계 1929년 12
　　월호

정홍교, 동심설(童心說)의 해부, 조선강단 1930년 1월호

신고송, 새해의 동요운동—동심순화와 작가유도, 조선일보 1930.1.1~3

김병호(金炳昊), 신춘당선가요만평, 조선일보 1930.1.12~15

홍종인(洪鍾仁), 아동문학의 황금편—사랑의 학교, 중외일보 1930.1.29~
　　2.1

이병기(李秉岐), 동요 동시의 분리는 착오, 조선일보 1930.1.23.~24

승응순(昇應順), 조선소년문예소고, 문예광 1930년 2월호

윤복진(尹福鎭), 삼(三)신문의 정월동요단만평, 조선일보 1930.2.2~12

양우정(梁雨庭), 작자로서 평가(評家)에게—부정확한 입론의 위험성, 중
　　외일보 1930.2.5~6

신고송, 동요와 동시, 조선일보 1930.2.7

장선명(張善明), 신춘동화개평—3대 신문을 주로, 동아일보 1930.2.7~15

신고송, 현실도피를 배격함, 조선일보 1930.2.13~14

김완동(金完東), 신동화운동을 위한 동화의 교육적 고찰, 동아일보
　　1930.2.16~22

정윤환(鄭潤煥), 1930년 소년문단 회고, 매일신보 1930.2.18~19

김성용, 동심의 조직화—동요운동의 출발 도정, 중외일보 1930. 2. 24~25

송완순, 비판자를 비판—자기변해와 신군 동요관 평, 조선일보 1930. 2.(날
    짜미상)~3. 19

양우정, 동요와 동시의 구별, 조선일보 1930. 2. 28~3. 3

신고송, 동심의 계급성—조직화와 제휴함, 중외일보 1930. 3. 7~9

월곡동인(月谷洞人), 동요 동화와 아동교육—초역(抄譯), 조선일보
    1930. 3. 19~21

신고송, 공정한 비판을 바란다, 조선일보 1930. 3. 30~4. 2

김태오, 동요운동의 당면 임무, 아희생활 1930년 4월호

구옥산(具玉山), 당면문제의 하나인 동요작곡 일고찰, 동아일보 1930. 4. 2

두류산인(頭流山人), 동화운동의 의의—소년문예운동의 신전개, 중외일
    보 1930. 4. 8~11

송완순, 개인으로 개인에게, 중외일보 1930. 4. 12~19

김병호, 4월의 소년지 동요, 조선일보 1930. 4. 23~26

송완순, 동시말살론, 중외일보 1930. 4. 26~5. 3

최청곡, 소년문예에 대하야, 조선일보 1930. 5. 4

정홍교, 조선소년운동소사, 조선일보 1930. 5. 4

한정동, 4월의 소년지 동요를 읽고, 조선일보 1930. 5. 6~11

장선명, 소년문예의 이론과 실천, 조선일보 1930. 5. 16~19

홍은성, 소년문예의 소감을 쓰기 전에, 소년세계 1930. 6. 2~6

방정환, 아동문제 강연자료, 학생 1930년 7월호

자하생(紫霞生), 만근(輓近)의 소년소설 급 동화의 경향, 조선 1930. 7~11

송완순, 프로레타리아 동요론, 조선일보 1930. 7. 5~23

김병호, 최근동요평, 음악과시 1930년 8월호

한용수(韓龍水), 문제의 동요 금여수(金麗水)의 가을, 동아일보 1930. 9. 17

유백로(柳白鷺), 소년문학과 리아리즘—프로 소년문학운동, 중외일보
    1930. 9. 18~26

박팔양(朴八陽), 표절혐의의 진상, 동아일보 1930. 9. 23

김태오, 예술교육의 이론과 실제, 조선일보 1930.9.23~10.3

김병호, 최근 동요평, 중외일보 1930.9.26~28

유재형(柳在衡), 조선일보 9월 동요, 조선일보 1930.10.8~9

안덕근(安德根), 프로레타리아 소년문학론, 조선일보 1930.10.18~11.7

김병호, 동요강화, 신소년 1930년 11월호

손길상(孫桔湘), 신소년 9월 동요평, 신소년 1930년 11월호

류운경(柳雲卿), 동요동시 제작 전망, 매일신보 1930.11.2~29

유재형, '조선' '동아' 10월 동요, 조선일보 1930.11.6~8

남석종(南夕鍾), '매신(每申)' 동요 10월평, 매일신보 1930.11.12~29

엄창섭(嚴昌燮), '가을'을 표질한 박딕순(朴德順) 군의 반성을 촉구한다, 동아일보 1930.11.14

조탄향(趙灘鄕), 이성주(李盛珠) 씨의 동요 '밤엿장수'는 박고경(朴古京) 씨의 작품, 동아일보 1930.11.22~23

민봉호(閔鳳鎬), 십일월 소년지 창작개평, 조선일보 1930.11.26

남궁랑(南宮浪), 동요 평자 태도 문제, 조선일보 1930.12.24~27

김수창(金壽昌), 현 조선동화, 동아일보 1930.12.26~30

염상섭(廉想涉), 신춘문예현상작품 선후감(選後感)―시조 동요 기타, 조선일보 1931.1.6

전식(田植), 신년당선동요평, 매일신보 1931.1.14

이호접(李虎蝶), 동요제작소고, 매일신보 1931.1.16~21

주요한(朱耀翰), 동요월평, 아희생활 1931년 2월호

김태오, 소년문예운동의 당면에 임무, 조선일보 1931.1.31~2.10

유재형, '조선' '동아' 양지의 신춘동요 만평, 조선일보 1931.2.8~11

이주홍(李周洪), 아동문학운동 일년간, 조선일보 1931.2.13~21

정윤환(鄭潤煥), 1930년 소년문단 회고, 매일신보 1931.2.18~19

현동염(玄東炎), 동화교육문제―전씨의 현 조선동화를 비판, 조선일보 1931.2.25~3.1

김기주(金基柱), 1930년에 대한 '소년문단회고'를 보고―정윤환 군에게 주

는 박문(駁文), 매일신보 1931. 3. 1

송영(宋影), 아동극의 연극은 어떻게 하나, 별나라 1931년 3월호

임화(林和), 무대는 이렇게 장식하자, 별나라 1931년 3월호

민봉호, 금춘(今春)소년창작, 조선일보 1931. 3. 31~4. 3

김태오, 동요운동의 당면 임무, 아희생활 1931년 4월호

고종생(鼓鍾生), 소년연작소설 '최후의 미소'는 권경윤 씨 원작, 동아일보 1931. 4. 22

편집자, 별나라는 이렇게 컸다, 별나라 1931년 6월호

주요한, 동요감상, 아희생활 1931년 7월호

전식, 칠월의 '매신(每申)' 동요를 읽고, 매일신보 1931. 7. 17~8. 10

이은상(李殷相), 조선아동문학, 아희생활 1931년 8월호

성촌(星村), 전식 군의 동요평을 읽고, 매일신보 1931. 9. 6~9

전식, 반박인가? 평인가?, 매일신보 1931. 9. 18~23

백학서(白鶴瑞), 매신(每申) 동요평—9월에 발표한 것, 매일신보 1931. 10. 15~25

이동규(李東珪), 동요를 쓰려는 동무들에게, 신소년 1931년 11월호

편집자, 아동예술연구회의 탄생과 우리들의 태도, 신소년 1931년 11월호

김대봉(金大鳳), 신흥동요에 대한 편견, 조선일보 1931. 11. 1~3

정진석(鄭鎭石), 조선학생극의 분야, 조선일보 1931. 11. 29~12. 2

강창옥(康昌玉), 남의 동요와 제 동요, 별나라 1931년 12월호

이헌구(李軒求), 아동문예의 문화적 의의, 조선일보 1931. 12. 6~9

김우철(金友哲), 아동문학에 관하야—이헌구의 소론을 읽고, 조선중앙일보 1931. 12. 20~23

이동규, 소년문단시감(時感), 별나라 1932년 1월호

윤철(尹鐵), 1932년을 맞으며 소년문예운동에 대해서, 신소년 1932년 1월호

김우철, 11월 소년소설평, 신소년 1932년 1월호

정홍교, 조선소년문예운동 개관, 조선일보 1932. 1. 1~19

이동규, 소년문단의 회고와 전망, 조선중앙일보 1932. 1. 11

김대봉, 동요비판의 표준, 조선중앙일보 1932. 1. 18~19

선자(選者), 신춘문예동화 선후언(選後言), 동아일보 1932. 1. 23

현송(玄松), 신년호 소설평, 신소년 1932년 2월호

조형식(趙衡植), 우리들의 동요시에 대하여, 별나라 1932년 3월호

박세영(朴世永), 고식화한 영역을 넘어서—동요 동시 창작가에게, 별나라 1932년 3월호

김일암(金逸岩), 작품 제작상의 제문제, 별나라 1932년 3월호

임화, 글은 어떻게 쓸 것인가, 신소년 1932년 4월호

빈강어부(濱江漁夫), 소년문학과 현실성, 어린이 1932년 5월호

박로홍(朴魯洪), 김도산(金道山) 군의 '첫겨울'을 보고, 어린이 1932년 5월호

고문수(高文洙), '어린이'는 과연 가면지(假面誌)인가, 어린이 1932년 5월호

단송(椴松), 동요를 지으려면, 매일신보 1932. 5. 21~31

안준식(安俊植), 전선(全鮮) 무산아동연합 대(大)학예회를 열면서, 조선일보 1932. 5. 28~29

김현봉(金玄峰), 철면피 작가 이고월(李孤月) 군을 주(誅)함, 어린이 1932년 6월호

고문수, '어린이'지 5월호 동요 총평, 어린이 1932년 6월호

노양근(盧良根), '어린이' 잡지 반년간 소년소설 총평, 어린이 1932년 6월호

춘파(春波), '어린이' 작품을 읽고 어린이 여러분께, 매일신보 1932. 6. 1~7

려성(麗星), '동요시인' 총평—6월호를 읽고 나서, 매일신보 1932. 6. 11~17

김병호, '조선신동요선집'을 읽고, 신소년 1932년 7월호

노양근, '어린이' 잡지 반년간 소년소설총평(속), 어린이 1932년 7월호

설강학인, 현대동요연구, 아희생활 1932년 7월호

사설—윤석중(尹石重) 동요작곡집, 매일신보 1932. 7. 21

이청사(李青史), 동요동시 지도에 대하야, 매일신보 1932. 7. 12~21

박고경, 대중적 편집의 길로, 신소년 1932년 8월호

호인(虎人), 아동예술시평, 신소년 1932. 8~9

철염(哲焰), '붓장난'배(輩)의 나타남에 대하여, 신소년 1932년 8월호

김철하(金鐵河), 작품과 작자, 신소년 1932년 8월호

김동인(金東仁), 잡지만평, 매일신보 1932. 7. 20

김약봉(金若鋒), 김동인의 소년 잡지만평을 두들김, 어린이 1932년 8월호

남철인(南鐵人), 최근 소년소설평, 어린이 1932년 9월호

승효탄(昇曉灘), 조선소년문예단체소장사고, 신소년 1932년 9월호

한철염(韓哲焰), 최근 프로 소년소설평—그의 창작방법에 대하야, 신소년
    1932년 10월호

김태오, 현대동요연구, 아희생활 1932년 10월호

변영로(卞榮魯), 제창 아동문예, 동아일보 1932. 11. 11

한철염, 아동문학의 강화를 위하여, 우리들 1932년 12월호

윤지월(尹池月), 1932년의 아동문예계 회고, 신소년 1932년 12월호

설송, 소년 10월호 동요시를 읽고, 소년세계 1932년 12월호

설송아, 32년 조선소년문예운동은 어떠했나, 소년세계 1932년 12월호

박양호, 본지 1년간 문예운동에, 소년세계 1932년 12월호

김태오·양재응(梁在應)·이정호, 침체된 조선아동문학을 여하히 발전, 조
    선일보 1933. 1. 2~3

정순철, 노래 잘 부르는 법—동요 '옛이야기'를 발표하면서, 어린이 1933
    년 2월호

농소년(農小年), 소년지 '어린이'의 갱신(更新)과 퇴보(退步), 신소년 1933
    년 3월호

홍구(洪九), 아동문예시평, 신소년 1933년 3월호

이연호(李連鎬), 박군의 글을 읽고, 신소년 1933년 3월호

이연호, '신소년' 신년호에 대한 비판—그의 과오를 지적함, 신소년 1933
    년 3월호

로인, 좀더 쉽게 써다고―신년호 박현순(朴賢順) 동무의 글을 읽고, 신
　소년 1933년 3월호
주요섭(朱耀燮), 아동문학 연구대강, 학등 1933년 4월호
정철(鄭哲), 출판물에 대한 몇가지 이야기, 신소년 1933년 5월호
이서찬(李西贊), 소세동지문예회(少世同志文藝會)! 그 정체를 폭로함, 신
　소년 1933년 5월호
구왕삼(具王三), 아동극에 대한 편견, 신동아 1933년 5월호
김소운(金素雲), 윤석중 군의 근업(近業)―동시집 '잃어버린 댕기', 조선일
　보 1933. 5. 10
김태오, 동요짓는 법, 설강동요집, 한성도시주식회사 1933. 5. 18
고문수(高文洙), 오월 동요 총평, 어린이 1933년 6월호
용만, 윤석중의 '잃어버린 댕기'와 김태오의 '설강동요집', 매일신보
　1933. 7. 5
김우철, 동화와 아동문학, 조선중앙일보 1933. 7. 6~7
일기자, 별나라 7주년 기념 '동요, 음악, 동극의 밤'은 이렇게 열었다, 별나
　라 1933년 8월호
정청산(鄭青山), 소년문학 써클 이야기, 신소년 1933년 8월호
일기자, 잡지가 한번 나오자면 이러한 길을 밟어야 한다, 신소년 1933년 8
　월호
김태오, 동요운동의 당면 임무, 조선일보 1933. 10. 26~31
양가빈(梁佳彬), '동요시인' 회고와 그 비판, 조선중앙일보 1933. 10. 30~31
윤석중, 동심잡기(童心雜記), 신여성 1933년 11월호
이정호, 33년도 아동문학 총결산, 신동아 1933년 12월호
유현숙(劉賢淑), '동심잡기'를 읽고 윤석중에게 답함, 동아일보 1933. 12. 27
　~28
박승극(朴勝極), 소년문학에 대하야, 별나라 1933. 12~1934. 1
송영, 소학교 극의 새로운 연출, 별나라 1933년 12월호
박세영, 동요 동시는 어떻게 쓸까, 별나라 1933. 12~1934. 2

일기자, 만추를 꾸미든 동요의 밤, 별나라 1934년 1월호

엄흥섭(嚴興燮), 작문 수필 이야기, 별나라 1934. 1~2

고장환, 아동과 문학—1934년을 전망, 매일신보 1934. 1. 3~28

이종영, 신춘 동요 동화 선후감(選後感), 조선일보 1934. 1. 10

송창일(宋昌一), 아동문예의 재인식과 발전성, 조선중앙일보 1934. 1. 12
　~14

김태오, 소년운동의 회고와 전망, 조선중앙일보 1934. 1. 14~15

원유각(元裕珏), 조선신흥동요운동의 전망, 조선중앙일보 1934. 1. 18. 24

남석종, 아동극 문제—동요극을 중심으로 하여, 조선일보 1934. 1. 19

윤석중, '동심잡기'에 대한 나의 변명, 동아일보 1934. 1. 19~23

풍류산인(風流山人), 조선신흥동요운동의 전망을 읽고, 조선중앙일보
　1934. 1. 26~27

전식, 동요동시론 소고, 조선일보 1934. 1. 27~29

임화, 아동문학 문제에 대한 2-3의 사견(私見), 별나라 1934년 2월호

송영, 동극 연구회 주최의 '동극·동요의 밤'을 보고, 별나라 1934년 2월호

송창일, 동요운동 발전성, 조선중앙일보 1934. 2. 13~15

이종수(李鍾洙), 전조선 현상동화대회를 보고서, 조선일보 1934. 3. 6~3. 8

이청사(李靑史), 동화의 교육적 고찰, 매일신보 1934. 3. 25~4. 5

안평원(安平原), 알기 쉽게 감명있게 씁시다—3월호 읽고, 신소년 1934년
　5월호

남대우(南大祐), 신소년 3월호 동요를 읽은 뒤의 감상, 신소년 1934년 5월
　호

전영택(田榮澤), 소년문학운동의 진로, 신가정 1934년 5월호

김우철, 아동문학의 문제—특히 창작동화에 대하여, 조선중앙일보
　1934. 5. 14~18

남석종, 조선과 아동시—아동시의 인식과 그 보급을 위하여, 조선일보
　1934. 5. 19~6. 1

장혁주(張赫宙), 신간평 '해송동화집' 독후감, 동아일보 1934. 5. 26

김태오, 동심과 예술감, 학등 1934년 7월호

김태오, 동요예술의 이론과 실제, 조선중앙일보 1934.7.1~6

김태오, 조선 동요와 향토 예술, 동아일보 1934.7.9

남석종, 문학을 주로 아동예술교육의 관련성을 논함, 조선중앙일보 1934.9.4~6

박승극, 문학가가 되려는 이에게, 별나라 1934년 11월호

차빈균(車斌均), 아동문학을 위하야, 조선일보 1934.11.3

송창일, 아동문예의 재인식과 발전성, 조선중앙일보 1934.11.7~17

박세영, 작금의 동요와 동화극을 회고함, 별나라 1934년 12월호

김첨(金尖), 아동문학을 위하여, 조선일보 1934.12.1

김봉면, 동극에 대한 편론(片論), 예술 1935년 1월호

일보생(一步生), 동요에 대한 우견, 조선일보 1935.5.3

김말성, 조선 소년운동 및 경성시내 동단체 소개, 사해공론 1935년 5월호

송창일, 아동극 소고, 조선중앙일보 1935.5.25~6.1

함대훈(咸大勳), 아동예술과 잡감편편(雜感片片), 조선일보 1935.7.15

이헌구, 톨스토이와 동화의 세계, 조광 1935년 11월호

이원우(李園友), 진정한 소년문학의 재기를 통절히 바람, 조선중앙일보 1935.11.3~5

남석종, 1935년 조선아동문학회고, 아희생활 1935년 12월호

신고송, 아동문학부흥론, 조선중앙일보 1936.2.1~7

윤복진, 동요 짓는 법, 동화 1936.7~1937.3

이구조(李龜祚), 아동문예시론—동요제작의 당위성, 조선중앙일보 1936.8.7~14

홍효민(洪曉民), 문예시감—소년문학 기타, 동아일보 1937.10.23

송완순, 동요론 잡고(雜考), 동아일보 1938.1.30~2.4

이헌구, 찬란한 동심의 세계—아동문학집평, 조선일보 1938.12.4

김태오, 노양근 씨의 동화집을 읽고, 동아일보 1938.12.27

박영종(朴泳鍾), 재현된 동심—'윤석중 동요선'을 읽고, 동아일보 1939.6.9

송남헌(宋南憲), 창작동화의 경향과 그 작법에 대해, 동아일보 1939. 6. 30
　　～7. 2

송완순, 아동문학 기타, 비판 1939년 9월호

송창일, 동화문학과 작가, 동아일보 1939. 10. 17～26

송남헌, 예술동화의 본질과 그 정신—동화작가에 제언, 동아일보
　　1939. 12. 2～10

김태오, 노양근 씨의 동화집을 읽고, 동아일보 1939. 12. 27

양미림(楊美林), 아동학서설, 동아일보 1940. 5. 1～5

송남헌, 아동문학의 배후, 동아일보 1940. 5. 7～9

이구조, 동화의 기초공사, 동아일보 1940. 5. 26

이구조, 아동시조의 제창, 동아일보 1940. 5. 29

이구조, 사실동화와 교육동화, 동아일보 1940. 5. 30

백철(白鐵), 소파전집, 매일신보 1940. 6. 14

이구조, 방정환 유저(遺著) '소파전집' 독후감, 동아일보 1940. 6. 28

양미림, 아동예술의 현상, 조선일보 1940. 6. 29～7. 2

이헌구, 어린이에게 주는 불후의 선물—소파전집, 박문 1940년 7월호

인왕산인(仁旺山人), 아동문학의 의의—정당한 인식, 매일신보 1940. 7. 2

윤복진, 윤석중 동요집 '어깨동무'를 읽고, 매일신보 1940. 7. 30

이하윤(李河潤), 소파전집 독후감, 동아일보 1940. 6. 28

김태오, 안데르센의 생애와 예술, 동아일보 1940. 8. 4

임동혁(任東赫), 윤석중 동요집 '어깨동무', 동아일보 1940. 8. 4

조풍연(趙豊衍), 아동문학, 박문 1940. 8～9

박계주(朴啓周), 윤석중 동요집 '어깨동무'를 읽고, 삼천리 1940년 9월호

함대훈(咸大勳), 신간평 윤석중 씨 저 '어깨동무', 여성 1940년 9월호

김일준(金一俊), 동요론—동요작가에 일언, 매일신보 1940. 10. 13

정인섭, 이구조 작 '까치집'을 읽고, 매일신보 1941. 1. 11

목해균(睦海均), 아동과 문화—전시(戰時)아동문화의 실천방향, 매일신보
　　1941. 3. 7～19

목해균, 조선아동문화의 동향, 춘추 1942년 11월호

김영일(金英一), 사시(四時)소론, 아희생활 1943년 8월호

표동, 문단촌평, 아희생활 1943년 8월호

윤복진, 동요 선후감(選後感), 아희생활 1943년 1월호

최병화(崔秉和), 아동문학소고, 소년운동 1945년 11월호

윤복진, 아동문학의 당면문제, 조선일보 1945. 11. 27~28

엄홍섭, 별나라의 걸어온 길, 별나라 1945년 12월호

임화, 아동문학 앞에는 미증유의 큰 임무가 있다, 아동문학 1945년 12월호

이태준(李泰俊), 아동문학에 있어서 성인문학가의 임무, 아동문학 1945년
    12월호

이원조(李源朝), 아동문학의 수립과 보급, 아동문학 1945년 12월호

안회남(安懷南), 아동문학과 현실, 아동문학 1945년 12월호

송완순, 아동문학의 기본 과제, 조선일보 1945. 12. 5~7

송완순, 아동문화의 신출발, 인민 1946년 1월호

유두응(劉斗應), 소년소설의 지도성—소년문학의 재건을 위해, 조선일보
    1946. 1. 8~11

김동석(金東錫), 글 짓는 법—소년문장독본, 주간소학생 1946. 1~미상

박영종, 동요 짓는 법—동요작법, 주간소학생 1946. 1~미상

윤복진, 민족문화 재건의 핵심—아동문학의 당면임무, 조선일보
    1946. 2. 28

박세영, 조선아동문학 현상과 금후방향, 건설기의 조선문학—제1회전국
    문학자대회록 1946. 2. 8

윤복진, 아동에게 문학을 어떤 식으로 읽힐 것인가, 인민평론 1946년 3월
    호

송완순, 조선아동문학 시론(試論), 신세대 1946년 5월호

이기영(李箕永)·한설야(韓雪野)·한효(韓曉)·홍구, 소년문제 좌담회, 새
    동무 1946년 3월호

채만식(蔡萬植), 어린이 서적난(難), 현대일보 1946. 5. 8

박랑(朴浪), 아동문단수립의 급무, 조선주보 1946년 6월호

신고송, 동심의 형상—윤석중 '초생달', 독립신보 1946. 6. 2

박산운(朴山雲), 현덕 '포도와 구슬' 서평, 현대일보 1946. 6. 20

김동리(金東里), 윤석중 동요집 '초생달', 동아일보 1946. 8. (날짜미상)

정지용(鄭芝溶), 윤석중 동요집 '초생달', 현대일보 1946. 8. 27

양미림, 아동문학에 있어서 교육성과 예술성, 동아일보 1947. 2. 3∼3. 1

양미림, 아동문화의 기본 이념—아동관의 문제를 중심으로, 문화일보
    1947. 4. 27∼28

이원수(李元壽), 아동문학의 사적 고찰, 소년운동 1947년 4월호

석촌(夕村), 소년운동의 과거와 현재, 소년운동 1947년 4월호

양재응, 소년운동을 회고하며, 소년운동 1947년 4월호

김하명(金河明), 아동문학단상, 경향신문 1947년 4월호

송완순, 아동출판물 규탄, 민보 1947. 5. 29

한인현(韓寅鉉), 동요·시교재의 특질과 지도상의 유의점, 국어교육 1948년
    1월호

이동수(李冬樹), 아동문화의 건설과 파괴, 조선중앙일보 1948. 3. 13

박영종, 동요 맛보기, 소학생 1948. 9∼1949. 8

최병화, 세계동화연구, 조선교육 1948년 10월호

정태병(鄭泰炳), 아동문화운동의 새로운 전망, 아동문화 1948년 11월호

송완순, 아동문학의 천사주의, 아동문화 1948년 11월호

이원수·양미림·김원용(金元龍)·정인택(鄭人澤)·홍은순·김용환(金龍
    煥), 아동문화좌담회, 아동문화 1948년 11월호

최영수(崔永秀), 동심, 아동문화 1948년 11월호

임학수(林學洙), 어린이와 독서, 아동문화 1948년 11월호

박영종·남대우, 아동문화통신, 아동문화 1948년 11월호

최병화, 작고한 아동작가 군상, 아동문화 1948년 11월호

채호준(蔡好俊), 현역 아동작가 군상, 아동문화 1948년 11월호

윤태영(尹泰榮), 국민학교와 아동문화, 아동문화 1948년 11월호

임인수(林仁洙), 아동문학 여담, 아동문화 1948년 11월호

박철(朴哲), 아동잡지에 대한 우견(愚見), 아동문화 1948년 11월호

이원수, 동시의 경향, 아동문화 1948년 11월호

양미림, 아동방송의 문화적 위치, 아동문화 1948년 11월호

양미림, 아동독서물소고, 조선교육 1948년 12월호

서정주(徐廷柱), 윤석중 동요집 '굴렁쇠'를 읽고, 동아일보 1948.12.26

윤복진, 나의 아동문학관, 동시집 '꽃초롱 별초롱', 아동문예 예술원 1949

송완순, 소년소설집 '운동화'를 읽음, 어린이나라 1949년 1월호

아민, 학생문예운동소고, 무궁화 1949년 1월호

박영종, 동요를 뽑고 나서, 소학생 1949.1~1950.2

정지용·정인택, 작품을 고르고서, 어린이나라 1949.2~1950.2

박인범, 아동작품 선택에 대하여, 자유신문 1949.5.5

이원수·이병기·김철수, 어린이 동요 동시를 뽑고 나서, 진달래 1949.5~12

최병화·윤태영·박계주, 어린이 작문을 뽑고 나서, 진달래 1949.5~12

방기환(方基煥), 소년과 아동문학, 해동공론 1949년 6월호

최병화, 세계동화연구, 조선교육 1949년 7월호

김정윤(金貞允), 아동시의 지향, 태양신문 1949.7.22~23

박영종, 동요교육론, 새교육 1949년 9월호

이원수·이병기·김철수, 동시 '모래밭' 선평, 진달래 1949년 9월호

윤석중·박영종·정현웅(鄭鉉雄)·조풍연 외, 아동문화좌담회, 소학생 1949
    년 10월호

김정구, 아동시 재설(再說), 태양신문 1949.10.30~31

한인현, 동요들의 울타리를 넓히자, 진달래 1949년 11월호

김철수, 글은 어떻게 지을까?—관찰과 글, 아동구락부 1950년 2월호

편집자, 한가지 좀 섭섭한 얘기—표절 작품에 대하여, 아동구락부 1950년
    2월호

윤복진, 동요 고선을 맡고서, 어린이나라 1950년 3월호

이주훈(李柱訓), 아동문학의 한계—최근 동향의 소감, 연합신문 1950.3.9

박영종, 우리 동무 봄 노래, 소학생 1950년 4월호
윤복진, 동요 뽑고 나서, 어린이나라 1950년 5월호
이희승(李熙昇), 동요를 골라내고서—아협 상타기 다섯번째, 소학생 1950년
  6월호
이병기, 작문을 뽑고—아협 상타기 다섯번째, 소학생 1950년 6월호
윤복진, 석중과 목월과 나—동요문학사의 위치, 시문학 1950년 6월호

찾아보기